Deux héritiers pour son royaume

*

Sombres désirs

*

Pour l'amour de Miguel

LYNNE GRAHAM

# Deux héritiers pour son royaume

*Traduction française de*
ÉLISABETH MARZIN

HARLEQUIN

*Titre original :*
THE SHEIKH'S SECRET BABIES

*Ce roman a déjà été publié en 2016*



**HARPERCOLLINS FRANCE**
83-85, boulevard Vincent-Auriol, 75646 PARIS CEDEX 13
Service Lectrices — Tél. : 01 45 82 47 47

www.harlequin.fr

ISBN 978-2-2804-3826-1

# 1

Jaul regardait par la fenêtre de son bureau qui donnait sur la cour plantée de palmiers. Une belle jeune femme brune jouait au ballon avec sa nièce et son neveu. Zaliha. Instruite, élégante, douce et de bonne famille, elle ferait une reine parfaite. Alors pourquoi n'avait-il pas encore évoqué le sujet avec elle ?…

Marwan était un Etat du Golfe, petit mais riche en ressources pétrolières et profondément conservateur. Le roi n'était pas censé rester célibataire très longtemps. Les membres du gouvernement n'avaient pas caché à Jaul leur impatience de le voir se marier. Un héritier était indispensable pour assurer l'avenir d'une dynastie ; or Jaul était fils unique, comme feu son père, le roi Lut, auquel il venait de succéder sur le trône du Marwan.

La presse se perdait en conjectures. Il ne pouvait pas être vu en train de parler à une femme sans déclencher des rumeurs. Des souvenirs de l'époque où il faisait les quatre cents coups revinrent à la mémoire de Jaul et il pinça les lèvres. Pour être honnête, il savait exactement pourquoi il n'arrivait pas à se décider à se marier… De plus, Zaliha avait beau être splendide, il n'éprouvait pas la moindre attirance pour elle. Mais n'était-ce pas un argument en faveur de la jeune femme ? N'avait-il pas tout intérêt à choisir un mariage exempt du désir brûlant qui l'avait autrefois conduit à sa perte ?

Un coup frappé à la porte annonça l'arrivée de Bandar, le Premier conseiller de la famille royale.

— Excusez-moi, je suis un peu en avance, déclara le petit homme chauve en s'inclinant d'un air solennel.

Jaul l'invita à s'asseoir et s'appuya contre son bureau, réprimant un soupir à la perspective d'une discussion approfondie sur un point obscur de la loi constitutionnelle — l'exercice favori de Bandar.

— C'est un sujet très délicat, commença ce dernier avec un embarras manifeste. Mais en tant que Premier conseiller, il est de mon devoir de l'aborder avec vous.

Jaul le considéra avec perplexité. A quoi pouvait-il bien faire allusion ?

— Il n'y a rien dont nous ne puissions pas discuter...

— Pourtant, quand j'ai soulevé la question il y a dix-huit mois au cours d'un entretien avec Yusuf, ce dernier m'a conseillé de ne plus jamais en parler pour ne pas risquer de vous offenser. Si c'est le cas, je vous prie par avance d'accepter mes excuses.

Yusuf, Premier conseiller du roi Lut, avait pris sa retraite après le décès de celui-ci. Jaul plissa le front avec un mélange de curiosité et de consternation. Quel secret trouble de l'existence de son père Bandar était-il sur le point de lui révéler ? Car qui d'autre que son père pouvait concerner ce *sujet très délicat* ?

— Je ne m'offense pas facilement, et l'un de vos rôles est de m'épargner tout problème d'ordre juridique. Je ne saurais donc vous tenir rigueur de le faire.

— Dans ce cas..., murmura Bandar, visiblement toujours aussi mal à l'aise. Il y a deux ans vous avez épousé une jeune Anglaise et, bien que très peu de gens soient au courant, il est temps de trouver une solution appropriée à ce... petit embarras, disons.

Il en fallait beaucoup pour réduire au silence Jaul,

dont le franc-parler était connu de tous au palais. Pourtant, ce petit discours le laissa un instant sans voix.

— Mais ce mariage n'est pas valide, finit-il par répliquer d'un ton crispé. Parce qu'il n'avait pas été soumis à l'approbation de mon père, m'a-t-on appris à l'époque.

— C'était ce que le roi Lut voulait croire, et malheureusement Yusuf n'a pas eu le courage de le détromper. En réalité, ce mariage était valide.

Jaul sentit le sang se retirer de son visage.

— Vous en êtes certain ?

— Notre Constitution ne comporte aucun article interdisant à un prince héritier marwanien de choisir lui-même son épouse. A vingt-six ans, vous étiez majeur depuis longtemps ; donc ce mariage est toujours valide puisque vous n'avez rien fait depuis pour y mettre fin.

Profondément ébranlé, Jaul serra les poings. Il était déjà marié — ou plutôt, il était *encore* marié. Avec une femme qu'il avait quittée après quelques semaines de vie commune…

— Je n'ai entrepris aucune démarche pour y mettre fin parce que je le croyais frappé de nullité.

Bandar soupira.

— Rien de plus logique. Mais en réalité, pour retrouver votre liberté, vous devez obtenir le divorce selon la loi britannique *et* la loi marwanienne.

Jaul se dirigea vers la fenêtre. Zaliha jouait toujours avec sa nièce et son neveu, mais il avait à peine conscience de ce qu'il voyait.

— Je l'ignorais. J'aurais dû être informé de cette situation depuis longtemps.

— Yusuf était mon supérieur, et il refusait que j'aborde le sujet…

— Il y a trois mois que mon père est décédé, rappela Jaul d'un ton sec.

— Avant de vous en parler, je devais m'assurer que tous mes renseignements étaient exacts. J'ai découvert qu'en dépit de votre séparation, votre épouse n'a pas demandé le divorce non plus.

Jaul se figea.

— Ne parlez pas d'elle comme de mon épouse, s'il vous plaît.

— Vous préférez que je lui donne le titre de reine ? Parce que c'est bien ce qu'est Chrissie Whitaker, qu'elle en soit consciente ou non. L'épouse du roi du Marwan bénéficie automatiquement du statut de reine.

Jaul réprima un juron. Il était marié à une aventurière qui l'avait abandonné à la première occasion pour de l'argent. Une grave erreur, qui se retournait contre lui au moment où il s'y attendait le moins.

— Naturellement, je respecte le fait que le roi Lut n'approuvait pas votre choix, mais peut-être qu'aujourd'hui…

— Non, mon père avait raison : elle n'était pas digne d'être mon épouse ni ma reine, reconnut Jaul, même si cet aveu humiliant lui coûtait beaucoup. J'étais un fils rebelle, Bandar, mais j'ai compris la leçon.

— Les erreurs de jeunesse sont souvent sources de leçons pénibles.

Son conseiller était sans doute soulagé que Jaul ne soit pas aussi susceptible que son défunt père. Toutefois, il l'écoutait à peine. Des souvenirs qu'il avait jusque-là résolument enfouis au plus profond de sa mémoire revenaient l'assaillir. Il revoyait Chrissie s'en aller d'une démarche fluide sur ses longues jambes, ses cheveux cendrés flottant dans la brise.

Elle n'avait jamais cessé de s'en aller, se rappela-t-il

en réprimant une moue cynique. Dès le début, elle avait joué un habile jeu de séduction qui l'avait mis sur des charbons ardents tout en malmenant son ego. Confronté pour la première fois de sa vie à l'indifférence d'une femme, il lui avait fallu plus de deux ans pour la conquérir. Elle n'était vraiment devenue sienne qu'après avoir obtenu que Jaul l'épouse. Une exigence à laquelle il avait fini par céder, en proie à une frustration qui au fil des mois avait mué son désir pour elle en obsession.

Il n'avait pas tardé à payer sa faiblesse. Peu de temps après leur mariage, il avait dû quitter Oxford pour rentrer d'urgence au Marwan. Sans sa nouvelle épouse, avait-il décidé, jugeant qu'il était trop tôt pour annoncer la nouvelle à son père. Ce qui avait déclenché une vive querelle avec Chrissie le jour de son départ.

Il ne l'avait jamais revue.

Il avait repris conscience dans un lit d'hôpital, son père à son chevet, le visage marqué par l'anxiété. Ce dernier lui avait pressé gauchement la main dans un geste de réconfort, pour la première fois de sa vie. Puis il lui avait annoncé deux mauvaises nouvelles d'affilée : Jaul avait eu un grave accident, et Chrissie ne viendrait pas le voir pendant sa convalescence. Leur mariage n'était pas valide et elle avait accepté d'oublier son existence en échange d'une compensation financière. Le roi Lut avait acheté le silence de la jeune femme en lui offrant une somme généreuse qui assurait son avenir.

L'espace d'une seconde, Jaul se remémora les fantasmes qui l'avaient assailli alors qu'il était réduit à l'impuissance dans son lit d'hôpital. Dire qu'il était allé jusqu'à envisager de profiter de son immunité diplomatique au Royaume-Uni pour kidnapper Chrissie ! Cela donnait la mesure du choc qu'il avait reçu en apprenant non seulement que sa femme n'était pas légalement sa femme, mais qu'elle n'avait pas hésité à le laisser tomber dès qu'elle avait eu l'occasion de devenir riche sans lui. La colère, l'amertume et le désir de vengeance l'avaient aiguillonné pendant toute la période où il s'était battu pour se remettre de ses blessures…

La voix de Bandar le ramena au présent :

— J'ai besoin de savoir de quelle manière vous voulez que ce problème soit traité. Par l'intermédiaire de notre ambassadeur à Londres, j'ai chargé un cabinet d'avocats réputé de préparer les papiers du divorce. Ils m'ont assuré qu'après une séparation aussi longue, le divorce sera une simple formalité. Puis-je leur demander de prendre contact avec Chrissie Whitaker ?

— Non, asséna Jaul en pivotant sur lui-même. Si elle ignore encore que nous sommes toujours mariés, c'est à moi de l'en informer.

Bandar plissa le front, visiblement décontenancé.

— Mais, Sire…

— Je lui dois bien ça. Après tout, c'est mon père qui l'a induite en erreur sur la validité de notre mariage. Chrissie est susceptible. Je pense que le problème sera réglé plus rapidement si je m'en occupe personnellement. Je vais lui apporter moi-même les papiers du divorce.

Bandar hocha la tête.

— Je comprends. Il vaut mieux agir avec diplomatie et discrétion.

— Exactement, acquiesça Jaul en réprimant une moue de dérision.

En réalité, l'idée de revoir Chrissie déclenchait en lui un frisson peu compatible avec la diplomatie ou la discrétion… Aucune femme ne l'avait excité autant qu'elle. Sauf qu'à présent, il connaissait sa vraie nature. Comment pourrait-elle encore l'attirer alors qu'il la savait intéressée ? Il n'y avait aucun danger. D'autant qu'il n'était plus esclave de sa propre libido : depuis qu'il avait compris à quel point elle pouvait lui nuire, il avait appris à la maîtriser. Plus jamais il ne prendrait le risque de devenir dépendant d'une femme. D'où sa décision de se marier de nouveau dès que possible.

Pour cela il allait être obligé de revoir Chrissie et de se comporter avec elle de manière civilisée. Même si les réactions qu'elle provoquait chez lui n'avaient jamais rien eu de civilisé...

Les bras chargés de cadeaux et de cartes, Chrissie ouvrit d'un coup d'épaule la porte de l'école primaire où elle était institutrice et se dirigea vers sa voiture.

— Attends, je vais t'aider...

Danny, son collègue chargé du cours moyen et de l'éducation physique, la débarrassa de plusieurs cadeaux pour lui permettre de déverrouiller le coffre de sa voiture.

— Eh bien dis-moi, tu es très appréciée de tes élèves ! lança le jeune homme avec un sourire chaleureux.

— Tu n'as pas eu des tas de cadeaux, toi aussi ?

— Si. Des bouteilles de vin et de l'eau de toilette.

Il ouvrit le coffre et y rangea les cadeaux.

— Dans ce quartier assez privilégié de Londres, on a toujours l'impression d'avoir gagné à un jeu télévisé, le dernier jour de l'année scolaire !

Chrissie sourit.

— C'est vrai que les parents exagèrent avec les cadeaux. Ils dépensent beaucoup trop d'argent.

Danny ferma le coffre et s'y appuya.

— Quels sont tes projets pour cet été ?

— Je vais aller voir ma sœur et voyager un peu.

— La sœur qui a épousé le riche Italien ?

— Je n'en ai qu'une, répliqua Chrissie.

Elle agita ses clés de voiture dans l'espoir que Danny comprenne qu'elle avait envie de s'en aller. Il plissa le front.

— Tu sais, on n'est pas jeune éternellement. Tu n'as jamais envie de partir ailleurs que dans ta famille ? De sortir des sentiers battus ?

Chrissie eut du mal à garder le sourire. Deux ans plus tôt, elle était sortie des sentiers battus, justement, et ça l'avait conduite au désastre… Désormais, elle ne prenait plus de risques. Et surtout, elle faisait de son mieux pour effacer les répercussions que cette expérience malheureuse avait eues sur sa relation avec sa sœur. Elle adorait Lizzie, de cinq ans son aînée, mais quand sa vie sentimentale avait tourné à la catastrophe, elle avait préféré garder ses problèmes pour elle. Ensuite, la déception de sa sœur avait engendré chez Chrissie un sentiment de culpabilité dont elle ne s'était toujours pas débarrassée.

« Lizzie t'aime… Elle veut juste que tu sois heureuse, lui avait dit un jour son beau-frère, Cesare. Et elle se sentirait mieux si tu acceptais de te confier à elle. »

Mais elle n'avait jamais dit à personne ce qui s'était passé. Elle avait fait de mauvais choix, qu'elle payait encore aujourd'hui. C'était déjà assez douloureux d'être obligée de vivre avec ses erreurs, elle n'avait aucune envie de les raconter aux autres et de lire dans leur regard la consternation devant son manque de discernement.

— Moi en tout cas, je serai en Cornouailles, lui rappela Danny, comme si elle ne le savait pas déjà.

Tout le monde dans la salle des profs l'avait entendu parler de ses projets de surf en Cornouailles.

— Je te souhaite de passer de bonnes vacances, répliqua-t-elle en le contournant pour ouvrir sa portière.

Il lui saisit le poignet.

— Elles seraient meilleures si tu acceptais de les passer avec moi. Juste en copains. Sans penser à quoi que ce soit d'autre. Pourquoi ne pas tenter le coup, Chrissie ?

Agacée, elle dégagea son poignet d'un geste vif.

— Comme je te l'ai dit, j'ai d'autres projets !

Danny fit un pas en arrière et enfonça les mains dans ses poches.

— Un type s'est moqué de toi autrefois, c'est ça ? lâcha-t-il sans masquer sa déconvenue. Ce n'est pas une raison pour rester sur la touche ! Si tu veux une vie digne de ce nom, il faut la vivre.

Inspirant profondément, Chrissie monta en voiture et claqua la portière. Elle avait voulu une vie digne de ce nom ; complètement différente de celle qu'elle menait aujourd'hui. Elle avait rêvé de poursuivre ses études jusqu'au doctorat, savourant à l'avance la liberté dont elle jouirait une fois diplômée. Mais elle avait découvert que la vie pouvait vous donner un coup bas au moment où vous vous y attendiez le moins, vous obliger à bouleverser vos plans alors que vous sembliez sur le point de réussir. Aujourd'hui, elle n'était plus en mesure de rêver, parce qu'elle avait des responsabilités qui limitaient son indépendance et sa liberté. Et le plus déplorable, c'était qu'elle ne pouvait pas s'en sortir sans profiter de la générosité de sa sœur.

Pourtant, tout aurait pu être très différent. Si seulement elle avait fait les bons choix…

Longtemps avant sa rencontre avec Jaul, Chrissie avait hérité avec sa sœur d'une minuscule île grecque, Lionos, qui avait appartenu à leur mère. Le mari de Lizzie, Cesare, la leur avait achetée à prix d'or. Chrissie avait placé la plus grande partie de son argent sur un compte qui resterait bloqué jusqu'à ses vingt-cinq ans.

En effet, la somme qu'elle avait reçue lui avait donné le vertige et elle craignait secrètement tenir de sa mère. Francesca Whitaker avait toujours été très dépensière, aussi Chrissie avait-elle estimé plus prudent de garder cette manne tombée du ciel pour plus tard, lorsqu'elle lui serait vraiment utile. Elle ne pouvait pas savoir à l'époque qu'elle se retrouverait avec deux bouches de plus à nourrir deux ans avant son vingt-cinquième anniversaire…

Si, au cours de l'année précédente, elle avait eu accès à cet argent, cela lui aurait au moins permis d'être complètement indépendante. Au lieu de cela, pour pouvoir suivre une formation d'institutrice et entrer au plus vite dans la vie active, elle avait été obligée de faire garder ses enfants par Sally, la nurse qu'employait sa sœur.

Heureusement, sur les conseils de Cesare, elle avait au moins fait un bon choix : avant de placer son héritage sur un compte bloqué, elle avait acheté un trois-pièces, qu'elle avait payé comptant. Ce qui lui permettait aujourd'hui d'avoir une petite voiture et de participer au paiement du salaire de Sally.

Bien sûr, Lizzie prétendait que Chrissie leur rendait service, à Cesare et à elle, en employant Sally quand ils étaient à l'étranger. De la même manière, lors de leurs fréquents séjours à Londres, elle s'installait avec eux dans leur hôtel particulier, en faisant semblant de croire sa sœur quand elle affirmait que c'était plus pratique pour tout le monde…

Ses cadeaux dans les bras, elle ouvrit la porte de son appartement, situé au rez-de-chaussée de l'immeuble.

Sally, une jeune fille brune très séduisante, apparut sur le seuil de la cuisine, un large sourire aux lèvres.

— Une tasse de thé ?

— Je veux bien. Vous ne sortez pas ce soir ? demanda Chrissie d'un ton malicieux.

Sally sortait beaucoup et se dépêchait le plus souvent, à peine Chrissie rentrée, de retourner chez Lizzie, où elle logeait, pour se préparer.

— Non, pas ce soir… Sinon je vais finir par être à découvert ! plaisanta-t-elle en faisant la grimace.

Chrissie posa ses sacs et gagna le salon. Ses deux bébés aux boucles brunes et aux yeux presque noirs jouaient avec des cubes en plastique sur le tapis. Tarif laissa tomber son cube avec un gazouillis joyeux et se dirigea vers elle à quatre pattes. Soraya se mit à rire et, rarement aussi énergique que son frère, leva les bras en l'air pour que sa mère la prenne dans ses bras.

— Bonjour, mes chéris, dit Chrissie, attendrie, en s'accroupissant.

Elle les serra tous deux contre elle.

— Ma-ma, dit Soraya en lui caressant la joue de sa petite main potelée.

Tarif lui donna un gros baiser mouillé et se blottit contre elle. Instantanément, Chrissie oublia tous ses soucis. Ses jumeaux avaient gagné son cœur dès le jour de leur naissance. Elle avait craint d'être débordée avec deux bébés, mais Lizzie l'avait emmenée chez elle et, durant quelques jours, lui avait montré le b.a.-ba.

— Tu t'en sortiras d'une manière ou d'une autre, comme toutes les femmes, lui avait assuré sa sœur.

Mais personne ne l'avait prévenue qu'à chaque fois qu'elle regarderait ses enfants, elle serait submergée par son amour pour eux. Pendant sa grossesse, elle avait essayé de les considérer comme les enfants de Jaul, et elle en avait beaucoup voulu à ce dernier de l'avoir mise dans cette situation. Elle ne se sentait pas prête à devenir mère alors, encore moins mère célibataire. Mais dès qu'ils étaient nés, elle n'avait plus pensé qu'au bien-être et au bonheur de ses bébés.

— Je les ai emmenés au parc, cet après-midi. Tarif a piqué une colère quand je l'ai fait descendre de la balançoire, confia Sally. Il se débattait tellement que j'ai été obligée de l'allonger jusqu'à ce qu'il se calme. J'ai été vraiment surprise.

— Quand il est de mauvaise humeur, il devient difficile, reconnut Chrissie. Soraya réagit exactement de la même manière si on la contrarie. Ils testent les gens et ils sont très lunatiques.

Comme leur père… Une image de Jaul s'imposa à Chrissie. Longs cheveux de jais frôlant ses larges épaules, yeux noirs étincelants de colère. Une nature enflammée. Colérique, passionné, fougueux au lit, fougueux dans tous les domaines. Un long frisson la parcourut. Jaul était aussi incroyablement têtu, impulsif et imprévisible.

— Vous allez bien ? demanda Sally en lui prenant les jumeaux des bras. Excusez-moi, mais vous avez pâli tout à coup et vous avez l'air bizarre.

— Oui, ça va.

Le visage en feu, Chrissie se releva et s'empressa d'aller dans la cuisine pour faire le thé. Par moments, le passé resurgissait sans prévenir, comme une grande gifle. Un souvenir s'imposait à son esprit et le temps se figeait, la catapultant en arrière. Un simple mot, une odeur familière ou un morceau de musique suffisaient à lui déchirer le cœur. Si elle n'avait pas aimé Jaul, elle l'aurait oublié beaucoup plus facilement, bien sûr. Mais pour ses enfants, elle était heureuse d'avoir aimé leur père. Même si leur histoire n'avait pas duré. Même s'il s'était servi d'elle, lui avait menti et l'avait sans doute trompée.

L'argent que le roi du Marwan, le père de Jaul, lui avait offert avait été le coup de grâce. Ce geste lui avait ouvert les yeux sur l'homme qui lui avait assuré qu'ils étaient unis pour la vie. Jaul pensait sans doute que l'argent était la solution à tous les problèmes et qu'il avait le pouvoir d'apaiser toutes les blessures ; que son immense fortune le prémunissait contre les complications. « Pour la vie » n'avait duré que jusqu'à ce qu'il se lasse, et jamais elle n'avait imaginé qu'elle deviendrait pour lui une complication.

— Les gens attendent de moi que je sois généreux, lui avait-il dit un jour.

— Ce n'est pas parce que tu as de l'argent que tu es obligé de le jeter par les fenêtres, avait-elle rétorqué. C'est du gaspillage. Tu donnes l'impression de vouloir en mettre plein la vue à tout le monde.

Jaul lui avait lancé un regard outré.

— Je ne cherche pas à en mettre plein la vue à qui que ce soit.

Il était vrai qu'il n'avait jamais eu besoin de cela pour attirer l'attention : d'une beauté à couper le souffle, il tournait la tête à toutes les femmes partout où il allait. Et de toute façon, ses voitures de sport et son armée de gardes du corps suffisaient à le faire remarquer.

Chrissie tendit un mug de thé à Sally, qui avait remis les enfants sur le tapis pour qu'ils jouent.

— J'ai rassemblé tous leurs jouets favoris et je les ai mis dans ma voiture. Ça vous fera un souci en moins demain quand vous ferez vos valises, déclara la jeune nurse.

Chassant les souvenirs de son esprit, Chrissie lui sourit.

— Merci. Mais j'ai séjourné si souvent chez ma sœur que je pourrais sans doute faire mes valises les yeux fermés ! J'ai hâte de revoir Lizzie et les enfants.

— Max et Giana vont être fascinés par les jumeaux, maintenant qu'ils ne sont plus des nourrissons.

— Giana risque de ne pas apprécier qu'ils ne restent plus là où on les pose.

Chrissie pouffa en pensant à sa nièce, qui traitait Tarif et Soraya comme des grandes poupées et organisait des thés pour eux.

— Ni qu'ils touchent ses jouets ! renchérit Sally.

Après le départ de la nurse, Chrissie donna à manger aux jumeaux, puis leur fit prendre leur bain avant de les mettre au lit. Tout en leur lisant une histoire, elle ne put s'empêcher de s'interroger sur son avenir. Où serait-elle nommée à la rentrée ? Si elle avait un poste ! Jusque-là, elle avait remplacé une institutrice en congé maternité ; et les postes fixes étaient très rares… Perturbée par cette incertitude, elle dormit d'un sommeil agité.

Le lendemain, elle se mit sur pilote automatique pour nourrir les jumeaux. Elle les laissa un peu jouer puis les recoucha afin qu'ils soient reposés à leur arrivée chez Lizzie.

Elle mettait de l'ordre dans l'appartement, toujours vêtue de son short de pyjama et d'un T-shirt, quand on sonna à la porte.

La curiosité avait poussé Jaul à se rendre directement de l'aéroport à l'adresse que Bandar lui avait donnée.

Chrissie vivait dans un quartier résidentiel. Il n'avait peut-être pas payé de pension alimentaire à son épouse, mais avec l'argent que lui avait donné son père, elle ne mourait visiblement pas de faim, se dit-il cyniquement. Certes, ce n'était pas ce qu'il lui aurait souhaité. Il était déstabilisé par le désir de vengeance qui se réveillait en lui. Deux ans plus tôt, quand il imaginait Chrissie dans les bras d'autres hommes alors qu'il était cloué dans son lit d'hôpital, il était en proie à une rage folle. Mais c'était du passé. Aujourd'hui, tout ce qu'il voulait, c'était mettre calmement un point final à un mariage qui n'aurait jamais dû avoir lieu.

Chrissie regarda par le judas et plissa le front. Un homme se tenait devant sa porte, mais il tournait le dos. Impossible de voir son visage. Elle mit la chaîne de sécurité et ouvrit.

— Oui ?

— C'est Jaul.

Elle tressaillit violemment. Seigneur… Elle se ressaisit et regarda par l'interstice entre la porte et le montant. Cette voix, ces yeux noirs bordés de cils assez longs pour rendre jalouse n'importe quelle femme… Inoubliable. Cet homme était inoubliable. Le cœur battant à tout rompre, la gorge nouée, elle fut incapable d'émettre la moindre réponse. Sans réfléchir, elle claqua la porte et pivota sur elle-même pour s'adosser au panneau, les jambes tremblantes.

Son improbable visiteur jura et donna deux coups de sonnette impatients. Chrissie se laissa glisser au sol et se recroquevilla, les bras autour des genoux.

Jaul… Deux ans trop tard, Jaul était de retour. La souffrance la submergea. Une souffrance intolérable, qu'elle avait enfouie depuis longtemps tout au fond d'elle-même pour pouvoir survivre à la trahison de cet homme. Comment pouvait-il revenir ainsi, sans prévenir ? Mais sans prévenir, c'était aussi la manière dont il avait disparu…

La sonnerie retentit de nouveau, en continu. Il s'impatientait… Chrissie prit une profonde inspiration et s'efforça de retrouver un semblant de calme. Que faisait-il à Londres ? Comment avait-il trouvé sa nouvelle adresse ? Et pourquoi venait-il la voir après tout ce temps ? Etait-ce lié au fait que son père était mort récemment et qu'il lui avait succédé sur le trône ?

Chrissie avait toujours refusé de succomber à la tentation morbide de chercher des nouvelles de Jaul sur Internet. Elle n'avait jamais cédé à la curiosité mais au début du printemps, elle était tombée par hasard sur un entrefilet annonçant le décès soudain du roi Lut du Marwan.

— Chrissie !

La voix profonde libéra un flot de souvenirs qu'elle n'avait pas envie de revivre. Elle se leva si brusquement qu'elle eut un vertige.

Pas question de se cacher derrière une porte de l'homme qui avait brisé sa vie !

# 2

Chrissie regarda par la fenêtre en se dissimulant derrière le rideau. Jaul était sur le trottoir, entouré par plusieurs gardes du corps, de nouveau le dos tourné.

Son cœur battait toujours à grands coups et elle avait du mal à respirer. Elle venait de claquer la porte au nez de Jaul. Pas exactement le genre d'accueil auquel il était habitué ! Il devait être furieux. Or la colère le rendait imprévisible. Refuser de lui ouvrir n'était peut-être pas la meilleure tactique à adopter…

Il tourna la tête. Devinant ce qu'il allait faire, Chrissie regagna l'entrée, enleva la chaîne de sécurité, redressa les épaules et ouvrit la porte.

Jaul s'immobilisa, le doigt prêt à appuyer sur la sonnette. A la vue des longues jambes de son ex dévoilées par le short et de ses seins qu'on devinait sous son T-shirt, il déglutit péniblement.

— Chrissie…

— Que fais-tu ici ? demanda-t-elle d'un ton froid.

Quelle ironie ! songea-t-elle. Deux ans plus tôt, s'il avait fini par réapparaître, elle lui aurait sauté au cou et l'aurait couvert de baisers éperdus. Mais cette époque était révolue. Il lui avait brisé le cœur, l'avait laissée se débrouiller seule. Pas une seule fois il n'avait pris contact avec elle pour lui donner des explications. Un silence très éloquent. Jaul ne l'avait jamais aimée, en avait-elle conclu. Il n'avait jamais éprouvé le moindre sentiment pour elle. Sinon, comment aurait-il pu la laisser tomber sans jamais s'inquiéter de son sort ?

— Je peux entrer ? Il faut que je te parle, déclara-t-il de sa voix veloutée.

— Si tu y tiens.

Elle s'écarta en s'efforçant de ne pas le regarder. Il fallait rester de marbre. L'écouter puis le laisser repartir sans se laisser affecter par sa présence.

Malheureusement, c'était plus fort qu'elle : son regard était irrésistiblement attiré vers lui. D'une élégance désinvolte, comme dans son souvenir, il était vêtu d'un blouson de cuir et d'un jean. Grand — un mètre quatre-vingt-dix —, large d'épaules, étroit de bassin, il avait des cuisses puissantes de cavalier et le ventre plat d'un athlète. Ses épais cheveux de jais effleuraient toujours ses épaules, encadrant un visage d'une beauté saisissante — nez droit, pommettes hautes et bouche diaboliquement sensuelle. Mais c'étaient ses grands yeux noirs qu'on remarquait d'abord, puis qu'on avait le plus de mal à oublier. Noirs comme de l'encre dans certaines lumières, pailletés d'or dans d'autres… A son grand dam, Chrissie sentit quelque chose de chaud se nouer au creux de ses reins.

En voyant les jouets éparpillés sur le sol du salon, elle prit soudain conscience avec effarement à quel point elle était secouée. Pas un seul instant il ne lui était venu à l'esprit que Jaul était peut-être là pour les enfants… Mais comment aurait-il découvert leur existence, alors qu'il l'avait quittée bien avant qu'elle ne découvre qu'elle était enceinte ? Et pourquoi manifesterait-il le moindre intérêt pour des enfants illégitimes d'une ex-petite amie ? C'était tout ce qu'elle était pour lui, à présent : une ex-petite amie ! Il n'avait certainement pas envie de savoir qu'elle était tombée enceinte. C'était le genre de complications qu'il fuyait, non ? Le Marwan n'était pas le genre de pays à fermer les yeux sur les écarts de conduite de son roi. Mais bien sûr, il était possible que sa relation avec elle soit considérée chez lui comme une « erreur de jeunesse » excusable...

Réprimant une moue désabusée, Chrissie se baissa pour ramasser les jouets et les mettre dans le panier rangé contre le mur.

— Tu as des enfants ? demanda Jaul, incapable de détacher ses yeux de ses cuisses fines et musclées.

Des cuisses entre lesquelles il avait connu un plaisir prodigieux, nuit après nuit. Sans jamais être rassasié de cette femme. Submergé par une vague de désir, il ravala un juron, furieux contre lui-même. Il était censé ne plus être attiré par elle, bon sang !

Chrissie ramassa le dernier cube et le mit dans le panier en s'appliquant à rester impassible. Jaul n'était pas au courant pour les jumeaux... Quel soulagement !

— Je fais du baby-sitting pour une amie, répliqua-t-elle d'un ton qu'elle espérait léger. Dis-moi, en quoi puis-je t'être utile ?

Jaul serra les dents. Le ton impertinent de Chrissie démentait sa politesse apparente.

— J'ai quelque chose à te dire qui risque de te causer un choc.

Chrissie inclina légèrement la tête sur le côté.

— J'ai vécu avec toi, Jaul. Rien de ce que tu peux dire ou faire ne risque de me choquer.

« Pas après la façon dont tu m'as abandonnée », songea-t-elle, trop fière pour le dire à haute voix.

— Plus vite tu me le diras, plus vite tu pourras partir, ajouta-t-elle d'un ton crispé, en luttant contre la colère qui montait en elle.

Comment osait-il venir la voir et s'adresser à elle avec une telle désinvolture après ce qu'il lui avait fait ?

Jaul inspira profondément dans l'espoir d'apaiser le désir qui le taraudait. Il y avait trop longtemps qu'il n'avait pas couché avec une femme. S'il était aussi troublé par la proximité de Chrissie, c'était parce qu'il était en manque. Rien de plus normal.

Rassuré par cette pensée, il déclara :

— J'ai appris tout récemment que notre mariage était valide. C'est la raison de ma visite.

Chrissie ouvrit de grands yeux et sembla vaciller.

— Mais… ton père a dit qu'il n'avait aucune validité, que…

— Mon père se trompait. Mes conseillers juridiques m'ont certifié que la cérémonie était parfaitement légale. Par conséquent, il faut que nous divorcions.

Complètement déstabilisée, Chrissie avait du mal à croire ce qu'elle venait d'entendre.

— Alors depuis tout ce temps, nous sommes vraiment mari et femme ?

— Oui.

— Ça alors ! Il y a deux ans, on m'a refusé l'accès à l'ambassade sous prétexte que j'étais « délirante », bien que notre mariage ait eu lieu là-bas. Absolument personne ne voulait me voir, ni me parler, ni même accepter de te remettre une lettre. On m'a même menacé d'appeler la police si je ne disparaissais pas !

— De quoi parles-tu ? Quand es-tu allée à notre ambassade à Londres ? demanda-t-il avec brusquerie.

Elle le regarda et réprima un gémissement de dépit. Pourquoi avait-il un charme aussi redoutable ? Il était si séduisant qu'il l'avait attirée dès le premier regard, alors qu'elle savait déjà à l'époque que c'était un homme à qui on ne pouvait pas faire confiance. Elle lui avait résisté pendant des mois, jusqu'au jour où il l'avait surprise dans un moment de vulnérabilité ; et elle avait fini par succomber à l'attrait irrésistible de ses larges épaules et de ses belles paroles.

— Quand, Chrissie ? insista-t-il.

— Oh ! peu de temps après la disparition soudaine de mon mari *imaginaire*. Et quelques jours plus tard, ton père est venu en personne me voir pour m'expliquer la situation.

— Je ne sais pas ce que tu espères obtenir en racontant n'importe quoi, alors que la seule chose que nous pouvons souhaiter l'un et l'autre est un divorce.

Chrissie arqua un sourcil, narquoise.

— Je ne sais pas, Jaul... Tu ne penses pas que je pourrais être motivée par la colère après ce que tu m'as fait subir ?

— La colère n'a pas sa place ici. Nous sommes séparés depuis longtemps. Je veux divorcer. C'est un problème pratique. Rien de plus.

— Sais-tu que je te hais ? lança-t-elle d'une voix tremblante.

Comment pouvait-il rester aussi imperturbable, comme si ce qui s'était passé entre eux n'avait jamais eu aucune importance ? Il l'avait pourtant poursuivie avec acharnement pendant des mois, à Oxford. Il lui avait juré qu'il l'aimait et qu'il voulait se marier avec elle. Mais on disait qu'il n'y avait rien de plus mort qu'une vieille histoire d'amour — elle en avait la preuve à présent...

— Qu'est-ce que ça peut me faire ? rétorqua Jaul avec mépris.

Que devrait-il dire, alors qu'elle n'avait pas daigné venir le voir une seule fois à l'hôpital ?

Chrissie déglutit péniblement. L'homme qui lui faisait face et la défiait du regard n'avait plus rien du Jaul d'autrefois. Il voulait divorcer, ce qui n'avait rien d'étonnant. Sauf qu'elle avait toujours du mal à croire qu'ils étaient réellement mariés depuis plus de deux ans.

— Pourquoi ton père m'a-t-il dit que notre mariage n'était pas valide ?

— Parce que c'était ce qu'il croyait. Il était sincère.

— Vraiment ? Eh bien ce n'est pas tout ce qu'il m'a dit, figure-toi ! D'après lui, tu savais depuis le début que notre mariage n'était pas valide, et tu avais prévu de me quitter dès que l'envie t'en prendrait.

— Je n'en crois pas un mot ! protesta Jaul avec vigueur. Il n'aurait jamais proféré un tel mensonge. C'était un homme honorable et un père affectueux.

Outrée, Chrissie donna libre cours à sa colère :

— Tu parles ! J'ai été expulsée de ton appartement sans avoir le temps de rien emporter d'autre que les vêtements que je portais. J'ai été humiliée, traitée comme une squatteuse et…

— Ce genre d'attitude ne te mènera à rien avec moi, coupa-t-il d'un ton cinglant. Je refuse d'écouter ce tissu d'insanités. Je sais quel genre de femme tu es. Mon père t'a donné cinq millions de livres pour que tu sortes de ma vie. Tu les as pris, et je n'ai plus jamais entendu parler de toi.

— Evidemment, puisqu'à l'ambassade du Marwan, on m'a traitée de folle quand j'ai dit que j'étais ta femme !

Chrissie serra les dents. A quoi bon préciser qu'elle n'avait jamais touché à l'argent ? De toute évidence, Jaul n'était pas prêt à l'écouter, encore moins à la croire. Mais comment aurait-elle pu accepter cet argent destiné à la dissuader de chercher à revoir son mari et à l'empêcher de vendre aux médias des détails croustillants de leur relation.

— Je veux que tu laisses le passé à sa place et que tu te concentres sur le présent, assena Jaul. Notre divorce.

Il vit les yeux turquoise de Chrissie étinceler.

— Tu veux divorcer pour te remarier, c'est ça ?

— Ce que je veux ne te regarde en rien après tout ce temps.

— Pour obtenir le divorce, tu as besoin de mon consentement, je suppose.

Chrissie passa devant son visiteur et se dirigea vers la porte d'entrée. Cette fois, la balle était dans son camp ; c'était elle qui détenait le pouvoir. Jaul attendait d'elle qu'elle se montre compréhensive, qu'elle lui accorde ce qu'il était venu chercher. Mais pour quelle raison devrait-elle être compréhensive ? Elle ne lui devait rien !

— En effet, acquiesça-t-il. La procédure de divorce par consentement mutuel est la plus rapide.

— Ma réponse est non.

Pas question de se montrer coopérative ! Après la façon dont Jaul l'avait traitée, elle n'avait qu'une envie : lui mettre des bâtons dans les roues.

— Si nous sommes réellement mariés et si tu veux divorcer, il va falloir que tu m'attaques en justice, insista Chrissie.

Jaul s'immobilisa sur le seuil du salon.

— C'est ridicule… Pourquoi prendrais-tu une décision aussi stupide ?

— Parce que je n'ai aucune envie de te rendre service. Et que je sais que tu voudrais que tout se passe dans la plus grande discrétion. Après tout, tu n'as jamais reconnu publiquement avoir épousé une étrangère, n'est-ce pas ?

— Pourquoi l'aurais-je fait puisque je pensais que le mariage n'était pas valide ! s'exclama Jaul en crispant les poings.

— N'importe quel homme aurait au moins précisé ce point à la femme qui se croyait son épouse. Mais toi, qu'as-tu fait ? Tu m'as abandonnée et tu as laissé ton père m'expliquer la situation à ta place !

Au comble de l'indignation, Jaul saisit le poignet de la jeune femme au moment où elle s'apprêtait à ouvrir la porte.

— Je t'interdis de me parler sur ce ton, grinça-t-il entre ses dents serrées.

— Je continuerai à te parler sur le ton qui me plaira et tu ne pourras pas m'en empêcher ! Tu ne mérites rien d'autre après la façon dont tu m'as traitée.

Il la lâcha et darda sur elle un regard dédaigneux.

— Tu essaies de monnayer ton accord, c'est ça ? Tu veux que je te paie pour me rendre ma liberté ?

Elle laissa échapper un petit rire ironique.

— Oh ! non ! J'ai tout l'argent dont j'ai besoin. Je ne veux pas un penny de toi. Tout ce que je veux, c'est te compliquer la vie.

Jaul dut faire un effort surhumain pour garder son calme. Personne ne lui avait parlé comme ça depuis… depuis la dernière fois qu'il avait vu Chrissie, en fait ! Leurs personnalités étaient entrées en conflit dès le premier jour. Ils étaient tous les deux obstinés et prompts à s'emporter. Ils avaient eu des querelles enflammées, suivies de réconciliations ardentes — si ardentes qu'il ne les avait jamais oubliées… D'ailleurs, le simple fait d'y penser suffisait à l'exciter au plus haut point. Ce qu'il fallait éviter à tout prix.

— Je vois que ton humeur exécrable rend impossible toute discussion.

— Je ne suis pas d'humeur exécrable ! protesta-t-elle avec feu.

S'exhortant au calme, Chrissie prit une profonde inspiration. Une bouffée de parfum épicé lui monta alors aux narines, douloureusement familière, qui la transporta deux ans en arrière. Elle fut aussitôt agressée par une souffrance aussi vive que si la trahison de Jaul datait de la veille. Ce parfum lui rappelait également des nuits de passion torride, ce qui accrut son irritation.

— Je reviendrai plus tard, quand tu auras eu le temps de réfléchir à ce que je t'ai dit, déclara Jaul.

Elle garda le silence. Pas question de lui dire qu'elle allait passer plusieurs jours chez sa sœur. Ça ne le regardait pas, et elle n'avait pas l'intention de lui laisser l'occasion de découvrir qu'en plus d'être marié, il avait des enfants. Elle n'était pas prête à prendre ce risque pour l'instant.

Rompant le silence qui se prolongeait, Jaul ajouta :

— Le divorce est la seule option sensée. Je ne vois pas d'objection à payer pour l'obtenir. Tu auras également droit à une pension alimentaire.

— Je t'ai dit que je ne voulais rien de toi, répliqua-t-elle en ouvrant la porte. Va-t'en, s'il te plaît.

Jaul scruta le visage de Chrissie, frustré et furieux. Il ne la reconnaissait pas. Son regard était vide, ses traits, sans expression. Tout dans son attitude indiquait clairement qu'il était un ennemi en qui elle n'avait aucune confiance.

Sans un mot, il sortit. Pas question de la revoir. Il lui avait dit ce qu'il avait à lui dire. A partir de maintenant, il allait laisser les avocats régler le problème.

*
* *

Chrissie s'habilla en toute hâte. Elle jeta des vêtements dans une petite valise, qu'elle porta jusqu'à sa voiture, en même temps qu'un sac plein d'accessoires pour ses bébés.

Son appartement avait toujours été son refuge, mais la visite de Jaul lui laissait l'impression qu'on y avait pénétré par effraction ; elle ne s'y sentait plus en sécurité. Et s'il avait vu les jumeaux ? Elle avait la conviction qu'il aurait compris instantanément que Tarif et Soraya étaient ses enfants, alors qu'il n'avait aucune raison de soupçonner leur existence. C'était ridicule ! Malgré tout, elle avait hâte de les installer dans leurs sièges enfant et de s'en aller…

Un peu plus tard, coincée dans les embouteillages, Chrissie fut assaillie par des souvenirs indésirables. Pendant sa deuxième année à l'université d'Oxford, elle partageait un minuscule appartement avec Nessa, qui avait un cœur d'artichaut. Si bien que Chrissie avait tendance à ne l'écouter que d'une oreille quand elle parlait de son amoureux du moment.

Un jour, Nessa avait rencontré un prince, qui l'avait emmenée dîner à Paris en jet privé. Il l'avait raccompagnée à l'appartement le lendemain, et il était encore présent lorsque Chrissie était rentrée des cours que sa colocataire avait séchés. Elle n'oublierait jamais cette première rencontre avec Jaul, son visage d'une beauté stupéfiante, ses yeux noirs étincelants au regard pénétrant. Il l'avait fixée un long moment et elle était restée clouée sur place, tandis que Nessa parlait avec enthousiasme de Paris et de limousines. Jaul était parti rapidement.

— Au lit, il est fantastique, avait confié Nessa d'un air extasié. Absolument fantastique !

Hélas pour son amie, c'était resté une aventure sans

lendemain. Jaul lui avait fait livrer des fleurs et une paire de boucles d'oreilles en diamant, mais il n'avait jamais rappelé. Malgré sa déception, Nessa avait pris ça avec philosophie. Il était normal qu'un homme comme lui veuille profiter au maximum de sa liberté, avait-elle commenté.

La deuxième fois que Chrissie avait vu Jaul, c'était dans les locaux de l'association des étudiants. Elle l'avait tout de suite remarqué, mais il était vrai qu'il ne passait pas inaperçu entouré de quatre gardes du corps et d'une nuée de blondes aguichantes qui, comme elle le découvrirait plus tard, semblaient surgir de nulle part pour se jeter sur lui partout où il allait.

A sa grande stupéfaction, il s'était levé quand elle était passée à côté de sa table, alors qu'elle feignait de ne pas l'avoir reconnu. Au comble de l'embarras, elle avait eu une conscience aiguë de son regard brûlant — et de la jalousie presque palpable des autres femmes.

A l'époque, Chrissie avait deux emplois à temps partiel, parce que sa famille n'avait pas les moyens de l'aider financièrement. Mais elle avait beau travailler à la fois à la bibliothèque de l'université et comme serveuse dans un restaurant, elle arrivait tout juste à s'en sortir. Son père, fermier, avait été obligé de prendre sa retraite à cause d'une santé précaire ; alors Lizzie travaillait d'arrache-pied pour faire tourner l'exploitation.

A l'époque, Chrissie culpabilisait de ne pas être aux côtés de sa sœur pour l'aider, mais elle était déterminée depuis toujours à avoir un métier qui lui permette d'être indépendante, contrairement à leur mère. Après avoir quitté leur père au bout de quelques années de mariage, Francesca avait enchaîné les liaisons désastreuses marquées par l'alcool, l'infidélité ou la violence. Ayant vécu depuis toute petite dans la précarité, Chrissie savait jusqu'où une femme pouvait être contrainte de s'abaisser pour se nourrir et nourrir sa famille. C'était une leçon qu'elle avait retenue et elle s'était juré de ne jamais dépendre d'un homme.

Quand Jaul était venu à la bibliothèque, quelques semaines après leur première rencontre, et lui avait demandé de l'aide pour trouver un livre, elle avait accédé poliment à sa requête.

— J'aimerais vous inviter à dîner un soir, avait-il murmuré quand elle lui avait tendu le livre.

Fascinée malgré elle par son regard intense et la beauté de ses traits, elle avait été envahie par un trouble profond. Furieuse de cette réaction, elle avait pensé au comportement du prince avec Nessa : dès qu'il avait obtenu ce qu'il voulait, il s'était désintéressé d'elle. Il n'avait rien eu d'autre en tête qu'une aventure d'un soir avec une jeune femme désinhibée.

— Non merci, avait-elle répondu froidement.

— Pourquoi ?

— Entre mes études et mes deux jobs à temps partiel, j'ai très peu de temps libre. Et quand j'en ai, je rentre dans ma famille.

— Un déjeuner, alors.

— Non, je n'ai pas envie, avait-elle admis abruptement en reculant d'un pas.

Jaul était si imposant et l'espace entre les rayonnages si étroit qu'elle s'était sentie coincée.

— Ai-je dit ou fait quelque chose qui vous a offensée ?

Hérissée par son insistance, elle avait serré les dents.

— Nous ne nous entendrions pas.

— Pourquoi ?

— Vous représentez tout ce que je n'aime pas. Vous n'étudiez pas, vous faites la fête et vous sortez avec des tas de femmes. Je ne suis pas votre genre. Je n'ai pas envie d'aller dîner à Paris. Je n'ai pas envie de diamants. Je n'ai pas la moindre intention de coucher avec vous !

— Et si je ne vous proposais ni dîner à Paris, ni diamants, ni sexe ?

— Je finirais sans doute par vous tuer parce que vous êtes d'une arrogance insupportable ! Pourquoi ne voulez-vous pas comprendre quand on vous dit non ?

Jaul avait eu un sourire soudain. Un sourire si éblouissant que Chrissie avait senti son cœur s'affoler.

— Rien dans mon éducation ne m'a préparé à m'entendre répondre non.

— Eh bien quand je dis non, c'est non ! Et je trouve votre insistance exaspérante.

— De mon côté, je suis très obstiné en plus d'être arrogant. Il semble que nous nous trouvions dans une impasse.

D'un geste impérieux, elle avait montré la flèche indiquant la direction de la salle de lecture la plus proche.

— Vous avez votre ouvrage, allez étudier.

Et sans un mot de plus, elle s'était dirigée vers l'ascenseur avec son chariot plein de livres, pressée de se réfugier à l'étage du dessus.

# 3

Un jumeau dans chaque bras, Chrissie fut accueillie par Sally lorsqu'elle arriva chez Cesare et Lizzie. Max et Giana accoururent aussitôt pour voir leurs cousins. Tarif poussa un cri de joie en voyant Max et agita les bras.

— Il me reconnaît ! s'exclama Max avec stupéfaction.

— Dès qu'il va commencer à marcher, il va t'empoisonner la vie, prévint Chrissie d'un ton malicieux en lui tendant Tarif.

Giana étant trop petite pour s'occuper de Soraya, ce fut Sally qui la prit. Lizzie, très élégante, arriva dans le hall un sourire joyeux aux lèvres.

— Chrissie… quelle bonne surprise ! lança sa sœur. Je pensais que tu arriverais plus tard.

Les larmes qui brûlaient encore les yeux de Chrissie se répandirent instantanément sur ses joues. Devant l'air surpris de sa sœur, elle réprima un sanglot et se blottit dans les bras que celle-ci lui ouvrait.

— Désolée.

— Tu n'as pas à t'excuser d'être bouleversée, déclara Lizzie. Que s'est-il passé ? Tu ne pleures jamais…

Par chance, son aînée n'avait pas été témoin de son désespoir deux ans plus tôt, quand elle avait fini par comprendre que Jaul ne reviendrait pas à Londres. Chrissie avait mis un point d'honneur à ne pas gâcher le bonheur de sa sœur. Elle s'était contentée d'évoquer d'un ton détaché une relation éphémère avec un homme jeune qui n'était pas prêt à assumer ses responsabilités envers les enfants qu'elle portait.

— Tu n'as pas besoin de ce nul… Tu n'as besoin de personne d'autre que Cesare et moi ! avait dit Lizzie.

Et elle ne lui avait plus posé de questions.

Réprimant ses sanglots, Chrissie se rendit à l'évidence : le moment était venu de parler de Jaul à sa sœur. Depuis l'instant où elle l'avait vu sur son perron, elle était profondément perturbée. Son passé avait resurgi et tous les souvenirs, fantastiques ou déchirants, qu'elle avait refoulés l'engloutissaient, ravivant sa souffrance.

— Mon Dieu, Chrissie…, soupira Lizzie. Viens, tu vas tout me raconter.

Elle l'entraîna dans le salon, meublé de canapés bleus et de meubles contemporains en bois clair. Cesare, qui téléphonait devant la fenêtre, prit congé de son interlocuteur et éteignit son portable. Considérant Chrissie d'un air inquiet, il déclara :

— Je m'apprêtais à t'annoncer que mes sœurs arrivent ce soir et comptent bien t'emmener en boîte demain soir !

Chrissie se força à sourire. Elle s'entendait à merveille avec les sœurs de Cesare, Sofia et Maurizia, et elle sortait avec elles à chaque fois qu'elles venaient à Londres.

— Je risque de ne pas être de très bonne compagnie…

Lizzie la fit asseoir sur un canapé.

— Dis-moi ce qui ne va pas.

— Je ne peux pas... J'ai été trop stupide... Sinon je te l'aurais dit il y a des années. Tu ne vas pas croire à quel point j'ai été stupide. Et maintenant, je ne sais pas quoi faire...

— Commencer par le début est en général une bonne solution, intervint Cesare.

— Le père des jumeaux a reparu. Et il veut que nous divorcions, ce qui semble insensé après ce que son père…

— Tu étais mariée au père des jumeaux ? coupa Cesare d'un ton incrédule.

— Mon Dieu, c'est la dernière chose à laquelle je m'attendais ! s'exclama Lizzie. Mariée !

Chrissie se sentit plus coupable que jamais. Comment avait-elle pu cacher ça à sa grande sœur, qui avait été une bien meilleure mère pour elle que leur propre mère, alors qu'elle n'était son aînée que de cinq ans ?

— Oui, je reprends depuis le début, acquiesça-t-elle en réponse au regard entendu de Cesare. Sinon, vous n'allez rien comprendre.

Prenant son courage à deux mains, elle raconta depuis combien de temps elle connaissait Jaul. Lizzie ouvrit de grands yeux.

— Tu le fréquentais déjà à l'université et tu ne m'as jamais parlé de lui ?

Les joues de Chrissie s'enflammèrent. Comment expliquer la place qu'avait prise Jaul dans sa vie bien avant qu'elle finisse par entamer une relation amoureuse avec lui ? A l'époque, elle le voyait presque tous les jours sur le campus. Parfois elle lui parlait, parfois elle l'évitait s'il s'était montré trop pressant la fois précédente. Jamais cependant elle n'avait réussi à rester indifférente. Quand elle ne le voyait pas, elle se surprenait à le chercher. S'il restait invisible pendant plusieurs jours, elle se sentait en manque. Et quand il réapparaissait, elle ne parvenait plus à détacher les yeux de lui, comme si le seul fait de le regarder lui redonnait de l'énergie.

Elle n'aurait pas pu expliquer leur relation à sa sœur sans en être mortifiée. Par la suite, elle s'était félicitée de sa discrétion lorsque, au lieu de rentrer chez elle avec son mari pour le présenter fièrement à sa famille, elle était revenue enceinte et abandonnée.

Lizzie avait été navrée pour elle quand leur père avait décrété qu'il ne voulait pas voir chez lui sa fille enceinte et célibataire. De son côté, Chrissie s'était sentie terriblement coupable d'avoir déçu la sœur qu'elle avait toujours idolâtrée, et qui avait fait d'innombrables sacrifices pour elle. Ayant quitté l'école à seize ans pour travailler à la ferme, Lizzie n'avait jamais pu faire d'études ni profiter de sa jeunesse avec insouciance.

— Je n'avais pas vraiment de raisons de t'en parler. C'est seulement pendant ma dernière année à l'université que notre histoire a commencé.

— Mais tu ne t'en es pas non plus ouverte à ce moment-là, souligna Cesare.

— Je croyais que ça ne durerait pas. Je ne m'attendais pas du tout à ce que Jaul s'engage dans une relation sérieuse. Mais peu à peu tout a changé, et moi j'ai changé aussi… Je ne sais pas comment l'expliquer autrement, conclut Chrissie, au comble de l'embarras.

— Tu es tombée amoureuse de lui, traduisit Lizzie.

— Folle amoureuse, acquiesça-t-elle en tentant de plaisanter. Nous nous sommes mariés à l'ambassade du Marwan, ici, à Londres.

— Mais pourquoi tous ces mystères ?

— Jaul voulait que notre mariage reste secret jusqu'à ce qu'il ait l'occasion de parler de nous à son père. Ce qu'il n'était pas pressé de faire, je pense.

Après une hésitation, Chrissie mentionna la querelle qui avait eu lieu quelques jours après le mariage, lorsque Jaul lui avait annoncé son intention d'aller au

Marwan seul sans faire la moindre allusion à la date de son retour.

— Je me suis sentie rejetée.

— Bien sûr, c'est normal, commenta Lizzie en lui pressant la main.

Chrissie raconta ses tentatives infructueuses pour transmettre un message à Jaul par l'intermédiaire de l'ambassade, puis la visite de son père, le roi Lut. Lorsqu'elle répéta les propos de ce dernier, Cesare s'emporta :

— A ce moment-là tu aurais dû chercher notre soutien !

— Je pensais encore que Jaul reviendrait. Je n'ai pas cru tout de suite tout ce que son père m'avait dit et j'ai gardé espoir quelque temps.

— Et puis tu as découvert que tu étais enceinte, devina Lizzie.

— Deux mois avaient passé et je ne pouvais pas trouver plus longtemps des excuses au silence de Jaul. J'ai enfin admis que ce que son père m'avait raconté devait être vrai.

— Mais de toute évidence ce n'était pas le cas, intervint Cesare. Jaul est-il au courant pour les jumeaux ?

— Non. Je ne lui en ai pas parlé. Et je lui ai dit que je n'accepterais pas le divorce, juste pour lui compliquer la vie, avoua Chrissie avec embarras. C'est une réaction infantile, n'est-ce pas ?

— Je vais demander à mes avocats de s'occuper de cette affaire, annonça Cesare. Jaul doit être mis au courant de l'existence des jumeaux le plus vite possible. Un homme a le droit de savoir qu'il a des enfants.

— Même s'il abandonne sa femme sans jamais donner de nouvelles ? s'exclama Lizzie.

— *Si*, même dans ce cas.

Chrissie rappela ses visites répétées à l'ambassade du Marwan et précisa qu'elle avait également tenté de joindre Jaul par téléphone, sans plus de succès.

— J'ai vraiment fait tout mon possible pour le retrouver.

— Il faut malgré tout que tu envisages la situation à long terme. Que tu mettes de côté tes griefs pour penser aux enfants et à l'avenir.

— C'est vrai, reconnut Lizzie. Et tu dois au moins une chose à Jaul : il faut que tu ailles le voir pour lui parler des jumeaux avant que les avocats entrent en scène...

— Mais enfin, je ne sais même pas où il est ! s'exclama Chrissie, consternée par cette suggestion. Il est très possible qu'il ne soit plus à Londres.

— Pourquoi devrait-elle aller le voir ? demanda Cesare.

— Il a au moins eu la décence de venir lui dire lui-même qu'ils étaient encore mariés au lieu de laisser les avocats s'en charger. De mon point de vue, tu ne lui dois rien d'autre. Néanmoins, j'estime qu'il a le droit d'apprendre qu'il est père de ta bouche et en privé.

— Je ne veux pas le voir..., protesta Chrissie sans conviction.

Certes, elle n'avait aucune envie de revoir Jaul. Mais comment nier que Lizzie avait raison ? Comment pourrait-elle refuser de se comporter de manière décente ?

Chrissie descendit du taxi. C'était Lizzie qui avait insisté pour qu'elle en prenne un, arguant que vu son humeur, conduire dans les embouteillages, repérer la bonne adresse puis chercher une place où se garer serait une très mauvaise idée.

La maison où Jaul résidait ne passait pas inaperçue, un imposant bâtiment situé dans le quartier le plus chic de Londres. Via ses nombreuses relations, Cesare n'avait pas eu beaucoup de mal à retrouver la trace de Jaul. Il avait également obtenu des informations dont Chrissie se serait bien passée. La rue en arc de cercle autour de laquelle s'étendait l'immense résidence était à l'origine bordée de plusieurs maisons, que le grand-père de Jaul avait achetées dans les années trente pour les transformer en un somptueux ensemble. Les lieux étaient destinés à accueillir la famille royale du Marwan et son nombreux personnel lors de ses séjours à Londres.

Chrissie soupira. Encore une chose qu'elle avait ignoré au sujet de l'homme qu'elle avait aimé et épousé : ils avaient visité Londres ensemble, mais Jaul ne lui avait jamais dit que sa famille y possédait une demeure. De même qu'il ne lui avait jamais précisé qu'il était fils unique et succéderait à son père sur le trône. En fait, il ne lui avait donné que très peu de détails sur sa vie. En bref, qu'il avait grandi sans mère, avait suivi une formation militaire en Arabie saoudite et qu'il n'était jamais venu en Angleterre avant de s'inscrire en sciences politiques à Oxford.

Dire qu'aujourd'hui, il était à la tête de son pays, un Etat du Golfe immensément riche… Elle avait encore du mal à réaliser. Mais elle comprenait enfin cette arrogance et cet autoritarisme qui l'avaient si souvent hérissée. Jaul avait toujours su exactement qui il était et quel était son destin. Nul doute que son mariage avec elle n'avait été pour lui qu'une parenthèse dans sa vie de futur souverain, et qu'il avait toujours considéré cette union comme éphémère.

— Tu dois agir avec la plus grande prudence, Chrissie, lui avait conseillé Cesare, une fois qu'il avait établi l'identité exacte de l'homme qu'elle avait épousé dans le plus grand secret deux ans plus tôt.

A ce souvenir, un grand froid l'envahit. Son beau-frère lui avait signalé que Jaul jouissait de l'immunité diplomatique, qu'il était très lié avec plusieurs membres influents du gouvernement britannique et qu'il serait beaucoup mieux armé que le commun des pères étrangers s'il cherchait à obtenir la garde des enfants. « S'il cherchait à obtenir la garde des enfants. » Seigneur, comme cette idée était terrifiante ! D'après Cesare, Tarif était en toute logique l'héritier du trône du Marwan, ce qui le rendrait très précieux aux yeux de son père...

Chrissie fut assaillie par une bouffée de panique. Si elle s'écoutait, elle n'essaierait même pas de se conduire de manière civilisée : elle prendrait la fuite avec ses enfants pour se réfugier dans un endroit où Jaul n'aurait aucune chance de les retrouver... Prenant une profonde inspiration, elle s'efforça de se ressaisir. Non. Elle était censée se comporter en adulte capable d'affronter les situations les plus éprouvantes.

Elle monta les marches conduisant à l'entrée de la bâtisse prétentieuse, dotée d'un portique aux colonnes massives, et appuya sur la sonnette.

Jaul était en train de déjeuner dans une salle à manger décorée dans le style « moderniste du désert » par sa grand-mère anglaise. Comment pouvait-on avoir mauvais goût à ce point ? Il n'avait aucune envie de faire comme s'il se trouvait dans le désert et de manger assis en tailleur devant un feu factice ! Il avait envie d'une table et d'une chaise. Heureusement, son chef et une partie de son personnel l'avaient accompagné à Londres, si bien que le service et la nourriture étaient irréprochables. Malgré tout, il était quand même obligé de dormir dans une chambre aux allures de tente, dans un lit à baldaquin en tiges de bambou reliées par de la corde…

Le seul avantage du décor extravagant de la demeure royale londonienne était qu'il parvenait par moments à distraire son esprit de l'image de Chrissie en short, avec ses jambes interminables…

Ghaffar, son assistant, apparut sur le seuil de la salle à manger et s'inclina.

— Quelqu'un demande à être reçu sans rendez-vous, Sire.

Jaul étouffa un grommellement et fit un geste agacé. Il séjournait à Londres à titre privé et ne voulait voir personne.

— Aucune visite.

— C'est une femme du nom de Whitaker.

Jaul bondit sur ses pieds.

— Elle est la seule exception à la règle.

Chrissie tapotait du pied sur le sol de marbre du gigantesque hall, tapissé de sortes de coffrets qui ressemblaient à des sarcophages tout droit sortis d'un tombeau égyptien. C'était un lieu sinistre, que le manque de lumière rendait plus angoissant encore. Devant la statue d'un dieu à deux têtes, elle sentit sa nervosité s'accentuer.

Tout à coup, Jaul apparut dans l'encadrement d'une porte. Dans son costume gris impeccablement coupé, il lui sembla presque aussi étrange que le décor. La seule fois où elle l'avait vu en costume, c'était le jour de leur mariage.

— Chrissie, je ne m'attendais pas à te voir ici.

— Eh bien, nous sommes deux ! avoua-t-elle avec un

petit rire gêné qui résonna dans le hall. Mais il fallait que je te voie en privé, et c'était le meilleur moyen.

— Tu es la bienvenue.

Jaul claqua des doigts et un domestique surgi de nulle part ouvrit la porte d'un salon en faisant des courbettes.

— Nous allons prendre le thé et... discuter poliment ?

Son visage s'enflamma. Puis, à sa grande consternation, sa gorge se noua dangereusement.

— Oui, poliment, acquiesça-t-elle d'une voix mal assurée.

Où étaient passées la colère et l'agressivité qui lui avaient donné de l'énergie ce matin, et permis de tenir à distance le tourbillon d'émotions que la réapparition de Jaul avait déclenché en elle ?

— J'aurais téléphoné avant de venir si j'avais eu ton numéro, déclara-t-il comme s'il lisait dans ses pensées.

Heureusement qu'il n'en avait pas le pouvoir, songea Chrissie, furieuse contre elle-même parce qu'elle était incapable de détacher les yeux de son visage. Certes, il était beau comme un dieu, mais elle n'était pas obligée d'en être aussi consciente, si ?

— Nous pourrions peut-être les échanger, maintenant, suggéra-t-elle.

Jaul sortit son portable pour noter son numéro, puis lui tendit une carte de visite.

— Tout ça fait une drôle d'impression, commenta-t-elle en la prenant.

— C'est normal. Après tout, nous avons beaucoup changé tous les deux.

Le flegme de Jaul la hérissa et elle fut prise d'une furieuse envie de le gifler. A son grand soulagement, un coup frappé à la porte fit diversion. Un domestique entra dans le salon avec un plateau, suivi par un autre qui s'inclina devant Jaul avant de mettre une nappe sur une petite table. Un présentoir en porcelaine chargé de petits fours français et de mini scones fut posé sur la table et le thé fut servi.

Chrissie avait l'impression de remonter le temps jusqu'à son premier rendez-vous avec Jaul. Un après-midi, il l'avait emmenée dans un hôtel chic pour prendre le thé selon le rituel typiquement anglais ; elle avait eu l'impression d'être une dame de la haute société et l'expérience lui avait beaucoup plu.

— Tu t'es souvenu, dit-elle sans réfléchir.

Jaul fronça les sourcils. Souvenu de quoi ? Sa grand-mère avait toujours pris le thé en fin d'après-midi, et cette tradition était encore respectée aujourd'hui dans cette demeure qui n'avait pas connu d'autre maîtresse de maison. Puis il se souvint de cet après-midi où il avait enfin réussi à convaincre Chrissie de le considérer comme un homme normal et bien éduqué plutôt que comme un séducteur doublé d'un fêtard. Ce jour-là aussi elle portait une robe bleue, avec des fleurs minuscules. Ses beaux cheveux cendrés lui tombaient jusqu'à la taille. Elle était assise très droite sur son siège. Elle paraissait si timide qu'il avait eu peur de dire ou de faire ce qu'il ne fallait pas et de l'effaroucher une fois de plus. Pour la première et unique fois de sa vie, il avait eu peur de ce que pouvait penser une femme ! Il y avait vraiment de quoi se tordre de rire. Et pourtant : devant Chrissie, plus belle que jamais avec ses cheveux qui aujourd'hui frôlaient ses épaules, il n'avait pas la moindre envie de rire.

Jaul était assailli par des images qu'il gardait enfouies tout au fond de sa mémoire depuis deux ans. Ces yeux turquoise fixés sur lui, il les avait vus si souvent étinceler de désir... Comment oublier la passion effrénée qui les avait unis ?

L'atmosphère se chargeait d'électricité, constata Chrissie avec consternation. Son regard croisa celui de Jaul et elle tressaillit, submergée par une chaleur intense. Avant qu'elle ait le temps de battre en retraite, Jaul la prit dans ses bras et l'attira contre lui. Elle crut que ses poumons allaient exploser.

— Chrissie..., susurra-t-il.

Refermant les mains sur ses hanches, il plaqua son bassin contre le sien. Au contact de sa virilité pleinement éveillée, le désir enflamma Chrissie, si ardent qu'il en était presque douloureux. Alors qu'elle vacillait sur ses jambes, il s'empara de sa bouche dans un baiser vorace qui acheva de l'embraser tout entière. Ses mains se posèrent d'elles-mêmes sur les épaules musclées de son compagnon, avant de remonter vers sa nuque et les épais cheveux noirs dans lesquels elle aimait tant enfoncer les doigts autrefois.

Il approfondit encore son baiser et elle sentit toute retenue l'abandonner. Elle brûlait d'envie de déchirer sa chemise, de couvrir de caresses son torse musclé... De le renverser sur le tapis et d'assouvir la passion irrépressible qui la dévorait... Comment résister ? Impossible.

# 4

Quelqu'un frappa à la porte et Jaul se figea. S'arrachant à la bouche de Chrissie, il s'écarta d'elle.

— Désolé, je n'aurais pas dû. C'était une erreur, déclara-t-il d'un ton neutre.

Complètement déstabilisée, elle pivota sur elle-même et gagna la fenêtre en se maudissant. Comment avait-elle pu répondre au baiser de Jaul ? Les jambes tremblantes, elle s'assit sur une sorte de banc en bois sculpté horriblement inconfortable, sans même un coussin pour atténuer sa dureté.

Une « erreur » ? se répéta-t-elle, sonnée. Elle était vaguement consciente que quelqu'un parlait à Jaul dans sa langue sur le seuil de la pièce. Une « erreur »… Quelle humiliation de s'entendre dire ça ! Mais que lui avait-il pris de s'abandonner dans les bras de son ex ? Si elle était venue le voir, c'était pour lui révéler l'existence des jumeaux, bon sang ! Hélas, une force incontrôlable semblait l'avoir soudain privée de toutes ses facultés. Cependant, ce qui était fait était fait. Et après tout, Jaul était aussi responsable qu'elle de ce qui s'était passé, se dit-elle pour tenter de se réconforter.

Jaul était déconcerté par la nouvelle que venait de lui annoncer son assistant. Il était invité à assister le lendemain matin à une rencontre entre les avocats choisis par son Premier conseiller et ceux chargés de représenter Chrissie. Vu la façon dont elle avait réagi la veille à la mention d'un divorce, c'était inattendu — pas plus que sa visite, après tout... Aurait-elle déjà changé d'avis ? En tout cas, elle était visiblement en mesure de s'assurer du jour au lendemain les services d'un des cabinets spécialisés en droit de la famille les plus réputés. Nul doute qu'elle avait réfléchi à l'aspect financier du problème et aux avantages qu'elle retirerait en lui accordant le divorce qu'il réclamait. Depuis quand attachait-elle autant d'importance à l'argent ?

Cette question avait germé en lui quand elle avait accepté l'argent que son père lui avait proposé pour qu'elle renonce à leur relation. Comment la cupidité de Chrissie avait-elle pu lui échapper ? A l'époque, il l'aurait décrite comme la femme la moins intéressée de sa connaissance. Avait-elle habilement dissimulé cet aspect de son caractère pour l'impressionner ? Lorsqu'ils étaient ensemble, elle ne perdait jamais une occasion de lui prouver qu'elle n'attachait aucune importance à sa fortune. Et il fallait bien reconnaître qu'il avait été très impressionné par cette femme qui, contrairement aux autres, l'appréciait pour qui il était et non pour ses millions.

Quelle ironie ! La femme qu'il avait le plus estimée s'était révélée la plus mesquine et intéressée. Voilà qui en disait long sur l'influence désastreuse de sa libido sur son jugement. Une réalité qu'il ferait bien de garder à l'esprit, vu l'effet que cette femme lui faisait encore aujourd'hui...

Toujours assise sur le banc, Chrissie s'efforçait de se ressaisir et de se concentrer sur l'objet de sa visite. De quelle manière annoncer à Jaul qu'il avait des enfants ? Nul doute que la nouvelle allait lui faire un choc... Prenant une profonde inspiration, elle ouvrit la pochette que Lizzie lui avait donnée et en sortit les deux extraits d'actes de naissance. Ces documents parlaient d'eux-mêmes. Inutile de s'empêtrer dans des explications maladroites.

Elle se leva et rejoignit Jaul.

— Je suppose que tu te demandes pourquoi je suis ici.

« Pas pour t'embrasser ni fantasmer de t'arracher tes vêtements », ajouta-t-elle intérieurement en se maudissant une fois de plus.

— Il fallait que je te montre ça, reprit-elle.

Jaul prit les documents, perplexe. Au moins, Chrissie n'avait pas fait allusion à leur tout frais baiser. Une chance, étant donné sa propension à faire un drame du moindre incident. Ils avaient été brièvement été transportés tous les deux dans le passé, inutile de s'appesantir là-dessus. Il baissa les yeux sur les documents et plissa le front : pourquoi diable venait-elle de lui donner des extraits d'actes de naissance ? En lisant le nom de la mère, il fut envahi par un grand froid.

— Tu as des enfants ?

— Et toi aussi. Quand tu es parti, j'étais enceinte.

Jaul eut l'impression de recevoir un coup de poing dans l'estomac. Enceinte ? Non, impossible ! Il fit un rapide calcul. Si, c'était possible. Qu'il le veuille ou non, c'était tout à fait possible. Il relut les extraits d'actes de naissance. Il avait des enfants. Un garçon et une fille. Quel désastre ! La femme dont il voulait divorcer était la mère de ses enfants. C'était une véritable catastrophe, qui changeait tout. Absolument tout.

Mais pourquoi l'apprenait-il aussi tard ? Pourquoi était-il prévenu plus d'un an après la naissance ? Jaul ferma les yeux un instant avant de les rouvrir pour fixer Chrissie. La belle et perfide Chrissie, qui lui avait tendu un piège redoutable…

Submergé par une colère noire, il dut faire un effort surhumain pour la contenir.

— Si c'est vrai, et je suppose que ça l'est, peux-tu m'expliquer pourquoi je ne l'apprends qu'aujourd'hui ?

Chrissie tomba des nues. Dans le taxi, elle avait envisagé diverses réactions possibles de la part du père des jumeaux. Toutes sauf celle-ci.

— C'est tout ce que tu trouves à dire ? s'emporta-t-elle, furieuse.

Comme tous ses prédécesseurs sur le trône, Jaul avait été formé dès son plus jeune âge à garder son sang-froid en toute situation.

— A quoi t'attendais-tu ? demanda-t-il d'un ton posé.

Au même instant la porte s'ouvrit brusquement. Ses quatre gardes du corps firent irruption dans la pièce et considérèrent Chrissie avec incrédulité. Imperturbable, il les renvoya en précisant qu'il ne voulait être dérangé sous aucun prétexte. Pas étonnant que son équipe de protection se soit inquiétée : jamais personne ne se permettait de s'adresser à lui en élevant la voix…

Les yeux étincelants de colère, Chrissie crispa les poings.

— J'espérais une réaction un peu plus humaine. Au lieu de ça, tu me poses une question stupide !

Il serra les dents.

— Comment ça, stupide ?

— Tu voudrais que je t'explique pourquoi tu n'apprends qu'aujourd'hui l'existence de Tarif et de Soraya ? C'est une plaisanterie ?

— Non, pas du tout. Pourquoi ? Essaie de te calmer et de réfléchir un peu à ce que tu dis.

Chrissie suffoqua d'indignation. Comment osait-il

lui demander de se calmer ? Comment osait-il lui parler sur ce ton supérieur ?

— Pourquoi tu ne l'apprends qu'aujourd'hui ? Tu me poses la question alors que tu m'as *abandonnée* ? répliqua-t-elle toujours aussi énervée.

— Je ne t'ai pas…

— Tu es parti au Marwan et tu ne m'as plus jamais donné de nouvelles, coupa-t-elle. Tu n'as pas répondu à mes appels. Tu ne m'as jamais écrit, jamais envoyé de mail ni même de texto… Je n'ai plus jamais entendu parler de toi ! Tu ne m'as laissé aucun moyen de te joindre. Délibérément, parce que tu savais avant de partir que tu ne reviendrais pas.

— C'est faux.

— Ne me mens pas ! Sois au moins honnête. Qu'as-tu à perdre, aujourd'hui ?

— Je ne t'ai jamais menti.

— « Je t'aimerai toujours », c'était un mensonge. M'assurer que j'étais « chez nous » dans l'appartement d'Oxford, alors que ton père pouvait me jeter dehors du jour au lendemain, un autre mensonge. Et d'après lui, même notre mariage était un mensonge !

Hors d'elle, Chrissie s'empara d'un sucrier en porcelaine et le lança en direction de Jaul. Il se fracassa contre le coin d'une table basse et des morceaux de sucre en jaillirent, tels de minuscules missiles.

Jaul crispa la mâchoire. Il était au beau milieu de la grande scène qu'il avait espéré éviter. Exhorter Chrissie au calme n'avait aucune efficacité, l'écouter calmement non plus. En fait, la seule chose qui avait toujours été efficace avec Chrissie quand elle était en colère, c'était de la traîner jusqu'au lit et d'y rester jusqu'à ce qu'ils soient tous les deux repus. Aujourd'hui, il n'en était pas question, bien sûr. Que lui prenait-il de penser à ça ? Il fallait se concentrer sur l'essentiel : les enfants. Mais comment des enfants dont il n'avait jamais entendu parler jusqu'à aujourd'hui pourraient-ils avoir la moindre réalité pour lui ?

— Grâce à la petite « erreur » de ton père, mes enfants sont inscrits à l'état civil comme illégitimes et sans père ! reprit Chrissie, toujours au comble de la fureur. Ma famille ne vient peut-être pas d'un pays aussi conservateur que le Marwan, et pourtant mon père ne m'a pas adressé la parole pendant plus de six mois après avoir appris que j'allais être mère célibataire. Sans ma sœur et mon beau-frère, j'aurais eu beaucoup de mal à m'en sortir. Alors si tu n'apprends qu'aujourd'hui que tu es père, c'est tout simplement parce que tu n'as jamais été mon mari !

— Ça y est ? Tu as fini de m'accabler d'injures ?

— Je ne t'ai pas injurié. J'ai juste décrit la réalité. Tu sais quel est ton problème ?

Non, mais il était sur le point de le découvrir, songea Jaul, presque amusé.

— Les gens ne te tiennent pas tête, poursuivit Chrissie. Ils ne te demandent pas de justifier ta conduite, parce que tu es riche et puissant. Je te hais. Je te hais à un point que tu ne peux même pas imaginer ! Tu es un séducteur détestable, menteur et arrogant !

Il eut juste le temps de s'écarter pour ne pas recevoir en pleine figure le pot de lait que la jeune femme avait lancé dans sa direction.

— Je pense que tu devrais rentrer chez toi et t'allonger un moment. Je te téléphonerai plus tard, quand tu te seras adoucie un peu.

Chrissie serra les dents, tremblante de rage. Jaul n'avait pas la moindre idée de l'enfer qu'elle avait vécu. Mais de toute façon, ça ne l'intéressait pas, et il y avait de grandes chances pour que ce qu'elle lui avait dit n'ait même pas pénétré son esprit.

Encore sous le choc, Jaul tentait en vain d'imaginer Chrissie enceinte. Chrissie avec un gros ventre… Chrissie portant ses enfants… Chrissie vivant sa grossesse toute seule, rejetée par son propre père parce qu'elle n'était pas mariée. Pour la première fois, il était heureux qu'elle ait reçu de l'argent de son père à lui. Cette idée était même un soulagement. Des enfants… Il avait des enfants ! Un garçon et une fille, les premiers jumeaux de la famille royale depuis son grand-père et son grand-oncle. Jaul avait confusément conscience d'être dans un état inhabituel. Pour la première fois de sa vie, il était complètement décontenancé.

— Essaie de t'allonger un moment, comme tu me le conseilles, quand tu dois t'occuper de deux bébés de quatorze mois ! lança Chrissie avant de franchir la porte d'une démarche raide.

Elle ignora superbement les gardes du corps, qui cessèrent d'arpenter le hall pour se précipiter vers le salon afin de vérifier si leur précieux roi était indemne, malgré les éclats de voix et les bruits de vaisselle cassée. Leur *roi*… Elle n'arrivait pas à se faire à l'idée que Jaul était devenu souverain du Marwan.

Un domestique se précipita pour lui ouvrir la porte, visiblement impatient de la voir quitter les lieux. Si l'ambassade du Marwan était informée de sa visite, ses employés et les domestiques de l'hôtel particulier pourraient échanger des commentaires effarés sur la folle qui pleurait, criait et suppliait.

Eh bien, elle n'était plus cette femme ! Elle était pratiquement guérie de son histoire avec Jaul. Comment continuer à aimer un homme qui vous avait laissé tomber de manière aussi cruelle ? Jamais elle n'avait souffert à ce point. Elle jeta par-dessus son épaule un regard dégoûté à la façade de l'extravagante bâtisse. Si elle avait eu une brique sous la main, elle se serait fait un plaisir de la jeter de toutes ses forces contre les vitres d'une fenêtre...

Immobile sur le seuil du salon, Jaul était vaguement conscient que tout le personnel s'était regroupé dans le hall et attendait avec une consternation flagrante de connaître la cause d'un esclandre aussi incongru dans cette demeure royale.

Lorsqu'il finit par parler, ce fut pour faire une déclaration qui aurait stupéfié Chrissie — autant qu'elle le stupéfia lui-même :

— Mlle Whitaker est mon épouse. Ma reine.

Chrissie rentra chez sa sœur. Aussitôt qu'elle croisa le regard de Tarif, qui avait les mêmes yeux que son père, elle se remit à pleurer. A son côté, Lizzie ne savait pas quoi dire.

— Ça s'est passé si mal que ça ? Il a exigé des tests ADN pour avoir la preuve que les jumeaux sont de lui ?

— Non, pas du tout. Il est resté de marbre pendant que je lui lançais de la vaisselle à la figure en hurlant. C'était très frustrant. J'avais envie de le tuer.

Sa sœur pâlit.

— Je suis sûre que vos relations vont s'apaiser. Pour l'instant il est sans doute sous le choc.

— Je le hais. Ce soir je vais sortir et m'amuser avec Sofia et Maurizia.

Essuyant rageusement ses larmes, Chrissie se leva.

— Jaul m'a volé ma jeunesse ! ajouta-t-elle.

Lizzie était d'accord sur ce point, mais elle jugea plus

judicieux de ne rien dire. Sa cadette avait été obligée de devenir adulte trop tôt, alors qu'elle était brisée par le chagrin. Pourtant, elle avait fait face sans jamais se plaindre ni s'apitoyer sur son sort, et avait réorienté ses études pour pouvoir gagner sa vie en devenant institutrice. Pour le courage dont elle avait fait preuve, Lizzie était très fière d'elle.

Ce soir-là, lorsque Jaul sonna chez eux, Lizzie n'attendit pas de se remettre de sa stupéfaction pour aller chercher Cesare, jugeant qu'il saurait se montrer plus diplomate qu'elle avec l'homme odieux qui avait abandonné sa sœur après l'avoir épousée.

— Je voudrais voir Chrissie, déclara le visiteur sans manifester le moindre embarras.

— Malheureusement, c'est impossible, répliqua Cesare d'une voix suave. Elle est sortie.

— Sortie ? répéta Jaul, visiblement surpris.

— En boîte, intervint Lizzie avec jubilation.

— Dans ce cas, je voudrais voir les jumeaux.

Cesare soupira.

— Je crains que ce ne soit pas possible non plus. Je ne peux pas vous laisser voir les enfants sans l'autorisation de leur mère.

Les yeux de Jaul lancèrent des étincelles.

— Ce sont *mes* enfants !

— Mais ce n'est pas précisé sur leur acte de naissance, coupa Lizzie avec une satisfaction non déguisée. Vous devrez revenir demain, lorsque Chrissie sera là.

— Dans quelle... *boîte* est-elle allée ? demanda alors Jaul d'un ton dédaigneux.

A la grande contrariété de Lizzie, Cesare donna l'information au père des jumeaux. Ce dernier prit aussitôt congé et s'engouffra dans sa limousine rutilante ornée de drapeaux du Marwan.

— Pourquoi lui as-tu dit où elle était ? s'exclama-t-elle.

Cesare lui lança un regard énigmatique qui la déconcerta.

— C'est le mari de Chrissie.

— Mais elle le déteste !

— Nous ne devons pas nous en mêler. Le traiter en ennemi ne rendrait service à personne, et surtout pas à leurs enfants, *cara mia*.

Dans le carré VIP du club, Jaul s'efforçait de maîtriser sa nervosité. Il avait rarement été aussi à cran. Ses gardes du corps, en revanche, semblaient ragaillardis. Cette constatation le détendit un peu. Son équipe de sécurité était manifestement ravie de se retrouver dans ce que son père aurait décrit comme « un lieu de perdition occidental ». Accoudé à la balustrade de la galerie qui surplombait la piste de danse, il regardait sans les voir les filles qui se déhanchaient dans des tenues souvent provocantes.

La famille de Chrissie n'avait aucune confiance en lui, ce qui n'avait rien d'étonnant vu la situation inextricable qu'avait initiée son père en affirmant que le mariage n'était pas valable. Malgré tout, comment ne pas être blessé dans son amour-propre par l'accueil qu'il avait reçu ? A vingt-huit ans, il n'avait jamais fui ses responsabilités. Sauf vis-à-vis de Chrissie… Il réprima un juron. S'il n'avait pas été aussi vaniteux, il aurait pris lui-même des renseignements sur elle pour vérifier ce que son père lui avait appris. Mais comment douter de la parole de celui-ci, qui l'avait toujours choyé et dont il était très proche ? Un homme plongé dans l'angoisse à chaque fois que son fils unique contractait le moindre rhume n'inspirait pas la méfiance ! Jaul s'efforça de chasser ces souvenirs de son esprit. Toujours très affecté par la mort de son père, il ne pouvait s'empêcher de culpabiliser à cause des soupçons que les accusations de Chrissie avaient éveillés en lui.

Ses pensées se tournèrent de nouveau vers celle-ci. Venait-elle souvent dans ce genre de club ? Il ricana doucement : étant donné les circonstances, cela ne le regardait pas. C'était du moins ce que lui disait sa raison ; malheureusement, sa nature possessive avait tendance à lui souffler le contraire. N'avait-il pas commis une erreur en venant la retrouver dans cet endroit ? Il avait été guidé par la colère, qui était souvent mauvaise conseillère… Mieux valait s'en aller.

Alors qu'il s'apprêtait à quitter le club, Jaul vit Chrissie. Vêtue d'une minirobe fuchsia, elle était en train de rire en compagnie de deux autres jeunes femmes. Il serra les dents. Contrairement à lui, elle ne semblait pas du tout perturbée. Cependant, il pouvait la remercier d'avoir eu la bonne idée de lui donner son numéro de portable. Il lui envoya un texto :

Rejoins-moi dans le carré VIP.

A son grand mécontentement, il la vit se rembrunir à la lecture du message. De toute évidence, il n'était pas le bienvenu… Il fit néanmoins signe au serveur pour commander du champagne.

Une bouffée de colère assaillit Chrissie à la lecture du texto de Jaul. C'était sa première sortie depuis des mois et il fallait qu'il la gâche en lui rappelant qu'elle n'était pas aussi libre que ses deux amies ! Dommage qu'au lieu des sœurs de Cesare, ravies d'apprendre qu'elles étaient invitées dans le carré VIP, elle ne soit pas en compagnie d'un homme…

Car que cela lui plaise ou non, elle était la femme de Jaul et la mère de ses enfants. L'envoyer promener ne servirait à rien. Et de toute façon, il trouvait toujours le moyen d'obtenir ce qu'il voulait.

Autrefois, elle le considérait comme un homme qui avait le sens de l'honneur. Un homme sur qui on pouvait compter. En fait, elle était en adoration devant lui. Rien que d'y penser, elle en était malade. Comment avait-elle pu se tromper à ce point ? Mais il fallait reconnaître que le soir où leur relation avait fini par devenir amoureuse, à l'université, il avait extrêmement bien joué…

Alors qu'elle résistait de toutes ses forces à son attirance pour Jaul, elle avait fini par sortir avec un autre garçon du campus. Blond, les yeux bleus, Adrian était l'opposé de Jaul. Après plusieurs sorties au cinéma ou au café, Adrian était devenu trop pressant. Or, à l'époque, elle avait un blocage sexuel à cause d'un incident sordide qui l'avait effrayée quand elle était enfant. C'était un secret dont elle n'avait jamais parlé à personne, même pas à Lizzie.

Un soir, Adrian et ses copains l'avaient emmenée dans une fête. Au cours de la soirée elle avait eu une absence, sans doute parce que Adrian avait versé quelque chose dans son verre de jus de fruit, avait-elle conclu a posteriori. C'était Jaul qui l'avait trouvée écroulée à côté d'Adrian, visiblement soûle. Sachant que, comme lui, elle ne buvait pas d'alcool, il était venu à son secours. Elle avait eu vaguement conscience qu'il avait frappé Adrian quand celui-ci avait voulu l'empêcher de l'emmener, mais ne gardait aucun souvenir du reste de la soirée.

Elle s'était réveillée le lendemain matin dans l'appartement de Jaul, en sécurité. Il avait volé à son secours sans profiter de la situation. Tous ses préjugés contre lui s'étaient évanouis lorsqu'elle avait pris conscience qu'il était cent fois plus mûr et plus fiable que beaucoup de garçons de sa connaissance.

— Je ne te ferai jamais de mal, avait-il murmuré.

Mais c'était un énorme mensonge. Et elle lui en voulait terriblement, encore aujourd'hui. Mais à quoi bon se montrer agressive après tout ce temps ? Leur mariage était mort et enterré. Il fallait réprimer sa rancœur, accepter le divorce et tourner la page dans l'espoir d'un avenir plus heureux. Leurs avocats respectifs avaient rendez-vous le lendemain. Le divorce serait prononcé rapidement, comme le souhaitait Jaul.

Chrissie s'installa dans le fauteuil situé en face de Jaul en considérant ses gardes du corps avec perplexité. Pourquoi s'inclinaient-ils devant elle comme si elle était quelqu'un d'important ? Elle scruta leurs visages pour voir si certains lui étaient familiers, mais aucun des deux hommes qui assuraient la protection de Jaul à l'université n'était là.

Elle reporta son attention sur ce dernier. Jean et chemise blanche, col ouvert : de toute évidence, l'accès à ce club dépendait davantage du statut social que de la tenue vestimentaire. Et de toute façon, Jaul était toujours superbe, quoi qu'il porte. Electrisée par son regard d'ébène, elle déglutit péniblement. Qui comptait-il épouser une fois libre ? Parce que c'était une évidence : s'il tenait à divorcer rapidement, c'était pour pouvoir se remarier. Sans doute était-ce en préparant son mariage avec l'épouse numéro deux qu'il avait découvert qu'il était toujours marié à l'épouse numéro un. Très contrariant pour lui, songea-t-elle avec ironie, tandis que Sofia et Maurizia dévoraient Jaul des yeux, assises à la table voisine, devant deux coupes de champagne et des amuse-gueules.

— J'espère que mon arrivée ne perturbe pas trop ta soirée, déclara Jaul d'un ton crispé.

Il s'efforçait d'ignorer la bouffée de désir qui l'avait assailli à la vue des jambes sublimes de Chrissie, qu'elle venait de croiser.

— Bien sûr que non, mentit-elle. Je suppose que tu es venu me trouver pour une raison précise ?

Jaul expliqua qu'il s'était rendu chez Cesare et Lizzie dans l'espoir de voir les jumeaux.

— Tu veux voir Tarif et Soraya ? demanda-t-elle, déconcertée.

— Ça te surprend ?

Elle rougit brusquement, un peu honteuse. Comment avait-elle pu s'imaginer qu'il s'en désintéresserait ?

— Je pourrais te les amener en visite demain matin, répliqua-t-elle, résolue à se montrer civilisée. Avant que les avocats entrent en jeu.

— Les avocats ?

— Le rendez-vous pour le divorce, lui rappela-t-elle en se penchant en avant par souci de discrétion vis-à-vis des gardes du corps.

Jaul réprima un soupir. Cet endroit n'était pas le plus indiqué pour discuter librement. Mais au moins Chrissie lui parlait de nouveau calmement.

— Les conseillers juridiques de Cesare vont tout régler très vite, ajouta Chrissie d'un ton optimiste. D'après lui, ils ont déjà traité des cas bien plus complexes.

Jaul jeta un coup d'œil à la main gauche de la jeune femme.

— Qu'as-tu fait de l'alliance et de la bague que je t'ai offertes ?

— Elles sont dans le coffre de Cesare. Je les gardais pour Soraya, précisa-t-elle, pour que Jaul ne puisse pas s'imaginer qu'elle les avait conservées pour des raisons sentimentales.

— Les jumeaux ont des noms arabes.

— En référence à leur héritage.

— Mon grand-père s'appelait Tarif.

— Une pure coïncidence, mentit-elle de nouveau.

Pas question d'avouer à Jaul qu'elle avait décidé de donner ce prénom à son bébé parce qu'elle estimait qu'il avait le droit de porter un prénom issu de l'arbre généalogique de la famille royale.

— Il ne me serait jamais venu à l'idée de donner à mes enfants des noms de membres de ta famille, ajouta-t-elle pour enfoncer le clou.

Jaul dut faire appel à toute sa volonté pour réprimer une furieuse envie de frapper du poing dans le mur en hurlant. Chrissie le haïssait. *Sa femme* le haïssait. C'était flagrant dans ses propos, mais également dans la froideur de son regard. Et il était responsable de cette situation infernale. Deux ans plus tôt, il s'était montré immature, impatient et imprudent. Il avait cédé à ses impulsions sans réfléchir aux conséquences…

# 5

— Ils sont mignons comme des cœurs, dit Lizzie en regardant avec attendrissement les jumeaux vêtus de leurs plus beaux habits. Jaul va avoir le coup de foudre pour eux.

Chrissie fronça le nez.

— J'espère que non, parce que nous vivons trop loin l'un de l'autre pour qu'il les voie souvent. J'espère aussi qu'il ne va pas me demander continuellement de les mettre dans l'avion pour aller le voir.

— Sœurette, je sais que c'est difficile pour toi, mais tu devrais te réjouir qu'il s'intéresse à son fils et à sa fille. Que leur père soit présent dans leur vie ne peut leur être que bénéfique.

Chrissie hocha la tête en silence et monta dans la limousine que Jaul avait tenu à leur envoyer. Lizzie avait raison, bien sûr. Mais la perspective de partager la garde des jumeaux avec Jaul était très déprimante. Elle avait trop aimé cet homme pour ne pas être accablée à l'idée de confier ses enfants à sa prochaine femme. Cependant, les familles recomposées étaient pratiquement devenues la norme. Familles et belles-familles étaient censées entretenir de bonnes relations et faire abstraction du passé. Des tas de gens s'en sortaient très bien, elle allait devoir apprendre à en faire autant.

Malgré tout, elle ne pouvait s'empêcher de se dire

que tout aurait été beaucoup plus simple si Jaul n'était jamais venu à Londres et n'avait jamais appris qu'il était père.

La porte de la résidence royale était grande ouverte pour leur arrivée. Alors que Chrissie se penchait pour prendre Soraya, après avoir coincé Tarif sous un bras, une femme en uniforme de nurse se précipita vers elle.

— Mon nom est Jane, annonça-t-elle. Votre mari m'a demandé de venir vous aider.

Jaul était trop fier et de rang trop élevé pour le faire lui-même, songea cyniquement Chrissie. Elle laissa néanmoins la nurse prendre Soraya et la suivit jusqu'à l'affreux salon où avait eu lieu sa discussion orageuse avec Jaul. Un tapis moelleux, couvert de jouets flambant neufs, y avait été ajouté. La nurse installa Soraya dessus, puis demanda à Chrissie si elle avait besoin de quelque chose pour les jumeaux.

— Non, merci, j'ai apporté tout ce qu'il me faut, répliqua-t-elle en posant son gros sac sur un des sièges en bois.

Alors qu'elle se demandait avec agacement où se trouvait Jaul, il apparut sur le seuil. Vêtu d'un T-shirt grenat et d'un jean noir, qui mettaient en valeur la beauté de ses traits et la perfection de son corps athlétique, il avait tout d'un top-modèle. A son grand dam, Chrissie fut assaillie par une bouffée de désir.

— Excuse-moi, j'étais au téléphone.

Il se dirigea vers le tapis pour contempler les jumeaux, avec une curiosité flagrante.

— Je n'ai pas l'habitude des bébés, reprit-il. Je ne sais pas du tout comment m'y prendre. C'est pour ça que j'ai engagé une nurse.

— Tu dois bien en avoir côtoyé quelques-uns.

— Non. Il n'y en a aucun dans la famille. D'ailleurs, il n'y a pas vraiment de famille. Seulement moi.

Comme lui, son père, le roi Lut, était fils unique, se souvint-elle.

— Aujourd'hui, avec Tarif et Soraya tu en as une.

Pourquoi avait-elle dit ça ? se demanda-t-elle aussitôt. Sans doute parce qu'il y avait quelque chose de touchant dans l'aveu d'impuissance de Jaul.

— Accroupis-toi et ils vont venir vers toi.

— Ils savent marcher ?

Le visage de Jaul s'éclaira lorsque Tarif se dirigea tout droit vers lui et grimpa sur ses genoux.

— Seulement à quatre pattes, expliqua Chrissie, tandis que Soraya suivait l'exemple de son frère. Ils commencent à se redresser sur leurs pieds de temps en temps. Tarif plus souvent que Soraya.

Jaul écarta une mèche brune du front de Tarif. Sa main tremblait légèrement, constata-t-il. *Ses* enfants ! Il avait toujours du mal à y croire.

— Pour la nuit où ils ont été conçus… je te remercie, murmura-t-il.

Ramenée plus de deux ans en arrière, Chrissie sentit tout son corps s'enflammer. Ils n'avaient plus de préservatifs et Jaul avait voulu envoyer un de ses gardes du corps en acheter. Au comble de l'embarras, elle s'était indignée qu'il ne veuille pas y aller lui-même. Ils avaient donc pris le risque de s'en passer. Neuf mois plus tard, les jumeaux étaient nés… Aujourd'hui, la gratitude qui se lisait sur le visage de Jaul était aussi bouleversante qu'inattendue.

Peu à peu, Jaul se détendit. Il montra le fonctionnement de plusieurs jouets aux jumeaux, qui réagirent par des rires et des gazouillis ravis.

— Ils sont merveilleux.

— Oui, je trouve aussi, acquiesça-t-elle avec un large sourire. Tu sais, la plupart des parents trouvent leurs enfants merveilleux.

Chrissie avait l'impression de vivre un moment hors du temps. La présence des enfants atténuait son hostilité envers Jaul ; elle était moins tendue. Néanmoins, elle n'avait pas l'intention de s'attarder.

— C'est l'heure de leur sieste, annonça-t-elle.

Jaul pressa un bouton sur le mur.

— Il y a des lits d'enfant tout prêts pour eux à l'étage. Jane va venir les chercher.

— Mais… je m'apprêtais à rentrer chez moi, s'étonna Chrissie.

— Il faut que nous parlions. Autant le faire pendant que nos enfants dorment.

Elle déglutit péniblement. Elle n'avait aucune envie de parler avec Jaul. Il valait beaucoup mieux laisser les avocats s'occuper de tout afin que la dissolution de leur bref mariage se traite de manière impersonnelle. Mais Jaul espérait peut-être également passer encore un peu de temps avec les jumeaux après leur sieste. Mieux valait ne pas faire de difficultés. Elle suivit Jane à l'étage, chacune portant un des jumeaux.

Une chambre d'enfant entièrement équipée et décorée avait été installée, ce qui n'étonna pas Chrissie outre mesure. Même si elle n'avait vécu que quelques semaines avec Jaul, elle avait rapidement découvert qu'avec de l'argent on pouvait accomplir des miracles. Une fois Tarif et Soraya couchés, elle redescendit au rez-de-chaussée.

Jaul se trouvait dans le salon, où du café les attendait sur un plateau. Au souvenir du sucrier et du pot en porcelaine qu'elle avait lancés contre lui, elle eut une moue contrite.

— Tu es un homme courageux, le taquina-t-elle.

— Tu n'as pas été capable de toucher le mur à six pas, plaisanta-t-il en retour, avec un sourire malicieux qui éclaira son visage.

Elle eut l'impression de se retrouver en face du Jaul un peu plus jeune et plus enjoué qu'elle avait épousé. S'efforçant de masquer son trouble, elle servit le café en poursuivant sur le même ton badin :

— Ne sommes-nous pas civilisés, aujourd'hui ?

— Tu ferais peut-être mieux de poser ta tasse, conseilla Jaul, debout devant la fenêtre. Parce que je ne veux pas divorcer.

Chrissie tressaillit.

— Pardon ?

Jaul prit une profonde inspiration.

— Si je veux que les enfants occupent la place qui leur revient dans la famille royale, je ne peux pas divorcer pour l'instant. Je peux me permettre de présenter subitement une femme et des enfants comme des lapins sortis d'un chapeau. Mon peuple comprendra, parce que les préjugés de mon père contre les femmes occidentales étaient de notoriété publique. Mais pour le bien de ma famille et de mon pays, je ne peux pas divorcer dans la foulée.

Chrissie étouffa une furieuse envie de hurler de frustration. Décidément, Jaul et elle semblaient programmés pour être systématiquement en désaccord ! Cette nuit, après avoir encore réfléchi, elle avait définitivement renoncé à mettre sa menace à exécution : à quoi bon refuser le divorce pour le simple plaisir de compliquer la vie de Jaul ? Elle avait décidé qu'un divorce rapide était la meilleure solution pour elle comme pour lui, surtout s'ils devaient partager la garde des enfants. Et aujourd'hui, il lui annonçait qu'il ne voulait plus divorcer ?

— Je suis désolée, mais moi je veux divorcer. Et je n'aurai pas de problème à obtenir le divorce, que ça te plaise ou non. Je ne te dois rien et je ne dois rien non plus à ton pays, il me semble.

— Je me suis peut-être mal exprimé. Ce que je te demande, c'est de donner une seconde chance à notre mariage.

Chrissie se leva.

— Pas question. Tu as suffisamment perturbé ma vie. Je veux retrouver mon indépendance.

— Même aux dépens de nos enfants ?

— C'est une question déloyale. J'ai toujours fait tout mon possible pour être une bonne mère.

— Tarif est l'héritier du trône. Je dois l'emmener dans mon pays. *Son* pays. Je ne veux pas le séparer de toi ni de sa sœur, mais il est de mon devoir de l'élever.

Chrissie sentit le sang se retirer de son visage et chancela. Jaul parlait d'emmener Tarif au Marwan comme si c'était une affaire réglée. S'était-il déjà assuré qu'il en avait le droit ? Elle réprima un haut-le-cœur.

— Je n'en crois pas mes oreilles… Si tu me demandes de donner une seconde chance à notre mariage, c'est uniquement pour les enfants, pas parce que tu as envie de renouer avec moi ?

— Ne sois pas stupide, jeta Jaul d'un ton sarcastique. J'ai eu envie de toi dès l'instant où je t'ai revue. Et c'est réciproque. Tu as tellement envie de moi que ça te ronge, et je suis dans le même état.

— C'est la pire absurdité que j'aie jamais entendue ! protesta-t-elle avec vigueur.

— Tu veux que je te le prouve ?

— Tu ne le pourras pas parce que c'est faux ! J'ai tourné la page depuis longtemps.

— De quelle façon ?

La colère et l'émotion suffoquaient Chrissie. Après lui avoir brisé le cœur, il réapparaissait et prétendait lui imposer sa volonté ? S'imaginait-il vraiment qu'elle allait supporter ça ?

— J'ai eu d'autres amants.

C'était faux, mais Jaul était tellement possessif et jaloux que ce coup devrait l'atteindre, imagina-t-elle avec une satisfaction amère.

— Je m'en doutais. Tu n'avais pas besoin de mettre les points sur les *i*, commenta-t-il d'un ton crispé.

A en juger par sa pâleur soudaine, elle avait visé juste... Elle fut prise de remords, mais le besoin de prouver qu'elle s'était libérée de lui fut plus fort.

— Tu vois, je n'éprouve plus la même attirance pour toi.

Il promena lentement le regard sur elle, du sommet de son crâne à la pointe de ses pieds. A son grand dam, Chrissie sentit les pointes de ses seins se hérisser, tandis qu'une douce chaleur se répandait dans son bas-ventre.

— Tu en es certaine à cent pour cent ? rétorqua-t-il d'un ton dangereusement posé en se rapprochant d'elle.

Son estomac se noua. De toute évidence, Jaul était furieux. Or lorsqu'il laissait éclater sa colère, il était redoutable. Mais pas question de flancher.

— Absolument.

— Tu es une menteuse. Tu me mens et tu te mens à toi-même ! Et ce n'est pas la première fois.

— Je ne vois pas de quoi tu parles.

— Oh ! si, tu vois très bien, *habibti*. Je parle de tous ces mois pendant lesquels tu m'as fait attendre.

— Je ne t'ai jamais demandé d'attendre.

— Tu refusais de reconnaître notre attirance mutuelle.

— Eh bien, je pensais que tu n'étais pas le genre

d'homme qu'il me fallait. La suite de notre histoire ne m'a-t-elle pas donné raison ?

— Arrête ! intima-t-il en refermant les bras sur elle.

— Lâche-moi immédiatement ! Nous allons divorcer, tu n'as pas le droit de me toucher.

— Tu es toujours ma femme.

— Mais tu n'as pas le droit de…

Chrissie fut réduite au silence par un baiser fougueux.

Le désir qui s'empara d'elle fut si intense et si soudain que Chrissie crut défaillir. Des milliers d'étincelles jaillissaient dans tout son corps, ses jambes ne la portaient plus.

Dire qu'elle s'était persuadée qu'elle resterait insensible si Jaul la touchait de nouveau ; que la réaction qu'elle avait eue la fois précédente dans ce même salon était due à la nostalgie, au refus d'accepter la mort d'une ancienne passion… Quel mensonge ! Elle s'était menti à elle-même parce que l'idée que Jaul avait toujours le pouvoir de l'enflammer était trop terrifiante.

S'arrachant à ses lèvres, elle s'efforça de reprendre son souffle.

— Jaul…

Il referma les mains sur ses joues et murmura d'une voix rauque :

— Donne-moi encore ta bouche.

Non, ça n'allait rien résoudre… Bien au contraire. Alors qu'elle s'exhortait à résister à la tentation, ses lèvres s'entrouvrirent d'elles-mêmes, et Jaul les captura de nouveau. Il y avait si longtemps, beaucoup trop longtemps qu'elle n'avait pas reçu un baiser. Et après tout, un baiser ce n'était pas grand-chose. Même avec le mari dont on était séparée. Et Jaul embrassait si bien…

Avec la force et l'aisance qui l'avaient toujours électrisée, il la souleva contre lui et lui fit nouer les jambes autour de sa taille. Lorsqu'il se mit à parsemer son cou de baisers, ses dernières bribes de volonté l'abandonnèrent.

Chrissie ferma les yeux, comme si ce qu'elle ne voyait pas ne comptait pas vraiment, comme si ce n'était pas elle qui laissait Jaul la porter dans l'escalier sans protester. Elle avait tellement envie de lui ! Sa volonté ne pouvait rien contre la passion irrépressible qu'il lui inspirait. Elle enfouit le visage dans le creux de son épaule, mortifiée par sa propre faiblesse.

— Je ne peux pas… Je ne peux pas faire ça, murmura-t-elle fiévreusement.

Il lui fit lever la tête et l'embrassa de nouveau. Son baiser fut bref mais ardent.

— Si, tu peux. Parce que tout au fond de ton cœur, tu sais que je ne te ferai plus jamais de mal.

— Ce n'est pas si simple…

— Que ce soit simple ou pas dépend uniquement de toi.

Mais rien n'était jamais simple avec Jaul, se rappela-t-elle. Il était trop retors pour elle.

Il ouvrit une porte, la reposa sur ses pieds et l'embrassa encore. Aussitôt, sa raison capitula. Sans savoir comment, Chrissie se retrouva allongée sur un lit moelleux. Au-dessus d'elle, Jaul arrachait littéralement son T-shirt. Electrisée par la vue de son torse puissant, elle y promena fébrilement les mains, savourant le contraste familier entre la douceur de sa peau veloutée et la dureté de ses muscles.

Il la débarrassa de son jean et de son T-shirt, puis il dégrafa son soutien-gorge et referma les mains sur ses seins. Il les caressa délicatement avant de les honorer à pleine bouche. Elle creusa les reins en gémissant, assaillie par des sensations dévastatrices tandis que son amant suçait, léchait et mordillait tour à tour les deux bourgeons durcis. Après les avoir quittés pour capturer de nouveau sa bouche avec voracité, il lui ôta sa culotte et effleura du bout des doigts son sexe moite de désir. Un cri étranglé lui échappa et elle s'entendit supplier d'une voix rauque :

— Maintenant…

Mais Jaul était du genre à n'en faire qu'à sa tête, et il la soumit à des caresses expertes qui décuplèrent son excitation. Lorsque ses lèvres et sa langue prirent le relais de ses doigts, Chrissie perdit toute notion du monde environnant. Plus rien n'existait que le plaisir qui montait en elle, et qui finit par déferler avec une violence prodigieuse.

Elle eut vaguement conscience que Jaul s'écartait d'elle et que ses derniers vêtements volaient à travers la pièce. Il déchira un étui avec ses dents et enfila un préservatif avant de se pencher de nouveau sur elle, les yeux étincelants de désir.

« Non, je ne suis pas réellement en train de faire ça », songea-t-elle. Pourtant, elle accueillit Jaul avec délectation au plus profond de sa féminité. Ses jambes se nouèrent d'elles-mêmes autour des hanches de son amant, qui l'emporta dans une danse lascive dont le rythme s'accéléra peu à peu, avant de les précipiter ensemble dans un gouffre de volupté.

Lorsque Chrissie finit par reprendre ses esprits, Jaul la tenait toujours étroitement serrée contre lui — une sensation à la fois étrange et familière qui la déstabilisa. Ne sachant comment réagir, elle resta immobile, raide comme un piquet, furieuse contre elle-même. Comment avait-elle pu coucher avec Jaul après lui avoir annoncé qu'elle voulait divorcer ? Au comble de l'humiliation, elle se dégagea de ses bras d'un mouvement vif et roula sans un mot jusqu'au bord du lit.

De son côté, Jaul n'était visiblement pas assailli par les mêmes scrupules. Il se leva et s'étira en déclarant :

— Nous prenons un nouveau départ.

Sous les rayons du soleil qui mettaient en valeur son corps musclé, il était sublime. Mais ce fut une autre évidence qui frappa Chrissie : il faisait encore jour et ses enfants faisaient la sieste quelque part dans la maison ! Elle fut écrasée par un tel sentiment de culpabilité qu'elle faillit ne pas remarquer les marques qui striaient le dos de Jaul.

— D'où viennent ces cicatrices ?

— J'ai eu un accident de voiture, répondit-il d'un ton neutre.

Plissant le front, elle le considéra avec perplexité. Avait-il déjà ces cicatrices deux ans plus tôt ? Etait-il possible qu'elle ne les ait pas remarquées ? Mais elle ne s'interrogea pas longtemps. La honte et le dégoût d'elle-même l'assaillirent de nouveau, chassant ces questions de son esprit.

— Je veux toujours divorcer, déclara-t-elle froidement.

La mâchoire de Jaul se crispa.

— Nous en discuterons quand j'aurai pris une douche.

— D'accord, s'empressa-t-elle d'acquiescer.

Plus vite il se laverait, plus vite elle pourrait en faire autant. Et avec un peu de chance, une fois propre et rhabillée, elle se sentirait un peu moins minable…

— Il y a une autre salle de bains dans la chambre voisine, déclara-t-il d'une voix tendue. Je vais l'utiliser.

— Tes gardes du corps ne sont pas derrière la porte ?

— Ils sont en bas. Ma vie privée ne les regarde pas et ils le savent parfaitement.

Au grand dépit de Chrissie, la rougeur gagna son visage.

— C'est moi qui vais utiliser l'autre salle de bains.

— Nous sommes mariés. Tu n'as aucune raison d'être embarrassée, commenta-t-il d'un ton apaisant.

Dès qu'il eut disparu dans la salle de bains, elle bondit hors du lit, remit précipitamment ses vêtements et quitta la pièce pour gagner la chambre voisine sur la pointe des pieds.

Malheureusement, prendre une douche ne suffit pas à la rasséréner. A présent qu'elle avait recouché avec lui, Jaul croyait pouvoir lui imposer sa volonté. Quoi de surprenant à cela ? En fait, elle le croyait parfaitement capable d'avoir prémédité de la mettre dans son lit. Il devait être très satisfait d'avoir prouvé qu'il avait raison. Comment nier à présent qu'elle était toujours irrésistiblement attirée par lui ? Il était sans aucun doute persuadé qu'elle allait renoncer au divorce.

Comment avait-elle pu être aussi stupide ? Le désir lui avait fait perdre la raison. C'était une erreur de croire que seuls les hommes pouvaient réagir ainsi. Elle n'avait jamais eu d'autre amant que Jaul mais, malgré la brièveté de leur vie commune, elle avait eu le temps de découvrir qu'elle était une femme passionnée. Et si elle n'avait pas eu d'autre amant que lui, c'était tout simplement parce qu'elle n'avait rencontré aucun homme qui exerce sur elle la même attirance.

Alors qu'il se séchait après sa douche, Jaul était en proie à l'incertitude. Avait-il adopté la bonne attitude avec Chrissie ? Elle était si entêtée, si rancunière… Avait-elle vraiment des raisons de l'être ?

Il refusait de croire que son père lui avait menti, alors à quoi bon se renseigner auprès de l'ambassade ? Enquêter sur la conduite du roi Lut serait déloyal et déclencherait des rumeurs déplaisantes. Il ne manquerait plus que ça… Jaul jura à mi-voix. Il avait une femme. Il avait deux enfants. Pendant deux ans, il l'avait ignoré, mais aujourd'hui il devait vivre avec eux dans le présent. En évitant à tout prix de ressasser un passé qui était source d'amertume et de ressentiment, pour lui comme pour sa femme.

Certes, elle avait pris l'argent offert par son père. Et alors ? Devait-il continuer à la haïr pour ça, maintenant qu'il savait qu'elle était enceinte et sans ressources à l'époque ? Elle était plus jeune que lui, moins mûre. Et tout à coup il avait disparu. Une femme plus égoïste aurait pu choisir d'avorter au lieu d'élever seule deux enfants qu'elle n'avait pas prévu de concevoir. Qu'il le veuille ou non, le destin avait voulu qu'il la déçoive en étant absent quand elle avait eu besoin de lui.

En tout cas, côté sexe, c'était toujours aussi fantastique. Sauf qu'autrefois le sexe était la cerise sur le gâteau, alors qu'aujourd'hui c'était le seul ciment susceptible d'assurer un avenir à leur couple. N'était-ce pas pour cette raison qu'il l'avait entraînée dans son lit ? Avec le désir irrépressible qu'elle lui inspirait toujours, bien sûr…

Il leva les yeux au ciel. Pourquoi diable se posait-il toutes ces questions ? Autrefois déjà, Chrissie avait tendance à faire naître dans son esprit des pensées qui ne lui ressemblaient pas. A tel point qu'il lui en avait même voulu. Il n'avait rien d'un chevalier sur un destrier blanc, comme dans les romans dont elle était friande. Il n'avait jamais prétendu être parfait, mais il avait toujours su qu'elle voulait voir en lui ce chevalier. Chrissie la réaliste était indissociable de Chrissie la romantique.

Et à présent, il allait de nouveau tenir le rôle du méchant. Il n'avait pas le choix. L'existence de son fils ne lui laissait pas le choix.

Chrissie se brossait les cheveux lorsqu'elle entendit la porte de la chambre s'ouvrir. Se raidissant, elle posa la brosse et sortit de la salle de bains. Jaul était vêtu d'un jean et d'un T-shirt turquoise qui moulait son torse puissant. Il ne semblait pas mortifié le moins du monde par ce qui s'était passé, contrairement à elle…

— J'ai pensé qu'il valait mieux discuter ici, déclara-t-il.

Moins de risques d'être entendus par le personnel, traduisit-elle. Qu'avait-il donc à lui dire qui risquait de la faire s'emporter ?

— Je suis toujours déterminée à divorcer, rappela-t-elle. Ce qui vient de se passer n'y change rien.

— Nous conservons un lien qui pourrait servir de base, non ?

— Je ne pense pas. J'ai déjà donné. Je ne pourrai plus jamais te faire confiance. Et de toute façon, tu voulais toi aussi divorcer avant de découvrir l'existence d'un héritier. Je peux comprendre que ça change les choses pour toi, mais pour moi ça ne change rien.

Chrissie constata aussitôt que Jaul se crispait.

— C'est ton dernier mot ?

Elle releva le menton. D'accord, elle avait commis une erreur, mais il n'y avait aucune raison pour que celle-ci conditionne tout son avenir.

— Oui. Je suis désolée, mais c'est mon dernier mot.

— Dans ce cas, tu devrais peut-être jeter un coup d'œil à ceci...

Jaul sortit un document plié de la poche arrière de son jean et le lui tendit.

— J'aurais préféré ne pas être obligé de m'en servir. J'espérais ne pas avoir à user de contrainte. Mais ce document aurait été utilisé par mes avocats lors du rendez-vous concernant le divorce. Rendez-vous que j'ai annulé.

— Qu'est-ce que c'est ? demanda-t-elle avec anxiété.

— C'est le contrat de mariage que tu as signé. Je pense que tu ne l'as pas lu attentivement.

Chrissie déplia le document et vit aussitôt la clause signalée par un astérisque rouge. Une clause selon laquelle les enfants éventuels issus de leur mariage devraient vivre au Marwan avec Jaul...

Le cœur au bord des lèvres, elle déglutit péniblement. Oui, elle se souvenait vaguement avoir lu ça deux ans plus tôt. Mais elle n'y avait pas attaché d'importance. Ils n'envisageaient pas de fonder une famille dans la foulée du mariage et elle ne s'était pas sentie concernée le moins du monde par les problèmes de garde des enfants en cas de divorce. A l'époque ils étaient éperdument amoureux. En tout cas, *elle* l'était.

Confiante et naïve, elle n'avait pas imaginé un seul instant que dans un futur pas si éloigné, elle regretterait amèrement d'avoir pris ce contrat à la légère...

# 6

Il s'était efforcé de jouer les gentils, mais on ne pouvait pas dire que ça avait marché, songea Jaul avec irritation. Chrissie se méfiait tellement de lui qu'ils en étaient réduits à considérer la situation d'un point de vue juridique. Elle était pâle comme la mort, les yeux fixés sur la clause concernant la garde des enfants.

Peut-être n'était-il pas très doué pour jouer les gentils… Après tout, il avait davantage l'habitude du rôle de méchant. Au Marwan, c'était le roi qui tranchait tous les litiges, et il y avait toujours une partie qui s'estimait victime d'injustice. Quelles que soient les négociations et le compromis auquel elles aboutissaient, il y avait forcément quelqu'un qui se sentait lésé par sa décision.

Chrissie avait l'impression de couler à pic, incapable d'échapper à la noyade. Comment pourrait-elle contester un contrat qu'elle avait signé de son plein gré ?

— Plus tard, si tu restes déterminée à divorcer…

— Tu peux être sûr que je ne changerai pas d'avis ! coupa-t-elle en foudroyant Jaul du regard.

— Dans ce cas, tu auras droit à ton propre logement au Marwan, où tu pourras élever les jumeaux. Je crains que ce soit la meilleure offre que je puisse te faire si tu tiens à retrouver ta liberté, déclara Jaul d'un ton crispé.

— Mais… pour l'instant, nous allons être obligés de cohabiter ?

— Je le crains. Mais au moins, de cette manière, tu partageras la garde de nos enfants.

— Ils n'ont jamais été *nos* enfants ! Ils ont toujours été les miens ! protesta Chrissie avec véhémence.

— Uniquement parce que j'ignorais leur existence.

— Et je suppose que tu attends de moi que je fasse comme si notre mariage était toujours réel ? Comment peux-tu me faire ça après m'avoir abandonnée pendant deux ans ? Tu n'as donc aucun sens moral ?

— Ce n'est pas simple pour moi non plus. Afin que nos enfants soient acceptés par mon peuple en tant que prince et princesse, je suis prêt à faire comme si toi et moi formions un couple heureux. Garantir leur position dans la famille royale et assurer leur avenir fait partie de mes responsabilités. Et des tiennes.

Chrissie se dirigea à grands pas vers la porte et quitta la chambre. Elle n'avait pas besoin qu'on lui rappelle ses responsabilités parentales. N'avait-elle pas sacrifié aux jumeaux sa liberté pendant les deux années où Jaul avait été absent ? Dire qu'après l'avoir abandonnée, il pouvait se permettre de revenir dans sa vie quand ça l'arrangeait et d'exiger d'elle qu'elle accomplisse un devoir qu'il n'avait jamais assumé… Quelle injustice !

— Acceptes-tu de jouer le jeu ? demanda Jaul en la suivant dans le couloir.

Sa raison et son instinct de survie reprirent le dessus et Chrissie ralentit. Ses enfants étaient devenus une arme ; si elle voulait les garder, elle n'avait pas d'autre choix que de s'installer au Marwan.

Le peuple marwanien risquait d'être choqué en apprenant que son roi était marié depuis deux ans et qu'il avait deux enfants, mais il finirait par l'accepter. En revanche, un divorce conflictuel faisant la une de la presse au Royaume-Uni ne passerait pas. Et les jumeaux pâtiraient un jour ou l'autre de la situation. Même si elle était prête à tout pour les garder auprès d'elle — jusqu'à contester devant un tribunal le fichu contrat qu'elle avait signé —, il fallait rester lucide : se lancer dans une bataille judiciaire interminable serait préjudiciable à tout le monde.

Y compris à Cesare et Lizzie, d'ailleurs, pensa-t-elle soudain. Comment se résoudre à leur faire subir ça ? Ne leur avait-elle pas déjà causé assez de soucis avec sa grossesse imprévue et le silence sur son mariage ? Méritaient-ils vraiment de connaître de nouveaux désagréments à cause d'elle ? Ne devait-elle pas tenter de résoudre ses problèmes elle-même ? Oui, il était temps qu'elle devienne vraiment adulte.

— Chrissie ? J'ai besoin d'une réponse.

— Je vais le faire parce que je n'ai pas le choix, répliqua-t-elle sèchement. Mais je ne te pardonnerai jamais de m'avoir imposé ça.

Jaul pinça les lèvres.

— Tu ne m'as jamais pardonné aucune de mes erreurs, de toute façon.

Elle fronça les sourcils. Elle lui avait sûrement pardonné des tas de choses, non ? Elle n'était pas quelqu'un d'intransigeant. Des souvenirs lui revinrent en mémoire et ses joues s'enflammèrent. Quand elle avait rencontré Jaul, elle l'avait tout de suite très mal jugé. Et elle avait longtemps refusé d'envisager qu'elle s'était peut-être trompée.

Par ailleurs, elle n'avait jamais pardonné à sa mère pour l'instabilité permanente dans laquelle elle avait grandi. Francesca était morte en emportant ses secrets dans la tombe. Déglutissant péniblement, Chrissie s'efforça de surmonter le sentiment de culpabilité qui l'assaillait à chaque fois qu'elle pensait à celle qui lui avait donné la vie. Aujourd'hui elle était plus mûre. Elle n'était plus aussi implacable dans ses jugements.

Sa mère, qui manquait de caractère, avait souvent été maltraitée par ses compagnons. Son second mari, le dernier homme à avoir partagé sa vie, avait été le pire de tous. Il avait profité de sa faiblesse pour la pousser à se conduire de manière peu recommandable. Un jour elle révélerait peut-être à Lizzie ce qu'elle avait vécu auprès de leur mère, mais il était hors de question qu'elle raconte cette histoire sordide à Jaul.

— Je trouve cette maison incroyablement laide et sinistre, déclara-t-elle d'un ton dédaigneux en descendant l'escalier monumental.

Elle semblait tout droit sortie d'un film d'horreur des années cinquante ! Il ne manquait plus que des zombies surgissant des sarcophages qui tapissaient le hall…

— C'est ma grand-mère qui l'a décorée.

— L'Anglaise qui a laissé tomber ton grand-père ?

C'était tout ce que Chrissie savait de l'autre Britannique qui l'avait précédée dans la famille royale du Marwan.

— Parle-moi d'elle, reprit-elle.

— Pourquoi ?

— Je ne peux pas m'empêcher d'éprouver une certaine sympathie pour cette femme. Ne suis-je pas en quelque sorte en train de marcher sur ses pas ? railla-t-elle.

Il fallait trouver un sujet de conversation. Parler de n'importe quoi sauf de l'accord qu'elle venait de donner ou de ce qui s'était passé entre les draps un peu plus tôt. Jaul avait été si passionné… Elle avait vécu un moment d'une intensité extraordinaire, mais le prix à payer était exorbitant. Comment avait-elle pu remettre sa vie entre les mains de cet homme ?

— J'espère que non, rétorqua-t-il d'un ton réprobateur. Lady Sophie Gregory a rencontré mon grand-père

Tarif au cours d'un safari en Afrique. Elle appartenait à une famille d'aristocrates anglais excentriques. Tarif est tombé éperdument amoureux alors que pour elle, il n'était qu'une aventure exotique. Au bout de quelques mois au Marwan, ma grand-mère n'en pouvait plus. A l'époque, il n'y avait pas d'expatriés avec qui se lier. Elle est restée juste assez longtemps pour mettre au monde mon père, puis elle est partie, quelques semaines après.

Chrissie tiqua. De toute évidence, ce récit n'avait rien d'objectif…

— C'est ce que t'a raconté ton père ?

— Oui. J'ai rencontré ma grand-mère une fois quand j'étais adolescent. Je suivais une formation d'officier à Paris, et elle était présente à une soirée à laquelle j'avais été invité. Elle est venue me trouver et m'a dit : « Il paraît que tu es mon petit-fils. Es-tu aussi buté que ton père ? »

— Ce que j'entends dans cette dernière phrase, c'est qu'elle a essayé de revoir son fils. En d'autres termes, elle n'était pas une mère aussi indifférente qu'on te l'a dit. Parce qu'elle l'avait quitté, ton grand-père, vexé, lui avait probablement interdit de chercher à revoir leur fils. T'est-il arrivé de considérer cette éventualité ?

Jaul réprima un soupir exaspéré. Cette histoire gravée dans le marbre était devenue une légende familiale qu'il ne lui était jamais venu à l'idée de remettre en cause. De quoi se mêlait Chrissie ?

— Tarif avait des raisons de lui en vouloir.

— Lesquelles ? demanda Chrissie en arquant les sourcils.

Il lui fallait reconnaître qu'elle éprouvait une certaine satisfaction à contredire Jaul, même si c'était à propos d'une vieille histoire de famille.

— Lorsque Lady Sophie a abandonné le domicile

conjugal, Tarif est devenu la risée du pays. A cette époque, sauver la face était encore plus important pour le roi qu'aujourd'hui. Mais il ne pouvait cacher à personne que c'était elle qui l'avait quitté.

— Nul doute que ton grand-père ne lui a jamais pardonné cet affront. C'est pour ça qu'il l'a punie en l'empêchant de voir Lut, et qu'il a inculqué à ce dernier la haine des femmes occidentales, commenta-t-elle sans cacher son mépris. N'oublie pas que j'ai rencontré ton père et qu'il m'a bien fait comprendre que pour lui, une femme comme moi était une malédiction pour la famille royale. Connaissant ses préjugés, pourquoi m'as-tu épousée ? Non, oublie cette question : je sais exactement pourquoi tu m'as épousée.

Jaul se remémora leur dernière querelle à Oxford. Chrissie voulait qu'il l'emmène au Marwan. Elle n'avait pas compris qu'il veuille garder le secret sur leur mariage dans un premier temps. Elle avait protesté avec véhémence en l'accusant d'avoir honte d'elle. De son côté, sachant que Lut n'approuverait pas son mariage, il avait jugé préférable de rentrer seul dans un premier temps pour l'amadouer en lui annonçant lui-même la nouvelle. Il avait conscience aujourd'hui qu'il aurait dû mettre son père au courant beaucoup plus tôt. Nul doute que s'il l'avait fait, tout se serait passé de manière très différente…

— Tu ne sais pas pourquoi je t'ai épousée. Pour la bonne raison que tu n'as jamais su ce que je pensais, déclara-t-il froidement. En réalité, en ne disant rien à mon père, j'essayais de te protéger. Mais malheureusement pour nous deux, je m'y suis mal pris.

Le glissement d'une porte se fit entendre dans le hall. La nurse apparut en compagnie d'une jeune fille vêtue de la tenue traditionnelle marwanienne. Chacune portait dans ses bras un jumeau encore tout ensommeillé.

— Je vais y aller, annonça Chrissie.

— Je veux que tu restes, objecta Jaul.

Posant la main sur son bras, elle se pencha vers lui et murmura :

— Pour l'instant, je reste chez ma sœur. Je ferai ce que j'ai à faire, mais seulement quand tu rentreras au Marwan. Quand pars-tu ?

— Je dois rentrer d'ici vingt-quatre heures. J'ai déjà communiqué à la presse les photos prises à l'ambassade le jour de notre mariage.

Chrissie sentit le sang se retirer de son visage. Plus qu'un jour de liberté ? Plus qu'un seul jour à passer avec sa famille ? Et Jaul avait alerté la presse sans la prévenir !

— Et… que suis-je censée faire ? bredouilla-t-elle, désarçonnée.

— Prendre tes dispositions pour le départ. Ta famille est la bienvenue au Marwan, bien entendu. Ils pourront venir nous voir aussi souvent qu'ils le souhaiteront.

— Dans ce cas, déclara-t-elle en se ressaisissant, je crois qu'il est temps que tu fasses la connaissance de mon père.

Jaul risquait de ne pas apprécier l'expérience, songea-t-elle. Son père était plein de préjugés contre les étrangers, les riches et la royauté — entre autres —, et il ne s'en cachait pas. Mais après tout, si de son côté elle avait subi le mépris cinglant du roi Lut, Jaul méritait bien d'être présenté à Brian Whitaker, non ?

— Il arrive à Londres ce soir, pour nous rendre visite.

*
* *

Dans la limousine qui la ramenait chez sa sœur avec les jumeaux, Chrissie se remémora le jour de sa rencontre avec le roi Lut. Quand elle avait fini par comprendre que cet homme agressif, habillé comme un personnage de *Lawrence d'Arabie*, était son beau-père, elle avait eu des sueurs froides. Il ne s'était même pas adressé à elle en anglais, alors que Jaul lui avait dit un jour que son père parlait couramment cette langue. Un autre homme, d'un certain âge comme lui, avait traduit ses invectives. Peut-être avait-ce été la colère qui avait empêché le roi de trouver ses mots en anglais, des mots horribles et pleins de haine qui avaient continué de la hanter longtemps après… « Votre mariage n'a aucune valeur juridique. Jaul n'a jamais cherché autre chose qu'une aventure éphémère et il souhaite que vous le laissiez tranquille. A présent qu'il est de retour au Marwan, c'est terminé entre vous. Il souhaite que vous quittiez son appartement et il ne veut plus jamais entendre parler de vous. Cessez de l'embarrasser avec vos visites à l'ambassade. Mon fils a l'intention d'épouser une femme honnête appartenant à la même culture que lui. Qui voudra l'épouser si vous provoquez un scandale ? »

Le roi Lut avait poursuivi sa diatribe pendant un long moment. Chacune de ses paroles avait été destinée à bien lui faire comprendre qu'elle était indigne d'être l'épouse de Jaul et qu'elle devait cesser de s'accrocher lamentablement à un homme qui ne voulait plus d'elle. Chacune d'elles avait atteint son but, piétinant sa fierté et lui brisant le cœur.

Aujourd'hui, par une cruelle ironie du sort, il se trouvait qu'elle était réellement mariée à Jaul et qu'elle ne pensait qu'à divorcer. Si elle décidait de porter l'affaire devant les tribunaux pour tenter d'obtenir la garde des enfants, Cesare et Lizzie la soutiendraient.

Elle pouvait compter sur eux. Cependant, il ne fallait pas oublier que Cesare l'avait exhortée à rester prudente : Jaul était un homme influent, qui disposait de puissants appuis. En d'autres termes, même son beau-frère, pourtant influent lui aussi, doutait de ses chances d'avoir gain de cause.

Il fallait bien admettre qu'attaquer Jaul en justice présenterait d'énormes risques. Un long procès ne ferait qu'envenimer leurs relations. Et si c'était lui qui le gagnait, ne serait-il pas tenté de la brimer en ne lui accordant qu'un droit de visite très limité ? Comment ne pas penser à ce qui était arrivé à sa grand-mère, Lady Sophie ? De toute évidence, cette pauvre femme n'avait jamais pu revoir son fils. Du moins pas avant qu'il soit devenu adulte et trop hostile envers elle pour accepter d'écouter sa version des faits. Une bouffée d'angoisse assaillit Chrissie. Si elle heurtait Jaul, elle pourrait perdre ses enfants elle aussi. Une perspective inenvisageable…

Par ailleurs, elle ne voulait surtout pas perturber une fois de plus la vie de sa sœur et de son beau-frère. Lizzie était de nouveau enceinte et Chrissie ne voulait surtout pas être une source d'angoisse pour elle. Un procès serait éprouvant pour elle, mais aussi pour ses proches. Sans compter qu'il aurait un grand retentissement dans les médias. Or Cesare et Lizzie les fuyaient comme la peste. Malgré leur richesse et la position très en vue de Cesare, ils menaient une vie calme et préservaient leur intimité. Mieux valait ne pas imaginer le cirque médiatique que déclencherait une bataille judiciaire pour la garde de leurs enfants entre le roi d'un Etat du Golfe et son épouse cachée… Non, elle ne pouvait pas infliger ça à sa sœur et son beau-frère. Ni à ses enfants !

C'était elle qui avait choisi d'épouser Jaul et qui avait été assez stupide pour prendre le contrat de mariage à la légère. C'était à elle et à elle seule d'en subir les conséquences.

# 7

Dans le jet privé qui les emmenait au Marwan, Chrissie était assise droite comme un i sur son siège, immobile, les mains croisées sur ses genoux, les paupières baissées.

Jaul reporta son attention sur l'écran de son portable. A quoi s'était-il attendu ? A une compagne de voyage joyeuse et détendue ? Mieux valait se concentrer sur les points positifs : Chrissie était à bord avec ses enfants. Mieux encore, pour sa première apparition en public, elle portait une tenue qui allait impressionner favorablement son peuple. Une robe droite bleue, toute simple, qui mettait en valeur sa silhouette élancée. Le soleil qui entrait par le hublot allumait des reflets argentés dans les cheveux cendrés ruisselant sur ses épaules, et rehaussait le rose de ses lèvres pulpeuses.

Des lèvres douces et gourmandes quand elles couraient sur son corps ou répondaient à ses baisers… Transpercé par une flèche de désir, Jaul crispa les doigts sur la tablette en serrant les dents. Il était urgent de penser à autre chose. A la requête spéciale qu'il devait lui adresser, par exemple. Comment allait-elle réagir ? Mieux valait aborder le sujet avec tact…

L'immobilité de Chrissie masquait une vive irritation. Elle devait faire appel à toute sa volonté pour ne pas donner libre cours à sa colère. Jaul l'avait littéralement traquée, puis prise au piège. Elle tenait le rôle d'épouse et de mère de ses enfants deux ans trop tard. Contrainte et forcée. Et ça s'annonçait encore plus pénible que prévu. Elle réprima un frisson au souvenir de la meute de paparazzis qui s'étaient battus pour photographier la famille royale du Marwan. Il avait fallu un véritable mur de gardes du corps pour les maintenir à distance.

Jamais elle n'avait imaginé que la nouvelle de leur mariage déclencherait une telle effervescence. Jaul n'avait pas semblé perturbé, mais pour sa part, elle avait encore les nerfs à fleur de peau.

A sa décharge, les motifs de stress n'avaient pas manqué au cours des dernières vingt-quatre heures. Lorsqu'elle avait annoncé à Cesare et Lizzie qu'elle partait au Marwan avec Jaul, ils avaient été beaucoup moins surpris qu'elle l'avait imaginé. En fait, ils croyaient que Jaul et elle avaient décidé de donner une nouvelle chance à leur mariage pour le bien de leurs enfants.

— Et si ça ne marche pas, tu auras au moins la satisfaction d'avoir essayé. Tu pourras rentrer chez toi la conscience tranquille, avait déclaré Lizzie.

Si sa sœur savait que deux ans plus tôt, elle avait légalement renoncé à cette option en signant son contrat de mariage… Rentrer en Angleterre, elle le pourrait toujours, mais sans ses enfants. Un choix impensable.

Après avoir confié les jumeaux à la nurse, elle était allée chez elle pour faire ses cartons, puis elle avait mis son appartement en location dans une agence. Les quelques heures de liberté qui lui restaient, elle les avait passées à faire du shopping avec Lizzie pour acheter des tenues habillées dignes d'une reine.

Le soir, son père était arrivé à Londres. Jaul les avait rejoints pour le dîner. Il avait réagi avec calme aux réflexions souvent acerbes de Brian, et il avait même pouffé quand elle s'était étonnée de son sang-froid en le reconduisant à la porte lorsqu'il avait pris congé.

— Comparé au mien, ton père est charmant. Mon père entrait dans une rage folle au moins une fois par semaine. Discuter avec lui était impossible, et il tenait souvent des propos insultants. Il faut dire qu'on lui passait tous ses caprices quand il était enfant. Et comme il se considérait comme un futur monarque tout-puissant, il n'a jamais appris à se contrôler. Pour moi ça a été très formateur, avait-il conclu.

Au souvenir de l'homme odieux à qui elle avait eu brièvement affaire, elle avait frémi. Il ne lui était jamais venu à l'idée que l'agressivité du roi Lut ne lui était pas exclusivement réservée. Et Jaul trouvait formateur d'avoir grandi sous l'autorité d'un tyran ? Déconcertée, elle s'était dit qu'il n'avait visiblement pas eu une enfance aussi privilégiée qu'elle l'avait toujours cru.

Avant de prendre l'avion, elle s'était rendue dans un institut de beauté pour faire rafraîchir sa coupe et vernir ses ongles. Il semblait préférable d'arriver au Marwan aussi pimpante que se devait de l'être la reine.

La reine…

Elle leva brièvement les yeux au ciel. C'était risible ! Sauf qu'elle n'avait aucune envie de rire… Dire qu'elle était obligée de suivre docilement un mari qui l'avait abandonnée deux ans plus tôt, et qui ne lui avait toujours fourni aucune explication. Mais le pire, c'était qu'elle ne lui en avait pas demandé, par peur de perdre la garde des jumeaux.

Cependant, elle n'était pas complètement stupide et la vérité n'était pas bien difficile à deviner. De toute évidence, Jaul ne l'avait jamais aimée. Tout ce qu'il avait éprouvé pour elle, c'était du désir. Un désir exacerbé par l'attente qu'elle lui avait fait subir. Avait-il pris conscience tout de suite après leur mariage qu'il avait commis une grave erreur et qu'elle n'était pas du tout le genre de femme qu'il voulait pour épouse ? Avait-il alors tout avoué à son père ? Pour quelle autre raison ne serait-il jamais revenu du Marwan ? Et aujourd'hui, avait-il honte de l'avoir traitée aussi cruellement ? D'être parti sans avoir le courage de lui dire que c'était fini ? D'avoir chargé son père de lui donner de l'argent en échange de son silence, comme si elle n'était qu'une vulgaire aventurière ? Etait-ce la honte qui l'avait empêché jusque-là de s'expliquer ?

Chrissie étudia son mari à travers ses cils baissés. Qu'elle le veuille ou non, il fallait reconnaître qu'il était superbe. Le décalage entre son costume anthracite taillé sur mesure et la barbe naissante qui recouvrait sa mâchoire accentuait encore son charme irrésistible. A son grand dam, une image du corps souple et musclé de Jaul rejoignant le sien s'imposa à l'esprit de Chrissie. Malgré son ressentiment, elle fut aussitôt aiguillonnée par le désir. Les pointes de ses seins durcirent sous sa robe et son entrejambe commença à palpiter.

Seigneur… Pourquoi cet homme l'attirait-il toujours autant malgré tous ses griefs contre lui ? Pourquoi était-elle incapable de contrôler les réactions de son corps ? Elle s'était passée de sexe pendant deux ans sans problème, et voilà que Jaul avait rallumé en elle un feu qu'elle ne pouvait plus éteindre. Comme si elle était revenue à l'époque où le simple fait d'être près de lui la rendait euphorique, grisée par un mélange détonant de désir et d'émotion. Mais elle allait se ressaisir. Il était hors de question de retomber dans cette dépendance.

*
* *

Lorsque le jet amorça sa descente, Chrissie sentit son estomac se nouer. Comment ne pas appréhender la nouvelle vie qui l'attendait au Marwan ? Non seulement elle allait être confrontée à une culture différente et à une langue qu'elle ne parlait pas, mais elle allait être considérée comme la reine du pays. Non, elle serait *réellement* la reine ! Pas de doute, il y avait de quoi être anxieuse.

D'autant plus que dans son esprit, elle était toujours la fille d'un fermier du Yorkshire, élevée dans la précarité par une mère perturbée. Bien sûr, depuis elle avait fait des études, puis elle était devenue institutrice. Mais jamais elle n'aurait imaginé devenir un jour l'épouse d'un roi. Quand elle s'était mariée, elle ignorait que le roi Lut avait déjà plus de soixante-dix ans. L'accession de Jaul au trône du Marwan semblait trop lointaine et trop irréelle pour qu'elle l'envisage sérieusement. Pourtant, alors qu'il semblait en bonne santé, le père de Jaul était mort subitement d'un infarctus.

— Sache qu'au Marwan, la nouvelle de notre mariage a été très bien accueillie, déclara Jaul. Le palais a été inondé de cartes de félicitations, de fleurs et de jouets pour nos enfants.

Chrissie fut agréablement surprise.

— Ton peuple doit quand même trouver bizarre que tu aies attendu aussi longtemps pour révéler que tu étais marié, non ?

— Les préjugés de mon père contre les femmes occidentales étaient légendaires. La population s'est montrée particulièrement compréhensive.

Jane, la nurse, les rejoignit avec l'hôtesse de l'air et les jumeaux. Pour leur première apparition en public, ils étaient vêtus de combinaisons blanches en broderie anglaise. Une fois tout le monde installé en vue de l'atterrissage, ceintures attachées, Chrissie inspira profondément et prit une résolution. Elle allait tirer le meilleur parti possible de sa nouvelle vie. Une vie dans laquelle Jaul n'aurait pas sa place. Leur mariage ne durerait pas. Lorsqu'ils seraient en mesure de se séparer officiellement, elle ne serait plus obligée de vivre sous le même toit que lui. Mais pourquoi cette pensée ne la réjouissait-elle pas davantage ? se demanda-t-elle en étudiant le profil de médaille de son époux.

Au moment de débarquer, Jaul prit Tarif des bras de Jane.

— Je veux le montrer à mon peuple.

— Mais à Londres, tu ne laissais personne photographier les jumeaux, commenta Chrissie, surprise.

— Ici, nous sommes au Marwan. La population a le droit de voir ce petit garçon sans attendre car c'est mon héritier et un jour, il sera leur roi.

Dès qu'ils posèrent le pied sur le tarmac, la foule venue les accueillir commença à se rapprocher. Les gardes du corps de Jaul se déployèrent autour d'eux pour prévenir une éventuelle bousculade. Des caméras de télévision étaient braquées sur eux, tandis qu'une fanfare militaire jouait à proximité. Le ciel était d'un bleu éclatant. Il faisait beaucoup plus chaud que Chrissie ne l'avait imaginé.

Pendant qu'un petit groupe d'officiels s'adressaient à Jaul, une femme d'un certain âge s'approcha en souriant de Chrissie, s'inclina devant elle, puis lui dit dans un anglais parfait que Soraya était adorable. Les déclics des appareils photos ne cessaient pas une seconde ; Chrissie avait beaucoup de mal à faire comme si de rien n'était. Le petit cortège avançait avec une lenteur désespérante au milieu de la foule, et elle crut qu'ils n'atteindraient jamais la porte de l'aéroport. A son grand soulagement, le bâtiment était climatisé.

Cette fraîcheur bienvenue lui permit de supporter stoïquement une nouvelle série de photos. Etre le centre d'attention avec les jumeaux se révélait assez stressant, mais elle était agréablement surprise par la cordialité de cet accueil et par le nombre de gens qui parlaient anglais.

Quand Tarif commença à s'agiter dans ses bras, Jaul décida que le moment était venu de bouger. Quelques minutes plus tard, ils étaient confortablement installés dans une limousine, qui remonta une avenue majestueuse sous les acclamations d'une foule immense. De plus en plus impressionnée par la popularité manifeste de Jaul, Chrissie contemplait la ville avec curiosité. Les immeubles ultramodernes qui bordaient les rues s'apparentaient à ceux de nombreuses villes du monde, mais des minarets et des hommes en dishdasha apportaient une touche exotique au paysage urbain.

— A quoi ressemble le palais ? demanda-t-elle.

— Il est très démodé, prévint Jaul. Tout date de la reine Victoria, excepté les salles de bains, les cuisines et le réseau informatique. Depuis plusieurs générations, aucune reine ne s'est préoccupée de changer la décoration.

— C'est vrai, j'avais oublié…

— Tu pourras changer tout ce que tu veux. Je suis assez indifférent au décor dans lequel je vis, sauf quand il est aussi sinistre et extravagant que celui de l'hôtel particulier londonien de ma famille.

La limousine avait quitté la ville et parcourait à présent un désert de pierres. Au loin se dressaient des dunes de sable géantes, que le couchant teintait d'une gamme de nuances allant de l'ocre à l'orange en passant par le fauve. Un portail monumental entouré de hauts murs crénelés apparut à une centaine de mètres. Chrissie se redressa sur son siège avec stupéfaction.

— C'est le palais ? Mon Dieu, il est aussi grand qu'une ville ! Il ressemble à un château médiéval de l'époque des croisades.

— Une partie de la forteresse a en effet été construite par les croisés, avant qu'ils soient chassés, répliqua Jaul, visiblement amusé. Puis au cours des siècles, chaque génération a ajouté de nouveaux bâtiments. Même moi, je ne les ai pas tous visités. Autrefois la famille comprenait beaucoup plus de monde et mes ancêtres vivaient avec de nombreux domestiques et soldats qu'il fallait tous loger.

Les gardes qui patrouillaient devant les murs agitèrent leurs fusils avec des cris de bienvenue lorsque la limousine franchit le portail automatique.

— Qui est chargé de l'administration du palais ? demanda Chrissie.

Le véhicule traversa de splendides jardins paysagers, avant de s'immobiliser devant le grand porche en voûte du bâtiment principal.

— Bandar, mon Premier conseiller, est l'administrateur légal responsable du budget, mais c'est ma cousine Zaliha qui dirige les domestiques. Sa sœur est mariée avec Bandar, qui vit ici, comme la plupart de mes collaborateurs.

Une ravissante jeune femme brune aux yeux de biche apparut sur le seuil du palais et s'inclina respectueusement. Elle se présenta dans un anglais parfait comme étant Zaliha, présenta ses vœux de bonheur et demanda si elle pouvait prendre Soraya, le tout d'un trait.

Chrissie la suivit à l'intérieur, dans un incroyable

couloir circulaire aux murs parsemés de nacre. Elle savourait la fraîcheur de la climatisation.

— Des coquillages ? commenta-t-elle, déconcertée. C'est beau !

— Pas tant que ça, à certains endroits, grommela la jeune femme avec une moue contrite.

— Ne donne pas une mauvaise impression à ma femme, plaisanta Jaul.

— Vous parlez admirablement bien anglais, déclara Chrissie à Zaliha.

— Mon père travaillait à l'ambassade de Londres. J'ai effectué ma scolarité là-bas.

Ils passèrent devant des pièces encombrées de meubles anciens, dont certains semblaient vieux de plusieurs siècles.

— Mon Dieu…, murmura Chrissie C'est pire que victorien. C'est plutôt… médiéval.

— Et mûr pour une rénovation, approuva Zaliha d'un ton enjoué.

— Nous allons nous rendre directement dans nos appartements, s'empressa d'annoncer Jaul, pour éviter que Zaliha se lance dans une conversation sur ce thème avec Chrissie.

— Bien, Sire.

Zaliha s'inclina brièvement, puis s'éclipsa. Jaul prit sa femme par le coude pour l'entraîner vers un escalier de pierre.

— Je pensais visiter un peu les lieux, protesta-t-elle.

— Plus tard. Pour l'instant, il y a une chose importante dont je dois discuter avec toi, répliqua-t-il avec une gravité inattendue.

Alors qu'ils arrivaient au deuxième étage, il précisa :

— Cette aile du palais nous est entièrement réservée.

Il ouvrit la porte d'une chambre d'enfants, visiblement refaite à neuf depuis peu. Jane y pénétra avec un sourire ravi et deux jeunes femmes se précipitèrent vers la nurse pour lui proposer leur aide.

— Jane et toi allez devoir chasser les aides à coups de bâton : il y a trop longtemps qu'il n'y a pas eu d'enfants royaux sous ce toit, commenta Jaul.

Il prit Chrissie par la main pour l'entraîner dans le couloir. Le mobilier des pièces desservies par ce dernier était moderne, constata-t-elle avec soulagement. Au rez-de-chaussée le temps semblait s'être arrêté, mais Dieu merci, les appartements de Jaul baignaient dans le présent.

Il ouvrit une porte, puis s'effaça pour la laisser entrer dans un élégant salon au décor bleu ardoise et crème. Elle passa devant lui en s'efforçant de réprimer le trouble qui l'envahissait. Pourquoi son parfum épicé lui était-il toujours aussi familier ? Et surtout, pourquoi faisait-il toujours battre son cœur comme celui d'une collégienne ? Les joues en feu, elle s'écarta de lui tandis qu'il enlevait sa veste et desserrait sa cravate.

— Tu m'as dit qu'il y avait une chose importante dont nous devions discuter, rappela-t-elle d'un ton neutre.

— Mes conseillers pensent qu'il serait souhaitable que nous organisions un mariage marwanien, pour permettre à notre peuple de célébrer l'événement avec nous. Un congé exceptionnel serait décrété pour l'occasion. La cérémonie elle-même serait privée, comme le veut la tradition, mais des photos seraient publiées.

— Tu me demandes de… t'épouser une nouvelle fois ? s'exclama Chrissie, abasourdie.

— Oui, c'est bien ça.

Chrissie mit quelques secondes à reprendre ses esprits.

— Tu veux que nous nous mariions de nouveau, alors que nous sommes convenus de ne rester ensemble que provisoirement, jusqu'à ce qu'un divorce paraisse acceptable pour ton peuple ?

Les traits de Jaul se crispèrent.

— Je ne veux pas divorcer. J'ai changé d'avis dès l'instant où j'ai appris que nous avions deux enfants.

Ebranlée par cette déclaration, Chrissie s'assit sur un canapé et secoua lentement la tête.

— Je me moque de ce que tu veux, répliqua-t-elle enfin. Tu as déclaré que tu accepterais de divorcer si je le souhaitais. Tu n'as pas le droit de revenir sur ta parole !

— Nos enfants ont besoin de nous deux. J'ai grandi sans mère. Elle est morte à ma naissance. Les enfants ont besoin de leur mère *et* de leur père. Je veux que notre mariage devienne bien réel.

Chrissie bondit de son siège.

— Si je comprends bien, à Londres, tu m'as menti ! Tu m'as dit ce qu'il fallait pour me convaincre de te suivre au Marwan, mais tu n'as jamais eu l'intention de divorcer.

Jaul resta immobile tandis qu'elle arpentait la pièce.

— Non, je ne t'ai pas menti. J'espérais simplement que tu changerais d'avis. L'espoir n'est ni un mensonge ni un crime.

Chrissie laissa échapper un petit rire amer.

— Ben voyons ! Tu as toujours été très doué pour me mener en bateau. Comme il y a deux ans, quand je t'ai épousé. Je te faisais confiance et on a vu ce qui s'est passé. Comment pourrais-je rester avec un mari en qui je ne peux pas avoir confiance ? Comment pourrais-je endurer une seconde cérémonie de mariage après avoir été trahie ?

Elle s'interrompit un instant pour lutter contre l'émotion qui lui nouait la gorge.

— Tu ne m'as toujours pas expliqué pourquoi tu m'as quittée il y a deux ans sans jamais plus donner de nouvelles, reprit-elle, incisive.

Le front plissé, Jaul leva la main pour réclamer la parole.

— Chrissie, écoute-moi…

— Non.

Les yeux étincelants, elle releva le menton.

— Plus de faux-fuyants ! Plus de questions sans réponses ! Tu n'as plus rien à perdre, alors tu peux enfin être honnête. Il y a deux ans, malgré tes grands serments, tu m'as quittée sans un mot.

— Ce n'est pas du tout ce qui s'est passé, protesta Jaul en passant nerveusement la main dans ses cheveux. Mais à quoi bon revenir là-dessus si longtemps après ? Je veux un nouveau départ, aujourd'hui, dans le présent.

— Ce qui s'est passé autrefois est toujours important pour moi, insista Chrissie, déterminée à ne pas céder. Je pense que tu t'es rendu compte que notre mariage était une erreur et que tu n'as pas osé me le dire en face.

— Pas du tout ! coupa Jaul avec force. Quand je suis parti en te laissant à Oxford, j'avais la ferme intention de revenir. Mon père m'avait demandé mon aide et je ne pouvais pas la lui refuser. Une guerre civile avait éclaté au Dheya, pays limitrophe à l'ouest du Marwan, et des milliers de réfugiés traversaient la frontière. Le chaos régnait dans les camps et on avait besoin de moi pour organiser l'aide humanitaire.

— Bon sang, tu ne m'as même pas dit ça il y a deux ans ! Tu me croyais trop idiote pour comprendre que c'était ton devoir ?

— Bien sûr que non. Mais je voulais éviter que tu me demandes combien de temps je serais absent, parce que lorsque je suis parti je n'en avais aucune idée. J'ai voyagé vers la frontière au sein d'un convoi comprenant du personnel médical et des soldats. Un missile lancé par une des factions qui se battaient au Dheya a frappé le convoi.

Les jambes soudain tremblantes, Chrissie s'affaissa sur le canapé.

— Tu es en train de me dire que… que tu as été blessé ?

— En fait, j'ai eu de la chance.

Le visage de Jaul s'assombrit.

— J'étais le seul survivant. Mais j'étais gravement blessé à la tête et à la colonne vertébrale. Je suis resté dans le coma pendant plusieurs mois.

Sans nouvelles de Jaul après son départ, Chrissie avait d'abord craint un accident. Puis, le silence se prolongeant, elle avait fini par écarter cette hypothèse, persuadée qu'il l'avait tout simplement laissée tomber. Bouleversée par ce qu'elle venait d'apprendre, elle était au bord du malaise.

— Mais… personne ne m'a prévenue, souffla-t-elle d'une voix blanche. Pourquoi ?

— Très peu de gens étaient au courant. Mon hospitalisation était un secret d'Etat. Mon père craignait que la nouvelle provoque des réactions hostiles de la population envers le Dheya et les réfugiés. J'étais toujours dans le coma quand il est allé te voir à Oxford.

— Tu étais blessé, tu avais besoin de moi, et il ne m'a rien dit ! s'indigna Chrissie. J'étais ta femme ! J'avais le droit de savoir et d'être auprès de toi.

— N'oublie pas que mon père considérait que nous n'étions pas mariés légalement. Je ne l'avais informé de notre mariage que la veille de mon départ pour la frontière, et il était très remonté contre nous deux.

— Puisque tu étais dans le coma quand il est venu me voir, cela signifie qu'il a profité du fait que tu étais inconscient. Comment peut-on tomber aussi bas ?

Scandalisée, Chrissie secoua la tête.

— Il essayait de me protéger, contra Jaul d'un ton sec. Mais je n'approuve pas pour autant son ingérence.

— Oh ! comme c'est rassurant d'entendre ça ! railla Chrissie. Il a empêché ta femme de t'apporter son soutien quand tu avais besoin d'elle : curieuse façon de te protéger !

Jaul réprima un soupir. Bien sûr, il était très tentant de rappeler à Chrissie que le roi Lut lui avait offert de l'argent pour qu'elle oublie leur relation, et qu'elle avait accepté… Autrefois, il l'avait méprisée pour ça, mais depuis qu'il savait qu'elle était enceinte de lui à l'époque, il voyait le passé sous un jour très différent. Seule avec deux enfants, elle avait eu besoin de cet argent pour s'en sortir. Comment continuer à lui en vouloir ?

— Tu étais donc dans le coma, reprit Chrissie, faisant appel à toute sa volonté pour maîtriser sa colère. Quand en es-tu sorti ?

La conduite du père de Jaul était inqualifiable, mais mieux valait éviter d'exprimer crûment son mépris. Cela ne servirait qu'à détourner la conversation des nombreux points qui restaient à éclaircir.

— Au bout de trois mois, alors que les médecins commençaient à perdre espoir. Au début, je ne me souvenais pas de toi. Ni de grand-chose d'autre, d'ailleurs. Je présentais des troubles de la mémoire dus à ma blessure à la tête. Mes souvenirs ne sont revenus que très progressivement. Mon père m'a dit qu'il t'avait vue et qu'il t'avait donné de l'argent. Il m'a également informé que notre mariage n'était pas valide et que tu ne viendrais pas me voir.

Blême de rage, Chrissie faillit exploser. Si elle avait su que Jaul était à l'hôpital, rien ni personne n'aurait pu l'empêcher de se précipiter à son chevet ! Mais le roi Lut avait profité de la situation pour détruire un mariage qui lui était insupportable. Comment pouvait-on, même si on était le plus aimant des fils, considérer qu'il avait été animé de bonnes intentions ? Le roi avait au contraire fait preuve d'une malveillance et d'un égoïsme monstrueux.

Incapable de se contenir plus longtemps, elle s'écria :

— Je hais ton père pour ce qu'il nous a fait ! Il m'a éliminée de ta vie au moment où tu avais le plus besoin de moi. Comment peux-tu lui trouver des excuses ?

Viscéralement loyal envers son père, Jaul s'écarta d'elle d'un mouvement vif.

— Pour être honnête, à ce moment-là, je n'avais plus envie de te voir. Au départ, j'avais prévu de te rejoindre quand j'aurais repris des forces. Or, quand j'ai fini par être en état de le faire, tellement de temps avait passé que je n'en voyais plus l'utilité.

Chrissie eut l'impression de recevoir une gifle.

— Comment peux-tu dire cela ? Combien de temps après l'accident as-tu été en état de voyager ?

— Plus d'un an s'est écoulé avant que je commence à tenir sur mes jambes. Ma colonne vertébrale était atteinte. J'ai subi une deuxième opération, puis il a fallu attendre plusieurs semaines avant que les médecins puissent se prononcer sur mes chances de remarcher.

Alors que tout son univers semblait s'être effondré, qu'il était cloué sur un lit d'hôpital et qu'il devait faire appel à quelqu'un à chaque fois qu'il avait besoin de la moindre chose, Jaul n'avait pas éprouvé la moindre surprise en apprenant que sa femme l'avait elle aussi abandonné. En fait, il était plongé dans une profonde dépression due au syndrome du survivant — tout le monde étant mort sauf lui, il avait culpabilisé.

Par ailleurs, il était douloureusement conscient que Chrissie et lui s'étaient quittés en mauvais termes. Elle était furieuse qu'il n'ait pas voulu l'emmener. A l'époque, elle était romantique, entière, exaltée. Il avait été séduit par ce tempérament si différent du sien, mais il le considérait également comme un handicap pour affronter des coups durs éventuels. Or quoi de plus dur pour une jeune mariée exaltée que de se retrouver avec un mari en fauteuil roulant ?

Cependant, s'il n'avait pas cherché à revoir Chrissie, c'était avant tout parce que son père l'avait convaincu que leur mariage n'était pas valide. De quel droit s'imposerait-il à elle si elle n'était même pas sa femme ?

— Mais tu aurais tout de même pu me joindre par téléphone ! lança-t-elle d'un ton accusateur. Ou au moins charger quelqu'un de le faire pour toi !

Il serra les poings, agacé par l'agressivité de Chrissie.

— J'étais dans un fauteuil roulant, pour l'amour du ciel ! Que t'aurais-je dit ? Pour être très franc, je n'avais aucune envie de me présenter à toi dans cet état. D'autant plus que tu avais accepté les cinq millions de livres que mon père t'avait offerts. J'en ai conclu que tu n'avais jamais été intéressée que par mon argent.

Chrissie suffoqua d'indignation. Comment Jaul avait-il pu croire ça d'elle ? Mais sans doute était-ce plus facile pour lui que de l'affronter en fauteuil roulant sans savoir s'il retrouverait un jour l'usage de ses jambes… Jaul, l'homme d'action, le pur macho, privé de sa liberté de mouvement. Quelle épreuve terrible !

— Je n'ai pas pris l'argent, objecta-t-elle en réprimant la compassion qui l'assaillait.

— Si.

— Non. Ton père m'a laissé un chèque de cinq millions de livres, mais je ne l'ai jamais encaissé.

— Pourtant, la première fois que nous nous sommes revus, tu m'as dit que tu avais tout l'argent qu'il te fallait, fit Jaul d'une voix hésitante. J'ai cru que...

— Ce n'était pas à celui de ton père que je faisais allusion. Cesare a acheté l'île grecque que notre mère nous avait léguée, à ma sœur et à moi. Après avoir acheté mon appartement, il me restait encore une somme importante. Je l'ai placée sur un compte qui restera bloqué jusqu'à mes vingt-cinq ans, c'est-à-dire l'année prochaine. Je n'ai pas touché un penny de l'argent de ton père. J'ai laissé le chèque sur la table.

Jaul resta sans voix. Cinq millions de livres, c'était une somme énorme, surtout pour une jeune femme issue d'un milieu modeste. Bien des gens étaient capables de mentir, de tricher ou même de tuer pour moins que ça. C'était la raison essentielle pour laquelle il n'avait jamais mis en doute ce que lui avait raconté son père. Etait-il vraiment possible que Chrissie n'ait pas touché à cet argent ?

— Quand mon père est-il venu te voir ?

— Environ deux mois après ton départ. Il était très agressif. Tu m'avais dit qu'il parlait anglais, mais il ne s'est adressé à moi que par l'intermédiaire d'un interprète.

— Quelqu'un l'accompagnait, à part ses gardes du corps ? demanda Jaul avec surprise. Décris-moi cet homme.

— Petit, la soixantaine, un bouc et des lunettes.

— Yusuf, son conseiller, déclara-t-il sans hésitation.

Il y avait eu donc un témoin de l'entrevue entre son père et son épouse… Eh bien, Yusuf allait recevoir très bientôt sa visite. Il fallait tirer cette affaire au clair, savoir si Chrissie disait vrai, si elle n'avait pas encaissé le chèque. Pourquoi ne lui avait-on pas dit la vérité ? En lui laissant croire que sa femme avait accepté cet argent, on lui avait délibérément donné une mauvaise opinion d'elle. C'était une idée très déplaisante, car si ce chèque n'avait pas été encaissé, son père n'avait pas pu l'ignorer…

Chrissie se laissa aller contre le dossier du canapé. Elle était aussi groggy que si elle venait de disputer un match de boxe. Dire que Jaul était resté dans le coma pendant trois mois ! Et qu'ensuite, il était resté plus d'un an cloué dans un lit sans savoir s'il pourrait remarcher un jour… Jaul ne l'avait donc pas abandonnée. Il n'avait pas choisi de la laisser tomber. Sans son accident et les mensonges de son père, il serait revenu auprès d'elle.

L'espace d'un instant, elle se laissa aller à imaginer ce qui se serait passé s'il avait été là quand elle avait découvert qu'elle était enceinte. Son cœur se serra douloureusement. Comme la vie aurait été différente ! Parce qu'il semblait plus que probable que Jaul avait souffert autant qu'elle de leur séparation. Comment son père avait-il osé leur infliger un sort aussi cruel ?

Debout devant la fenêtre, Jaul songeait à l'entretien qui l'attendait avec Yusuf, partisan inconditionnel de son défunt père. Si Chrissie disait la vérité… Cette vérité serait difficile à accepter, mais il l'affronterait. Avec le sens du devoir et de l'honneur qui lui avaient été inculqués dès son plus jeune âge.

— Où sont les toilettes ?

La voix mal assurée de Chrissie l'arracha à ses pensées et il se retourna. A la vue des larmes qui brillaient dans ses yeux turquoise, il se dirigea vers elle.

— C'est la première porte en haut de l'escalier, mais les salles de bains attenantes à la chambre sont plus proches.

Après une hésitation, il ajouta :

— Tu pleures…

— Pas du tout ! protesta-t-elle en se levant d'un bond. C'est juste… Tout ce qui s'est passé… Je ne m'attendais pas…

— Je suis désolé, murmura-t-il d'une voix rauque en la prenant dans ses bras. Je savais que si je te parlais de l'accident, ça te perturberait. C'est pour ça que je n'étais pas chaud pour…

— Il fallait absolument que je sache la vérité, dit-elle avec force, en clignant les paupières pour retenir ses larmes.

Il lui caressa la joue.

— Je n'ai jamais voulu te faire souffrir.

Le regard pailleté d'or de Jaul plongea dans le sien et le cœur de Chrissie s'affola. Lorsque sa bouche captura la sienne, tout son corps s'embrasa instantanément.

Après un baiser fougueux, il la souleva de terre pour la porter jusqu'à la chambre voisine. Il la déposa sur le lit. Elle enfonça les doigts dans ses épais cheveux noirs.

— Embrasse-moi encore, ordonna-t-elle.

Elle avait besoin de faire le vide dans son esprit. D'oublier que Jaul avait failli mourir deux ans plus tôt.

S'il était mort, elle ne l'aurait jamais revu, elle n'aurait plus jamais eu l'occasion de se blottir contre lui. Et elle n'aurait jamais eu la joie de le voir tenir fièrement leur fils dans ses bras.

# 8

Après un long baiser fervent, Jaul murmura d'une voix rauque :

— Si tu acceptes de rester avec moi, je ne te lâcherai plus jamais. Je suis incapable de résister à la passion que tu m'inspires.

Sous son regard brûlant, Chrissie sentit son cœur se gonfler de joie pour la première fois depuis qu'il était revenu dans sa vie. Il n'avait pas décidé de la quitter, les événements avaient décidé pour lui. Il n'approuvait pas la conduite de son père, et s'il avait cru ce dernier quand il lui avait affirmé qu'elle avait pris son argent, elle pouvait difficilement lui en vouloir.

Ils venaient tout juste de se marier, alors, et leur relation était encore vulnérable, comme toutes celles que le temps ou les épreuves n'ont pas encore consolidées. Allait-elle le punir pour les fautes commises par son père ? Allait-elle blâmer Jaul d'avoir voulu garder son amour et sa confiance au seul parent qui lui restait ? Après tout, elle-même n'avait jamais cessé d'aimer ses parents malgré tous les griefs qu'elle avait contre eux. N'était-elle pas mieux placée que quiconque pour comprendre le lien viscéral qui unissait un enfant à ses parents ? Elle effleura du bout des doigts les lèvres sensuelles de Jaul.

— Tu n'as plus aucune raison de résister à cette passion, murmura-t-elle.

— Nous allons prendre tout notre temps, *habibti*, annonça-t-il en se redressant pour enlever sa chemise.

— Ne me fais pas attendre trop longtemps…

La gorge sèche, elle le regarda se déshabiller avec le naturel d'un enfant — il n'avait jamais tiré aucune vanité de son corps parfait et n'avait pas conscience d'avoir la beauté d'une œuvre d'art. Une œuvre d'art bien vivante, et très excitée… Electrisée, elle enleva ses chaussures de deux coups de pied et baissa la fermeture Eclair latérale de sa robe.

— La dernière fois, j'ai précipité les choses... et tu ne pensais qu'à me quitter.

— Pas parce que tu ne m'avais pas comblée, expliqua-t-elle avec sincérité. Seulement parce que j'étais complètement déboussolée. Et quand tu m'as montré le contrat de mariage, que je ne me souvenais même pas avoir signé, ça n'a rien arrangé.

— Oublie ça. C'est du passé. Nous prenons un nouveau départ.

Un nouveau départ… Il ne voulait pas divorcer. Il voulait qu'ils restent mariés pour élever leurs enfants ensemble. Chrissie fut envahie par une douce euphorie. Quelle objection pourrait-elle y voir ? Tourner la page n'était-il pas le premier pas vers un avenir meilleur ? Pourquoi ne pas essayer ? Pourquoi ne pas donner une nouvelle chance à leur mariage ? Après tout, elle n'avait rien à perdre.

— Un nouveau départ…, répéta-t-elle, songeuse.

— Nous sommes de nouveau réunis et nous avons deux enfants. Quoi de plus naturel ?

Etre de nouveau avec Jaul semblait tout naturel, en effet. Chrissie promena sur lui un regard appréciateur et une vague de désir l'engloutit de nouveau. Leur attirance mutuelle était toujours aussi forte. C'était au minimum une base solide pour l'avenir.

— Nous avons encore un problème à régler, dit Jaul en la dévorant des yeux. Tu es beaucoup trop couverte à mon goût.

Il la rejoignit sur le lit et releva sa robe pour la lui faire passer par-dessus la tête. Puis il dégrafa son soutien-gorge et le jeta par terre.

Il enveloppa ses seins d'un regard ébloui, puis il referma les mains dessus en murmurant d'une voix rauque :

— De pures merveilles.

Il pinça délicatement les deux mamelons érigés entre le pouce et l'index, puis il se pencha sur eux et les suça goulûment tour à tour. Les doigts enfoncés dans ses cheveux, Chrissie ondulait des hanches en gémissant de plaisir et de désir mêlés. Elle avait tellement envie de Jaul !

Ses mains glissèrent sur les épaules de son amant, se promenèrent sur son torse recouvert d'une toison soyeuse, caressèrent son ventre plat, descendirent encore. Elle referma les doigts sur sa virilité si douce et si dure à la fois.

— Arrête. Je suis trop excité, dit-il Jaul d'une voix hachée. Je veux te faire l'amour.

— Maintenant !

— Ne me dis pas ce que je dois faire au lit, la provoqua-t-il en souriant.

Enjouée comme elle ne l'avait pas été depuis très longtemps, elle pouffa.

— Allonge-toi sur le dos juste cinq minutes, et je te promets que tu feras tout ce que je veux, riposta-t-elle, espiègle.

— Pas ce soir.

Il promena une main sur son ventre, puis la glissa entre ses cuisses. Lorsqu'il effleura son clitoris du bout des doigts, elle réprima un cri étranglé. Il changea de position pour l'honorer de la langue, tout en enfonçant les doigts dans son sexe. Assaillie par des sensations si intenses qu'elles en étaient presque insupportables, Chrissie crispa les doigts sur les draps, la tête renversée en arrière, dans l'attente d'un plaisir qui s'annonçait prodigieux.

L'explosion qui la secoua lui coupa le souffle.

— C'était... incroyable, murmura-t-elle lorsqu'elle eut retrouvé sa voix.

— J'en suis ravi, *habibti*.

Jaul la souleva et la fit pivoter pour l'installer à genoux. Puis il referma les mains sur ses hanches et plongea en elle d'un seul mouvement puissant. Encore vibrante de plaisir, Chrissie se mordit la lèvre, le corps en feu. Chaque coup de reins de Jaul attisait l'incendie qui la ravageait. Elle y répondait avec frénésie tandis qu'il accélérait peu à peu le rythme, l'entraînant dans un tourbillon irrésistible. Le raz-de-marée qui la balaya lui arracha un cri rauque, auquel répondit en écho celui de Jaul, qui s'envola avec elle vers le septième ciel.

— *Ça*, c'était vraiment *incroyable*, murmura-t-il en la faisant basculer sur le dos et en la prenant dans ses bras.

Il la serra étroitement contre lui, comme s'il craignait qu'elle prenne la fuite. Aucun danger, songea-t-elle en réprimant un sourire. Pour rien au monde elle ne voudrait être ailleurs... Pour la première fois depuis que son mari était revenu dans sa vie, elle savait exactement où elle en était. Elle l'aimait toujours. Et elle était prête pour le nouveau départ qu'il avait promis.

— Tu as parlé d'un deuxième mariage...

— Si tu te sens capable d'affronter ça, répliqua-t-il d'un ton circonspect.

— Oui. Surtout s'il ressemble au mariage de rêve que je n'ai pas eu.

— Le mariage de rêve ?

— Comme tu ne voulais pas attirer l'attention, je portais une robe noire toute simple à l'ambassade, rappela-t-elle. Cette fois, je voudrais une vraie robe de mariée. Oh ! et aussi que ma sœur soit présente.

— Il n'y a pas de problème. Les robes de mariée occidentales sont très populaires ici.

— Sérieusement ?

Le sourire ravageur qu'elle avait presque oublié éclaira le visage de Jaul.

— Sérieusement. Mais il va falloir la trouver rapidement : mes conseillers souhaiteraient que le mariage soit célébré après-demain.

— Après-demain ? s'exclama Chrissie, incrédule.

Puis elle se dégagea de ses bras et se leva d'un bond.

— Il faut que j'appelle Lizzie pour la prévenir !

Agréablement surpris par son enthousiasme, Jaul se leva à son tour. Il sourit en l'entendant discuter avec sa sœur et savoura pendant quelques secondes le spectacle qu'elle offrait, entièrement nue dans la pièce voisine inondée de soleil. Puis, au cas où un domestique étourdi entrerait sans s'annoncer suffisamment, il prit un peignoir en éponge dans la salle de bains et le lui tint pour qu'elle puisse l'enfiler sans interrompre sa conversation téléphonique.

Il regagna la chambre et sortit son portable de la poche de sa veste pour appeler Yusuf et prendre rendez-vous avec lui. Ce fut le valet de chambre de l'ancien Premier conseiller qui répondit ; celui-ci l'informa que son employeur était parti voir sa fille aux Etats-Unis et ne serait pas de retour avant deux semaines. Jaul raccrocha avec une moue de dépit. Aborder un sujet aussi délicat par téléphone serait déplacé ; il n'avait pas d'autre choix que d'attendre le retour de Yusuf. D'ici là, de plus en plus de doutes et de questions s'accumuleraient dans son esprit. Si Chrissie avait dit la vérité, il se retrouverait dans la position du coupable. Il deviendrait l'homme qui avait virtuellement gâché sa vie. Comment pourrait-il vivre avec cette idée ?

Chrissie raccrocha et prit une profonde inspiration. Allons bon, elle venait de parler à sa sœur, volubile comme une adolescente surexcitée ! Que lui avait-il pris ? se demanda-t-elle en se dirigeant vers la porte-fenêtre, qui donnait sur un balcon de pierre et offrait une vue splendide sur les arbres du parc. Elle était toujours amoureuse de Jaul et elle voulait faire tout son possible pour donner une seconde chance à leur mariage, *mais*. Et c'était un « mais » de taille. Il fallait rester lucide et cesser de se conduire comme une collégienne puérile. Le meilleur moyen de provoquer l'échec d'un mariage, c'était de trop en attendre.

Jaul ne l'aimait pas. Le désir n'était pas de l'amour, même si leur attirance mutuelle restait aussi irrésistible qu'au premier jour. Il ne fallait pas oublier que s'il avait fini par resurgir dans sa vie, c'était parce qu'il voulait divorcer. Il n'avait changé d'avis qu'après avoir appris qu'il était père.

Désormais, il désirait rester marié avec elle, certes, mais uniquement parce qu'elle était la mère de ses enfants et que Tarif était l'héritier du trône. L'amour n'avait rien à voir avec sa décision. Jaul était prêt à assumer ses responsabilités d'époux et de père parce que c'était ce que son peuple attendait de lui. Il estimait également qu'il était préférable pour les jumeaux de grandir dans un foyer stable. Ses intentions étaient louables, mais ça ne signifiait pas que c'était elle qu'il aurait élue comme épouse s'il avait eu le choix. Tout le problème était là : il n'avait pas le choix. Il ne pouvait pas divorcer sans choquer ni décevoir son peuple. Il ne fallait pas l'oublier, et encore moins s'imaginer que partager le lit de son royal époux faisait d'elle autre chose qu'une partenaire sexuelle toujours disponible.

Dégrisée par cette analyse de la situation, Chrissie noua étroitement la ceinture de son peignoir et regagna la chambre. Elle constata avec soulagement qu'il y avait deux salles de bains attenantes. Elle avait besoin de calme et de solitude pour tenter de retrouver un semblant de sérénité.

# 9

Accompagnée de Lizzie, Chrissie traversa le hall de l'ambassade du Royaume-Uni au Marwan. Chaussée d'escarpins brillants, dont les talons vertigineux claquaient sur le sol dallé, elle portait un voile court sur ses cheveux relevés en chignon. Sa robe était si ajustée qu'elle avait du mal à respirer. Cependant, elle lui donnait le sentiment d'être superbe. Son tissu chatoyant agrémenté de broderies brillait même dans la pénombre. Zaliha, la cousine de Jaul, avait découvert que plusieurs grands couturiers étaient prêts à envoyer à la reine une sélection de modèles et d'accessoires, si bien que Chrissie avait pu faire son choix sans bouger du palais. Sa robe en soie naturelle moulait ses bras et son buste, puis s'évasait en plis souples à partir de la taille resserrée par des pinces.

— Tu es splendide, lui murmura sa sœur avec une fierté manifeste. Je suis heureuse que Jaul tienne à ancrer votre mariage dans le présent de manière aussi solennelle.

Le sourire de Chrissie, accroché à ses lèvres depuis la séance photos qui avait précédé son départ du palais, s'estompa légèrement. Lizzie n'était pas consciente que ce mariage en grand apparat était destiné avant tout aux Marwaniens. Le matin, cérémonie anglicane à l'ambassade, puis déjeuner officiel au palais. L'après-midi, on la préparerait pour le mariage marwanien traditionnel, qui serait célébré au palais à la tombée de la nuit et suivi par une grande réception.

Dès l'arrivée de sa femme, Jaul interrompit sa conversation avec Cesare. Il enveloppa Chrissie d'un regard ébloui. Elle était resplendissante dans cette robe. Dire que deux ans plus tôt, il lui avait imposé un mariage clandestin…

Aujourd'hui, pour la première fois, il prenait conscience du sacrifice que cela avait représenté pour elle. A sa décharge, il n'avait à l'époque qu'une idée en tête : mettre son père devant le fait accompli, sans pour autant le braquer en épousant Chrissie sous les flashs des paparazzis. Malheureusement, sa prudence n'avait fait que compliquer davantage la situation.

Alors que l'officiant s'avançait vers elle, Chrissie eut toutes les peines du monde à détacher ses yeux de Jaul. Vêtu d'un costume gris taillé sur mesure, il était tout simplement sublime. Mais il l'était bien plus encore quand il enfilait un jean au petit matin pour aller jouer avec Tarif et Soraya dans leur chambre avant de commencer sa journée de travail. Quand ils voyaient arriver leur père, les jumeaux l'accueillaient avec des gazouillis joyeux, impatients de chahuter avec lui.

La cérémonie commença et Jaul prit la main de Chrissie. Ramenée deux ans en arrière, elle fut assaillie par une bouffée d'angoisse. Elle était si heureuse, ce jour-là… Malheureusement, ça n'avait pas duré. Mais il ne fallait pas s'appesantir sur le passé, se rappela-t-elle fermement. Ils avaient décidé de prendre un nouveau départ, et jusque-là Jaul avait tout du mari idéal. Il ne l'aimait pas ? Et alors ? Au lieu de rêver du grand amour comme une adolescente attardée, elle allait se concentrer sur ses rôles de mère et de reine. De toute façon, avait-elle vraiment envie de revenir au temps de leurs querelles stupides ? Ils étaient tellement immatures, à l'époque…

Jaul avait changé depuis, et il fallait reconnaître que c'était très appréciable. Ce qu'il avait enduré après son accident y était-il pour quelque chose ? En tout cas, il était beaucoup plus tolérant qu'autrefois. Et bien moins despotique.

Des flashs crépitèrent lorsqu'ils quittèrent la salle après la cérémonie. Dans la limousine qui les ramenait au palais, Jaul lui adressa un sourire ravageur, avant de saluer la foule amassée de chaque côté de l'avenue.

— Et d'un. Encore un et ce sera bon. A la fin de la journée nous nous sentirons *très* mariés.

— Sûrement, acquiesça-t-elle, amusée malgré elle.

— Ce soir nous partons dans le désert pour quelques jours. Je dois rencontrer les chefs des tribus et c'est l'occasion idéale de te présenter à leurs familles. La population urbaine a beau s'accroître régulièrement, il n'y a pas une seule famille dans le pays qui ne soit pas étroitement liée à l'une des tribus. L'appui de ces dernières est donc primordial. Zaliha nous accompagnera pour te servir d'interprète.

— Il va falloir que j'apprenne l'arabe.

— Ça ne te serait pas d'une grande utilité dans le désert. Les tribus parlent un dialecte ancien, expliqua Jaul en lui prenant la main. Mais sache que j'apprécie beaucoup la bonne volonté dont tu fais preuve.

— Je suis résolue à faire de mon mieux pour devenir une bonne reine, répliqua-t-elle en relevant le menton. Je n'ai pas l'intention d'être une source d'embarras pour toi ni pour nos enfants.

— C'est un objectif louable, mais j'en ai un beaucoup plus personnel.

Elle libéra sa main.

— Ah bon ? Je doute pourtant que tu envisages notre mariage d'un point de vue personnel. Après tout, les cérémonies d'aujourd'hui n'ont pas d'autre but que d'offrir à tes sujets une image du couple royal conforme à leurs attentes.

— Il n'y a pas de raison que, dans le privé, notre couple soit différent de son image publique. Pourquoi les sentiments que nous affichons ne pourraient-ils pas être réels ?

— Evitons de compliquer les choses, Jaul, répliqua-t-elle d'un ton délibérément léger. Efforçons-nous de jouer au mieux nos rôles respectifs, ce sera déjà bien.

— Comme tu veux.

Qu'était devenue la jeune femme véhémente et passionnée qu'il avait épousée ? se demanda Jaul avec perplexité. La Chrissie d'autrefois ne se serait jamais contentée de faux-semblants. Elle aurait exigé de l'amour et elle aurait vivement protesté si elle n'en avait pas reçu. Comment avait-elle pu changer à ce point ? Etait-ce parce qu'elle s'était retrouvée seule avec deux enfants à élever ? Etait-ce lui le responsable ? Cette pensée le consterna.

Au palais, un déjeuner européen fut servi. Installés dans leurs chaises hautes à la table des mariés, Tarif et Soraya mangèrent à toute vitesse avant de demander à être libérés. Une fois par terre, ils rampèrent sous la table et se mirent à tirer sur les lacets et les bas de pantalons. Hilare, Jaul finit par capturer Tarif et le remit à sa nurse, tandis que Soraya s'endormait sur les genoux de sa mère.

Quelques instants plus tard, Zaliha fit signe à Chrissie que le moment était venu pour elle d'aller se préparer pour le second mariage. Confiant Soraya à Jane, elle quitta la table, suivie par sa sœur.

Zaliha présenta Chrissie aux femmes qui l'attendaient dans une suite spéciale. Chaque tribu avait désigné une représentante chargée de l'aider à se préparer. Après avoir enlevé sa robe blanche, Chrissie entra dans une salle de bains entièrement carrelée. L'eau du bain qui l'attendait dans une immense baignoire encastrée était parsemée de pétales de roses et parfumée avec un mélange d'herbes. Une femme apporta une cuvette pour lui laver les cheveux.

— Il faut le faire cinq fois de suite, expliqua Zaliha. Personne ne sait pourquoi, mais c'est la tradition.

Chrissie s'allongea dans l'eau avec un sourire ravi.

— Je vais savourer chaque minute de ce rituel. C'est merveilleusement exotique !

Une fois son bain terminé et ses cheveux dûment lavés et rincés le nombre de fois requis, puis huilés, on l'enveloppa dans un épais drap de coton pour la sécher. On l'invita alors à s'installer sur une table de massage. Chrissie s'abandonna avec délectation aux mains expertes qui l'hydratèrent et la pétrirent longuement, tandis qu'une artiste lui tatouait les mains et les pieds au henné.

Tous ces soins se révélèrent incroyablement relaxants, aussi finit-elle par s'assoupir, malgré la présence de sa sœur. Elle fut réveillée par des trilles et des roulades.

— Elles chantent pour vous souhaiter chance et fertilité, annonça Zaliha. Mais sur ce point, vous êtes en avance sur les vœux, avec les jumeaux.

Chrissie prit place dans un fauteuil, et une femme entreprit de la maquiller. Cette tâche achevée, Zaliha lui tendit un corsage de soie bleu turquoise orné de perles et une jupe longue assortie. Deux autres femmes vidèrent sur la coiffeuse un panier de bijoux anciens, puis choisirent des bracelets, une paire de boucles d'oreilles et un collier en argent incrusté de turquoises. Enfin, son front fut ceint d'un bandeau de pièces en argent martelé.

— Vous ressemblez à un Viking, princesse, murmura Lizzie avec un sourire taquin. Jaul va adorer !

Même si Chrissie avait en effet l'impression d'être déguisée, cela ne l'empêchait pas d'arborer sa tenue royale avec fierté. Respecter les traditions marwaniennes était la moindre des choses, d'autant plus que beaucoup de gens en seraient touchés. Le Marwan était un pays en pleine évolution, dont la société avait soif de modernité tout en craignant que son entrée dans l'ère des nouvelles technologies se fasse au détriment de sa culture.

Chrissie se rendit dans la pièce voisine, où des photographes l'attendaient pour prendre les photos officielles, puis elle fut escortée au rez-de-chaussée pour la cérémonie.

Jaul n'avait pas été astreint à un rituel aussi complet que celui de son épouse. Il s'était contenté de prendre une douche, de se changer et de dire des prières avec l'imam avant de rejoindre le petit groupe d'officiels et de proches collaborateurs qui l'attendait.

Dès qu'il franchit le seuil de la pièce, son regard se posa sur Chrissie. Dans son costume traditionnel, elle ressemblait à une poupée de porcelaine. Et elle était d'une beauté à couper le souffle. Submergé par une vague de désir, il détourna vivement les yeux. Bon sang ! Jamais aucune femme ne lui avait fait un tel effet. Il avait autant de mal à garder son sang-froid qu'un adolescent inexpérimenté. Mais quoi d'étonnant à cela ? Elle était la seule femme qu'il avait jamais aimée, et rien ne l'avait autant fait souffrir que de l'avoir perdue. Il avait enfoui ses sentiments tout au fond de lui-même et il ne s'y était plus jamais attardé. N'avait-ce pas été la réaction la plus saine face à une douleur aussi insupportable ?

— Votre femme est encore plus belle dans la réalité que sur les photos, Sire, déclara le cheikh d'un certain âge qui se trouvait à côté de lui. Vous avez beaucoup de chance.

Etait-ce vraiment de la chance de l'avoir retrouvée pour la reperdre aussitôt ? D'avoir été obligé de lui faire du chantage aux enfants pour la garder auprès de lui ? Jaul s'efforça d'ignorer les remords qui l'assaillaient. Il avait agi pour le bien de ses enfants. Pour que, contrairement à lui — qui avait perdu sa mère le jour de sa naissance —, Tarif et Soraya ne soient pas privés de la leur. Certes. Mais si ce qu'il avait à lui offrir ne suffisait pas à retenir Chrissie ? Si elle finissait par le quitter quand même ? Non, cette idée était insupportable. La solution était très simple : il lui fallait faire en sorte que sa femme ait envie de rester avec lui.

Chrissie ne pouvait détourner le regard de Jaul. C'était la première fois qu'elle le voyait en longue robe traditionnelle blanche. Une cape noire à liseré doré était jetée sur ses épaules, tandis qu'un keffieh, maintenu en place par un agal doré, recouvrait ses cheveux. Blanc également, il mettait en valeur son teint mat et ses traits ciselés. Sans oublier ses yeux étincelants…

Elle prit une profonde inspiration.

— Jaul est un peu comme Cesare, murmura Lizzie à son oreille d'un ton malicieux. Quoi qu'il porte, il est toujours aussi sexy.

La cérémonie fut brève mais plus solennelle que celle de la matinée à l'ambassade, et se termina par des prières. Visiblement conscient qu'elle était impressionnée, Jaul prit Chrissie par le coude.

— Voilà, c'est fini, murmura-t-il d'une voix apaisante.

La nuit était tombée quand ils quittèrent la salle pour gagner la cour principale du palais, éclairée par des torches et des guirlandes colorées accrochées dans les palmiers. Jaul la guida vers les deux trônes dorés situés au centre de la cour, tandis que des domestiques apportaient des plateaux chargés de plats fumants.

— Je vais te servir, déclara-t-il s'approchant d'une table pour prendre une assiette.

Ce mariage traditionnel célébré dans le palais ancestral l'avait profondément ému. Chrissie était son épouse et il était de son devoir de la protéger. Un devoir auquel il avait failli deux ans plus tôt, après leur premier mariage. Certes, il avait eu un accident et il était resté plusieurs mois dans le coma. Mais un mari digne de ce nom devait prendre les mesures nécessaires pour empêcher sa femme de se retrouver dans une situation difficile en cas de tragédie. Il s'était montré irresponsable et elle en avait payé le prix. Désormais, il ferait en sorte qu'elle n'ait plus jamais aucune raison de regretter de l'avoir épousé.

Consciente que tous les regards étaient braqués sur eux, Chrissie était au comble de l'embarras.

— En vous servant, le roi vous fait un grand honneur, expliqua Zaliha alors qu'une domestique leur apportait des jus de fruit.

Au même instant, de la musique se fit entendre et des danseurs se lancèrent dans un enchaînement de figures acrobatiques. Puis un comédien récita des poèmes. Un autre formula des vœux de bonheur. Un troisième joua un sketch — malgré la traduction de Jaul, Chrissie ne comprit pas les plaisanteries. L'air de la nuit se rafraîchissait et un frisson la parcourut. Aussitôt, Jaul se leva et posa sa cape sur ses épaules.

— Il est temps que nous partions.

Un convoi de quatre véhicules tout-terrain les attendait à l'entrée du château. Chrissie monta dans celui de tête et regarda les gardes du corps de Jaul se répartir dans les trois autres. Elle plissa le front.

— Qu'est-il arrivé aux gardes du corps que tu avais à Oxford ?

Le sang se retira du visage de Jaul et elle comprit tout de suite.

— L'accident ? murmura-t-elle, le cœur serré.

L'image de Hakim, grand, mince, très sérieux s'imposa à son esprit en même temps que celle du frère cadet de celui-ci, Altair, qui avait toujours le sourire aux lèvres. Jaul hocha la tête, le regard hanté. Elle lui pressa doucement la main. Il avait grandi avec les deux frères, se rappela-t-elle, la gorge nouée.

— Je suis désolée.

Le convoi s'engagea sur une piste qui s'enfonçait dans le désert de pierres. Chrissie faillit glisser de son siège à plusieurs reprises à cause des cahots, et Jaul finit par passer un bras protecteur autour de ses épaules.

— Nous allons loin ? demanda-t-elle.

— Nous sommes presque arrivés. Nous avons installé le camp plus près du palais que d'habitude.

Quelques minutes plus tard, il arrêta le véhicule dans l'ombre d'une énorme tente éclairée à l'intérieur et à l'extérieur, puis il descendit pour lui ouvrir la portière.

— Nous aurons tout le confort, ici, assura-t-il en

l'aidant à descendre à son tour. Les jumeaux nous rejoindront demain. Il valait mieux éviter de les réveiller cette nuit.

La tente, beaucoup plus grande que ce qu'avait imaginé Chrissie, était partagée en différentes sections, dont un salon situé à proximité de l'entrée. Les cloisons de toile étaient tapissées de tentures brodées de perles, tandis que le sol était recouvert d'un magnifique tapis de laine. Des plaids en fourrure et soie ainsi que des coussins moelleux aux couleurs chatoyantes ajoutaient au luxe du décor.

— Ouah ! Ce n'est pas comme ça que je voyais le camping…

— Il n'a jamais été question de faire du camping. Tu as faim ? demanda Jaul en ouvrant une porte masquée par une tenture.

— Non, je ne peux plus rien avaler.

Elle le suivit dans une chambre encore plus somptueuse que le salon.

— Eh bien, on ne lésine pas sur le confort ici.

— C'est vrai, mais nous allons devoir partager la même salle de bains.

Jaul ouvrit une autre porte dissimulée derrière une tenture pour lui montrer la salle de bains en question.

— Ce détail mis à part, nous bénéficierons du même confort qu'au palais. Pendant des générations, mes ancêtres séjournaient plusieurs semaines par an dans le désert, au printemps et à la fin de l'été, pour rencontrer les chefs des tribus.

Chrissie s'arrêta devant un miroir et enleva son bandeau de pièces d'argent. Comme tous les bijoux anciens qu'elle portait, il était très lourd. Jaul se plaça derrière elle et ouvrit le fermoir de son collier. Elle posa ce dernier sur la tablette du miroir, puis elle releva ses cheveux pour enlever ses boucles d'oreilles.

— Quelle tenue as-tu préférée ? demanda-t-elle. La robe de mariée ou bien celle-ci ?

— Tu étais resplendissante dans la robe de mariée. Mais quand je t'ai vue dans cette tenue, mon cœur s'est affolé…

Jaul lui caressa l'épaule.

— Elle est assortie à tes yeux turquoise, reprit-il d'une voix rauque, et elle laisse deviner tes courbes féminines au lieu de les souligner. Ce qui me plaît beaucoup. Peut-être que je tiens davantage de mes ancêtres que je ne le croyais : qui sait s'il y a un siècle, je ne t'aurais pas voilée de la tête aux pieds pour être le seul à pouvoir t'admirer ?

Une douce chaleur envahit Chrissie. Elle était persuadée qu'il dirait la préférer en robe de mariée ; or il l'avait surprise en répondant avec une franchise qui se révélait incroyablement sexy…

— Voilée ? répéta-t-elle d'un ton taquin.

— Ta beauté éblouit les hommes.

Jaul promena les lèvres sur son épaule, puis l'attira contre lui.

— Tu m'as ébloui dès le premier instant où je t'ai vue, mais ce n'était ni le bon moment ni le bon endroit.

— C'est vrai, acquiesça-t-elle, le souffle court.

Dire que la première fois qu'ils s'étaient vus, il venait de passer la nuit avec sa colocataire… C'était une des raisons pour lesquelles Chrissie avait résisté à ses avances.

Tout en parsemant son cou de baisers, il l'entraîna sur le lit. Alors qu'elle frissonnait de désir, il lui prit la main et glissa une bague à son annulaire gauche.

— Qu'est-ce que c'est ? demanda-t-elle en étudiant

avec surprise l'anneau serti de pierres scintillantes qui côtoyait son alliance.

— Des diamants roses. Aussi parfaits que toi. Mon cadeau de mariage.

— Je n'ai même pas pensé à t'en offrir un ! s'exclama-t-elle avec dépit.

— Tu m'as donné Tarif et Soraya. Je ne te témoignerai jamais assez ma reconnaissance pour ce cadeau inestimable.

Bouleversée par la sincérité flagrante de cette déclaration, elle tourna légèrement la tête pour masquer son émotion. Alors, elle constata avec surprise que le lit était parsemé de pétales de roses. Soulagée de cette diversion, elle demanda d'un air faussement soupçonneux :

— Les pétales de roses seraient-ils censés favoriser la fertilité ?

— Sous notre climat, les roses sont des fleurs révérées. D'ailleurs la presse marwanienne t'a déjà surnommée « Notre rose anglaise ».

Chrissie roula les yeux avec un petit rire confus.

— Ne ris pas. Tu es belle, murmura-t-il en plongeant un regard brûlant dans le sien.

Il lui effleura les lèvres, puis les lécha du bout de la langue. Electrisée, elle murmura d'une voix vibrante de désir :

— Jaul…

— Très belle.

Il déboutonna son corsage et referma brièvement les mains sur ses seins nus avant de lui ôter sa jupe, sa culotte et ses chaussures avec dextérité. Puis il se déshabilla sans perdre une minute. La vue de sa virilité triomphante acheva d'embraser Chrissie tout entière. Le désir qu'elle inspirait à Jaul l'avait toujours enivrée. Non seulement il la regardait comme une déesse descendue de l'Olympe, mais il n'était jamais rassasié d'elle. Quoi de plus excitant ?

Il s'empara de sa bouche dans un baiser vorace, auquel elle répondit avec passion. Elle creusa les reins pour mieux s'offrir à lui.

— Tu essaies encore de précipiter les choses, protesta-t-il. C'est pourtant une nuit spéciale.

— Toutes les nuits sont spéciales avec toi.

Cambrée, elle se frotta à lui, déterminée à l'attirer au plus vite en elle. Avec un soupir étranglé, il se redressa le temps d'enfiler un préservatif, puis il glissa la main entre ses cuisses et lui prodigua des caresses diaboliques qui la mirent au supplice. Quand il s'introduisit enfin en elle, Chrissie rejeta la tête en arrière avec un cri joyeux.

— Oui !

Après quelques coups de reins nonchalants, il se retira, dénoua les jambes de Chrissie enroulées autour de sa taille et les cala sur ses épaules.

— Tu es une ensorceleuse, *habibti*..., susurra-t-il. Tu me rends fou !

Puis il s'enfonça au plus profond d'elle d'un seul mouvement puissant et ils furent emportés dans une spirale de feu tourbillonnante. Plus rien n'existait que la passion dévorante qui aiguillonnait leurs corps entremêlés dans une chevauchée frénétique vers le plaisir. Un plaisir extrême, exceptionnel, dans lequel ils s'engloutirent ensemble avec un même cri rauque.

Encore alanguie, heureuse, la joue contre l'épaule de Jaul, Chrissie se surprit à exprimer tout haut ses pensées, comme si entre eux toutes les barrières étaient tombées :

— Il faut que j'apprenne à t'accorder de nouveau ma confiance. Ma raison sait qu'il y a deux ans, tu n'as pas choisi de me quitter sans donner de nouvelles. Mais le problème est que j'ai toujours eu du mal à faire confiance aux hommes.

— Y a-t-il une raison à cela ? demanda Jaul en lui caressant les cheveux.

— La plupart des hommes avec qui ma mère a vécu quand j'étais jeune étaient des minables. Ou ils buvaient, ou ils jouaient, ou ils lui volaient son argent. Parfois même ils la battaient.

Jaul secoua lentement la tête, effaré. Chrissie avait toujours été réticente à évoquer son passé. Aujourd'hui, il comprenait pourquoi.

— Voilà qui explique certaines choses, commenta-t-il. Tu te méfiais toujours de moi. Tu t'attendais toujours au pire.

— Ma mère a épousé son dernier amant, et c'était le pire de tous.

— Pourquoi ?

— Oh ! c'est sordide, marmonna-t-elle en s'écartant brusquement de lui.

Il la reprit aussitôt dans ses bras.

— Tu peux tout me dire. Tu n'es pas responsable des erreurs de ta mère et personne ne peut te les reprocher.

Elle déglutit péniblement.

— Avant qu'elle meure, mon beau-père forçait ma mère à se prostituer. Les clients venaient à la maison pendant la journée. Lizzie l'ignore parce qu'elle était au lycée à l'époque et qu'elle travaillait après les cours. Moi je n'avais que sept ans et je déjeunais à la maison. Un jour, je suis montée à l'étage et j'ai vu ma mère au lit avec un homme. Ça a déclenché la colère de mon beau-père.

Jaul referma les doigts sur le menton de Chrissie pour l'obliger à le regarder. Son regard fuyant lui serra le cœur.

— Que s'est-il passé ?

— Mon beau-père m'a frappée. Je n'ai compris que beaucoup plus tard ce qui se passait. Mais à partir de ce jour-là, j'ai pris l'habitude de m'enfermer dans ma chambre en rentrant de l'école. J'avais très peur de mon beau-père.

— Je suis vraiment désolé que tu aies dû endurer ça.

Il serra les dents pour contenir sa rage. S'il tenait le beau-père…

— Mais tu n'as aucune raison d'avoir honte, ajouta-t-il doucement.

— Je sais. C'est plus fort que moi.

Chrissie fouilla le regard de son mari, guettant la moindre lueur de dégoût. A son grand soulagement, elle n'y lut que de la compassion.

— A ton tour de me confier quelque chose dont tu as honte, suggéra-t-elle pour éviter qu'il ne lui pose d'autres questions.

« De ne pas avoir vérifié ce que m'avait dit mon père à ton sujet, quand j'ai été rétabli. » Il refoula les mots qui lui étaient spontanément venus à l'esprit. Non, il n'avait aucune envie d'évoquer ce passé épineux.

— Je me suis fait dépuceler par une prostituée de luxe à Dubaï. Crois-moi, à l'âge que j'avais, il était grand temps que je découvre le sexe.

— Pourquoi ?

— Je n'avais jamais vraiment été libre avant d'aller en Angleterre pour faire des études. J'ignorais tout de la vie normale.

Chrissie posa la tête sur son épaule et étudia son visage avec compassion. Dire que lorsqu'elle l'avait rencontré, elle l'avait pris pour un play-boy superficiel... En réalité, sa jeunesse avait été partagée entre les pensions et l'armée. Même ses loisirs étaient alors régentés par son despote de père. Qui pourrait le blâmer d'avoir fait les quatre cents coups pendant quelque temps quand il avait enfin découvert la liberté ?

Pendant que Jaul prenait son café matinal devant la tente, auprès du feu, après une nuit délicieuse passée entre les bras de Chrissie, Bandar lui donna la liste des événements de la journée et lui communiqua les messages urgents. Ceci fait, il lui tendit une enveloppe.

— C'est arrivé hier par la valise diplomatique. C'est Yusuf qui l'envoie. Apparemment, c'est personnel et confidentiel.

Jaul prit l'enveloppe sans un mot. Dès qu'il fut seul, il l'ouvrit. Dans la brève lettre dans laquelle l'ex-conseiller de son père se confondait en excuses, une phrase le frappa plus que toutes les autres :

« Etant donné la façon dont je me suis comporté il y a deux ans, il aurait été indécent de ma part de me trouver dans la même pièce que votre reine et de vous présenter mes vœux de bonheur à l'occasion de votre mariage. »

Voilà, il avait sous les yeux, résumé en quelques mots, ce qu'il craignait le plus : la confirmation que tout ce que Chrissie lui avait dit était vrai. De toute évidence, Yusuf avait eu trop honte de sa conduite envers elle pour assister à leur mariage.

Jaul se leva d'un bond et se mit à faire les cent pas, trop perturbé pour rester assis devant le feu. Chrissie lui avait dit la vérité. Elle avait bien été expulsée de chez lui à Oxford; elle était bien allée à l'ambassade du Marwan pour tenter de savoir ce qu'était devenu son mari disparu; et elle n'avait pas accepté l'argent de son père...

Il voulait connaître tous les détails de l'histoire, mais il attendrait le retour de Yusuf au Marwan pour les lui demander. Après tout, il savait déjà l'essentiel. Sa femme lui avait raconté l'épreuve qu'elle avait traversée et il avait mis sa parole en doute. Il avait même prié pour que, ce soir, son imagination débridée l'ait incitée à enjoliver son récit. Il avait préféré croire son père, alors que celui-ci n'avait visiblement pas cessé de lui mentir. Comment cet homme qu'il avait aimé et respecté avait-il pu aller aussi loin pour détruire son mariage ?

Alors que le soleil montait dans le ciel, chassant la fraîcheur du petit matin, Jaul continua d'arpenter nerveusement le sable sous le regard inquiet de ses gardes. Il s'était comporté de manière lamentable avec Chrissie. Non pas une fois mais deux ! La première en la laissant seule enceinte et sans soutien financier, et la seconde en la menaçant de la priver de ses enfants pour l'obliger à venir s'installer au Marwan afin de donner une nouvelle chance à leur mariage. Comment pourrait-il réparer des erreurs aussi graves ? Et de quel droit essaierait-il de retenir auprès de lui une femme qu'il ne méritait pas ?

La colère initiale de Chrissie avait laissé place à la compréhension. Elle était même prête à lui accorder son pardon. Sauf qu'elle ne lui devait ni l'un ni l'autre. Il n'avait rien fait pour mériter son pardon. Un homme d'honneur la laisserait libre de choisir si elle voulait rester ou partir.

Hélas, il fallait se rendre à l'évidence : il n'était pas un homme d'honneur. Parce qu'il était tout simplement incapable d'envisager la vie sans Chrissie et les jumeaux…

# 10

Alors qu'ils regagnaient le camp après une balade à cheval, Chrissie était saisie par la beauté du désert dans la lumière de l'aube.

— Qu'est devenu ce cheval que tu adorais ? demanda soudain Jaul.

— Héros se trouve dans un refuge, près de la ferme où je vivais avec mon père. Voilà des mois que je ne l'ai pas vu, répondit-elle. Entre mon travail et les jumeaux, je n'avais absolument pas le temps d'aller dans le Yorkshire. Mais la prochaine fois que nous irons à Londres, je pourrai peut-être lui rendre visite.

— Pourquoi est-il dans un refuge ?

— Oh ! c'est très simple, monsieur le milliardaire. Quand mon père a quitté la ferme, il a fallu que je trouve un endroit pour Héros. Je n'avais pas un sou. Heureusement, c'est à ce moment-là que Lizzie et moi nous avons vendu l'île à Cesare. J'ai fait une donation au refuge en échange d'un abri à vie pour Héros, expliqua-t-elle en flattant l'encolure de la jument arabe qu'elle montait. Il est en sécurité, bien soigné et heureux. C'est la meilleure solution pour lui.

Leur séjour dans le désert s'achevait, songea-t-elle. Dès leur arrivée au camp, ils repartiraient pour le palais. Ses écuries étaient pleines de chevaux superbes, et Jaul avait fait amener leurs montures au camp — étalon noir pour lui, jument baie pour elle. Chaque jour, à l'aube et au crépuscule, quand la température était la plus agréable, ils avaient fait de longues balades dans le désert. Elle avait adoré ces moments privilégiés pendant lesquels leur amour des chevaux les avaient rapprochés. Cependant, Jaul avait beau être charmant et plein d'attentions, elle avait l'impression que quelque chose clochait.

Pendant qu'il discutait avec les chefs des tribus, qui arrivaient chaque matin au camp pour des réunions qui duraient jusqu'au soir, elle avait pris l'habitude de passer du temps avec leurs épouses et leurs familles. Avec Zaliha comme interprète, elle avait même organisé des séances de lecture ou récit de contes pour les enfants, auprès de qui elle était rapidement devenue très populaire.

Jaul avait qualifié ces séances de « succès monstre » et il l'avait félicitée pour son bon contact avec les gens de son pays. Il lui avait même demandé si elle accepterait de travailler en collaboration avec les instituteurs du pays à la mise en œuvre d'un programme d'éveil destiné aux maternelles. Cette requête l'avait surprise et flattée ; cependant, en dépit de ses compliments, elle ne pouvait s'empêcher de le trouver étrangement distant.

Il y avait chez lui une réserve inédite et il ne lui avait pas fait l'amour depuis leur nuit de noces. Bien sûr, pendant tout le séjour, il avait veillé tard en compagnie de ses visiteurs. Il s'était couché le plus souvent au milieu de la nuit, ce qui ne l'avait pas empêché de se lever tous les matins à l'aube, comme à son habitude. Mais il ne l'avait plus touchée… Du jour au lendemain, le Jaul sensuel et passionné qu'elle avait toujours connu semblait s'être volatilisé pour laisser place à un double au flegme inquiétant.

Mais peut-être était-il tout simplement épuisé par ces négociations interminables entre les tribus, qui l'obligeaient à déployer chaque jour des trésors de diplomatie. Elle en avait conclu qu'il lui fallait éviter de laisser son imagination s'emballer et inventer des problèmes qui n'existaient pas.

Lorsqu'ils arrivèrent au palais, Bandar les attendait dans le hall. Après les avoir salués, il s'adressa à Jaul, qui se raidit et répondit d'une voix tendue.

— Que se passe-t-il ? demanda Chrissie avec inquiétude.

— Ma grand-mère vient d'arriver au Marwan et elle souhaite me voir. Elle est descendue à l'hôtel, en ville.

— Mon Dieu, elle doit être très âgée !

— Apparemment, elle est accompagnée de sa fille, Rose. Elle a dû se remarier, ce que n'a jamais fait mon grand-père.

— Etant donné l'opinion que ton père et lui avaient d'elle, je suppose que cette rencontre risque d'être un peu… embarrassante pour toi, mais…

— Je n'ai pas l'intention de rencontrer ces dames. J'ai demandé à Bandar d'envoyer un mot d'excuse et un présent approprié.

Consternée, Chrissie prit Jaul par le bras et l'entraîna dans une des salles de réceptions encombrées de meubles qui donnaient sur le hall.

— Tu n'es pas sérieux ?

— Essaie de comprendre, s'il te plaît, Chrissie. Je n'ai jamais rien entendu dire de positif concernant Lady Sophie. Seulement qu'elle a le chic pour semer la pagaille partout où elle passe. J'ai déjà assez de problèmes en ce moment sans m'encombrer de ce genre de personnage.

Le ton sec de Jaul déconcerta Chrissie. Quels étaient donc ces problèmes qui l'empêchaient d'accorder une entrevue d'un quart d'heure à une vieille dame qui avait parcouru des milliers de kilomètres pour le rencontrer ? Vu son humeur, mieux valait éviter de poser la question…

— Tu ne peux pas faire ça, Jaul, affirma-t-elle néanmoins.

— Je respecte ton opinion, mais la mienne ne changera pas. Et de toute façon, ce problème ne te regarde pas.

— Lady Sophie est l'arrière-grand-mère des jumeaux. Par conséquent, je suis concernée.

Jaul lui lança un regard exaspéré.

— Je refuse de discuter plus longtemps. Je t'ai exposé mon point de vue. Fin de l'histoire, conclut-il en se dirigeant vers la sortie.

— Je vais aller la voir à ta place.

Jaul pivota sur lui-même et revint vers elle.

— C'est hors de question ! Je te l'interdis.

— Tu me *l'interdis* ? répéta-t-elle, incrédule.

Depuis quand son mari s'était-il mis en tête qu'il avait le droit de lui interdire quoi que ce soit ?

— Oui, je te l'interdis, répéta-t-il avant de quitter la pièce.

« Désolée pour toi, mon amour, mais nous sommes au XXIe siècle. Il y a longtemps que les femmes n'obéissent plus aveuglément à leurs maris. » Chrissie soupira et se retint de répliquer les mots qui lui brûlaient les lèvres. Elle pouvait comprendre la réaction de Jaul, à qui son père et son grand-père avaient toujours dressé un portrait peu flatteur de sa grand-mère. Cependant, la politesse exigeait qu'il rencontre les deux femmes venues jusqu'au Marwan spécialement pour le voir. Et elle était bien décidée à le faire à sa place. Elle chargea

Zaliha de demander à Bandar dans quel hôtel était descendue la grand-mère de Jaul.

Une femme d'âge moyen vêtue avec élégance ouvrit la porte de la suite. Elle se présenta comme étant Rose, avant de remercier chaleureusement Chrissie d'être venue à la place de Jaul.

— Comme je vous l'ai expliqué au téléphone, ma mère est de plus en plus fragile. L'annonce de votre visite l'a revigorée.

— Cependant, je ne suis pas certaine de pouvoir débloquer la situation.

— Quand ma mère a appris la nouvelle de votre mariage dans le journal, elle a aussitôt décidé de venir ici, confia Rose. Elle était persuadée que si son petit-fils avait épousé une Anglaise, il allait forcément changer d'attitude vis-à-vis d'elle.

Après avoir suivi Rose dans la suite, Chrissie aperçut une vieille dame toute menue, avec des cheveux blancs et des yeux bleus délavés, assise dans un fauteuil, les mains crispées sur une canne.

— Bonjour, je suis Sophie, la grand-mère de votre mari, déclara-t-elle simplement.

Elle lui tendit la main.

— Chrissie.

— Que vous a-t-on dit à mon sujet ?

— Pas grand-chose, reconnut Chrissie. Je pourrais peut-être partager avec vous mon expérience de la famille de Jaul.

Le thé fut servi et Chrissie raconta son histoire, sans rien omettre des problèmes qu'elle avait eus avec le défunt fils de Sophie, le roi Lut. Lorsqu'elle eut terminé, la vieille dame soupira.

— C'est triste à dire, mais si j'avais eu l'occasion de rencontrer mon fils devenu adulte, je ne pense pas que j'aurais éprouvé de la sympathie pour lui. Tarif, le grand-père de votre mari, l'a monté contre moi. Il n'y a jamais eu le moindre espoir que mon fils accepte d'écouter ma version de l'histoire. Lut m'accusait d'être une menteuse mais c'est faux. J'avais dix-neuf ans quand j'ai épousé Tarif.

— Seulement ? s'exclama Chrissie.

Elle comprenait mieux le décor extravagant de l'hôtel particulier londonien : c'était l'œuvre d'une jeune femme à peine sortie de l'adolescence, qui disposait d'un budget illimité.

— Oui. Pourtant, je me considérais comme quelqu'un de très mûr, avoua Rose en souriant. N'est-ce pas le cas de tous les jeunes de cet âge ? Ma famille était très opposée à ce mariage, mais j'étais éperdument amoureuse. Par ailleurs, Tarif semblait très occidentalisé et large d'esprit. Il m'avait juré que je serais sa seule femme, et j'ai cru naïvement que c'était une garantie suffisante. Malheureusement, s'habiller à l'occidentale ne suffit pas à rendre un homme progressiste.

Chrissie acquiesça d'un hochement de tête. Elle se contentait d'écouter sans faire de commentaire.

— J'étais déjà enceinte quand nous sommes arrivés au Marwan après notre voyage de noces. C'est à ce moment-là que tout a changé. Mon mari est soudain devenu invisible et nous avons commencé à faire chambre à part.

— Vous vous étiez querellés ?

— Pas du tout. J'ai juste découvert que mon mari avait un harem.

Chrissie ouvrit de grands yeux.

— Un… *harem* ? s'exclama-t-elle.

— Tarif ne voyait pas pourquoi il aurait dû renoncer au style de vie de ses ancêtres. Il ne comprenait pas pourquoi je ne pouvais pas accepter ses autres femmes, puisque ce n'étaient que des concubines. Moi j'étais son épouse, sa reine, et j'allais mettre au monde l'héritier du trône. De son point de vue, il n'y avait pas de plus grand honneur. Cela aurait dû suffire à mon bonheur, selon lui.

— Mon Dieu…, murmura Chrissie, submergée par la compassion.

Mieux valait ne pas imaginer la détresse de cette jeune femme de dix-neuf ans quand elle s'était retrouvée dans cette situation, sans personne sur qui s'appuyer.

— Qu'avez-vous fait ?

— Je l'ai supplié de renoncer à ses autres femmes, et il a refusé. C'était un homme buté. Pendant des mois, nous avons vécu comme des étrangers alors que nous partagions la même aile du palais. J'ai donné naissance à Lut. Ensuite, Tarif m'a exhortée à l'accepter tel qu'il était. Il disait qu'il avait déjà consenti un énorme sacrifice en me promettant de ne pas épouser d'autres femmes.

La grand-mère de Jaul eut une moue désabusée.

— Bien sûr, j'ai refusé. Quelques semaines plus tard, mon père est mort subitement et je suis allée en Angleterre pour les funérailles. Tarif m'a interdit d'emmener Lut. Une fois que j'étais en Angleterre, il m'a téléphoné pour me dire qu'il était inutile que je rentre au Marwan sauf si j'acceptais son harem.

— Il ne vous laissait pas le choix. Quelle cruauté !

— Quand j'ai refusé de céder, il m'a empêché de voir mon fils. Quand j'ai fini par revoir Lut, il avait une vingtaine d'années. Il m'a laissé raconter ma version de l'histoire mais a refusé de la croire. Lut était très prude. Le simple terme de « concubine » l'a mis dans une rage folle. Il m'a accusée de mentir pour ternir la mémoire de son père.

Chrissie soupira.

— Je vais en parler à Jaul. Il n'est pas du tout comme son père.

— En êtes-vous absolument certaine ? demanda Sophie d'un air inquiet. Je peux vous dire que physiquement, Jaul est le portrait vivant de son grand-père. Or le problème des concubines est un sujet tabou dans ce pays, où le roi est omnipotent.

Chrissie remercia son hôtesse pour le thé, puis elle prit congé, en proie à la plus grande confusion. Le récit de la vieille dame l'avait convaincue. A présent, comment être certaine qu'il n'y avait plus de harem dans l'immense palais ? Devait-elle craindre de se retrouver un jour dans la même situation que Lady Sophie ? Si Jaul était un amant aussi exceptionnel, était-ce parce qu'il avait fait son apprentissage dans un harem secret, caché dans les profondeurs du palais ? Etait-ce la raison de son désintérêt actuel pour le sexe avec elle, ou bien était-elle en plein délire ?

La question qu'elle était résolue à garder pour elle la tarauda tout le long du trajet retour. Non ! Au XXIe siècle, il y avait peu de risques pour que Jaul ait un harem comme son grand-père, lui souffla sa raison tandis qu'elle montait l'escalier conduisant à leurs appartements. Elle se rendit directement dans la chambre des jumeaux.

Elle jouait avec eux sur le tapis depuis une demi-heure lorsque Jaul apparut sur le seuil de la pièce. Le visage fermé, il darda sur elle un regard noir.

***

Jaul fit signe à Chrissie. Elle se leva en soupirant et le suivit dans la pièce voisine.

— Tu sais où je suis allée…

— Tu es allée là-bas contre ma volonté. Il est normal que je sois contrarié, déclara-t-il en luttant pour contenir sa colère.

Il n'avait aucune envie que son épouse se lie avec une vieille femme aigrie qu'on lui avait toujours décrite comme fantasque. Pas plus qu'il n'avait envie que sa grand-mère tente d'inoculer à Chrissie la haine tenace qu'elle nourrissait contre sa famille — celle-ci avait déjà beaucoup trop de raisons de lui en vouloir. Par ailleurs, c'était cet après-midi qu'était prévu l'entretien tant attendu avec Yusuf. Ce qui lui mettait les nerfs en pelote.

Il avait hâte d'en finir, de savoir exactement à quoi s'en tenir. Une fois qu'il serait convaincu de ne plus rien ignorer, il pourrait discuter honnêtement avec Chrissie. Il n'y aurait plus aucun secret entre eux. Plus de questions sans réponses. Plus de doutes. Sa femme méritait ça. C'était même la moindre des choses.

— Je suis allée voir Sophie parce que j'espérais…, commença-t-elle, hésitante. Je ne sais pas trop comment, j'espérais pouvoir réconcilier la famille…

— Intention louable, concéda Jaul. Que t'a-t-elle raconté sur ma famille ?

Chrissie inspira profondément.

— Que ton grand-père avait un harem quand ils étaient mariés.

Jaul ouvrit de grands yeux.

— Elle t'a dit ça ? Sérieusement ?

Dépitée par son incrédulité flagrante, elle murmura :

— Et je l'ai crue.

— C'est un mensonge éhonté ! s'emporta Jaul, les yeux flamboyants de rage. Une calomnie odieuse !

— Vraiment ?

Chrissie déglutit péniblement. L'atmosphère était si orageuse qu'elle avait du mal à respirer.

— Parce que naturellement, reprit-elle en levant le menton, sachant cela, je suis obligée de te demander si toi aussi…

— Je t'interdis de me demander ça ! rugit-il, les traits crispés par la fureur et les prunelles plus étincelantes que jamais.

Chrissie sentit son estomac se nouer. Elle l'avait déjà vu en colère, mais jamais à ce point.

— Tu viens de prouver que mon père avait raison de dire que sa mère était une effroyable menteuse, ajouta-t-il d'un ton cinglant.

— Si c'est exact, il est possible que ce soit d'elle qu'il tienne son talent, riposta-t-elle sans se démonter. Parce qu'il était assez doué lui-même dans ce domaine.

Jaul pâlit et ses poings se crispèrent. Impossible de prétendre le contraire, cependant. Après les mensonges odieux que lui avait servis son père, pas étonnant que Chrissie ait eu envie de se forger sa propre opinion sur Lady Sophie plutôt que de se fier à ce que Lut racontait d'elle…

— Il n'y a plus de harem au palais depuis plus d'un siècle, déclara-t-il sèchement. Suggérer que mon grand-père en avait un à sa disposition dans les années trente est ridicule. Mais si tu tiens à en avoir le cœur net, je vais poser la question à Yusuf cet après-midi. Au Marwan, il reste le spécialiste le plus pointu de l'histoire de la famille royale. Il a d'ailleurs écrit un livre remarquable sur le sujet.

— Ne pars pas du principe que c'est ta grand-mère

qui ment, Jaul. Ce livre a probablement été relu et expurgé par ton père. Je parie qu'il ne contient pas la moindre critique à son égard.

Jaul réprima un soupir. Il avait eu la même pensée…

— Tu as sans doute raison, mais Yusuf répondra à toutes mes questions et il s'en tiendra à la stricte vérité. Tu peux compter là-dessus.

Il fit une pause avant d'ajouter, tranchant :

— Mais sache que rien ne pourra me faire oublier que ma femme m'a demandé si j'avais un harem.

Chrissie rougit brusquement.

— Je n'ai pas posé la question…

— Tu l'avais sur le bout de la langue. Tu as donc si peu confiance en moi ? Tu crois vraiment que mon peuple accepterait sur le trône un homme avec des mœurs d'un autre âge ? Mon pays est un pays moderne en constante évolution, et la voix des femmes a de plus en plus de poids dans la société. Je dois prêcher par l'exemple dans ma vie publique *et* dans ma vie privée.

Chrissie était mortifiée. Ce que disait Jaul tombait sous le sens et sa sincérité était évidente. Comment avait-elle pu, ne serait-ce qu'une seule minute, nourrir des soupçons aussi extravagants ? Des soupçons qui avaient provoqué la colère de son époux mais qui l'avaient surtout blessé — elle l'avait lu dans son regard.

— Excuse-moi ! s'écria-t-elle alors qu'il tournait les talons. Je n'aurais jamais dû douter de toi, c'était stupide.

— Si tu savais à quel point mon père était rigoriste, tu n'aurais jamais eu le moindre doute, commenta Jaul avec une moue. C'était un souverain autoritaire et réactionnaire. Une des premières mesures que j'ai prises après mon accession au trône a été d'abroger la loi interdisant la musique et la danse dans les endroits publics. Si ça peut te faire plaisir, je vais demander à

Yusuf de me dire ce qu'il sait sur les relations entre mon père et ma grand-mère.

Après le départ de Jaul, Chrissie s'affala sur un canapé en se traitant de tous les noms. Y avait-il la moindre chance qu'il puisse aimer un jour une femme assez stupide pour lui demander s'il cachait un harem quelque part ?

Non. Aucune…

L'entretien entre Jaul et l'ex-conseiller de son père dura deux heures. Lorsqu'il fut terminé, Yusuf lui confia qu'il repartait le cœur plus léger, soulagé d'avoir libéré sa conscience des secrets qu'il avait protégés pendant toute sa carrière.

De son côté, Jaul était abasourdi et furieux. Dès qu'on lui eut apporté les clés qu'il avait réclamées, il traversa l'immense complexe qui entourait le palais, jusqu'à un bâtiment situé à l'écart. Un domestique déverrouilla tant bien que mal la porte d'entrée à l'aide de la plus grosse clé, puis Jaul renvoya ses gardes du corps et pénétra seul dans le harem.

Sa taille gigantesque accrut son effarement. Il arpenta des dizaines de pièces, des cours et des hammams déserts. Il admira des fontaines et des bassins carrelés. Tout était en parfait état. L'obsession de son père pour la conservation du patrimoine historique l'avait emporté sur son désir d'enterrer les secrets les plus sordides de la famille pour réécrire le passé… Toujours en proie à la colère qui bouillonnait en lui depuis qu'il avait entendu les révélations de Yusuf, il ralentit le pas dans une vaste pièce au plafond en dôme, au milieu de laquelle trônait un énorme lit à baldaquin. Le regard attiré par des fresques colorées, il s'approcha d'un mur pour les contempler de plus près. Ses yeux s'écarquillèrent et il resta bouche bée. Puis il imagina la tête de son père devant ces entrelacs de scènes érotiques le jour où, comme lui, il avait découvert l'existence de ce harem.

Un fou rire irrépressible s'empara de lui, balayant sa colère. Lorsqu'il finit par se calmer, sa fureur s'était complètement évanouie. Il se laissa aller contre le lit, le souffle court, et un autre visage s'imposa à son esprit. Celui de Chrissie quand il lui ferait admirer la décoration très spéciale de cette chambre…

Un domestique remit un mot à Chrissie alors qu'elle venait de sortir d'un long bain moussant. Reconnaissant l'écriture ronde de Jaul, elle déchira l'enveloppe le cœur battant.

*« Tu es cordialement invitée à passer une nuit dans le harem en compagnie de ton mari. »*

Un petit rire surpris lui échappa, puis un immense soulagement la gagna. Jaul n'était plus en colère ! Il avait même le cœur à plaisanter. Parce que c'était forcément une plaisanterie. Il avait toujours été très taquin. Elle fouilla dans ses tiroirs à la recherche de ses dessous les plus sexy, puis elle choisit une robe droite toute simple en coton bleu. Le contraste avec les dessous était saisissant. Effet de surprise garanti !

Une nuit dans le harem ? Qu'est-ce que ça signifiait ? Elle fut assaillie par une bouffée de désir et un sourire rêveur étira ses lèvres. Dire qu'elle s'était monté la tête ! Dire qu'elle avait imaginé que Jaul la fuyait, que quelque chose clochait…

Un des gardes du corps de Jaul l'attendait pour la conduire au mystérieux lieu du rendez-vous. Ils longèrent des couloirs interminables, empruntèrent des escaliers de pierre, traversèrent des cours ombragées, franchirent d'autres portes, avant de finir par arriver à destination. Le garde ouvrit une lourde porte en bois massif et s'effaça. Chrissie fit un pas en avant et s'immobilisa à l'entrée d'une vaste pièce, le souffle coupé.

Des centaines de bougies projetaient des ombres vacillantes sur le plafond en dôme et les murs colorés. Jaul apparut comme par magie à trois mètres d'elle, émergeant de derrière un pilier. En jean délavé et chemise blanche à col ouvert, il était incroyablement sexy. Parcourue d'un long frisson, elle demanda :

— Où sommes-nous ?

— Au cœur du secret le mieux protégé de la famille al-Zahid, répondit-il avec une petite grimace. Le harem dont j'ignorais l'existence il y a quelques heures encore. Ou plutôt, dont je croyais qu'il avait disparu depuis longtemps.

Le regard de Chrissie se posa sur l'énorme lit à baldaquin.

— C'est le genre de lit assez grand pour une orgie, commenta-t-elle.

Quelle étourdie ! Elle s'empressa de préciser, les joues en feu :

— Non que je m'y connaisse en orgies, mais…

Jaul pouffa.

— Approche-toi du mur et regarde bien.

Elle s'exécuta et s'empourpra de plus belle.

— Oh…

— Je suis étonné que mon père n'ait pas fait raser cet endroit. Et j'ai du mal à comprendre qu'il ait continué à vénérer mon grand-père après avoir découvert le genre de vie qu'il menait.

En Chrissie, l'étonnement le disputait au soulagement.

Voilà pourquoi Jaul lui avait donné rendez-vous dans le harem. Il avait découvert la vérité sur son grand-père et avait voulu la partager aussitôt avec elle. Quand il se trompait, il était le premier à le reconnaître. Il ne cherchait jamais à dissimuler son erreur ni à la justifier. C'était quelque chose qu'elle appréciait particulièrement chez lui.

— J'ai téléphoné à la fille de Sophie, Rose, pour qu'elle transmette mes excuses à ma grand-mère.

— Tu as déjà téléphoné à Rose ? s'exclama Chrissie avec stupéfaction.

— Il y avait encore des femmes dans le harem du palais dans les années trente. Ma grand-mère n'a pas menti. Mais je ne l'ai appris que cet après-midi. C'est Yusuf qui me l'a confirmé. Il connaît tous les secrets de famille. Découvrir la cruauté avec laquelle ma grand-mère a été traitée n'a pas été le seul choc que j'ai reçu aujourd'hui.

Dans un élan de compassion, Chrissie s'approcha de son compagnon et lui pressa le bras.

— Je suis désolée.

A sa grande consternation, il s'écarta vivement d'elle.

— Pour quelle raison es-tu désolée ? Parce que j'ai été trop stupide pour prévoir que mon père était prêt à tout pour détruire mon mariage ? lança-t-il d'un ton amer. J'avais une confiance absolue en lui ! C'était un homme colérique et très autoritaire, mais à bien des égards il était un bon père.

— Et tu l'aimais, bien sûr. C'est normal. Moi aussi j'aimais ma mère, alors que je suis loin d'avoir eu une enfance heureuse. Les parents n'ont pas besoin d'être parfaits pour être aimés. Mais je ne comprends pas pourquoi le roi Lut était aussi hostile à sa mère alors qu'il savait que c'était son père qui était en tort.

— C'était plus confortable pour lui d'accuser de tous les maux sa mère et la prétendue légèreté des femmes occidentales. Ainsi, il pouvait continuer à vénérer Tarif et à penser que ce dernier avait raison de me protéger de l'influence pernicieuse du monde occidental. Apparemment, Lut craignait que j'aie hérité du goût immodéré de mon grand-père pour les femmes. J'ai enfin compris pourquoi j'ai été obligé de me rebeller contre lui pour obtenir le droit d'étudier en Angleterre.

— Tu as été obligé de te rebeller contre lui ? Tu ne me l'avais jamais dit.

— J'en avais honte. On m'a inculqué dès mon plus jeune âge qu'un bon fils respecte toujours la plus grande maturité et la plus grande sagesse de ses parents. Mais après la pension et l'armée, j'avais envie d'être libre de faire mes propres choix.

— C'est normal, approuva Chrissie avec feu.

Quand on avait été élevé par un père aussi tyrannique, quoi de plus compréhensible que cette soif de liberté ?

— Tu as eu raison de tenir tête à ton père, insista-t-elle. Et il paraît logique également que tu aies eu envie de faire les quatre cents coups en arrivant à l'université. A l'époque, j'ignorais que tu avais eu une éducation aussi stricte avant de venir à Oxford.

Jaul fut profondément ému par la compassion qui se lisait dans les yeux turquoise de sa femme.

— Cette soif de liberté a failli me coûter cher : tu avais une très mauvaise opinion de moi.

La gorge nouée, Chrissie s'assit sur le rebord d'une fontaine.

— Je n'aurais jamais réussi à te résister indéfiniment… L'attirance que j'éprouvais pour toi était trop forte.

— Jamais je n'ai désiré une femme autant que toi, avoua Jaul d'une voix rauque.

Il saisit un verre sur une table placée à côté d'une colonne, y versa du jus de fruit et le tendit à Chrissie.

— Et je n'ai jamais aimé d'autre femme que toi, acheva-t-il.

Déstabilisée par cette déclaration, elle prit le verre d'une main tremblante et but une longue gorgée de jus de fruit. Il n'avait jamais aimé d'autre femme ? C'était un point en sa faveur, non ?

Jaul passa nerveusement les doigts dans ses cheveux.

— Je t'aimais et pourtant je t'ai abandonnée. Tu étais seule, enceinte, et je n'étais pas là pour te soutenir. J'ai cru les mensonges de mon père.

Le cœur de Chrissie se mit à battre à grands coups.

— Jaul, pourquoi ce rendez-vous, ce soir ?

— Yusuf était avec mon père quand il est venu te voir à Oxford. J'ai été atterré quand il m'a raconté ce qui s'était passé ce jour-là. J'ai honte que mon père ait pu traiter ma femme comme il l'a fait, sans que je puisse rien faire pour l'en empêcher.

— Tu étais à l'hôpital, rappela-t-elle, la gorge nouée. Tu ne pouvais rien faire.

Jaul avait le teint terreux et le regard torturé.

— Yusuf m'a dit la vérité. Mais pour être honnête, cette vérité, j'aurais dû l'accepter de ta bouche.

— C'est vrai. Je ne t'ai jamais menti. Enfin… seulement une fois. J'y reviendrai plus tard.

— J'ai gobé les mensonges que mon père m'a racontés à ton sujet et du coup, je me suis mis à me méfier de tous les souvenirs que je gardais de toi, poursuivit Jaul comme s'il ne l'avait pas entendue. Quand je suis allé te voir chez toi le mois dernier, j'aurais dû t'écouter davantage, réfléchir un peu plus.

— Il est naturel que tu aies cru ton père quand il t'a dit que j'avais pris l'argent.

— En quoi est-ce naturel ? Tu étais ma vie. Ma femme. C'est d'abord à toi que j'aurais dû faire confiance. Tu veux bien arrêter de chercher des excuses à ma conduite impardonnable ?

— C'est ton père le responsable. Il nous a séparés, il nous a menti à tous les deux et il nous a fait souffrir tous les deux. Blâme le véritable coupable, Jaul. Tu es resté plusieurs mois dans le coma et ensuite tu as été opéré. Tu n'étais pas en état de nous défendre, ni l'un ni l'autre. Et quand ton père t'a menti, c'était à un moment où tu étais particulièrement vulnérable.

— J'essaie de m'excuser, de te dire que je regrette, mais tu ne veux pas m'écouter, marmonna Jaul, les yeux un peu trop brillants.

— Je ne veux pas de tes excuses, ni de tes regrets.

— Mais j'ai honte. Tu es ma femme, je t'ai abandonnée et je ne veux pas te perdre. Je suis prêt à dire n'importe quoi, à faire n'importe quoi pour te garder !

Chrissie réprima un sourire.

— Oh ! ça je crois que je l'ai compris dès que tu m'as mis le contrat de mariage sous le nez.

— C'était une menace en l'air. Il est très facile de contester un contrat de mariage devant un tribunal britannique. D'autant plus que tu l'avais signé sans avoir consulté d'avocat et que tu étais très jeune. Ce contrat n'avait aucune valeur et je le savais.

Stupéfaite, Chrissie ouvrit de grands yeux.

— J'aurais dû te prendre au mot, dit-elle enfin. Mais si je ne l'ai pas fait, c'est peut-être parce que je n'en avais pas envie. Ça ne t'est pas venu à l'idée ?

— Mais pourquoi n'en aurais-tu pas eu envie ?

Elle se mordit la lèvre. Serait-ce vraiment une bonne idée de lui avouer qu'elle l'aimait ? Pas sûr…

— Qui a allumé toutes ces bougies ? demanda-t-elle d'un ton léger pour faire diversion.

— Zaliha les a apportées en même temps que les amuse-gueules, et c'est moi qui les ai allumées. Les fontaines sont régulièrement entretenues et il a juste suffi de les remettre en marche. Je n'ai pas pu demander à d'autres femmes du personnel de venir ici parce qu'elles auraient été choquées par les fresques.

Chrissie promena son regard sur les centaines de bougies et réprima un sourire, touchée par les efforts qu'il avait faits pour elle.

— Les fresques peuvent paraître choquantes, mais cet endroit est splendide sous cet éclairage.

— Toi aussi tu es splendide sous cet éclairage. Mais de toute façon, tu es toujours splendide. Quand je pense…

Jaul se tut, la mâchoire crispée.

— Quoi donc ? demanda-t-elle.

Il passa la main dans ses cheveux.

— Je ne décolère pas. Je m'en veux tellement ! J'aurais dû reprendre contact avec toi dès que j'ai retrouvé mon autonomie après l'accident. Mais je ne pouvais pas me résoudre à te revoir alors que j'avais la certitude de t'avoir perdue. Ce n'est pas facile pour moi de le reconnaître, mais c'est la vérité. Te revoir, me retrouver en face de toi tout en sachant que je t'avais perdue… Ça aurait été insupportable.

— A ce point ? demanda-t-elle avec surprise.

Il lui lança un regard incrédule.

— Je t'aimais. Je t'aimais de tout mon cœur ! Mais j'ai perdu confiance en toi quand j'étais seul à l'hôpital.

Le cœur de Chrissie se serra douloureusement.

Comment son père avait-il pu être assez cruel pour lui faire croire qu'elle ne tenait plus à lui ? « Je t'aimais de tout mon cœur. » Quel gâchis...

— J'aurais accouru à ton chevet si j'avais su.

— Je sais. Aujourd'hui, je le sais. C'est ça qui me tue ! s'exclama-t-il en s'écartant d'elle, visiblement au comble de la frustration.

— Il ne sert à rien de se mettre dans cet état à cause d'un passé auquel on ne peut rien changer. Il faut tourner la page et regarder vers l'avenir.

— Comment pourrais-je y arriver quand les mensonges de mon père nous ont coûté si cher ? Autrefois, tu étais à moi. Complètement, exclusivement à moi. Mon rêve le plus cher, c'est qu'un jour, ce soit de nouveau vrai. Mais j'ai beau essayer de me raisonner, je ne peux pas m'empêcher d'avoir des pensées terriblement injustes à cause de...

Jaul s'interrompit, les poings serrés. Il se détourna.

— Non, je ne le dirai pas, reprit-il. Une telle jalousie, une telle possessivité, c'est odieux !

Chrissie le fixa les yeux écarquillés, perplexe.

— De quoi parles-tu ?

— Il vaut mieux oublier ça. Ce qui est fait est fait. Il ne faut pas laisser le passé ruiner ce que nous avons aujourd'hui.

« Jalousie » ? « Possessivité » ? Chrissie déglutit péniblement.

— Tu fais allusion aux autres amants dont j'ai parlé ?

Il plissa les yeux.

— Inutile de revenir là-dessus. Tu te croyais célibataire. Quoi de plus naturel...

— Ça aurait peut-être été naturel, mais en réalité je n'ai pas eu d'autres amants, avoua-t-elle, les joues en feu. J'ai dit que j'en avais eu mais j'ai menti. Je ne sais pas comment tu as pu croire que j'avais trouvé le temps d'avoir des amants alors que j'étais enceinte pendant la plus grande partie de la première année de ton absence, et que j'ai passé la seconde à m'occuper de deux bébés tout en travaillant.

Jaul la dévisagea comme si elle venait d'une autre planète.

— Tu… Tu as menti ? Sur un point aussi important ?

Elle se mordit la lèvre.

— C'était une arme, je m'en suis servie. C'est le seul mensonge que je t'ai dit. De toute façon, je me doutais bien que de ton côté…

Il l'agrippa par les avant-bras.

— Non ! Pas de liaisons, pas d'amitiés amoureuses, pas d'aventures sans lendemain. Rien. Absolument rien.

Chrissie resta sans voix un instant.

— Mais… pourquoi ? bredouilla-t-elle.

— Quand j'ai enfin pu abandonner ce fauteuil roulant, je me suis dit qu'étant donné le fiasco de notre relation, il valait mieux éviter une nouvelle liaison. Et j'ai décidé de me marier.

Elle se raidit. Qu'il n'ait fréquenté aucune femme pendant leur séparation était une bonne nouvelle ; mais qu'il ait envisagé de se marier…

— Qui avais-tu choisi pour me remplacer ? osa-t-elle demander.

Les pommettes de Jaul se colorèrent.

— Personne, mais je savais que mon peuple attendait que je choisisse une femme.

Il lui prit le menton.

— Pour être franc, je n'ai jamais tenu à une femme autant que je tiens à toi. Je ne te mérite pas, mais mon cœur a toujours t'a toujours appartenu. Depuis le premier instant jusqu'à aujourd'hui. A l'époque où je croyais t'avoir perdue, je suis longtemps resté déprimé. Et je ne voulais pas retomber amoureux. J'avais peur d'éprouver de nouveau ce que j'avais éprouvé pour toi.

Les yeux embués de larmes, elle prit son visage entre ses mains.

— Et moi, j'ai bien peur d'être partie pour t'aimer toujours. Quand tu es revenu, j'ai cru honnêtement que je te haïssais. En fait, je ne m'étais jamais remise de t'avoir perdu.

— Chrissie…

— Personne ne peut me faire l'effet que tu me fais, l'interrompit-elle doucement. Et je pense que tu m'aimes aussi.

— Oui. Je t'aime de tout mon cœur, *habibti.*

Les yeux brillants, il déposa un baiser au creux de sa paume.

— Le jour où je me suis servi du contrat de mariage pour faire pression sur toi, j'ai compris que je t'aimais parce que je ne m'étais encore jamais conduit de manière aussi malhonnête. Et je n'avais même pas honte. J'étais littéralement prêt à tout pour avoir une nouvelle chance avec toi et les enfants.

Elle noua les bras autour de son cou.

— Tous les coups sont permis si le but poursuivi est honorable.

— Vraiment ?

Il baissa la fermeture Eclair de sa robe et la fit glisser sur ses épaules. Le vêtement tomba aux pieds de Chrissie, dévoilant ses dessous sexy. Avec un sourire approbateur, Jaul la souleva de terre pour la porter jusqu'au lit assez grand pour une orgie et la déposa sur les draps de lin blanc.

— Mon seul but, c'est vous garder toujours auprès de moi, les enfants et toi.

— Voilà un but qui me paraît honorable, approuva-t-elle en déboutonnant sa chemise.

# 11

*Trois ans plus tard.*

Dans une cour ombragée du palais, Chrissie regardait les jumeaux se chamailler pour savoir qui prendrait le volant de la grosse voiture en plastique sur laquelle ils étaient en train de monter. A quatre ans, Tarif et Soraya étaient des enfants vifs, énergiques et déterminés, avec qui il ne fallait pas hésiter à se montrer ferme si nécessaire. Elle se leva, leur demanda de se calmer et les menaça de faire disparaître la voiture s'ils n'étaient pas capables de la partager sans se bagarrer. Puis elle se rassit et les regarda avec intérêt négocier un compromis.

Lizzie l'appela sur son portable alors qu'elle savourait un thé à la menthe et des pâtisseries. Tout en discutant avec sa sœur, elle caressa son ventre à peine bombé avec un sourire rêveur. Lizzie devait arriver à la fin du week-end avec sa famille et leur père. Ils venaient tous régulièrement passer plusieurs jours au palais, et la distance n'avait pas distendu les liens entre les deux sœurs.

Lorsque la nurse vint chercher les jumeaux pour leur dîner, Chrissie rendit visite à Héros. Son vieux cheval occupait depuis deux ans le box le plus luxueux des écuries royales. Malgré son emploi du temps surchargé,

Jaul avait pris le temps d'organiser personnellement son transfert depuis le Yorkshire, dans le plus grand secret. L'arrivée de Héros avait été une merveilleuse surprise pour Chrissie, profondément touchée par cette attention si délicate.

Très impliquée dans la mise en œuvre du programme d'éveil destiné aux maternelles, elle n'avait pas vu passer sa première année au Marwan. Ses relations avec les instituteurs et les gens du palais étaient chaleureuses et détendues. S'il lui arrivait de temps à autre d'accompagner Jaul à une réception ou à un événement officiel, où elle côtoyait diplomates, dignitaires et hommes d'affaires, c'était sa famille qui occupait la plus grande place dans sa vie. Pour Jaul comme pour elle, passer du temps avec leurs enfants était primordial.

Après sa visite à Héros, elle regagna le palais pour prendre une douche et se changer. Ce soir, comme chaque année à la même date, Jaul et elle célébraient l'anniversaire de la soirée aux chandelles qui avait marqué leurs véritables retrouvailles et leur nouveau départ. Ils se retrouvaient au harem pour un dîner en tête à tête, puis ils passaient la nuit dans le lit à baldaquin.

La nuit tombait quand Jaul commença à allumer les bougies, tandis que des domestiques dressaient la table installée entre deux colonnes. Les fresques étaient masquées par des rideaux afin qu'aucun membre du personnel ne risque d'être offusqué par ce vestige d'une époque révolue, même si elle s'était prolongée jusqu'à la moitié du XXe siècle.

Jaul eut un pincement au cœur en pensant à sa grand-mère. Leur relation tardive avait été si courte… Lady Sophie était morte paisiblement dans son sommeil un an plus tôt. Auparavant, Jaul lui avait malgré tout rendu souvent visite chez elle, à Londres, déterminé à faire de son mieux pour compenser toutes ces années où son père avait délibérément ignoré sa propre mère.

Le bruit caractéristique du heurtoir de la lourde porte d'entrée annonça l'arrivée de Chrissie. Quelques secondes plus tard, un deuxième coup retentit avant que Jaul ait le temps d'ouvrir. Il pouffa, habitué à l'impatience de sa femme.

— Je n'ai pas fini d'allumer les bougies, prévint-il.

— Je suis venue t'aider.

— Pas question ! Tu es enceinte, tu n'as le droit de rien faire à part t'installer confortablement, répliqua-t-il en l'entraînant vers un fauteuil.

— Rien du tout ? plaisanta-t-elle en enlevant ses chaussures.

— Réserve tes forces pour les choses vraiment importantes.

Il jeta un regard malicieux au lit à baldaquin, puis il s'agenouilla à côté d'elle, lui prit la main et glissa à son annulaire une bague de platine ornée d'un saphir.

— Merci pour cette nouvelle année de bonheur, déclara-t-il.

Elle contempla son doigt avec un mélange de consternation et de plaisir.

— Nous étions convenus que tu ne m'achèterais plus de bijoux, protesta-t-elle, avec le sourire toutefois.

— Je n'ai rien convenu. J'ai juste choisi de me taire pour ne pas avoir à discuter.

— Ce que tu peux être retors, par moments, plaisanta-t-elle en lui écartant une boucle noire du front.

— Tu adores ça.

Jaul déposa un baiser au creux du poignet de sa femme, puis il lui effleura le ventre du bout des doigts.

— Je t'aime, *habibti.*

— Je sais.

Le cœur gonflé de joie, elle se redressa sur son siège pour permettre à Jaul de refermer les bras sur elle et de capturer sa bouche avec fougue.

— Quand je pense au bébé, je suis de plus en plus excité, confia-t-il. J'ai manqué tellement de choses avec les jumeaux… Cette fois, je ne vais pas te lâcher pour savourer chaque instant avec toi.

— Je parie que tu vas tomber dans les pommes.

Chrissie perdit son pari : Jaul ne manqua pas une seconde de la naissance de son deuxième fils, le prince Hafiz, un beau bébé de trois kilos avec les yeux turquoise de sa mère. Son frère aîné lui donna un ours en peluche et sa sœur, un dessin de sa main.

Sur les premières photos officielles de Hafiz, toute la famille royale rayonnait de bonheur.

ABBY GREEN

# Sombres désirs

*Traduction française de*
FABRICE CAPENA

HARLEQUIN

*Titre original :*
AN HEIR FIT FOR A KING

*Ce roman a déjà été publié en 2016*

# 1

Leila Verughese commençait à se demander avec inquiétude si son stock de parfums ne risquait pas d'être épuisé bien plus rapidement qu'elle ne l'avait escompté. S'il fallait en croire les factures qu'elle avait épluchées la veille, elle n'avait absolument pas les moyens de le renouveler.

Elle était en train de parcourir les catalogues des parfumeurs qu'elle avait reçus pour tenter de se rassurer lorsqu'une imposante limousine noire s'immobilisa en face de la petite boutique de la place Vendôme que sa mère avait fondée et dont elle venait tout juste d'hériter.

Tirée de ses sombres réflexions, elle s'aperçut que la voiture était escortée de plusieurs autres véhicules de la même couleur. A l'avant du capot de la limousine flottaient deux petits drapeaux qu'elle chercha vainement à identifier.

Elle avait pourtant passé une partie de son enfance à observer le ballet des voitures officielles qui se succédaient devant les portes du Ritz, de l'autre côté de la rue.

Deux hommes descendirent des 4x4 et se positionnèrent sur le trottoir avant de porter la main à leur oreille. Un troisième garde du corps sortit alors de la limousine et alla ouvrir la portière arrière.

L'homme qui en sortit paraissait tout aussi athlétique que ceux qui étaient chargés de le protéger. Mais ce qui frappa surtout Leila, ce fut son visage. Il possédait une perfection troublante, cette beauté classique qui est l'apanage des statues antiques. Ses pommettes étaient hautes et marquées, son nez droit, ses lèvres finement dessinées et ses yeux légèrement taillés en amande.

Il émanait de cette physionomie une impression d'assurance et d'autorité naturelles qui se doublaient en cet instant d'un certain agacement. Quelqu'un dut le héler de l'intérieur de la limousine car il se retourna pour parler à une personne qui se trouvait à l'arrière.

Leila aperçut brièvement une femme aux longs cheveux blonds et se demanda s'il s'agissait de sa petite amie. L'inconnu hocha la tête et se détourna pour se diriger droit vers la boutique, suivi de près par deux de ses gardes du corps.

Leila en profita pour l'observer plus attentivement et remarqua sa peau mate et ses cheveux d'un noir de jais. Elle songea qu'il était peut-être originaire du Moyen-Orient. De nombreux membres de riches familles du Golfe séjournaient régulièrement dans le quartier.

La clochette de la porte tinta alors doucement. Lorsque l'homme pénétra dans le magasin d'un pas décidé, Leila se prit à songer qu'il était plus impressionnant encore vu de près.

*Surprends-moi…*

La consigne de Carmen lui paraissait presque cocasse. Ne s'était-il pas dit ce matin même que plus rien chez elle ne le surprenait jamais ? Depuis qu'ils sortaient ensemble, il espérait découvrir chez sa maîtresse une richesse intérieure qui lui aurait échappé jusqu'alors.

Mais force était de reconnaître qu'il n'avait rien trouvé de tel. Carmen était désespérément prévisible.

Et terriblement ennuyeuse. Il s'était pourtant accroché à cette relation, bien décidé à se laisser une chance de tomber amoureux. Il ne tenait pas à ce qu'on l'accuse une fois de plus de papillonner.

La presse le cataloguait souvent comme un séducteur, un play-boy qui se contentait de relations superficielles. Evidemment, cette description n'était peut-être pas dépourvue d'un fond de vérité.

Mais qu'y pouvait-il si ses compagnes ne parvenaient pas à captiver son attention très longtemps ? Il ne pouvait tout de même pas se contenter de relations médiocres uniquement parce que c'était ce que l'on attendait de lui. Hélas, pour le moment, il n'avait d'autre choix que de rester avec Carmen.

— L'important est de faire profil bas, lui avait expliqué Andres, son conseiller politique, la veille au soir. Laissez-les croire que vous n'êtes venu à Paris que pour vous amuser et prendre du bon temps. Sortez avec cette fille, assistez aux défilés de mode, faites-vous remarquer dans les soirées mondaines… Ils ne doivent pas se douter un seul instant que vous avez un autre objectif.

Alix réprima un soupir.

— Est-ce que je peux faire quelque chose pour vous ?

Brusquement rappelé à l'instant présent, Alix se tourna vers la jeune femme qui venait de lui adresser la parole. Et il demeura quelques instants silencieux, fasciné par le visage qu'il avait devant les yeux.

La vendeuse qui lui faisait face était incontestablement l'une des plus belles femmes qu'il lui ait été donné de rencontrer.

Sa peau au teint ambré, ses grands yeux couleur d'agate, son nez très légèrement aquilin, et les longs cheveux soyeux couleur d'ébène évoquaient une princesse des mille et une nuits qui serait tombée par erreur au milieu de cette boutique parisienne.

— Qui êtes-vous ? lui demanda-t-il d'une voix qui trahissait un mélange d'étonnement et d'admiration.

Il avait pourtant l'habitude de mieux contrôler ses émotions.

— Je suis Leila Verughese, la propriétaire de cette boutique, répondit-elle.

Sa voix était douce et parfaitement modulée. Son nom pour le moins original lui convenait à merveille.

— Alix de Saint-Croix, se présenta-t-il à son tour.

Il devina à son expression que le nom lui était familier. Cela n'avait rien d'étonnant. La presse à scandale se faisait un plaisir de commenter la moindre de ses frasques — et même d'en inventer lorsqu'il n'y avait rien d'intéressant à signaler.

Son instinct lui soufflait pourtant que ce n'était pas le genre de lecture qu'affectionnait le plus Leila Verughese. Il émanait d'elle une impression de sérieux qui transparaissait jusque dans la façon dont elle était vêtue.

La blouse blanche qu'elle portait lui conférait l'apparence d'une pharmacienne plus que d'une parfumeuse des beaux quartiers. Quant à son pantalon et son chemisier très sages, ils ne mettaient guère en valeur sa silhouette élancée.

— Vous cherchez quelque chose de particulier ? lui demanda-t-elle.

— Oui, répondit-il. Enfin, non…

Alix se morigéna intérieurement. Il n'avait pas coutume de se montrer aussi gauche. Ne passait-il pas le plus clair de ses journées à regarder défiler des mannequins qui comptaient parmi les plus belles femmes du monde ?

— C'est-à-dire que je cherche un parfum. Mais je n'ai pas de nom précis à vous donner...

— Je vois, acquiesça-t-elle en lui jetant un regard légèrement amusé. Avez-vous une note préférée ?

— Ce n'est pas pour moi, s'empressa-t-il de préciser. C'est pour ma maîtresse...

Leila se rembrunit et lui lança un regard ouvertement réprobateur. Cela ne manqua pas de l'étonner : rares étaient les gens qui se permettaient de trahir aussi ouvertement leurs désaccords avec lui, a fortiori lorsqu'ils avaient beaucoup à perdre en agissant de la sorte.

— Est-ce que cela vous pose un problème ? lui demanda-t-il, plus curieux que vexé.

Elle soutint son regard avec assurance.

— Ce n'est pas à moi de vous dire comment vous devez appeler votre petite amie, répondit-elle un peu sèchement.

Alors même qu'elle prononçait ces mots, Leila comprit qu'elle était probablement en train de commettre une erreur. Si Alix se formalisait de cette réflexion, il risquait de quitter sa boutique sans rien acheter. Pire encore, il pouvait parfaitement ruiner sa réputation.

Combien de fois sa mère lui avait-elle répété que le client était roi ? Et, dans ce cas précis, il ne s'agissait même pas d'une simple figure de style. Alix de Saint-Croix était bel et bien l'héritier en exil d'un petit royaume situé sur une île au large de l'Espagne.

Elle avait lu un article à son sujet dans les pages économiques du *Times*. Il expliquait qu'Alix de Saint-Croix avait fui un coup d'Etat militaire qui avait coûté la vie à ses parents et à son jeune frère.

Réfugié en France, il s'était lancé dans les affaires et était devenu en l'espace de quelques années l'un des hommes les plus riches d'Europe.

Il investissait apparemment dans toutes sortes de secteurs de par le monde, du multimédia à l'exploitation des ressources naturelles. Récemment, il avait même négocié le rachat de plusieurs puits de pétrole dans le sultanat de Burquat.

Sans doute estimait-il que cette insolente réussite lui donnait le droit de parler comme il l'entendait des femmes avec lesquelles il sortait. Mais étant donné sa propre histoire familiale, Leila ne pouvait cautionner un tel langage.

Sa propre mère, Deepika Verughese avait été la maîtresse d'un riche homme d'affaires français qui séjournait en Inde. Lorsqu'il lui avait proposé de rentrer avec lui, elle avait accepté sans hésiter, pensant naïvement qu'il comptait l'épouser.

Mais en arrivant en France, elle avait compris que l'homme en question était déjà marié et qu'il comptait faire d'elle sa maîtresse. Trop fière pour accepter cette situation, Deepika avait rompu. Quelques semaines plus tard, elle avait découvert qu'elle était enceinte de Leila.

Le père de celle-ci n'avait rien voulu savoir. Trop honteuse pour rentrer en Inde, Deepika avait entrepris de refaire sa vie ici et d'élever sa fille seule. C'était elle qui lui avait inculqué l'idée qu'une femme se devait d'être autonome et qu'elle ne devait accepter sous aucun prétexte de se voir rabaissée au rang de simple objet sexuel.

— Je ne suis pas sûr que Carmen se considère comme ma petite amie, répondit Alix.

Leila fronça les sourcils. C'était bien là la réaction typique d'un homme dans son genre : non contents d'objectiver les femmes avec lesquelles ils sortaient, ils en faisaient des victimes consentantes. Le cynisme que sous-tendait cette attitude la rendait malade.

— Lui avez-vous seulement demandé ? ne put-elle s'empêcher de répliquer.

Alix la considéra avec stupeur. Il n'avait visiblement pas l'habitude qu'on lui réponde de cette façon.

— Ce n'est pas nécessaire, lui assura-t-il. Elle n'est pas avec moi par amour, vous savez. Elle sait ce que peut lui apporter notre relation.

— Toutes les femmes ne sont pas aussi cyniques que vous semblez le penser, rétorqua Leila.

Que lui arrivait-il donc ? Elle avait déjà signifié très clairement sa désapprobation. Pourquoi s'entêtait-elle de cette façon ?

Après tout, Alix n'était rien de plus qu'un client. Ce n'était ni le premier ni le dernier qui venait acheter un parfum pour sa maîtresse. Au moins prenait-il la peine de le faire lui-même au lieu d'envoyer une assistante, comme cela se produisait si souvent...

— Je vous assure que les femmes qui évoluent dans mon milieu ne se font pas beaucoup d'illusions sur la nature humaine, déclara Alix avec un sourire teinté de malice.

— Dans ce cas, vous devriez peut-être changer de milieu, suggéra-t-elle.

— Peut-être, en effet, concéda-t-il en lui jetant un regard lourd de sous-entendus.

Leila ne put réprimer le violent frisson qui la traversa de part en part. La simple idée qu'il puisse se passer quelque chose entre Alix et elle la mettait vaguement mal à l'aise.

C'était précisément le genre d'homme contre lequel sa mère l'avait toujours mise en garde. Mais ce n'était qu'aujourd'hui qu'elle comprenait vraiment ce qu'elle avait voulu dire. Jamais elle n'avait rencontré quelqu'un de si charismatique et séduisant qu'Alix de Saint-Croix et il aurait été très tentant de prendre ses avances au sérieux.

Mais elle était convaincue qu'il n'en sortirait rien de bon. N'était-il pas venu acheter une bouteille de parfum pour sa *maîtresse* qui l'attendait en cet instant même à l'intérieur de sa limousine ?

Se détournant brusquement, elle s'empara du premier flacon qui se présenta et le lui tendit.

— Ceci est l'une de nos eaux de toilette les plus en vue, lui indiqua-t-elle. C'est une senteur florale rehaussée de notes d'agrumes. Il s'agit d'un parfum léger et piquant qui convient à toutes les occasions.

Alix de Saint-Croix secoua la tête.

— J'avais en tête quelque chose de plus sensuel, déclara-t-il.

Leila reposa le flacon qu'elle venait de lui présenter et en choisit un autre.

— Ceci est peut-être plus approprié, déclara-t-elle. La note de tête est fruitée mais le cœur est constitué de bois blonds avec un fond de musc.

— Peut-être, acquiesça Alix. Mais c'est dur de se faire une idée sans le sentir.

— Certainement, reconnut Leila en s'emparant d'une bande de papier testeur.

— Je préférerais voir l'effet qu'il fait sur la peau, remarqua Alix.

— C'est un parfum de femme, objecta Leila.

— Pouvez-vous en mettre un peu sur votre poignet ?

La façon dont il venait de prononcer ces mots ne fit qu'accentuer le trouble qu'elle éprouvait. Alix avait le don de rendre terriblement provocante une phrase apparemment anodine. Mais ce n'était probablement pas si étonnant que cela de la part d'un séducteur invétéré comme lui.

Elle n'avait pourtant aucune raison objective de refuser. Sa demande était peut-être peu conventionnelle mais elle n'avait rien d'ouvertement déplacé. Leila aspergea donc légèrement son poignet de parfum et le lui tendit.

La douceur avec laquelle Alix s'empara de ses doigts éveilla un nouveau frisson le long de sa colonne vertébrale. Il se pencha vers elle comme pour lui faire un baisemain, sans la quitter des yeux. Il inspira alors lentement, comme s'il voulait se pénétrer de cette odeur.

Leila espéra qu'il ne pouvait sentir le léger tremblement qui l'agitait. Son ventre se noua sous l'effet combiné de l'embarras et d'un désir qu'elle ne parvenait pas complètement à réprimer.

C'est alors qu'à travers la vitrine de la boutique, elle vit la portière de la limousine s'ouvrir. Une femme en descendit. Blonde, grande et mince, elle portait une robe très courte et très ajustée qui ne laissait guère planer de mystères au sujet de son anatomie sculpturale.

Elle était en train de parler au téléphone et son beau visage trahissait une colère à peine contenue.

— Votre *maîtresse* semble s'impatienter, déclara Leila en retirant prestement sa main de celle d'Alix.

Il se redressa et lui adressa un coup d'œil pensif.

— Alors ? lui demanda-t-elle, se sentant embarrassée sans trop savoir pourquoi. Est-ce que vous le prenez ?

— Quoi donc ?

— Le parfum.

— Oh ! oui... Bien sûr. Vous aviez raison : il est très agréable.

— Je vais vous l'emballer.

Joignant le geste à la parole, elle prépara un paquet

cadeau. Ses gestes étaient nettement moins assurés que d'ordinaire et lorsqu'elle tendit le sac à Alix, elle évita délibérément de croiser son regard. Il déposa alors une liasse de billets sur le comptoir et, sans ajouter un mot, il se détourna pour gagner la sortie.

Il rejoignit sa maîtresse et tous deux réintégrèrent la limousine, bientôt imités par leurs gardes du corps. Quelques instants plus tard, le convoi s'éloigna à vive allure et disparut au détour de la rue. Ce n'est qu'alors que Leila commença à se détendre.

Elle remarqua soudain l'odeur qui s'attardait dans la boutique. Leila reconnut aussitôt l'eau de toilette que devait porter Alix. En revanche, cette fragrance se doublait d'une autre senteur plus personnelle, plus intime.

Elle était incontestablement masculine et terriblement envoûtante et elle éveillait en Leila une pointe de désir aussi lancinante qu'irrépressible.

Elle fronça les sourcils, furieuse contre elle-même. N'avait-elle pas appris à ses dépens ce qu'il en coûtait de s'abandonner à ce genre de pulsion ? N'avait-elle pas failli devenir la victime d'un séducteur dans le genre d'Alix de Saint-Croix ?

Fort heureusement, elle avait peu de chances de se retrouver de nouveau confrontée à cet homme. Après tout, tous deux ne fréquentaient pas précisément les mêmes milieux.

Ce soir-là, Leila ferma la boutique assez tard. Elle remonta directement dans le petit appartement qui était situé à l'étage et dont elle avait hérité avec la boutique. Elle ne parvenait toujours pas à croire qu'elle puisse habiter place Vendôme, dans l'un des quartiers les plus prestigieux et les plus inabordables de la capitale.

Elle se demandait régulièrement si elle ne ferait pas mieux de louer ce trois-pièces pour s'installer dans un arrondissement moins onéreux. Mais il était si pratique de vivre juste au-dessus de l'endroit où elle travaillait qu'elle n'avait pas encore donné suite à cette idée.

De plus, de nombreux souvenirs la rattachaient à cet endroit qu'elle associait toujours à sa mère. Elle se rappelait notamment l'insatiable curiosité que celle-ci éprouvait à l'égard des clients du Ritz, le magnifique hôtel sur lequel donnaient les fenêtres de l'appartement.

Ce soir-là, comme d'ordinaire, les voitures de luxe se succédaient devant les portes. Parmi elles, Leila reconnut soudain la limousine qui s'était garée devant sa boutique, le matin même. Elle vit en sortir Alix, accompagné de sa maîtresse. Tous deux gravirent les marches et disparurent à l'intérieur du bâtiment.

Incapable de réprimer sa curiosité, Leila scruta les rangées de fenêtres qui perçaient la façade. Et quelques minutes plus tard, elle vit l'une d'elles s'illuminer. Une idée s'insinua alors dans son esprit contre laquelle elle commença par lutter.

Mais la tentation était bien trop grande. Elle finit par y céder et alla chercher les jumelles de théâtre que sa mère utilisait autrefois pour observer les allées et venues dans l'hôtel. Les braquant sur la fenêtre qu'elle avait repérée, elle reconnut la silhouette athlétique d'Alix de Saint-Croix qui lui tournait le dos.

Il était en bras de chemise et paraissait discuter avec sa maîtresse qui se tenait face à lui. La robe qu'elle portait ce soir-là était plus provocante encore que celle de ce matin. Elle tenait à la main la bouteille de parfum que Leila avait vendu à Alix, quelques heures auparavant.

L'expression de son visage était ouvertement aguicheuse et un sourire mutin se dessinait sur ses lèvres magnifiquement dessinées. Elle était l'image même de la sensualité et Leila ne put s'empêcher de se comparer mentalement à cette femme.

Puis Carmen commença à se déshabiller de façon si suggestive que Leila en eut le souffle coupé. Jamais elle n'aurait eu le courage de s'effeuiller ainsi. S'adonner à un tel strip-tease nécessitait une assurance et une confiance dans ses propres charmes qu'elle était loin de posséder.

Alors même qu'elle se faisait cette réflexion, Alix se tourna vers la fenêtre et tendit les mains vers les rideaux qui l'encadraient. Il demeura un instant immobile et Leila se demanda avec une pointe d'angoisse s'il l'avait vue. Mais avant qu'elle puisse en avoir le cœur net, il tira les draperies, lui dissimulant la scène torride qui ne manquerait probablement pas de s'ensuivre.

Le cœur battant à tout rompre, Leila s'écarta de la fenêtre et alla reposer les jumelles à leur place habituelle. Elle s'en voulait terriblement d'avoir cédé à la fascination qu'Alix semblait exercer sur elle.

N'était-ce pas précisément contre ce genre d'homme que sa mère l'avait mise en garde ? Et n'avait-elle pas eu l'occasion de vérifier personnellement la validité de ces recommandations ?

Hélas, les admonestations judicieuses qu'elle s'adressait ne suffirent pas complètement à dissiper le mélange de trouble et de curiosité qu'elle éprouvait en pensant à ce qui était en train de se passer de l'autre côté de la rue.

*
* *

La journée suivante parut s'écouler au ralenti. Les clients étaient rares et Leila ne conclut que quelques ventes. Elle consacra donc une bonne partie de son temps à rechercher une nouvelle usine qui serait capable de produire les différents parfums qu'elle avait conçus.

Sa marque « La maison de Leila » avait effectivement rencontré un certain succès d'estime parmi les professionnels du milieu de la parfumerie. Elle avait même gagné quelques clientes fidèles qui ne juraient que par ses créations. Mais l'entreprise avec laquelle elle travaillait jusque très récemment avait fait faillite.

Malheureusement, elle n'avait pas été la seule victime de la récente crise économique et Leila avait un mal fou à lui trouver un remplaçant. La plupart des sociétés qu'elle avait contactées ne s'intéressaient pas à des productions aussi confidentielles, préférant travailler pour des marques déjà établies ou pour l'industrie des cosmétiques.

Leila avait fini par en déduire que sa seule chance était de mettre suffisamment d'argent de côté pour effectuer une commande plus importante. Evidemment, cela constituerait pour elle un risque non négligeable. Mais elle n'avait pas envie de se contenter indéfiniment de vendre les parfums des autres.

Comme elle s'apprêtait à fermer boutique, Leila aperçut Alix de Saint-Croix qui venait de sortir du Ritz, suivi de près par deux de ses gardes du corps. Instantanément, son cœur se mit à battre la chamade. Et la tension qu'elle éprouvait redoubla lorsqu'elle s'aperçut que les trois hommes semblaient se diriger précisément vers son magasin.

L'espace d'un instant, elle fut tentée de fermer et de s'éclipser précipitamment. Mais Alix l'avait déjà aperçue à travers la vitrine. Le sourire ravageur qu'il lui adressa ne fit qu'accentuer son trouble. Se sentant vaguement prise au piège, Leila se résigna à l'attendre.

Il fit signe à son escorte de l'attendre à l'extérieur et pénétra dans la boutique.

— Bonjour, mademoiselle Verughese, s'exclama-t-il d'un ton cordial.

— Monsieur de Saint-Croix, répondit-elle plus sobrement. J'imagine que vous êtes venu chercher votre monnaie ? Vous m'avez laissé beaucoup trop d'argent, hier.

— Aucune importance, répondit-il.

— Est-ce que le parfum a plu à votre... amie ?

Un sourire teinté d'ironie se dessina sur les lèvres d'Alix.

— Beaucoup. Mais ce n'est pas ce dont je suis venu vous parler.

— Vraiment ? murmura Leila, nerveuse.

— J'aimerais vous inviter à dîner, déclara posément Alix.

Un frisson glacé parcourut Leila de la tête aux pieds.

— Pardon ? balbutia-t-elle pour gagner un peu de temps.

— J'aimerais vous inviter à dîner, répéta-t-il obligeamment.

Leila s'éclaircit nerveusement la gorge, s'efforçant vainement de surmonter la panique qui montait en elle.

— Je ne suis pas sûre que votre maîtresse verrait cela d'un très bon œil, objecta-t-elle.

— Carmen n'est plus ma maîtresse.

— Je ne vous crois pas, protesta Leila. Je vous ai vus…

Elle s'interrompit brusquement, prenant conscience qu'elle était sur le point de lui avouer qu'elle l'avait espionné.

— Je vous ai vu avec elle, hier, reprit-elle. Vous sembliez très proches.

— Nous avons rompu, déclara posément Alix.

Leila n'en était pas si surprise que cela : les hommes comme lui changeaient de maîtresse comme d'autres de chemise.

Pour une raison ou une autre, elle paraissait avoir éveillé sa curiosité. Mais elle ne se faisait aucune illusion : dès que celle-ci serait satisfaite, elle aussi serait éconduite. Et elle était prête à parier que cela prendrait bien moins de temps que dans le cas de Carmen.

— Vous ne me connaissez même pas, répondit-elle en fronçant les sourcils.

— C'est justement pour faire mieux connaissance que je veux vous inviter à dîner, remarqua-t-il avec une pointe de malice.

— Qu'est-ce qui vous fait croire que j'ai envie de faire mieux connaissance avec vous ? répliqua-t-elle durement.

— La curiosité dont vous faisiez preuve à mon égard, hier soir.

Leila se sentit pâlir.

— Je ne vois pas ce que vous voulez dire, répondit-elle.

— Vous auriez dû penser à éteindre la lumière si vous teniez à être discrète, répondit-il en riant. Je vous ai vue à la fenêtre. C'est bien moi que vous observiez, n'est-ce pas ?

Leila se sentait bien trop mortifiée pour lui répondre.

— En vous apercevant, j'ai compris que j'aurais préféré me trouver en votre compagnie plutôt qu'avec Carmen.

— Cela ne vous a pas empêché de coucher avec elle, ne put s'empêcher de lui dire Leila.

— Seriez-vous jalouse ?

— Ne soyez pas ridicule. Je veux juste que vous sachiez que je ne suis pas dupe.

— Eh bien, vous vous trompez. Carmen et moi n'avons pas fait l'amour.

— Vous avez fermé les rideaux.

— Je tiens à préserver mon intimité et celles des femmes avec lesquelles je sors. Si vous pouviez m'observer, les paparazzis le pouvaient aussi. Quoi qu'il en soit, j'ai fermé les rideaux et j'ai demandé à Carmen de se rhabiller. Je lui ai dit que c'était fini entre nous.

— Mais vous veniez tout juste de lui offrir du parfum, objecta Leila.

— Considérez cela comme un cadeau d'adieu.

— Vous êtes un mufle ! s'exclama-t-elle, choquée par l'indifférence dont il paraissait faire preuve.

Alix répondit à son insulte par un sourire amusé.

— On m'a traité de noms bien moins flatteurs, reconnut-il.

— Je n'en doute pas un seul instant.

— J'espère que cela ne vous empêchera pas d'accepter mon invitation à dîner.

Leila le considéra avec un mélange de stupeur et d'incrédulité. Rien ne semblait pouvoir d'ébranler la confiance en soi de cet homme.

— Je suis désolée mais il n'est pas question que je dîne avec vous, déclara-t-elle.

— Est-ce que vous êtes mariée ? Ou en couple ?

— Cela ne vous regarde absolument pas !

Alix de Saint-Croix la considéra longuement sans qu'elle parvienne à deviner ce qu'il pouvait bien penser.

— Très bien, déclara-t-il enfin. Il semble que je me sois trompé. Je vous prie de m'excuser, mademoiselle Verughese. Je ne vous importunerai plus.

Sur ce, il quitta la boutique, laissant à Leila une désagréable impression de frustration.

# 2

Alix n'en revenait pas. Cela faisait vraiment très longtemps que l'on ne lui avait pas opposé un refus aussi catégorique. En réalité, aucune femme ne l'avait jamais éconduit de façon aussi froide et sans appel. Il lui avait même semblé lire du mépris dans les yeux de Leila.

Ignorait-elle donc qui il était ? Fronçant les sourcils, il se remémora leur conversation de la veille et se convainquit rapidement qu'elle connaissait son identité. Et pourtant, cela ne l'avait pas empêchée de le prendre de haut et de lui dire tout le mal qu'elle pensait de lui.

Mais c'était peut-être paradoxalement ce qui l'attirait, chez elle. Après tout, bien que Leila soit indiscutablement charmante, elle n'avait pas le physique de Carmen. Elle n'était pas non plus aussi sophistiquée que la plupart des femmes qu'il fréquentait.

En revanche, elle avait le plus beau des visages. Et il émanait d'elle une impression d'intelligence et de franchise. Contrairement à la plupart des flatteurs qui l'entouraient, elle lui avait semblé être quelqu'un de direct, qui ne s'embarrassait d'aucune hypocrisie et n'avait pas peur de dire ce qu'elle pensait.

Evidemment, toute la question était de savoir si cette apparence reflétait bien la réalité. Alix avait autrefois commis l'erreur de se fier à une impression similaire et il l'avait payé très cher.

Il n'avait que dix-huit ans lorsqu'il était tombé amoureux de Maureen. Il avait été instantanément conquis par le charme et le naturel qui se dégageaient d'elle. Et lorsque certains de ses amis lui avaient laissé entendre qu'elle n'était peut-être pas aussi vertueuse qu'elle le lui avait laissé entendre, il avait refusé de les croire, mettant ces commentaires sur le compte de la jalousie.

Ce n'est que lorsqu'il l'avait retrouvée au lit dans les bras de l'un de ses propres gardes du corps qu'il avait compris l'ampleur de sa naïveté. Cette déconvenue avait semé en lui le germe d'un doute dont il n'était jamais parvenu à se défaire.

Depuis lors, il avait tendance à se méfier des femmes, et tout particulièrement des plus séduisantes. C'était sans doute la raison pour laquelle ses relations étaient de si courte durée. Il préférait ne se faire aucune illusion sur les motivations de ses maîtresses, s'épargnant ainsi toute déconvenue.

Bien sûr, il savait que lorsqu'il aurait récupéré la couronne qui lui revenait de droit, il lui faudrait trouver une reine. Il avait d'ailleurs commencé à rencontrer plusieurs jeunes femmes issues des meilleures familles d'Europe.

La plupart d'entre elles étaient liées par le sang à des familles régnantes. Toutes avaient reçu cette éducation si particulière qui alliait une parfaite connaissance du protocole, de l'étiquette et des ramifications complexes qui existaient au sein de l'aristocratie du vieux continent.

Hélas ! aucune d'entre elles ne lui avait semblé le moins du monde séduisante. Alix commençait donc à se faire une raison : une telle union serait peut-être dépourvue d'amour et de passion mais elle se fonderait sur la confiance et le respect mutuel.

Evidemment, il devrait pour cela faire le deuil de ses aventures amoureuses. Mais c'était un sacrifice qu'il était prêt à consentir. Il n'aurait d'ailleurs bientôt plus guère de temps à consacrer à de telles distractions. Car si tout se déroulait comme il l'entendait, il ne tarderait pas à reconquérir son trône.

C'était le but qu'il s'était fixé, voici des années, et qu'il avait ardemment poursuivi depuis. Ce serait probablement le moment le plus important de son existence, l'aboutissement d'années de travail et de lutte.

En cet instant même, il aurait dû être totalement focalisé sur cet objectif. Mais au lieu de cela, son esprit vagabondait, évoquant régulièrement le fascinant visage de Leila Verughese.

N'y tenant plus, il finit par reposer le rapport qu'il était en train d'étudier et gagna la fenêtre de sa chambre d'hôtel pour jeter un coup d'œil en direction de la bijouterie de la jeune femme.

A cette heure avancée de la soirée, elle était plongée dans l'obscurité, bien sûr. Mais aucune lumière ne filtrait à la fenêtre de l'appartement situé au-dessus. Jetant un coup d'œil à sa montre, Alix songea qu'elle était probablement sortie.

Il se prit à se demander quel genre de personnes elle pouvait bien fréquenter. Il savait déjà qu'elle n'était pas mariée mais elle avait peut-être un petit ami. Cette seule idée éveilla en lui une pointe de jalousie aussi ridicule qu'irrépressible.

Ne lui avait-elle pas fait comprendre très clairement qu'il ne l'intéressait pas ?

Evidemment, ce genre de réponse avait tendance à produire chez lui l'effet strictement inverse. La curiosité qu'elle lui inspirait s'en était trouvée décuplée, de même que le désir qu'il avait d'elle.

Après tout, il pouvait bien s'accorder un dernier écart de conduite avant d'endosser le manteau de sérieux et de respectabilité qui convenait à un souverain...

Au cours des deux jours qui suivirent la visite inattendue d'Alix de Saint-Croix, Leila ne put s'empêcher de jeter régulièrement des coups d'œil en direction des portes du Ritz. Chaque fois qu'elle le voyait sortir ou qu'elle apercevait sa voiture, elle sentait monter en elle un mélange troublant d'espoir et d'angoisse à l'idée qu'il reviendrait peut-être lui proposer de sortir avec lui.

C'était absurde, bien sûr. La façon dont elle avait décliné sa première invitation avait dû refroidir ses ardeurs et blesser son amour-propre. Alix de Saint-Croix ne devait pas être habitué à essuyer ce genre de revers et il était peu probable qu'il s'expose à une nouvelle rebuffade.

Pourtant, lorsque le réceptionniste du Ritz la contacta pour lui signaler qu'un client souhaitait voir une sélection d'eaux de toilette, Leila sentit son inquiétude resurgir. Certes, ce n'était pas la première fois que cela se produisait. Un jour, elle avait même vendu un parfum à la femme du Président américain qui était en visite officielle en France.

Mais son instinct lui soufflait que cette fois, le mystérieux client n'était autre qu'Alix de Saint-Croix. Evidemment, elle n'était guère en position de refuser. Si elle le faisait, elle risquait de perdre la clientèle de l'hôtel, ce qui serait pour elle un nouveau coup dur.

S'efforçant de maîtriser la nervosité qu'elle éprouvait,

Leila assembla donc une sélection de parfums pour homme et ferma boutique pour traverser la rue.

Ricardo, l'un des concierges de l'hôtel, l'escorta directement jusqu'à l'étage où était située la suite d'Alix. Il la conduisit jusqu'à un confortable petit salon et lui indiqua que son client ne tarderait pas à la rejoindre.

De fait, quelques instants plus tard, la porte de la pièce s'ouvrit, laissant apparaître Alix. Bien qu'elle se fût attendue à le voir, Leila sentit les battements de son cœur s'emballer. A son grand dam, il était plus séduisant encore que dans son souvenir.

Elle remarqua également qu'il était vêtu de façon nettement plus décontractée que lorsqu'il était venu la voir à la boutique. Le col de sa chemise blanche était ouvert et ses manches retroussées laissaient apparaître des avant-bras musclés.

Il y avait dans son regard un mélange d'humour et de défi, comme s'il s'attendait à essuyer ses reproches.

— Je n'apprécie guère de me faire piéger de cette façon, monsieur de Saint-Croix, lui dit-elle sèchement.

— Piéger ? répliqua-t-il en levant un sourcil faussement étonné. Voilà un choix de terme bien curieux face à un client. Ricardo, le concierge de l'hôtel, m'a pourtant affirmé que vous veniez ici régulièrement.

Leila se mordilla nerveusement la lèvre. Elle avait su en venant qu'elle se jetait tête baissée dans un piège mais elle n'avait pas plus le choix maintenant que lorsqu'elle avait répondu au téléphone.

— J'imagine que vous avez fort à faire..., déclara-t-elle en ouvrant la mallette qu'elle avait apportée.

— Au contraire, l'interrompit-il d'un ton exagérément cordial. J'ai tout mon temps.

Leila se répéta qu'il était un client comme les autres et qu'elle ne pouvait se permettre de renoncer à une telle vente. Si elle voulait relancer sa propre ligne de fragrances, elle allait avoir besoin de tout l'argent qu'elle pourrait mettre de côté.

— Très bien, reprit-elle d'une voix toute professionnelle. Dans ce cas, vous devriez vous asseoir.

Elle attendit qu'il ait pris place sur le canapé pour s'installer en face de lui, de façon à ce qu'ils soient séparés par la largeur de la table basse. Elle déposa dessus la sélection d'eaux de toilette qu'elle avait apportée.

— Avez-vous une idée de ce que vous cherchez ? lui demanda-t-elle. Quel genre de parfum portez-vous, d'habitude ?

— A vrai dire, on m'en offre régulièrement, répondit Alix. La plupart du temps, j'en choisis un au hasard parmi ceux qui se trouvent dans ma salle de bains. La seule chose que je peux vous dire, c'est que je n'aime pas les parfums trop puissants ou trop musqués.

Leila hocha la tête. Malgré la distance qu'elle avait pris soin de mettre entre eux, elle sentait distinctement cette odeur délicieusement troublante qu'elle avait déjà remarquée lorsqu'il était venu à son magasin. C'était celle de la peau d'Alix.

Jamais elle ne s'était sentie aussi affectée par la proximité de quelqu'un. Mais il n'était pas question de céder à l'attirance qu'il exerçait sur elle. S'enjoignant mentalement au professionnalisme le plus sourcilleux, elle sélectionna un premier échantillon qu'elle pulvérisa sur une bande de papier testeur.

— Que pensez-vous de celui-ci, monsieur de Saint-Croix ? lui demanda-t-elle en la lui tendant.

— Je vous en prie, vous pouvez m'appeler Alix.

La façon dont il avait prononcé ces mots ne laissait aucun doute sur le fait qu'il était en train de flirter avec elle. Mais elle s'était attendue à une telle éventualité et était bien décidée à lui résister.

Sans la quitter des yeux, il huma le parfum qu'elle venait de lui présenter.

— C'est très agréable, déclara-t-il enfin. Qu'est-ce que c'est ?

— Un parfum de la famille des fougères, répondit-elle. Il est conçu autour de notes de lavande en tête, de géranium en cœur et de mousse de chêne et de coumarine en fond.

— Qu'est-ce que la coumarine ? s'enquit Alix, curieux.

— Un dérivé de la fève de tonka. Il s'agit d'une note ample et boisée mais pas trop intrusive. C'est une excellente base sur laquelle construire un parfum, si vous aimez.

— Faites-moi essayer d'autres parfums, pour que je puisse comparer, suggéra Alix.

— Certainement, acquiesça-t-elle en choisissant un nouvel échantillon.

Il le sentit et lui jeta un coup d'œil étonné.

— Encore une odeur que je ne connais pas, avoua-t-il. C'est plus exotique, n'est-ce pas ?

— En effet. C'est de l'oud, une fragrance tirée du bois d'agar, qui est très rare et très coûteuse. Elle a été longtemps utilisée pour créer des encens précieux.

— En tout cas, je la trouve très agréable.

Leila risqua un sourire.

— Ce n'est peut-être pas si étonnant que cela, répondit-elle. Après tout, c'est une odeur qui convient parfaitement à un roi…

— Un roi en exil, la reprit Alix.

— En exil ou pas, un roi est toujours un roi, répondit Leila.

— C'est une façon de voir les choses qui est loin

d'être partagée par tous, répondit-il avec une pointe d'amertume.

Leila lui tendit un troisième échantillon qu'il renifla avant de secouer la tête.

— Celui-ci ne me plaît pas du tout. Qu'est-ce que c'est ?

— Un parfum à base de narcisse, répondit-elle.

Il se fendit d'un sourire malicieux.

— Est-ce une façon de me faire comprendre que vous me trouvez narcissique ? lui demanda-t-il.

Leila s'empourpra légèrement.

— Bien sûr que non, protesta-t-elle. Voulez-vous essayer quelque chose d'autre ?

Alix hésita.

— Ricardo m'a dit que vous créiez vos propres parfums. Est-ce exact ?

— Oui, acquiesça-t-elle. J'ai développé quelques petites séries. Il m'est également arrivé de confectionner des parfums uniques pour certains de mes clients. Mais c'est une prestation relativement onéreuse.

— Aucune importance, éluda-t-il. J'aimerais que vous inventiez un parfum qui vous semble me correspondre.

— Un parfum est quelque chose de très personnel, objecta-t-elle. Rien ne dit que vous aimeriez une telle fragrance. Mieux vaut commencer par isoler quelques notes qui vous plaisent…

— Je vous fais confiance, objecta-t-il. Pensez-vous pouvoir me l'apporter ce soir ?

— Monsieur de Saint-Croix, je ne pense pas que ce soit une bonne idée…

— Vous renonceriez à créer le parfum attitré d'un roi ? fit mine de s'étonner Alix.

Leila se prit à songer que si sa mère avait été là, elle aurait probablement eu une attaque. Ce genre d'opportunité professionnelle ne se présentait peut-être qu'une ou deux fois dans la vie d'un parfumeur.

Devenir le fournisseur officiel d'un souverain, fût-il déchu, lui assurerait une notoriété accrue et un brusque afflux de clientèle. Et cela lui permettrait enfin de financer ses créations personnelles.

— Bien sûr que non, répondit-elle. Je vous faisais seulement remarquer que le parfum était quelque chose de très subjectif.

— J'en ai conscience. Et c'est justement pour cela que je fais appel à vos services : ce qui m'intéresse, c'est la façon dont *vous* concevrez cette fragrance. Croyez-moi, ce sera nettement plus intéressant que tout ce que je pourrais imaginer en l'état de mes connaissances en matière de parfumerie.

— Dans ce cas, voilà ce que je vous propose : je vais créer deux parfums différents et vous n'aurez qu'à me dire lequel vous préférez.

— N'essayez pas de vous défiler, protesta Alix. Je veux la vision de la créatrice qui est en vous. Laissez parler votre instinct. Et apportez-moi ce parfum vers 19 heures à l'hôtel. D'accord ?

Leila comprit qu'elle n'avait pas le choix : qu'elle le veuille ou non, elle allait devoir courir le risque d'un nouveau tête-à-tête avec Alix.

— Très bien, soupira-t-elle. Je serai là à 19 heures précises.

Alix suivit des yeux Leila tandis qu'elle quittait le petit salon qui avait été mis à leur disposition. Il se sentait quelque peu déconcerté par l'ambiguïté de la réaction de la jeune femme à son égard.

A plusieurs reprises, il avait cru déceler dans ses yeux

une lueur d'intérêt plus personnel que professionnel. Et pourtant, elle n'avait eu de cesse que de le tenir à distance et de repousser ses avances.

Etait-ce une façon de mieux le séduire ? Se refusait-elle à lui pour mieux captiver son intérêt ? Si tel était le cas, elle perdait son temps : il était déjà sous le charme. Plus il la fréquentait et plus il était fasciné par la jeune femme.

Il s'était renseigné à son sujet et avait découvert que les Verughese étaient une grande famille de parfumeurs de la région de Goa. Apparemment, Deepika Verughese, la mère de Leila, s'était brouillée avec sa famille et avait quitté son pays pour venir s'installer en France. En revanche, Alix n'avait trouvé aucune indication au sujet du père de Leila. C'était peut-être ce qui expliquait le différend entre Deepika et les siens.

Le téléphone portable d'Alix se mit à sonner. Il jeta un coup d'œil à l'écran et constata qu'il s'agissait de son conseiller politique le plus influent.

— Andres ? Comment allez-vous ?

— Très bien, Votre Majesté, je vous remercie. Et vous-même ?

— Je commence à me faire l'effet d'un lion en cage dans cet hôtel de luxe. Quelles sont les nouvelles ?

D'ici deux semaines, les habitants de l'île de Saint-Croix seraient appelés à décider par référendum s'ils voulaient restaurer la monarchie et ramener Alix sur le trône. Ce serait l'aboutissement d'une très longue campagne menée par les partisans de la famille royale.

Le résultat du vote était encore très incertain. C'était d'ailleurs la raison pour laquelle Alix avait décidé de se tenir à l'écart. Le moment venu, ce serait peut-être à lui de rétablir l'unité et la cohésion nationale et il ne pourrait le faire que s'il s'était tenu hors de la mêlée politique.

Evidemment, cette position attentiste ne correspondait guère à son tempérament et il commençait à ronger son frein.

— Les sondages sont légèrement en votre faveur, répondit Andres. Mais la junte militaire au pouvoir ne semble pas particulièrement inquiète. Ils pensent probablement que la majorité silencieuse se prononcera en sa faveur.

— Est-ce que les observateurs internationaux ont constaté des irrégularités dans l'organisation du scrutin ?

— Pas encore. Mais nous ne sommes pas à l'abri de quelques bourrages d'urnes, le moment venu.

Andres entreprit de lui faire un rapport détaillé de la situation par localité. Les résultats paraissaient conformes à leurs attentes et relativement encourageants.

— Sinon, j'ai lu ce matin que Carmen et vous aviez rompu, remarqua Andres. Est-ce exact ?

— Oui, répondit Alix.

— C'est fort regrettable, opina son conseiller. Moins vous aurez l'air d'avoir le temps de vous soucier de politique, moins vous paraîtrez menaçant aux yeux de la junte.

— J'ai bien peur que ma vie amoureuse ne puisse se soumettre totalement aux impératifs politiques, soupira Alix. Pour être tout à fait honnête, Carmen commençait réellement à me rendre fou avec ses commérages incessants.

Il ne put s'empêcher de comparer son ex-compagne à Leila. Il était convaincu que celle-ci ne passait pas son temps à disserter sur les liaisons réelles ou supposées des membres de la jet-set française. Il serait vraiment rafraîchissant de discuter avec quelqu'un de cultivé et de spirituel pour changer…

— Je peux le comprendre, concéda Andres qui n'avait jamais été sensible au charme de Carmen. Quoi qu'il en soit, il vaudrait mieux que vous gardiez profil bas le plus longtemps possible.

— Ne vous en faites pas. Je crois que j'ai une idée qui devrait beaucoup plaire aux journaux mondains…

— Je n'en doute pas, Votre Majesté, répondit Andres d'un ton légèrement réprobateur.

Fidèle à sa parole, Leila frappa à la porte d'Alix à 19 heures précises. S'efforçant de dominer la nervosité qui s'était insinuée en lui à mesure qu'il attendait, il alla lui ouvrir. Cela faisait longtemps qu'il ne s'était pas senti aussi anxieux à l'approche d'un rendez-vous.

Et lorsqu'il la découvrit sur le pas de sa porte, il sentit redoubler cette tension. Quelque chose chez elle le troublait peut-être plus encore qu'il ne l'aurait voulu. Il n'aurait su dire ce qui expliquait cette étrange attirance. C'était quelque chose de primal, d'élémentaire, qui s'imposait à lui.

Il ne se rappelait pas avoir jamais éprouvé une telle fascination envers quiconque depuis des années.

— Entrez, je vous en prie, lui dit-il d'un ton bien plus décontracté qu'il ne l'était réellement.

Elle hésita un instant avant de s'avancer dans la suite magnifique qu'il occupait.

— Voici votre parfum, monsieur de Saint-Croix, lui dit-elle en lui tendant un élégant sac en papier frappé du logo de sa boutique.

— Je vous ai dit que vous pouviez m'appeler Alix, lui rappela-t-il.

— Ce ne serait guère approprié, objecta-t-elle. Vous êtes un client.

— Un client qui s'apprête à vous verser une somme exorbitante en règlement de vos services. Ne pouvez-vous pas céder à un caprice aussi innocent ?

Ses beaux yeux verts le transpercèrent de part en part. Une fois de plus, il fut frappé par le charme de Leila. C'était une beauté discrète mais d'autant plus troublante qu'elle ne se révélait qu'à qui savait regarder. Et plus il la contemplait, plus il prenait conscience de la perfection de ses traits, de l'élégance naturelle de sa silhouette et de la grâce qui se dégageait de chacun de ses gestes.

— Très bien, Alix, si vous insistez…

Le simple fait de l'entendre prononcer son prénom décupla le trouble qu'elle lui inspirait. Il lui sembla avoir remporté une première victoire.

Il lui adressa un petit hochement de tête et prit le sac qu'elle lui tendait.

— Asseyez-vous, suggéra-t-il en désignant le salon de la suite. Puis-je vous servir quelque chose à boire ?

— Non merci, répondit-elle. Il faut que je retourne à la boutique…

— N'est-ce pas l'heure à laquelle vous fermez, d'habitude ? objecta-t-il.

Elle s'empourpra légèrement et détourna les yeux.

— Vous ne voulez pas au moins savoir ce que je pense de votre création ?

— Si, bien sûr. Mais vous n'aurez qu'à m'envoyer un mot ou me passer un coup de téléphone…

Alix la considéra attentivement.

— Pourquoi êtes-vous si nerveuse lorsque vous êtes avec moi, Leila ?

Elle rougit de plus belle et il se prit à songer qu'elle était la femme la plus adorable qu'il ait jamais rencontrée.

— Je ne suis pas nerveuse…

— Je n'en crois pas un mot. Si je n'avais pas insisté, vous auriez sans doute préféré m'envoyer ce parfum par la poste plutôt que de traverser la rue pour me le remettre en mains propres.

— J'imagine que ce n'est pas une réaction à laquelle vous êtes habitué, répondit-elle d'un ton qui trahissait un soupçon de moquerie.

— Effectivement, concéda-t-il.

Elle l'observa attentivement et dut se sentir suffisamment rassurée pour gagner enfin le canapé sur lequel elle prit place.

Alix se dirigea vers le bar et se servit un verre.

— Vous êtes sûre que vous ne voulez rien ? lui demanda-t-il.

Elle hésita un instant avant de hausser légèrement les épaules.

— La même chose que vous.

— Très bien, acquiesça-t-il en servant un deuxième verre. C'est mon whisky préféré. Il provient d'une petite distillerie écossaise que j'ai rachetée, il y a quelques années.

— Vous rachetez tout ce que vous aimez ? lui demanda-t-elle.

Le ton sarcastique qu'elle venait d'employer indiquait clairement sa désapprobation.

— Je ne suis pas aussi matérialiste que vous semblez le penser, répondit-il. Je sais que les choses les plus précieuses ne s'achètent pas. Il faut savoir les gagner.

Leila ne put soutenir le regard chargé de sous-entendus qu'il lui adressa. S'approchant d'elle, il lui tendit son verre et leva le sien.

— A notre rencontre, dit-il.

— En espérant que vous ne serez pas trop déçu par mon parfum, tempéra Leila.

Elle porta son verre à ses lèvres et avala une gorgée de whisky.

— Comment le trouvez-vous ?

— Délicieux, répondit-elle. Légèrement tourbé, pas trop sucré, avec une pointe d'amertume et un léger arrière-goût marin…

Alix lui lança un regard stupéfait.

— Je ne savais pas que vous étiez amatrice de whisky, s'étonna-t-il.

— Comme beaucoup de parfumeurs, répondit-elle. C'est une boisson riche en arômes. Et comme pour les parfums, j'ai toujours l'impression qu'elle me raconte une histoire.

Alix se garda de tout commentaire. Cela ne faisait plus aucun doute : Leila ne ressemblait à aucune des femmes qu'il avait connues jusqu'alors.

— A propos de parfum, reprit-elle alors, l'arrachant à ses pensées, vous n'ouvrez pas celui que je vous ai apporté ?

— Si, bien sûr…

Alix sortit du sachet un paquet enveloppé de papier de soie noir. Il le déroula précautionneusement, révélant une boîte de la même couleur mais bordée d'un liseré doré sur laquelle était simplement inscrit en lettres d'or : Alix St-Croix, par Leila Verughese.

Le simple fait de voir leurs noms ainsi associés éveilla en lui une réaction sur laquelle il préféra ne pas trop s'appesantir. A l'intérieur, il découvrit un flacon couleur d'obsidienne.

— J'aime beaucoup la présentation, déclara-t-il d'un ton approbateur.

Il ôta le bouchon et le posa sur la table basse avant de vaporiser une bouffée de parfum sur le dos de sa main. Lorsqu'il l'approcha de son visage pour le humer, il se figea brusquement.

Alors même qu'il s'imprégnait de cette odeur, un flot de souvenirs déferla dans son esprit. Son cœur se serra dans sa poitrine et il lutta contre l'émotion qui montait en lui. Car cette fragrance lui faisait irrépressiblement penser à l'île de Saint-Croix.

Il percevait une odeur marine qui se fondait dans quelque chose de plus terrien, la senteur légère de fleurs qu'il associait à son pays et aussi un écho plus lointain, légèrement oriental, qui évoquait les racines maures de Saint-Croix et son architecture d'inspiration orientale.

Jusqu'à cet instant précis, il n'avait pas pris réellement conscience de l'intensité du manque que lui inspirait sa terre natale. Ce n'était pas seulement une question de politique ni une revanche à prendre contre ceux qui avaient assassiné les membres de sa famille.

Saint-Croix était son pays. L'île faisait partie de lui. Et le parfum de Leila le lui rappelait jusque dans sa chair.

— Est-ce que ça va ? lui demanda-t-elle d'un ton légèrement inquiet. Ça ne vous plaît pas ?

Trop ému pour répondre, il huma le revers de sa main et se laissa de nouveau envahir par les souvenirs. Lorsqu'il leva les yeux vers elle, il la considéra avec un mélange d'incrédulité et d'admiration.

Non seulement Leila avait su le cerner en l'espace de quelques heures mais, de façon plus stupéfiante encore, elle était parvenue à distiller ses émotions les plus intimes sous forme de parfum.

S'il avait cru au surnaturel, il l'aurait certainement prise pour une magicienne.

# 3

Leila considéra Alix d'un air passablement interdit. Jamais encore elle n'avait vu quelqu'un réagir de façon aussi intense à l'un de ses parfums.

— Comment avez-vous fait ? lui demanda-t-il enfin.

Frappée par l'incrédulité qu'elle percevait dans sa voix, elle hésita un instant avant de lui répondre.

— J'ai fait quelques recherches au sujet de votre île, expliqua-t-elle. Et j'ai essayé d'imaginer ce que l'on pouvait sentir là-bas, au bord de la mer. J'ai ajouté la fragrance que j'ai imaginée en pensant à vous... Quelque chose de puissant sans être agressif, avec un léger contrepoint oriental...

Elle haussa les épaules.

— Bien sûr, ajouta-t-elle, si cela ne vous plaît pas, je ne vous facturerai pas cette prestation...

— Vous plaisantez, n'est-ce pas ? protesta-t-il vivement. J'adore ce parfum.

— Vous êtes sûr ? Sur le coup, vous ne paraissiez pas si enthousiaste...

— A vrai dire, je me suis laissé surprendre, lui avoua-t-il. Ce n'est pas du tout ce à quoi je m'attendais...

Leila le considéra avec étonnement. Elle aurait été prête à parier qu'Alix n'avait pas pour habitude de laisser transparaître ses sentiments. C'était un homme d'affaires et un diplomate consommé. Mais le parfum qu'elle avait créé semblait avoir percé sa cuirasse.

Avant qu'elle ait trouvé quelque chose à lui répondre, on frappa à la porte.

— Ce doit être notre dîner, déclara Alix. J'ai pris la liberté de commander pour deux. J'espère que vous me ferez l'honneur de vous joindre à moi.

En venant ici, Leila s'était attendue à une invitation de ce genre. Après tout, Alix lui avait clairement fait comprendre qu'il n'avait pas renoncé à l'idée de sortir avec elle. Elle s'était promis de décliner poliment mais fermement et de rentrer chez elle au plus vite.

Mais la façon dont il venait de réagir à la découverte de son parfum avait piqué sa curiosité. L'espace d'un instant, il lui avait semblé entrevoir un homme très différent de celui auquel elle avait eu affaire jusqu'alors.

De plus, si elle parvenait à le convaincre d'adopter définitivement cette fragrance, elle disposerait d'une source de revenus réguliers et d'une solide carte de visite. Accepter cette invitation à dîner paraissait être une concession bien anodine en regard de ce qu'elle avait à y gagner.

— Avec plaisir, répondit-elle.

Alix hocha la tête d'un air satisfait et alla ouvrir aux garçons d'étage de l'hôtel qui entrèrent en poussant deux tables roulantes chargées de victuailles. Ils ouvrirent une double porte qui donnait sur une petite salle à manger privée et mirent rapidement le couvert.

— Vous aviez peur que nous mourions de faim ? s'enquit Leila d'une voix amusée.

— Je ne savais pas ce que vous aimiez, répondit Alix en riant. Dans le doute, j'ai commandé un peu de tout.

De fait, un véritable festin s'étalait à présent sur la table et l'odeur délicieuse qui s'élevait dans la pièce mit l'eau à la bouche de Leila. Tandis que les garçons d'étage se retiraient discrètement, Alix tira galamment une chaise sur laquelle elle prit place.

Il déboucha alors la bouteille de vin blanc qui se trouvait dans le seau à glace et remplit leurs verres.

— D'où êtes-vous originaire, Leila ? lui demanda-t-il en lui tendant le sien.

— Je suis née en France, répondit-elle. Mais ma mère était indienne. Elle est venue s'installer ici étant jeune et a ouvert une boutique qu'elle m'a léguée à sa mort.

— Votre père était français ?

— Oui mais je ne l'ai pas connu, répondit-elle. Il est mort avant ma naissance.

C'était la réponse diplomatique à laquelle sa mère avait recours chaque fois qu'on l'interrogeait à ce sujet. Mais alors même qu'elle prononçait ces mots, Leila se demanda pourquoi elle continuait à mentir à ce sujet maintenant que sa mère était morte.

A son grand soulagement, Alix se garda d'insister et tous deux s'attaquèrent avec appétit au délicieux repas qu'il avait commandé.

— Est-ce que vous avez toujours travaillé comme parfumeuse ? lui demanda-t-il alors.

— Oui. J'ai grandi dans l'arrière-boutique et ma mère m'a transmis sa passion pour ce métier. Elle m'a appris tout ce qu'elle savait mais a insisté pour que je suive une formation plus approfondie de façon à ce que je puisse créer mes propres parfums.

— Et vous n'avez pas été tentée de travailler pour l'une des grandes marques du secteur ?

— J'ai reçu des propositions intéressantes, reconnut Leila. Mais je ne me vois pas travailler pour un grand groupe. Je préfère être indépendante, même si cela me rapporte moins.

— Et vous n'avez pas trop souffert de la crise ?

Leila ne put s'empêcher de grimacer.

— Si, avoua-t-elle. Dans le domaine du luxe, ce sont les petites sociétés comme la mienne qui ont été le plus touchées. Heureusement, mon activité ne se limitait pas à la création de parfums. La boutique m'a permis de rester à flot grâce à son emplacement exceptionnel.

— Au pire, vous pourrez toujours vendre, remarqua Alix.

— Je ne le ferais vraiment qu'en dernière extrémité, répondit Leila. Cette boutique est l'héritage de ma mère. Elle y a consacré toute sa vie. Et la vendre serait un aveu d'échec.

Alix la considéra pensivement.

— Je comprends très bien, acquiesça-t-il gravement. D'une certaine façon, nous sommes un peu dans la même situation, vous et moi…

Leila lui jeta un regard étonné, se demandant à quoi il faisait allusion. Voulait-il parler de son royaume ?

— Dites-moi, Leila, reprit-il avant qu'elle n'ait eu le temps de lui poser la question. Est-ce que vous aimez l'opéra ?

— Oui, répondit-elle un peu prise de court par ce brusque changement de sujet.

— Il se trouve que j'ai deux places pour *La Flûte enchantée*, demain. Est-ce que ça vous dirait de m'accompagner ?

Il avait posé la question d'un ton innocent mais Leila n'était pas dupe : en acceptant cette invitation, elle donnerait un nouveau tour à leurs relations. Alix ne serait plus un client parmi d'autres et il lui serait d'autant plus difficile de lutter contre l'attirance qu'il exerçait sur elle.

— Je ne pense pas que ce soit une bonne idée, répondit-elle, terriblement mal à l'aise.

— Pourquoi donc ? objecta-t-il. Il ne s'agit que d'une soirée agréable. Cela ne vous engage à rien.

— Nous savons tous deux que ce n'est pas aussi simple, monsieur de Saint-Croix…

— Alix, lui rappela-t-il. Et pourquoi ne serait-ce pas aussi simple ?

Leila chercha vainement comment répondre à cette question sans trahir à quel point elle se sentait dépassée par les événements.

— Je tiens une boutique et vous êtes roi, répondit-elle. Nous ne sommes pas vraiment sur un pied d'égalité…

— Pour le moment, je ne suis pas roi, protesta-t-il. Et rien ne dit que je le redeviendrai au jour.

— Vous savez très bien ce que je veux dire…

Il pencha légèrement la tête de côté, l'observant avec curiosité.

— C'est étrange, remarqua-t-il malicieusement. Je n'aurais jamais imaginé que vous manquiez à ce point de confiance en vous.

Leila ne put s'empêcher de rougir. Elle avait la désagréable impression qu'Alix n'était pas dupe de ses atermoiements. Il devait avoir l'habitude de voir les femmes se jeter à ses pieds.

— N'avez-vous pas des choses plus importantes à faire ? s'enquit-elle.

— Pas pour le moment, répondit-il d'un ton qui lui parut légèrement mystérieux.

Sans la quitter des yeux, il porta son verre de vin à ses lèvres.

— Vous savez, lui dit-il enfin, vous voir feindre l'indifférence ne fait qu'aiguiser ma curiosité et mon intérêt…

— Je ne feins pas l'indifférence, protesta-t-elle vivement. Mais je ne comprends vraiment pas les raisons de votre insistance.

— C'est pourtant simple, répondit-il posément. Je vous trouve charmante et intéressante. J'ai beaucoup de plaisir à passer du temps en votre compagnie. Que cela débouche ou non sur quelque chose de plus sérieux ne dépendra que de vous. Je ne vous forcerai pas la main, Leila. Ce n'est pas mon genre. Alors vous n'avez rien à perdre : au pire, vous aurez vu un bel opéra et mangé dans un bon restaurant…

Le ton presque solennel sur lequel il venait de s'exprimer eut raison des dernières hésitations de Leila. Curieusement, elle ne doutait pas un seul instant de son honnêteté. Comme tout séducteur, Alix s'intéressait probablement plus encore à la conquête qu'à la possession.

Tant qu'elle garderait ses distances, elle n'aurait à craindre de sa part aucun geste déplacé. Mais peut-être était-il temps pour elle de mettre de côté ses principes et de s'accorder un peu de liberté.

Après tout, Alix de Saint-Croix était incontestablement l'homme le plus séduisant qu'elle ait jamais rencontré. Certes, elle ne pouvait espérer aucune forme d'engagement de sa part. Mais ne pouvait-elle pas pour une fois se contenter de profiter du moment présent sans se soucier de l'avenir ?

— D'accord, répondit-elle, le cœur battant à tout rompre. Va pour un opéra et un dîner au restaurant. Mais je ne vous promets rien de plus.

Le sourire éclatant qui se dessina sur les lèvres d'Alix le fit paraître plus irrésistible encore.

— Quant à moi, lui répondit-il avec humour, je ne vous promets pas de ne pas en attendre plus.

*
* *

Le lendemain, Leila ferma plus tôt que d'ordinaire. Durant tout l'après-midi, elle avait senti monter en elle une tension presque insoutenable. Cela faisait un certain temps qu'elle n'était pas sortie avec quelqu'un. Et aucun des hommes qu'elle avait fréquentés ne l'avait intimidée à ce point.

Pour se détendre, elle commença par prendre une longue douche. Puis elle passa près de vingt minutes à hésiter entre les deux seules tenues qui lui paraissaient assez élégantes pour une telle occasion.

Elle tergiversa longuement sur la façon dont elle devait attacher ses cheveux et décida finalement de les laisser retomber librement sur ses épaules. Elle opta pour un maquillage discret, se contentant d'un peu de mascara et d'un trait d'eye-liner.

Le choix de son parfum fut nettement plus difficile. Celui qu'elle portait d'ordinaire était une composition florale très discrète. Mais elle décida brusquement de porter l'une des fragrances que sa mère avait créées et qui répondait au nom très romantique de *Sombres Désirs*.

C'était une eau de parfum bien plus puissante, bâtie sur un accord d'ylang-ylang et d'orchidée et sur un fond boisé et légèrement musqué. Cette senteur à nulle autre pareille avait toujours évoqué pour Leila un univers d'exotisme et de sensualité à cent lieues de son propre quotidien.

Elle n'aurait sans doute jamais d'occasion plus appropriée de porter un tel parfum, songea-t-elle en humant cette odeur envoûtante. L'idée même qu'elle s'apprêtait à se rendre à l'opéra au bras d'un roi lui paraissait toujours passablement surréaliste. Mais elle était bien décidée à profiter au mieux de ce moment unique.

Alors même qu'elle se faisait cette réflexion, la sonnerie de la porte d'entrée retentit, la faisant sursauter. Jetant un coup d'œil à sa montre, elle constata qu'il était déjà 19 heures. S'efforçant de dominer son angoisse, Leila alla ouvrir.

En découvrant Alix qui se tenait sur le seuil, vêtu d'un smoking aussi sobre que magnifique, elle sentit les battements de son cœur s'emballer dans sa poitrine. Il était tout bonnement irrésistible et, rétrospectivement, elle se demandait comment elle avait pu seulement hésiter à accepter son invitation.

— Vous êtes ravissante, lui dit-il.

— J'espère que cette tenue conviendra.

— Elle est magnifique, acquiesça Alix. C'est un *salwar kameez*, n'est-ce pas ?

Leila ne put cacher son étonnement en l'entendant prononcer le nom de ce vêtement traditionnel.

— Une réinterprétation moderne, acquiesça-t-elle. Je l'ai achetée à une jeune créatrice indienne qui vit en France. J'adore ce qu'elle fait.

— Vous avez un goût très sûr, déclara Alix. Ce vêtement rend parfaitement hommage à votre beauté.

Leila ne put s'empêcher de rougir. Elle n'avait pas l'habitude de se voir complimentée de la sorte. Et bien qu'il ne s'agisse probablement que d'une simple marque de politesse de sa part, Alix paraissait sincère.

Nerveusement, elle porta la main à l'une des boucles d'oreilles qui avaient appartenu à sa mère et qu'elle mettait lorsqu'elle voulait se porter chance.

Elle prit alors le bras qu'Alix lui tendait. Tandis qu'ils quittaient son appartement, elle eut l'impression distincte qu'elle était en train de plonger droit dans l'inconnu.

Sur le trottoir devant l'immeuble, une limousine aux couleurs de Saint-Croix les attendait. Le chauffeur vint leur ouvrir la portière et ils s'engouffrèrent à l'intérieur.

— J'aime beaucoup votre parfum, lui dit alors Alix.

— Merci, répondit-elle, surprise une fois de plus par sa perspicacité.

Elle remarqua alors qu'il portait celui qu'elle avait créé pour elle et se prit à songer que les deux fragrances s'accordaient parfaitement. Etait-ce pour cela qu'elle avait choisi *Sombres Désirs* ? Avait-elle inconsciemment cherché à reproduire l'inexplicable alchimie qui existait entre eux ?

Sa simple présence à ses côtés suffisait à éveiller sur sa peau d'irrépressibles frissons de désir.

— Pour aller jusqu'à Bastille, il vaut mieux passer par l'intérieur de Paris que prendre le périphérique, à cette heure-ci, remarqua-t-elle en constatant que le chauffeur se dirigeait vers l'ouest de la ville.

— C'est vrai, acquiesça Alix. Mais nous n'allons pas à Bastille.

— Ce n'est pas non plus le chemin pour Garnier.

— Effectivement, répondit-il d'un ton mystérieux.

Elle lui jeta un regard légèrement suspicieux.

— Vous m'avez dit que nous allions à l'opéra, lui rappela-t-elle.

— Exact. Mais je n'ai pas précisé dans quelle ville.

— Ce n'est donc pas à Paris ? s'exclama-t-elle, sidérée.

Il secoua la tête.

— La représentation a lieu à Venise, lui dit-il en souriant malicieusement.

— Venise ? balbutia Leila. Mais je n'ai même pas mon passeport…

— Vous n'en aurez pas besoin, la rassura-t-il. Venise est en Europe et une simple carte d'identité suffit. De toute façon, tant que vous voyagez avec moi, vous êtes couverte par l'immunité diplomatique dont je jouis.

Alix jeta un coup d'œil à sa montre.

— Le vol ne devrait pas nous prendre plus d'une heure et demie. Si tout se passe bien, vous serez de retour chez vous un peu avant 1 heure du matin. J'espère seulement que vous ne souffrez pas du mal de l'air.

— A vrai dire, je l'ignore, lui avoua-t-elle. Je n'ai jamais pris un avion.

— Comment cela se fait-il ? s'enquit Alix, visiblement stupéfait par cette révélation.

— Ma mère détestait l'idée de voler, expliqua-t-elle. Nous n'avons donc jamais voyagé que par la route ou le rail.

— Est-ce que vous vous sentez prête à passer votre baptême de l'air ? lui demanda Alix. Je comprendrais très bien que vous refusiez.

Leila secoua la tête.

— Certainement pas ! s'exclama-t-elle. Pour rien au monde je ne renoncerais à cette soirée.

— Tant mieux ! s'exclama Alix. Je vous promets que vous ne serez pas déçue.

# 4

En gravissant l'escalier mobile qui permettait d'accéder à la cabine du jet privé d'Alix, Leila sentit redoubler le mélange d'excitation et d'angoisse qui ne l'avait pas quittée depuis qu'Alix avait sonné à sa porte.

— Ça va ? lui demanda ce dernier. Vous n'avez pas peur ?

— Un peu, reconnut-elle.

— Dites-vous que l'avion est le moyen de transport le plus sûr au monde. Et cet appareil est l'un des plus fiables de sa catégorie. Je l'emploie plusieurs fois par mois.

Leila lui jeta un regard ironique.

— Je n'ose imaginer l'ampleur de votre empreinte carbone.

— Malheureusement, je suis victime des impératifs de la diplomatie, expliqua Alix. Mais croyez-moi, je ne demanderais pas mieux que de rentrer dans mon pays et de ne plus en sortir…

Comme souvent lorsqu'il évoquait son exil, la voix d'Alix trahissait de la tristesse et de l'amertume. Leila se prit à songer que sa mère en aurait probablement conçu de l'empathie, elle qui avait également connu la disgrâce et l'exil.

A la suite d'Alix, Leila pénétra dans une cabine qui

ressemblait bien plus à un confortable salon qu'à l'image qu'elle se faisait de l'intérieur d'un avion.

De confortables fauteuils en cuir étaient disposés autour d'une table basse. Les parois étaient entièrement recouvertes de panneaux de bois finement marquetés qui conféraient à la pièce un style oriental.

Ils prirent place l'un près de l'autre, près de l'un des hublots, et attachèrent leurs ceintures de sécurité. Quelques instants plus tard, un léger frémissement leur signala que l'avion se mettait en route.

Le cœur battant la chamade, Leila observa attentivement la piste qui défilait. L'appareil s'immobilisa alors, attendant probablement le feu vert de la tour de contrôle.

Percevant la tension nerveuse qui l'habitait, Alix posa une main réconfortante sur l'avant-bras de Leila. Au même instant, l'avion se remit à rouler, prenant rapidement de la vitesse. Puis, sans même qu'elle s'en aperçoive, il quitta la piste et s'éleva rapidement dans les airs.

Les yeux rivés sur le paysage, elle vit les bâtiments en contrebas diminuer rapidement de taille à mesure qu'ils prenaient de l'altitude. Au loin, la capitale ressemblait à un immense champ de lucioles.

— C'est magnifique, murmura-t-elle, saisie d'admiration.

— C'est vrai, reconnut pensivement Alix. J'ai tellement l'habitude de prendre l'avion que je finirais presque par l'oublier.

Elle se tourna vers lui en souriant.

— Merci, lui dit-elle.

— Il n'y a pas de quoi. Mais dites-moi, savez-vous pourquoi votre mère refusait de prendre l'avion ? Est-ce qu'elle avait peur ?

— Je ne crois pas, répondit Leila. Mais elle associait sans doute l'avion au seul voyage qu'elle avait fait par les airs, lorsqu'elle est venue d'Inde.

— Il s'est si mal passé que cela ?

Leila hésita quelques instants avant de répondre.

— Ma mère était une fille mère, avoua-t-elle. Elle s'était plus ou moins fait répudier par ses parents.

— Je vois, acquiesça Alix. Est-ce que vous avez repris contact avec votre famille, depuis ?

La question était sans doute innocente mais elle éveilla en elle un accès de tristesse mêlée de ressentiment. Car la famille de sa mère n'avait jamais cherché à reprendre contact avec elle, pas même lorsque celle-ci était décédée. Leila savait pourtant que plusieurs de ses parents étaient venus à Paris, encore récemment, pour participer à un grand salon de la parfumerie à la porte de Versailles.

— J'ai bien peur qu'ils n'aient décidé de couper les ponts une bonne fois pour toutes, répondit-elle. En revanche, je me suis toujours promis d'aller visiter un jour le pays dont ma mère était originaire.

— Vous devriez, approuva Alix. C'est un endroit fascinant. Qui sait ? Nous pourrions peut-être y aller ensemble, un de ces jours…

Un sourire ironique se dessina sur les lèvres de Leila.

— Vous n'en pensez pas un mot, lui reprocha-t-elle.

— Pourquoi dites-vous cela ?

— Parce que nous savons tous deux que même s'il devait se passer quelque chose entre nous, ce ne serait au mieux qu'une aventure sans lendemain, répondit-elle, philosophe.

Alix parut sur le point de protester mais se ravisa.

— Je me demande ce qui a bien pu vous rendre si méfiante vis-à-vis des hommes, remarqua-t-il enfin.

— A votre avis ?

— Une histoire de cœur malheureuse, j'imagine.

— Gagné, rétorqua-t-elle d'un ton faussement enjoué. Une mésaventure amoureuse qui m'a rendue un peu moins naïve et nettement plus prudente que je ne l'étais auparavant…

— Je suis vraiment désolé, lui dit Alix. Mais nous ne sommes pas tous aussi mauvais que vous semblez le penser.

Leila le considéra longuement avant de hocher la tête.

— Je ne demande pas mieux que de vous croire, lui dit-elle enfin.

— Alors, nous sommes faits pour nous entendre, plaisanta-t-il. Car pour ma part, je ne demande pas mieux que de vous le prouver…

Durant le reste du trajet, Alix s'employa à le lui démontrer de façon très convaincante. Il se montra aussi charmant que respectueux, se gardant de toute allusion déplacée. Une fois encore, elle fut impressionnée par l'érudition et la curiosité intellectuelle dont il faisait preuve.

Il lui posa toutes sortes de questions sur son métier de parfumeur et, au fil de leurs échanges, elle comprit qu'Alix avait lu énormément. Il avait également eu l'occasion de visiter de très nombreux pays. Rien ne semblait échapper à sa soif de savoir et de découverte.

Plus elle apprenait à le connaître et plus elle était étonnée de découvrir à quel point il était différent de l'image que les médias donnaient généralement de lui. Le play-boy fortuné et dilettante se révélait en fait être un homme de goût à la personnalité aussi riche que complexe.

Leila ne vit pas le temps passer et lorsqu'ils se posèrent sur une piste de l'aéroport Marco Polo, il lui semblait qu'ils venaient tout juste de décoller. Un bateau taxi vénitien les attendait au ponton qui était situé tout près du terminal. Et tandis qu'ils filaient à vive allure en direction de la cité des doges, Leila avait l'impression de vivre un véritable conte de fées.

Ils remontèrent le Grand Canal et elle ne manqua pas de s'émerveiller à la vue des palais magnifiques qui se dressaient de chaque côté. Alix, quant à lui, ne semblait avoir d'yeux que pour elle.

Leur embarcation s'engagea alors dans le rio de San Luca avant de suivre le rio Menuo en direction de l'opéra. Lorsqu'ils pénétrèrent enfin dans le foyer de la Fenice, Leila sentit une étrange émotion.

Jamais elle n'aurait imaginé vivre un jour un tel moment. Elle se trouvait dans un lieu magique, au cœur de l'une des plus belles villes du monde, au bras de l'homme le plus séduisant qu'elle ait jamais rencontré.

Autour d'eux se pressaient des dizaines d'hommes et de femmes vêtus de smokings et de superbes robes du soir. En d'autres circonstances, elle se serait probablement sentie intimidée et déplacée mais la présence d'Alix à ses côtés lui faisait l'effet d'un talisman.

Il tira de la poche de sa veste deux billets qu'il tendit à l'une des ouvreuses.

— Soyez le bienvenu, Votre Majesté, lui dit-elle avec un charmant accent italien. Mademoiselle, ajouta-t-elle en s'inclinant respectueusement devant Leila.

Alix la remercia et ils gravirent le grand escalier qui menait aux loges. Dans la leur les attendaient une bouteille de champagne et un plateau de mignardises.

— Buvons à cette petite excursion, suggéra Alix en remplissant leurs flûtes. Puisse la soirée se poursuivre de façon aussi plaisante qu'elle a commencé.

Leila ne put s'empêcher de se demander s'il faisait

seulement allusion à l'opéra qu'ils s'apprêtaient à voir. Mais avant qu'elle ait pu lui poser la question, les lumières de la salle commencèrent à décliner.

Serrant sa flûte entre ses doigts, Leila se tourna vers la scène d'où montait déjà le son des instruments en train de s'accorder. Une salve d'applaudissements nourris salua l'arrivée du chef d'orchestre qui, après avoir salué, alla se placer derrière son pupitre.

Tandis que le rideau se levait, les premiers accords de l'opéra retentirent et Leila se figea, la peau parcourue d'un frisson irrépressible. Fascinée, elle se laissa happer par la beauté de la musique et la magie de l'histoire. Les trois heures qui suivirent s'écoulèrent comme un rêve magnifique.

Lorsque le spectacle prit fin, Alix l'entraîna à travers le labyrinthe des petites *calle* avoisinantes jusqu'à un petit restaurant du quartier.

— L'endroit ne paye pas de mine mais c'est l'un de ceux que je préfère, lui confia Alix.

Leila ne tarda pas à comprendre pourquoi. L'endroit était aussi simple que chaleureux, débordant de charme et d'authenticité. Les odeurs qui flottaient dans la petite salle aux murs décrépis lui mirent instantanément l'eau à la bouche.

Un serveur volubile les accueillit et les entraîna jusqu'à la table qui avait été réservée pour eux. Là, ils furent rejoints par le patron qui échangea quelques mots en italien avec Alix. Leila en profita pour observer à la dérobée les autres clients.

Tous les milieux paraissaient se côtoyer dans cette petite hostellerie, momentanément unis par le goût de la bonne chère et du bon vin. Celui qui leur fut servi était délicieux. C'était un Bardolino frais et fruité, très légèrement effervescent.

Il ne tarda pas à ajouter à la douce griserie de Leila qui tenait autant aux flûtes de champagne qu'elle avait déjà bues qu'à la compagnie enivrante d'Alix de Saint-Croix.

Chaque fois qu'elle posait les yeux sur lui, elle sentait monter en elle une lancinante sensation de désir. Cette soirée magnifique n'avait fait qu'accentuer l'attirance qu'il exerçait sur elle. Bien sûr, c'était sans doute ce qu'il avait espéré. Mais elle ne parvenait pas à lui en vouloir.

Certes, elle ne se faisait toujours aucune illusion sur la longévité d'une éventuelle liaison avec Alix. S'il était l'homme le plus étonnant qu'elle ait jamais rencontré, elle n'était pour lui qu'une femme parmi tant d'autres, probablement l'une des plus quelconques avec qui il ait eu une aventure.

Mais contrairement à Pierre, il n'avait jamais prétendu être amoureux d'elle. Il lui offrait un peu de rêve et d'exotisme, un dépaysement momentané, loin de la grisaille quotidienne. Et Leila était bien décidée à s'en contenter tant que cela durerait. Ensuite, il lui resterait au moins le souvenir de ces instants féeriques.

— A quoi pensez-vous ? lui demanda alors Alix, la tirant soudain de ses réflexions.

— Je me demandais si vous étiez obligé de rentrer à Paris dès ce soir, répondit-elle.

Il se figea, visiblement stupéfait.

— Que voulez-vous dire ? s'enquit-il prudemment.

— Eh bien…, reprit-elle courageusement, nous pourrions passer la nuit à Venise.

Elle s'était efforcée de formuler cette suggestion d'une voix calme et posée mais le regard de braise qu'Alix posa alors sur elle la fit rougir malgré elle.

— Est-ce que, par hasard, l'alcool vous monterait à la tête, Leila ? lui demanda-t-il.

— Peut-être un peu, reconnut-elle en riant. Mais j'ai parfaitement conscience de ce que je dis.

— En êtes-vous vraiment sûre ?

— Si vous n'êtes pas intéressé, je comprendrai..., murmura-t-elle un peu piteusement.

Sans la quitter des yeux, il secoua doucement la tête.

— Je veux juste être sûr que vous ne regretterez pas ce qui va se passer demain matin, lui dit-il. Je vous ai promis qu'il ne se passerait rien entre nous que vous n'ayez vraiment désiré et je compte bien tenir parole.

— Je le veux vraiment, lui assura-t-elle. Même si cela ne dure qu'une seule nuit.

Alix lui prit la main et caressa doucement l'articulation de ses doigts, la faisant frissonner.

— Je doute fort que notre histoire se limite à une nuit, lui assura-t-il d'une voix légèrement rauque.

Ils furent alors interrompus par le garçon qui revenait prendre leur commande.

— Que puis-je vous servir ? lui demanda-t-il d'un ton enjoué.

— Nous vous prendrons un assortiment d'antipasti, répondit Alix. Si tu es d'accord, bien sûr, ajouta-t-il en se tournant vers Leila.

Elle hocha la tête, regrettant presque qu'il ne l'entraîne pas sans attendre jusqu'à l'hôtel le plus proche. Mais lorsque le serveur revint avec un plateau chargé d'appétissants amuse-bouches, elle songea qu'il aurait été dommage de rater un tel festin.

Ils parlèrent peu mais leurs silences et leurs regards en disaient bien plus long que ne l'auraient fait de simples mots. L'idée de la nuit qui les attendait planait sur eux, conférant à leur dîner un caractère presque érotique. Leila sentait monter en elle un désir aussi lancinant qu'inexorable.

Lorsqu'ils quittèrent enfin le restaurant, il était devenu si puissant qu'elle était parcourue de frémissements irrésistibles. Alix la prit alors par la main et son cœur se mit à battre la chamade.

Cela faisait longtemps qu'elle n'avait pas fait l'amour. Après la cruelle désillusion que lui avait fait subir Pierre, elle s'était vouée au célibat pour se laisser le temps de panser ses blessures, tout d'abord, puis par habitude ensuite.

Elle comprenait à présent qu'elle avait trouvé refuge dans cette solitude. Elle s'y était lovée pour échapper à la souffrance et à la peur, se réfugiant dans une forme de détachement, devenant simple spectatrice de sa propre vie. Or il était grand temps pour elle de tourner la page et de se replonger dans le flot de l'existence.

— Où allons-nous ? demanda-t-elle à son compagnon qui les guidait sans hésiter à travers le labyrinthe des ruelles vénitiennes.

— Chez l'un de mes amis, répondit-il. Il possède une maison qu'il met à ma disposition lorsque je suis de passage ici.

La maison en question était en réalité un véritable *palazzo* situé en bordure du Grand Canal. Lorsque Alix sonna à la porte, une vieille dame vêtue de noir vint leur ouvrir. En découvrant son visiteur, elle se fendit d'un chaleureux sourire et le serra affectueusement dans ses bras avant de se lancer dans une longue tirade en italien.

Alix répondit de façon plus succincte et la vieille dame lança un regard malicieux en direction de Leila. Celle-ci se sentit rougir. La gouvernante éclata alors de rire et leur fit signe d'entrer.

En pénétrant dans le hall du palais, Leila ne put réprimer une exclamation admirative. La pièce était entièrement recouverte de fresques murales qui devaient dater de la renaissance et l'effet d'ensemble était saisissant.

Ils gravirent le large escalier de pierre qui permettait d'accéder à l'étage. La gouvernante leur ouvrit l'une des portes en bois massif qui donnaient sur le palier, révélant une immense suite dans laquelle trônait un splendide lit à baldaquin.

Lorsqu'ils s'avancèrent à l'intérieur, la vieille dame referma discrètement la porte derrière eux. Quelques instants plus tard, ils entendirent ses pas s'éloigner sur les marches de pierre.

Leila se tourna vers Alix qui la contemplait en silence. Ils n'étaient éclairés que par la lumière qui filtrait par la fenêtre donnant sur le Grand Canal. Cette pénombre aida Leila à maîtriser le mélange de nervosité et de timidité qui l'habitait et elle fit un pas vers Alix.

Ce dernier s'avança à son tour et ils se retrouvèrent face à face. Il tendit alors la main vers elle et plongea ses doigts dans ses longs cheveux noirs. Se penchant alors vers elle, il posa ses lèvres sur les siennes.

# 5

Jamais Alix n'avait désiré quelqu'un à ce point. Et tandis que leurs lèvres se mêlaient, il dut faire appel à toute la force de sa volonté pour réprimer sa propre ardeur. Car il était bien décidé à ce que ce moment soit parfait.

Il voulait profiter de chaque instant, prendre tout son temps pour découvrir le corps de cette femme qui l'obsédait nuit et jour depuis qu'il l'avait rencontrée. En dépit de sa timidité et de la distance qu'elle s'était efforcée de maintenir entre eux, il lui avait semblé deviner en elle une forme de sensualité contenue.

Et comme leurs baisers se faisaient plus passionnés, il comprit qu'il ne s'était pas trompé. La ferveur avec laquelle elle répondait à chacune de ses audaces dépassait tout ce qu'il avait pu imaginer.

En sentant son corps souple et brûlant se serrer contre le sien, il sentit redoubler l'envie qu'il avait d'elle. Elle était à présent si intense qu'elle en devenait presque douloureuse. Et lorsqu'elle gémit contre ses lèvres, il ne put résister à la tentation de la toucher.

Ses mains glissèrent de ses joues jusqu'à sa poitrine sur laquelle elles se posèrent. Loin de se dérober à cette exploration, elle se pressa contre ses paumes. A travers le tissu de sa tunique, il pouvait sentir ses tétons qui se dressaient sous l'effet du désir.

Un grondement sourd lui échappa et sa bouche quitta celle de Leila pour se poser au creux de son cou. Elle renversa la tête en arrière, s'offrant à lui sans fausse pudeur. Le goût de sa peau fit monter la fièvre qui l'habitait. Il se mêlait à l'odeur affolante de son parfum.

Elle plongea alors ses doigts dans ses cheveux, le faisant violemment frissonner. Encouragé par cette caresse, il entreprit de déboutonner la tunique de Leila. Le soutien-gorge de dentelle blanche qu'elle portait mettait parfaitement en valeur la couleur ambrée de sa peau et le galbe de sa poitrine.

— Tu es si belle, murmura-t-il avant de se pencher pour parsemer la naissance de ses seins d'une pluie de petits baisers.

Leila ferma les yeux, s'abandonnant à la magie des mots qu'Alix venait de prononcer et au flot de sensations qui montait en elle, menaçant de la submerger. Il lui semblait qu'une digue s'était rompue en elle. Elle n'éprouvait plus aucune honte, plus aucune fausse pudeur.

Le besoin qu'elle avait d'Alix était bien plus intense que toutes les raisons qu'elle aurait pu avoir d'y résister. Lorsqu'il dégrafa son soutien-gorge et captura l'un de ses seins entre ses lèvres, elle tressaillit de part en part. Un brusque accès de plaisir déferla en elle, de la pointe de son téton jusqu'au plus profond d'elle.

Elle pressa ses cuisses l'une contre l'autre pour tenter d'atténuer le désir presque douloureux qui pulsait en elle. Mais cela ne fit que l'alimenter. Se mordant la lèvre inférieure pour ne pas crier, elle s'accrocha aux épaules d'Alix dont les caresses se faisaient toujours plus audacieuses.

Jamais elle n'avait éprouvé un plaisir aussi impérieux.

C'était peut-être en partie à cause de l'abstinence qu'elle s'était imposée durant si longtemps. Mais il y avait autre chose. Une forme d'alchimie qui existait entre Alix et elle et qu'elle avait perçue dès l'instant où il était entré dans sa boutique.

Il abandonna alors sa poitrine pour descendre le long de son ventre frémissant. Il fit alors glisser le *salwar* qu'elle portait.

— Ce n'est pas juste, articula-t-elle d'une voix que le désir rendait méconnaissable.

Il lui jeta un regard interrogatif.

— Moi aussi, je veux te voir, lui dit-elle.

Alix sourit et se remit debout, écartant légèrement les bras comme pour s'offrir à elle. D'une main légèrement tremblante, Leila le débarrassa de sa veste avant de déboutonner sa chemise.

Elle put enfin admirer les larges épaules d'Alix, son torse parfaitement sculpté et son ventre plat. Incapable de résister à la tentation, elle continua à le dévêtir. Ses jambes étaient longues et musclées et son caleçon ne pouvait dissimuler le désir qu'il avait d'elle.

Il était plus magnifique encore que dans son imagination. Et l'idée qu'elle était sur le point de faire l'amour avec lui lui donnait presque le vertige. S'avançant vers elle, il la souleva de terre avec une facilité déconcertante pour l'emporter jusqu'au lit à baldaquin sur lequel il l'étendit précautionneusement.

Enlacés, ils roulèrent sur le matelas en se dévorant de nouveau de baisers. Leurs corps se pressaient l'un contre l'autre. Leurs mains se cherchaient, leurs membres se mêlaient et elle sentait son torse se presser contre ses seins, son sexe contre son ventre.

Son sang paraissait s'être mué en lave et son être tout entier se consumait intérieurement. Mais Alix prenait son temps, faisant enfler encore le besoin qu'ils avaient l'un de l'autre. Leila n'était plus que manque. Et elle savait que lui seul pourrait la combler.

Lorsqu'il lui ôta enfin sa culotte et que sa main se posa doucement entre ses cuisses, elle fut parcourue d'un tressaillement incontrôlable. Un cri inarticulé jaillit de ses lèvres. Mais déjà, les doigts d'Alix s'insinuaient en elle, faisant voler en éclats les derniers vestiges de maîtrise qu'elle conservait encore.

Terrassée par un orgasme d'une rare violence, elle ne chercha pas à lutter contre le plaisir qui déferlait et s'insinuait au plus profond d'elle. Elle n'aurait su dire combien de temps cela dura. Mais lorsqu'elle reprit ses esprits, elle s'aperçut qu'Alix faisait mine de s'écarter.

Refusant de le laisser partir, elle noua ses jambes autour de son corps, le guidant en elle. Alix émit un gémissement sourd et ses mains se crispèrent sur les draps tandis qu'il plongeait plus loin encore dans son fourreau de chair palpitant.

Leila commença à onduler sous lui, se creusant pour accompagner et amplifier chacune de ses impulsions.

— Leila…, articula-t-il.

Se redressant légèrement, elle le fit taire d'un baiser passionné. Vaincu, Alix bascula sur le côté et elle se retrouva au-dessus de lui. Sans hésiter, elle se laissa glisser le long de son membre, s'empalant sur lui. Ses ongles mordirent son torse sur lequel elle prenait appui, lui arrachant un cri de douleur et de plaisir mêlés.

Jamais elle n'avait fait l'amour de cette façon. Jamais elle ne s'était sentie aussi libre, aussi désinhibée. Pour la première fois de sa vie, elle avait l'impression d'être pleinement en contrôle. Et c'était une sensation grisante.

Elle accéléra encore le rythme de leur étreinte, les entraînant toujours plus loin. Et comme le plaisir enflait de nouveau en elle, elle lutta pied à pied contre l'orgasme qui menaçait de l'emporter, refusant d'y succomber seule.

Son corps tout entier était en feu. Son cœur battait à tout rompre. Chacune de ses impulsions manquait la faire basculer. Mais elle tint bon. Et ce n'est que lorsqu'elle sentit Alix se raidir encore un peu plus en elle qu'elle s'autorisa enfin à céder.

Le plaisir qui déferla en elle était bien plus intense encore que la première fois. Il dépassait tout ce qu'elle avait pu connaître jusqu'alors — tout ce qu'elle avait pu imaginer. C'était une lame de fond qui balayait tout sur son passage, faisant voler en éclats ses certitudes.

Et alors même qu'elle s'y abandonnait, elle eut l'impression fugace qu'Alix et elle ne faisaient qu'un seul être.

Pendant ce qui lui parut une éternité, Alix demeura étendu aux côtés de Leila, la tenant par la main. Le cœur battant à tout rompre, le souffle court, il s'efforçait vainement de comprendre ce qui venait de lui arriver.

D'ordinaire, quand il faisait l'amour, il conservait toujours le contrôle de ses actes. Mais cette fois-ci, force était de reconnaître qu'il avait totalement perdu toute maîtrise de lui-même.

La passion dévorante que lui inspirait Leila s'était révélée plus forte que sa raison, lui faisant perdre de vue les précautions les plus élémentaires.

— Qu'y a-t-il ? lui demanda Leila d'un ton inquiet.

Il ne s'aperçut qu'alors qu'il venait de jurer à voix haute.

— Nous n'avons pas utilisé de préservatif, lui dit-il.

Un long silence accueillit cette remarque.

— Est-ce que tu prends la pilule ? ajouta-t-il enfin.

— Non, soupira-t-elle. Mais je ne pense pas que nous courions de risque. Je viens juste d'avoir mes règles.

— Tout de même, j'aurais dû y penser. Cela ne m'arrive jamais...

— Tant mieux, répondit Leila d'un ton faussement léger.

— Ce que je veux dire, reprit-il, c'est que dans ma position, je ne peux me permettre aucun accident...

Leila se redressa sur un coude et le contempla pensivement.

— C'est vrai, murmura-t-elle. J'avais complètement oublié que tu étais un roi...

Alix regretta presque d'avoir soulevé la question. Il ne voulait pour rien au monde que le rappel de son titre ne les éloigne l'un de l'autre. Malheureusement, dans ce cas de figure précis, il n'était pas concerné uniquement en tant qu'homme mais aussi en tant que souverain.

L'exemple de son propre père aurait pourtant dû lui servir de leçon. Il avait collectionné les maîtresses et plusieurs d'entre elles avaient affirmé par la suite qu'il était le père de leur enfant.

A chaque fois, ces allégations s'étaient révélées infondées. Mais il n'en avait pas moins fait l'objet d'enquêtes publiques embarrassantes qui avaient certainement contribué à écorner l'image de la royauté et avaient donc joué un rôle dans la chute du régime et l'assassinat des membres de sa famille.

— Je suis désolé, Leila, lui dit-il. Cela ne se produira plus, je te le promets.

— Est-ce une façon de me dire que je n'aurai plus de nouvelles après cette nuit ? lui demanda-t-elle.

L'ironie qu'elle affichait masquait mal son inquiétude et il la rassura d'un éclat de rire.

— Comment peux-tu penser une chose pareille après ce qui vient de se passer ? s'exclama-t-il. Pourquoi renoncerions-nous à quelque chose d'aussi extraordinaire ?

Un pâle sourire se dessina sur les lèvres de Leila.

— Je suis heureuse que tu aies trouvé ça bien, toi aussi, répondit-elle.

— Bien ? protesta-t-il. Mais c'était mieux que cela ! Fabuleux, incroyable, stupéfiant... Choisis le terme que tu voudras.

— Magique, répondit-elle sans hésiter. Toute cette soirée était magique...

Sur ces mots, Leila posa doucement sa tête sur la poitrine d'Alix. Quelques instants plus tard, il comprit au rythme de sa respiration qu'elle s'était endormie. Il continua pourtant à lui caresser tendrement les cheveux en se demandant ce qui était en train de lui arriver.

La réponse lui vint au moment même où il était sur le point de succomber à son tour au sommeil : jamais il ne s'était senti aussi heureux qu'en cet instant.

Le lendemain matin, après avoir fait l'amour et avalé un copieux petit déjeuner, ils prirent un bateau taxi pour regagner l'aéroport. Et tandis que la cité aux mille canaux s'éloignait derrière la poupe de leur embarcation, Leila avait l'impression d'émerger d'un songe aussi merveilleux qu'éphémère.

Une douce langueur s'attardait toujours en elle, souvenir de leur étreinte matinale. Mais elle prenait conscience qu'en dépit des promesses que lui avait faites Alix, la veille, elle ne pouvait se permettre de s'attacher à lui.

Qu'ils sortent ensemble durant quelques jours, quelques semaines ou même quelques mois, le rêve prendrait fin tôt ou tard. Et elle devait s'y préparer, ne rien attendre de lui, ne rien espérer d'autre que le plaisir de sa compagnie les nuits qu'elle passerait entre ses bras.

Or elle pressentait déjà que ce ne serait pas si facile. Elle n'avait jamais appris à séparer son désir de ses sentiments. Au contraire, ils lui avaient toujours paru procéder d'un même élan. Parviendrait-elle aujourd'hui à contenir les mouvements de son propre cœur ?

— Tu as l'air bien sombre, remarqua Alix. Aurais-tu préféré rester à Venise un peu plus longtemps ?

Elle secoua la tête.

— Je pourrais repousser cette réunion, si tu veux, ajouta-t-il.

— Non, répondit-elle. Moi aussi, il faut que j'aille travailler, de toute façon…

— Est-ce que tu es disponible, ce soir ?

Elle lui jeta un regard incertain.

— Tu es sûr que c'est une bonne idée ?

— Es-tu vraiment prête à te contenter de cette nuit ? lui demanda-t-il gravement.

Elle secoua la tête. A quoi aurait-il servi de se mentir ? Elle voulait passer autant de temps que possible en sa compagnie, fût-ce au risque de se faire briser le cœur.

— Je ne veux pas être ta maîtresse, lui dit-elle en le regardant droit dans les yeux.

Il haussa les sourcils d'un air interrogateur.

— Je ne veux pas que tu me considères comme un simple accessoire, précisa-t-elle. Je ne veux pas que tu me combles de cadeaux. Mon affection n'est pas à vendre.

— Je n'ai jamais pensé…, commença-t-il.

Elle l'interrompit d'un geste.

— Je ne me fais pas d'illusions pour autant, poursuivit-elle. Je ne serai pas non plus une petite amie. Juste une amante. Mais puisque tel est le cas, tu dois me promettre de protéger notre intimité. Je ne tiens pas à voir mon nom s'étaler dans les journaux, jeté en pâture au public.

Alix tressaillit légèrement.

— Je comprends, répondit-il. Et je te promets que cela n'arrivera pas.

Leila aurait voulu en être convaincue. Mais Alix était déjà venu la voir à plusieurs reprises dans sa boutique. Il avait aussi parlé d'elle avec Ricardo, le concierge de son hôtel, qui avait très bien pu faire allusion au dîner qu'ils avaient pris dans sa suite. On les avait vus également à l'opéra et au restaurant…

— Il faudra nous montrer plus discrets à l'avenir, lui dit-elle.

— Je te le promets, lui répondit solennellement Alix. Tout ce qui m'importe, c'est de te revoir.

# 6

— Votre Majesté ? Ici la terre, vous m'entendez ?

Tiré de sa rêverie, Alix se tourna vers Andres. Son conseiller était venu de Saint-Croix dans le plus grand secret pour s'entretenir avec lui de la situation politique de l'île et mettre au point la stratégie qui devait aboutir à la restauration de la royauté.

Les prochains jours seraient particulièrement cruciaux et ils n'avaient pas le droit à l'erreur. Malheureusement, les pensées d'Alix ne cessaient de partir à la dérive pour s'en retourner inévitablement vers les lagunes de Venise.

Il ne parvenait toujours pas à comprendre ce qui s'était passé exactement cette nuit-là. Cela avait été bien plus qu'une simple aventure.

Magique. C'était le mot que Leila avait employé. Et elle ne s'était pas trompée. Car Alix était bel et bien tombé sous son charme, envoûté par cette femme qui ne ressemblait à aucune autre et l'avait déjà conduit plus loin que toutes celles qui l'avaient précédée. A l'exception d'une seule, bien sûr...

— Alix ?

— Je suis désolé, s'excusa-t-il. La nuit a été courte...

Une lueur d'amusement étincela dans les yeux de son conseiller.

— Dois-je en déduire que vous avez fait une nouvelle conquête ?

Alix se prit à songer que si quelqu'un avait été conquis, c'était plutôt lui. Mais il se contenta de hocher la tête.

— Eh bien ! s'exclama Andres, admiratif. Vous êtes de plus en plus rapide ! D'habitude, il s'écoule au moins une semaine ou deux avant que vous ne rencontriez quelqu'un d'autre…

Seul Andres pouvait se permettre une telle ironie. En temps normal, il aurait probablement ri de la plaisanterie mais cette fois-ci, elle éveilla en lui une pointe de remords qu'il ne s'expliquait pas vraiment.

— Quand pouvons-nous espérer voir apparaître dans la presse des photos de cette nouvelle escapade ? s'enquit Andres.

Alix se rappela ce que lui avait demandé Leila le matin même. Contrairement à la plupart des femmes qu'il avait fréquentées jusqu'alors, elle ne tenait surtout pas à ce que leur liaison soit rendue publique.

— Vous tenez toujours à donner l'impression que je ne m'intéresse pas vraiment au trône, n'est-ce pas ? demanda-t-il à Andres.

— Plus que jamais, acquiesça ce dernier. Cela affaiblira l'opposition.

— Mais cela ne risque-t-il pas de décourager ceux qui me soutiennent ?

— Je ne le pense pas. Etant donné les circonstances, le temps joue en notre faveur. Plus tard vous vous déclarerez et plus vous bénéficierez de l'effet de surprise.

— Dans ce cas, je pourrais peut-être m'éclipser pendant une semaine ou deux sur l'île que j'ai achetée dans les Caraïbes.

— Pourquoi pas ? répondit Andres. Surtout si vous laissez filtrer quelques photos de vous vous ébattant au soleil en compagnie de l'une de ces sublimes créatures que vous avez l'habitude de fréquenter…

— C'est précisément mon idée, acquiesça Alix.

— Le seul problème, c'est que l'île en question est vraiment loin de tout. Je doute qu'un paparazzi parvienne à s'y aventurer.

— Justement, c'est sur cela que je compte. C'est l'un de mes hommes qui prendra les photos en question. Il choisira uniquement celles qui ne permettent pas d'identifier ma petite amie. Leila tient à son intimité.

Andres lui jeta un regard étonné. Le terme qu'Alix venait d'employer ne lui avait probablement pas échappé et il devait s'interroger à ce sujet.

— Nous partirons dès demain, déclara Alix qui n'avait aucunement envie de répondre aux questions muettes qui se lisaient dans les yeux de son conseiller.

Leila considéra Alix avec des yeux ronds.

Il venait tout juste de la rejoindre dans sa boutique en prenant soin de passer par la porte de derrière. Le baiser qu'ils avaient échangé alors avait suffi à rallumer la passion incandescente dont elle avait vainement cherché à étouffer les braises durant toute cette journée. Mais la stupeur que lui avait inspirée sa proposition lui avait presque fait oublier l'envie qu'elle avait de lui.

— Tu es sérieux ? balbutia-t-elle, sidérée.

Il hocha gravement la tête.

— Cela nous permettra d'apprendre à mieux nous connaître, répondit-il en souriant. C'est une île magnifique, un endroit paradisiaque, loin de tout. Je peux partir pour dix jours.

Leila hésita, déchirée entre des aspirations contradictoires.

— Je ne peux pas me permettre d'abandonner la boutique pendant aussi longtemps, soupira-t-elle enfin.

— J'y ai pensé, répondit Alix sans se démonter le moins du monde. Je pourrais engager quelqu'un pour te remplacer pendant ces petites vacances.

La proposition était terriblement tentante.

— Mais nous n'avons passé qu'une seule nuit ensemble, objecta-t-elle, s'efforçant de demeurer rationnelle. Qui te dit que nous n'allons pas nous entre-tuer, seuls sur une île déserte pendant dix jours ?

Alix éclata de rire.

— Je te promets que les choses n'en arriveront pas là. Quoi qu'il arrive, si cela ne marche pas entre nous, nous pourrons rentrer à n'importe quel moment. Mais très franchement, je doute que nous le fassions...

Leila en doutait également. Mais elle songeait avec angoisse qu'un tel séjour l'empêcherait totalement de conserver ses distances vis-à-vis d'Alix. Il lui serait alors beaucoup plus difficile de se préserver.

Mais comment aurait-elle pu refuser une telle proposition ? Dix jours sur une île paradisiaque en compagnie d'un homme dont la seule vue la rendait folle de désir, c'était le genre d'occasion que l'on ne rencontrait probablement qu'une fois dans sa vie...

— Leila ? fit Alix, la tirant de ses réflexions. Alors ? Qu'est-ce que tu en dis ?

— Cela ne durera pas, murmura-t-elle.

Le sourire d'Alix vacilla légèrement.

— Non, répondit-il en la regardant droit dans les yeux. Sans doute pas. Cela ne dure jamais indéfiniment. Mais pourquoi n'en profiterions-nous pas tant que c'est le cas ?

Ce fut peut-être l'honnêteté de sa réponse qui l'emporta, en définitive. Alix ne lui mentait pas. Il n'avait aucunement l'intention de la manipuler comme l'avait fait Pierre. Et jamais il ne la ferait souffrir — consciemment du moins...

— C'est d'accord, répondit-elle enfin. Je viens avec toi.

Si Leila n'avait jamais pris un avion de sa vie, elle était en train de rattraper très rapidement ce retard. Après avoir pris un vol de Paris à Nassau, Alix et elle avaient embarqué sur un petit bimoteur qui les avait conduits jusqu'à l'île de la Paix.

Tandis que l'appareil amorçait lentement sa descente en direction de la petite piste d'atterrissage située en contrebas, Leila admirait le paysage de rêve qui s'offrait à ses yeux. L'île était presque entièrement recouverte d'une forêt impénétrable de palmiers et de banians. Mais la côte était ourlée de magnifiques plages de sable blanc.

La partie la plus surélevée avait été déboisée et aplanie. Une grande maison de style colonial se dressait là, entourée d'un immense jardin fleuri. C'était un endroit splendide et préservé, un havre de paix et de sérénité perdu au milieu de l'océan.

Leila se prit alors à penser qu'elle avait sans doute bien fait d'accepter l'invitation d'Alix. Car ce cadre enchanteur conférerait à son séjour ici un caractère presque irréel. Il lui serait moins difficile de se convaincre que ce n'était qu'une parenthèse, une escapade sans lendemain.

Lorsque l'avion se fut posé sur la piste, ils chargèrent leurs bagages dans l'unique voiture de la petite île, une vieille jeep cabossée sur le capot de laquelle était peint un drapeau pirate.

— Est-ce que tu veux que je te fasse faire le tour du propriétaire ? suggéra Alix.

Leila ne l'avait jamais vu aussi détendu qu'en cet instant. Dans l'avion, il avait troqué son costume contre un short et un T-shirt qui mettaient parfaitement en valeur ses longues jambes et ses larges épaules. Le simple fait de le regarder suffit à allumer en elle un désir lancinant que lui seul pourrait satisfaire.

— Avec plaisir, répondit-elle d'une voix légèrement rauque.

Après avoir pris congé du pilote qui repartait aussitôt pour Nassau, ils grimpèrent dans la jeep.

— Accroche-toi bien ! lui cria Alix avant de démarrer en trombe.

Leila ne tarda pas à comprendre que pour circuler sur les pistes qui serpentaient à travers la végétation très dense de l'île, le 4x4 était une nécessité. Cahotés en tous sens par les sauts et les sursauts du véhicule, ils fonçaient en riant comme des enfants à travers la canopée.

A cette occasion, Leila s'aperçut que, pour quelqu'un qui se déplaçait le plus souvent à l'arrière d'une limousine, Alix était un conducteur chevronné. Il maniait la jeep avec l'assurance d'un pilote de rallye.

Après quelques minutes de folle équipée, il s'arrêta dans une petite clairière et sauta au bas de son véhicule.

— Où sommes-nous ? lui demanda Leila, curieuse.

— Suis-moi et tu le sauras…

Sans attendre, il s'avança vers un sentier qui s'enfonçait dans les bois et ne tarda pas à disparaître sous le couvert des arbres. Après un instant d'hésitation, Leila descendit de voiture et lui emboîta le pas. Le long du sentier, elle eut la surprise de retrouver successivement son T-shirt, son short et son caleçon.

Elle déboucha enfin sur une petite plage au sable blanc si fin que l'on aurait pu croire qu'il s'agissait de farine. Alix se tenait juste au bord de l'eau et il était entièrement nu. Leila se figea, le cœur battant. Elle ne put s'empêcher d'admirer sa silhouette athlétique.

— Qu'est-ce que tu fais ? lui demanda-t-elle enfin.

— Je vais me baigner, bien sûr. Déshabille-toi et viens me rejoindre...

— Mais... Et si quelqu'un nous voyait ? protesta-t-elle.

Alix éclata de rire.

— Je te rappelle que nous sommes sur une île déserte ! Tends l'oreille ! Qu'entends-tu ?

Leila prêta l'oreille et dut bien reconnaître qu'elle ne percevait rien d'autre que les bruissements des palmes et le chant des oiseaux. Ils étaient seuls au monde.

— Pourquoi crois-tu que j'ai décidé d'acheter cette île ? s'exclama joyeusement Alix.

Après quelques instants d'hésitation, Leila se décida à l'imiter et commença à se défaire de ses vêtements. Alix ne la quittait pas des yeux et elle sentit monter en elle une pointe d'embarras. Certes, il l'avait déjà vue dénudée. Mais cela s'était passé de nuit et tous deux se trouvaient alors sous l'influence de la passion.

Se déshabiller ainsi devant lui en plein jour était nettement plus intimidant et, paradoxalement, bien plus intime. Mais n'était-ce pas précisément pour cela qu'elle était venue ici ? Pour partager la vie d'Alix, fût-ce pour quelques jours ?

Evitant soigneusement son regard, elle acheva de se dévêtir et s'élança en direction de la mer. D'un mouvement gracieux, elle plongea dans les eaux couleur d'émeraude et fit quelques brasses pour s'éloigner du rivage.

Quelques instants plus tard, elle entendit un bruit d'éclaboussure derrière elle et Alix la rejoignit. Avant même qu'elle ait compris ce qu'il s'apprêtait à faire, il la prit dans ses bras et l'embrassa avec passion.

Instantanément, la gêne qu'elle avait éprouvée disparut, laissant place à un mélange explosif de désir et de joie.

Jamais au cours de son existence, Leila ne s'était sentie aussi bien. Cela faisait presque une semaine qu'Alix et elle étaient arrivés sur l'île et, depuis lors, ils avaient passé le plus clair de leur temps à faire l'amour, à discuter de tout et de rien, à se baigner dans le lagon et à profiter des talents de cuisinière de Matilde, la gouvernante de la propriété.

Jusqu'alors, jamais elle n'aurait imaginé pouvoir se satisfaire d'une existence aussi indolente. Mais sur cette île, tout était différent. Ici, il lui semblait être quelqu'un d'autre, quelqu'un de plus libre et de plus insouciant.

Ce matin-là, elle s'était réveillée plus tôt qu'Alix et avait décidé d'aller courir. Elle aimait ce moment de la journée, lorsque l'air n'était pas encore saturé de chaleur. Dans la jungle qui recouvrait la petite île, la vie s'éveillait. Les oiseaux célébraient la naissance du jour, faisant résonner un véritable concert de chants exotiques.

Sous ses baskets, l'épaisse couche d'humus formait un tapis qui donnait un peu plus de ressort à chacune de ses foulées. C'était infiniment plus agréable que d'aller courir sous la pluie au jardin des Tuileries, songea-t-elle avec une pointe d'amusement.

Comme elle se faisait cette réflexion, elle émergea de la forêt et traversa les pelouses en direction de la maison qui dressait sa silhouette immaculée contre le bleu du ciel. Il était presque 9 heures et la température commençait rapidement à monter.

Leila ralentit progressivement le rythme de sa course. Elle gravit les marches de la véranda et pénétra dans la maison au moment précis où Matilde s'apprêtait à en sortir.

— Bonjour, miss, s'exclama la gouvernante en lui décochant un sourire cordial. Comment s'est passé ce jogging ?

— Ça m'a fait beaucoup de bien, répondit Leila. Est-ce qu'Alix est réveillé ?

— Il est au salon. Il vous attend pour prendre le petit déjeuner. J'allais justement chercher des œufs. Comment prendrez-vous les vôtres ?

— Brouillés, si cela ne vous ennuie pas.

— Je vous prépare ça tout de suite.

Comme Leila s'apprêtait à aller retrouver Alix, Matilde la retint par le bras.

— Vous êtes la première, vous savez, lui dit-elle.

Leila lui jeta un regard interrogateur.

— La première femme qu'il invite à venir ici, précisa la gouvernante.

Sur ce, elle s'éloigna. Leila demeura quelques instants pensive, se demandant ce que Matilde avait voulu lui faire comprendre. Pensait-elle qu'Alix éprouvait à son égard quelque chose de particulier ? Qu'il ne la voyait pas simplement comme une maîtresse parmi d'autres ?

Elle aurait voulu le croire, bien sûr. Mais elle savait parfaitement combien ce genre de désir pouvait se révéler dangereux. Une fois de plus, elle se répéta qu'elle ne devait rien espérer de plus que cette escapade au paradis. D'ailleurs, Alix et elle n'avaient jamais parlé d'avenir, se contentant de vivre au jour le jour et de profiter de l'instant présent.

Réprimant un soupir, Leila alla rejoindre son amant dans le grand salon. Il était confortablement assis sur le canapé et discutait au téléphone.

— Je vais devoir vous quitter, dit-il à son correspondant dès qu'il vit entrer Leila. Je vous rappellerai dans la journée, d'accord ?

Après avoir pris congé, il raccrocha et se leva pour venir l'embrasser.

— Je ne voulais pas te déranger, s'excusa-t-elle.

— Ce n'était pas urgent, lui assura-t-il. Je recontacterai Andres dans la journée...

— Andres ? répéta-t-elle, curieuse.

— C'est mon conseiller politique, expliqua-t-il.

— Un conseiller politique ? Est-ce que cela signifie que tu comptes un jour remonter sur le trône de Saint-Croix ?

Alix lui jeta un regard à la fois étonné et légèrement méfiant.

— Peut-être un jour, répondit-il enfin. Si l'occasion se présente... Mais cela pourrait prendre du temps. J'ai bien peur que mon père n'ait pas laissé un très bon souvenir à ses sujets.

Leila le considéra avec curiosité.

— Comment était-il ? lui demanda-t-elle.

Une lueur douloureuse passa dans les yeux d'Alix.

— Tu n'es pas obligé de me répondre, ajouta-t-elle vivement.

Alix secoua la tête.

— Il ne sert à rien de se voiler la face, soupira-t-il. Mon père était un homme corrompu. Il est né avec une cuillère d'or dans la bouche et a grandi dans un milieu privilégié. Il n'a jamais eu à se battre, n'a jamais eu à faire ses preuves... Mon grand-père était un bon souverain mais un père bien trop faible. Il a laissé son fils faire ce qu'il voulait sans jamais le rappeler à l'ordre. Il espérait que son mariage avec ma mère aurait un effet bénéfique mais tel n'a pas été le cas...

Alix s'était exprimé d'une voix distante, presque

indifférente. Mais le soupir qui lui échappa alors prouva à Leila que ces événements l'avaient profondément affecté.

— Ma mère a eu sa part de responsabilité, j'imagine, reprit-il. Elle passait le plus clair de son temps hors de Saint-Croix, à Rome, Paris ou New York. Mon père collectionnait les maîtresses sans même s'en cacher. C'était un véritable défilé... En revanche, il paraissait se désintéresser complètement de son pays et de sa famille. Max et moi n'avions de contact qu'avec les domestiques et nos précepteurs.

— Max était ton petit frère n'est-ce pas ?

Alix hocha la tête.

— Est-ce que vous étiez proches, tous les deux ?

— Très proches. Lorsqu'il est mort, j'ai failli sombrer complètement...

Leila hésita un instant avant de poser la question qui lui brûlait les lèvres.

— Comment est-ce arrivé ?

— Un jour où mes parents se trouvaient tous les deux à la maison, pour une fois, une femme s'est présentée aux portes du palais en demandant à voir mon père. Elle était venue avec son bébé qui était malade. Elle lui a dit que l'enfant était de lui et qu'elle avait besoin d'un peu d'argent pour le soigner. Mon père n'a rien voulu entendre et l'a fait jeter dehors par sa garde...

Il demeura quelques instants silencieux, attendant qu'elle poursuive.

— Il se trouve qu'il y avait ce jour-là une équipe de télévision qui était venue faire un reportage au palais. Toute la scène a été filmée. Les militaires ont tout de suite compris le parti qu'ils pouvaient tirer de ces images. Au cours des jours qui ont suivi, elles ont été diffusées en boucle. Des manifestations se sont organisées. Au lieu d'apaiser la situation, mon père a traité ces protestataires par le mépris. Il a même fait charger la police. C'en était trop. En quelques heures, les manifestations pacifiques se sont changées en véritable révolution. Le palais a été envahi. Après coup, j'ai compris que les militaires avaient armé quelques têtes brûlées. Ce sont eux qui ont abattu mes parents et mon frère…

— Je suis désolée, murmura Leila, le cœur serré par l'émotion.

— Je n'ai dû mon propre salut qu'au sang-froid d'Andres qui m'a fait quitter le palais dès qu'il a senti que les choses allaient mal tourner. En l'espace de quelques jours, les militaires ont pris le pouvoir et ont déclaré la loi martiale pour assurer la sauvegarde nationale.

— Comment se fait-il qu'ils ne t'aient pas rendu la couronne par la suite ?

— Ils voulaient le pouvoir depuis le début. Et lorsqu'ils l'ont eu, ils ont soutenu en sous-main la campagne de dénigrement très violente qui s'est exercée contre mon père et contre la couronne. Après avoir laissé pourrir la situation, ils n'ont eu qu'à déclarer que le plus sage était d'abolir la royauté une fois pour toutes.

— Et personne ne t'a soutenu ?

— Si, bien sûr. Mais les militaires avaient déjà verrouillé les médias et les partisans de la couronne n'ont pas pu se faire entendre. Le référendum a été honteusement truqué et des pressions se sont exercées sur tous ceux qui voulaient dénoncer ces manœuvres. On a parlé de détentions arbitraires et même de torture. Malheureusement, le temps que la communauté internationale s'en émeuve, la royauté avait déjà été abolie…

Un triste sourire se dessina sur les lèvres d'Alix.

— Je sais que je n'y suis pour rien, reprit-il. J'étais

bien trop jeune, à l'époque, et je n'avais pas l'argent et les contacts nécessaires pour m'opposer efficacement à ce coup d'Etat. Mais cela ne m'a pas empêché de me sentir coupable de n'avoir rien pu faire...

— C'est souvent le cas de ceux qui survivent aux catastrophes, quelles qu'elles soient, remarqua Leila d'un ton qui se voulait réconfortant.

— Il paraît, acquiesça Alix d'un air sombre. Quoi qu'il en soit, je me suis juré que la mort de mon frère ne resterait pas impunie...

Quelque chose dans la voix d'Alix fit comprendre à Leila qu'il ne s'agissait pas de paroles en l'air. D'une façon ou d'une autre, il était bien décidé à réparer l'injustice qui avait été commise à Saint-Croix.

Mais elle était prête à parier que peu de gens étaient au courant des véritables intentions de cet homme que l'on présentait à tort comme un play-boy irresponsable.

# 7

Alix était accoudé à la balustrade de la véranda et observait pensivement Leila qui était en pleine discussion avec le jardinier du domaine. Ce dernier paraissait sous le charme, ce qui n'avait rien d'étonnant : elle avait le don de s'attirer la sympathie de tous les gens qu'elle rencontrait.

Plus il passait de temps en sa compagnie et plus Alix découvrait de raisons d'admirer la jeune femme. Il s'était rapidement aperçu de son intelligence, mais il avait découvert depuis qu'elle était douée d'une intuition tout aussi aiguisée.

Il ne se lassait pas de discuter avec elle. C'était d'autant plus étonnant que jamais auparavant il n'avait passé tant de temps en compagnie d'une même personne. Or loin d'entamer l'attirance qu'ils éprouvaient l'un envers l'autre, cette cohabitation n'avait fait que la renforcer.

Mais le moment était venu pour eux de rentrer en Europe. Et ce retour sonnerait hélas le glas de leur liaison. Car Alix ne pouvait se permettre de rentrer à Saint-Croix avec une maîtresse. Cela rappellerait à son peuple de trop fâcheux souvenirs.

De plus, il devrait se consacrer exclusivement à la reprise en main du pays et n'aurait plus un seul instant à consacrer à sa vie amoureuse.

Comme si elle avait senti qu'il était en train de penser

à elle, Leila se tourna alors vers lui et lui décocha l'un de ces sourires éclatants dont elle avait le secret. Une fois de plus, il ne put s'empêcher d'admirer la grâce et le naturel qui émanaient d'elle.

Elle échangea encore quelques mots avec le jardinier qui lui tendit une boîte en plastique qu'elle accepta avec reconnaissance. Elle lui serra la main et se détourna pour rejoindre Alix.

— Qu'est-ce que c'est ? s'enquit-il en désignant la boîte qu'elle tenait à la main.

— Des fleurs, répondit-elle. J'avais posé des questions à Lucas au sujet de certaines plantes dont l'odeur me paraissait intéressante et il m'a préparé une sélection de celles qui pourraient se conserver suffisamment longtemps. Avec un peu de chance, je parviendrai à les distiller…

Leila s'interrompit et jeta un coup d'œil à sa montre.

— C'est l'heure, n'est-ce pas ? demanda-t-elle d'une voix qui trahissait le peu d'enthousiasme qu'elle éprouvait à l'idée de quitter l'île.

Alix hocha la tête.

— L'avion s'est posé il y a quelques minutes. Nous ferions mieux de ne pas trop tarder.

— D'accord, acquiesça-t-elle. Je vais chercher mes affaires.

Elle fit mine de se diriger vers la porte-fenêtre mais s'immobilisa brusquement.

— Merci, lui dit-elle d'une voix vibrante d'émotion à peine contenue. Ça a été un moment magique.

Alix avala difficilement sa salive. L'idée de la quitter lui paraissait soudain insupportable. Mais il avait beau chercher, il ne parvenait pas à trouver comment faire autrement.

*
* *

Tandis que leur limousine paraissait glisser sur les pavés luisant de pluie de la place de la Concorde, Leila observait la ville qui s'étendait autour d'eux. Cet endroit si familier où il avait passé presque toute sa vie lui paraissait soudain étrange et méconnaissable.

— Reste avec moi, ce soir, lui dit Alix, la tirant de sa morne contemplation.

— D'accord, répondit-elle sans hésiter.

Elle ne se sentait pas encore tout à fait prête à réintégrer la réalité quotidienne.

— Passez par-derrière, demanda Alix à son chauffeur. Je ne tiens pas à ce que nous croisions de paparazzi.

— Certainement, Votre Majesté.

La limousine contourna le Ritz et se gara près d'une entrée de service qu'utilisaient les clients qui voulaient faire preuve de discrétion. Une fois à l'intérieur, ils empruntèrent l'ascenseur pour gagner la chambre d'Alix.

En pénétrant dans la suite, Leila ne put s'empêcher de jeter un coup d'œil par la fenêtre d'où l'on distinguait sa boutique. Retourner travailler l'aiderait peut-être à reprendre contact avec la réalité.

S'arrachant à la contemplation du magasin, elle parcourut des yeux la pièce dans laquelle elle se trouvait et se figea brusquement. Sur la table basse était posé un paquet de journaux et de magazines.

— Ce n'est pas possible, balbutia-t-elle.

— Qu'y a-t-il ? s'enquit Alix, étonné.

Elle alla chercher le tabloïd qui était posé au sommet de la pile et le lui tendit. Sur la couverture, on voyait Alix étendu sur une plage de sable blanc, enlaçant une femme dont on ne distinguait pas le visage.

Alix considéra la photo avant de hocher la tête.

— J'étais au courant, avoua-t-il.

— Pourquoi ne m'en as-tu rien dit ?

— Parce qu'aucune des photos ne permet de t'identifier. Personne ne saura jamais avec qui j'étais sur cette île, je t'en donne ma parole.

Leila aurait voulu en être aussi sûre. Malheureusement, elle était convaincue que les choses ne seraient pas aussi simples qu'il voulait bien le lui faire croire. Alix était une personnalité très en vue dont la vie amoureuse avait toujours fait l'objet d'une large couverture médiatique. La plupart des journaux à scandale avaient déjà dû envoyer leurs paparazzis à ses trousses pour découvrir qui pouvait bien être sa nouvelle maîtresse.

Tôt ou tard, l'un d'eux finirait par les surprendre. Dès lors, la vie de Leila risquait fort de se transformer en véritable cauchemar. Comment était-elle censée se protéger des indiscrétions des journalistes alors qu'elle tenait une boutique ouverte au public ?

Leila sentit refluer l'étrange euphorie qui ne l'avait pas quittée depuis qu'ils s'étaient envolés pour l'île d'Alix. Tant qu'ils se trouvaient là-bas, il lui avait été facile d'oublier les différences irréductibles qui existaient entre eux.

Mais elle mesurait brusquement de nouveau à quel point leurs existences étaient incompatibles. Alix était un play-boy richissime qui fréquentait la jet-set européenne alors qu'elle n'était qu'une vendeuse qui rêvait de devenir parfumeuse.

Leur histoire avait toujours été impossible. Et il était grand temps pour elle de revenir à la réalité.

*
* *

Le lendemain matin, en ouvrant les yeux, Leila constata qu'elle était seule. Alix s'était déjà levé et elle l'entendait parler dans la pièce voisine.

La veille au soir, ils avaient fait l'amour avec plus de passion encore que d'ordinaire. Elle était convaincue que c'était parce que lui aussi avait pris conscience de l'inéluctabilité de leur rupture. Ils n'avaient pas parlé après, se contentant de rester longuement enlacés l'un contre l'autre avant de sombrer dans le sommeil.

Leila se força à ravaler la puissante bouffée de mélancolie qui l'avait envahie, se répétant qu'elle avait toujours su que les choses tourneraient de cette façon. Elle se leva et entreprit de s'habiller. Elle se doucherait et se changerait chez elle avant de descendre travailler.

Après avoir jeté à la chambre un dernier regard nostalgique, elle se dirigea vers la porte qui donnait sur le salon.

— Leila est parfaite, Andres…

Leila se figea, le cœur battant à tout rompre. Elle aurait sans doute dû pousser la porte et signaler qu'elle était réveillée mais sa curiosité l'emporta sur la bienséance et elle tendit l'oreille.

— Elle est belle, intelligente, raffinée et c'est vraiment quelqu'un de bien.

Un silence lui fit comprendre qu'Andres posait une question.

— Au contraire ! Elle a insisté pour ne pas s'afficher en ma compagnie. Contrairement à la plupart des femmes avec lesquelles j'ai pu sortir par le passé, elle n'a aucune envie de faire la une des journaux. Elle ne s'intéresse pas non plus à mon argent : elle a même refusé la plupart des cadeaux que j'ai voulu lui faire…

Un nouveau silence s'ensuivit, plus bref que le précédent.

— Je sais. Mais je n'avais pas encore pensé que la situation pourrait évoluer de cette façon. D'ailleurs, notre plan a fonctionné à merveille : l'opposition est convaincue que je me prélasse au soleil en galante compagnie. Jamais les militaires ne s'imagineront que je m'apprête à reprendre le pouvoir !

Leila sentit les battements de son cœur s'emballer dans sa poitrine. Ainsi, elle ne s'était pas trompée : Alix avait bel et bien l'intention de reprendre sa couronne.

— C'est tout simplement parfait, poursuivit-il. Saint-Croix récupérera du même coup un roi et une reine.

Leila réprima à grand-peine un cri de stupeur. Prenant appui contre le battant de la porte, elle lutta contre la sensation de vertige qui l'envahissait.

— Cela n'a pas d'importance : ce qui compte n'est pas que je l'aime mais qu'elle fasse une bonne reine. Et je suis persuadé que c'est le cas.

La joie de Leila retomba aussi violemment qu'elle l'avait envahie.

— Bien sûr qu'elle acceptera ! ajouta Alix en riant. Elle est amoureuse de moi. Et s'il faut que je lui dise que je partage ses sentiments pour la convaincre, je le ferai. Ensuite, dès que nous serons de retour à Saint-Croix, nous ferons un enfant. Ce dont l'île a le plus besoin, c'est d'une perspective d'avenir et de stabilité. Et un héritier symbolisera à merveille ce renouveau.

Leila lutta contre la nausée. Jamais elle n'aurait imaginé s'être trompée à ce point au sujet d'Alix. Non seulement il n'éprouvait aucun sentiment envers elle mais, de plus, il était prêt à la manipuler froidement pour parvenir à ses fins sur le plan politique.

Jamais elle ne s'était sentie aussi déçue, triste et humiliée de toute sa vie. Par comparaison, même la trahison de Pierre paraissait presque bénigne. Car ce dernier n'avait jamais prétendu vouloir l'épouser.

Que se serait-il passé si elle n'avait pas surpris cette conversation ? S'il l'avait demandée en mariage en prétendant être amoureux d'elle ?

Une nouvelle sensation de vertige s'empara d'elle. Alix avait raison : elle aurait probablement accepté sa proposition avec joie. Elle aurait uni sa destinée à celle d'un homme qui se servait d'elle et ne l'aimait pas.

En repensant à la façon dont il lui avait fait l'amour, la veille au soir, elle se sentit terriblement stupide. Ce qu'elle avait pris pour des adieux déchirants n'était autre qu'une entreprise de séduction froidement menée.

En dépit de toutes les mises en garde que lui avait prodiguées sa mère, elle était tombée dans le même piège qu'elle.

Tandis qu'Andres exposait à Alix les tendances que révélaient les derniers sondages effectués à Saint-Croix, ce dernier observait la boutique de Leila qui se dressait en face de l'hôtel.

Il était encore sous le coup de la conclusion à laquelle il était parvenu durant cette nuit. Rétrospectivement, cette solution lui paraissait si évidente qu'il ne comprenait pas comment il ne l'avait pas envisagée auparavant.

Epouser Leila lui épargnerait une rupture qui lui répugnait. De plus, cette union conforterait sa bonne image aux yeux des habitants de Saint-Croix. Il n'y avait rien de plus romantique qu'un roi s'éprenant d'une roturière désargentée aussi belle que vertueuse. C'était un véritable conte de fées qui ferait les délices des journalistes du monde entier.

Alors même qu'il se faisait cette réflexion, Alix

aperçut une silhouette familière qui traversait la place Vendôme. Stupéfait, il se rapprocha de la fenêtre pour s'assurer qu'il s'agissait bien de Leila.

— Votre Majesté ?

Alix ne répondit pas. Le cœur battant à tout rompre, il comprit que la jeune femme avait dû surprendre tout ou partie de sa conversation avec Andres.

— Alix ? Vous êtes toujours là ? Il faut que nous discutions de ce qui se passera demain, à l'annonce des résultats...

Les mots d'Andres lui firent brusquement prendre conscience de l'étrangeté de la situation. Il était peut-être à la veille de récupérer sa couronne et de rentrer chez lui après des années d'exil. Mais la seule chose qui lui importait vraiment, c'était cette femme qui s'éloignait à grands pas de l'hôtel et de lui.

C'était de la folie. Il ne pouvait pas continuer à se laisser distraire de cette façon. Il devait rester concentré sur son objectif. L'avenir d'un pays était en jeu, de même que la mémoire de ses parents et de son frère.

Au prix d'un effort de volonté incroyable, il se força à tourner le dos à la fenêtre et à reprendre sa conversation interrompue avec Andres.

Ce n'est que quinze minutes plus tard, lorsqu'il eut raccroché, qu'il s'autorisa enfin à jeter un coup d'œil en direction de la boutique. Et à sa grande stupeur, il vit que Leila était en train d'en fermer la porte.

Elle avait dû repasser chez elle car elle s'était changée. Elle avait troqué la valise qu'elle avait emportée aux Caraïbes contre un sac à dos.

A grands pas, elle s'éloigna en direction du jardin des Tuileries.

Leila attendait de pouvoir traverser la rue Saint-Honoré lorsque Alix la rattrapa en courant.

— Qu'as-tu entendu, exactement ? lui demanda-t-il sans autre forme de procès.

Elle se tourna lentement vers lui et il sentit une étrange angoisse l'envahir à la vue de son visage. Il n'exprimait aucune colère, aucune rancœur, juste une indifférence glacée qui lui parut bien plus terrible encore.

— J'en ai entendu bien assez, répondit-elle d'un ton glacé. Maintenant, si tu veux bien m'excuser, j'ai un train à prendre.

— Où vas-tu ?

— Je vais à Grasse discuter avec un ancien associé de ma mère qui possède une entreprise de fabrication de parfum.

Elle jeta un coup d'œil à sa montre.

— Je suis pressée, ajouta-t-elle. Je suis désolée mais il va vraiment falloir que je te laisse.

Le feu était passé au rouge et elle fit mine de traverser. Mais Alix la retint par le bras.

— Lâche-moi, lui intima-t-elle froidement.

— Tu ne m'as jamais parlé de ce voyage.

— Et alors ?

Alix chercha vainement les mots susceptibles de rattraper l'erreur monumentale qu'il avait commise.

— Tu ne peux pas partir comme cela, déclara-t-il enfin. Il faut que nous parlions…

— Je t'écoute, répondit-elle.

— Pas ici, protesta-t-il. Il doit sûrement y avoir des journalistes dans le coin.

Cette remarque parut convaincre la jeune femme.

— Allons à la boutique, dans ce cas, suggéra-t-elle.

Sans attendre sa réponse, elle fit volte-face et repartit vers la place Vendôme. Alix la suivit en silence.

— Tu allais vraiment partir sans même me dire au revoir ? lui demanda-t-il enfin lorsqu'ils eurent pénétré dans le magasin.

— Oui, répondit-elle simplement.

— Pourquoi ?

— Parce que de toute évidence, nous n'avons plus rien à faire ensemble.

— Je ne comprends pas, protesta-t-il faiblement.

— C'est pourtant simple : tu as besoin d'une potiche pour te servir de reine mais je n'ai aucune envie de jouer ce rôle-là. Alors évitons de nous faire perdre mutuellement notre temps et restons-en là.

Alix la considéra avec stupeur.

— Es-tu sûre de comprendre ce à quoi tu renonces ? articula-t-il enfin. En devenant la souveraine de Saint-Croix, tu mènerais une existence de rêve…

Le regard de Leila se chargea de mépris.

— Une existence de rêve ? répéta-t-elle d'une voix vibrante d'ironie. C'est ainsi que tu qualifies un mariage de façade, dénué d'amour ? Je préfère encore être pauvre que de vivre dans une telle cage dorée. Et crois-tu réellement que j'accepterais de faire un enfant avec un homme qui ne m'aime pas et que je n'aime pas ?

— Je sais que tu m'aimes, objecta Alix.

Leila leva un sourcil moqueur

— Qu'est-ce qui a bien pu te mettre une telle idée en tête ?

Il hésita, se demandant brusquement s'il ne s'était pas complètement trompé sur le compte de Leila.

— Ne me dis pas que tu confonds le désir et l'amour, poursuivit-elle. Venant de quelqu'un comme toi, cela ne manquerait pas d'une certaine ironie…

Il recula d'un pas avec la désagréable impression qu'elle venait de le gifler.

— Ecoute, je comprends que tu puisses être en colère. Je me suis peut-être mal exprimé, ce matin. Ce que je voulais dire, c'est que j'ai pour toi beaucoup de respect. J'apprécie énormément ta compagnie. Et il y a cette alchimie entre nous… Il me semble que ce sont de bonnes bases pour fonder un mariage.

— Il nous manquerait l'essentiel, répliqua-t-elle.

— L'amour ?

— La confiance. Tu ne m'as même pas dit que tu étais en train de manœuvrer pour récupérer ton trône.

— Seuls mes plus proches conseillers étaient au courant.

— Je vois. J'imagine que c'est pour cela que tu as brusquement décidé de partir sur cette île ? C'était une façon de détourner l'attention. De faire croire que tu ne t'intéressais pas vraiment à la politique. Quant à moi, j'imagine que je devais servir de diversion…

Leila secoua la tête.

— Ce que j'ai pu être naïve ! s'exclama-t-elle. Laisse-moi deviner : c'est toi qui as fait en sorte que ces photos soient publiées, n'est-ce pas ?

Alix ne répondit pas. Il n'avait pas le courage de lui mentir une fois de plus.

— Tu es pitoyable, lui dit-elle d'une voix pleine de mépris.

Il ne put s'empêcher de tiquer. Jamais personne ne lui avait parlé de cette façon et en temps normal, il aurait probablement répliqué très sèchement. Mais cette fois-ci, il n'était pas très sûr de ne pas l'avoir mérité.

— Ecoute, plaida-t-il d'une voix qui se voulait conciliante, je reconnais que j'aurais dû t'en parler avant…

— Cela n'a plus d'importance, l'interrompit-elle sèchement.

— Leila…

— Nous n'avons plus rien à nous dire, Alix. Je regrette seulement de ne pas avoir écouté mon intuition. Je savais quel genre d'homme tu étais et je n'aurais jamais dû t'accompagner, ni à Venise, ni sur cette île.

— Leila..., répéta-t-il.

— Va-t'en, lui intima-t-elle. Va reprendre ta couronne. Je suis sûre que tu n'auras pas de mal à trouver quelqu'un qui soit prête à tout pour jouer les souveraines, même à épouser quelqu'un comme toi. Tâche seulement de ne pas passer ton temps à la tromper. Cela t'épargnera peut-être de finir comme ton père...

Alix se sentit blêmir. A ses yeux, rien n'aurait pu être plus insultant que cette comparaison. Et Leila était suffisamment intelligente pour en avoir parfaitement conscience. Elle avait délibérément cherché à le blesser et y était parvenue.

Craignant de se laisser emporter par la colère qui bouillonnait en lui, il serra les dents et se détourna brusquement d'elle.

A l'instant précis où il émergeait de la boutique, son téléphone portable se mit à sonner. Par réflexe, il jeta un coup d'œil à l'écran et constata qu'il s'agissait de nouveau d'Andres.

— Votre Majesté, j'ai d'excellentes nouvelles pour vous, s'exclama son conseiller d'une voix vibrante d'enthousiasme. Tous les sondages à la sortie des urnes paraissent indiquer que la monarchie va être rétablie. Les militaires commencent à paniquer mais il y a bien trop d'observateurs étrangers pour qu'ils puissent faire quoi que ce soit. Votre fiancée et vous allez pouvoir rentrer à Saint-Croix, peut-être dès demain...

— Leila et moi avons rompu, répondit froidement Alix.

— Vraiment ? s'exclama Andres, sidéré. Mais je croyais...

— Les choses ne se sont pas passées comme je le pensais, l'interrompit Alix. Et je vous demanderai une faveur : je préférerais que nous ne parlions plus jamais d'elle.

— Très bien, murmura son conseiller. Quand comptez-vous arriver ?

— Plus rien ne me retient ici, déclara Alix. Je serai là dès ce soir.

Sur ce, il raccrocha et s'efforça de se convaincre que ce jour était le plus beau de sa vie, celui pour lequel il s'était battu durant la majeure partie de son existence. Et il n'était pas question qu'il laisse le rejet de Leila gâcher cette occasion.

Après tout, ce n'était pas la première fois de sa vie qu'il se séparait d'une femme qui ne l'aimait pas et qu'il n'aimait pas. Et s'il se sentait un peu dépité, c'était uniquement parce que d'ordinaire, c'était lui qui prenait l'initiative de telles ruptures et non l'inverse.

D'ici quelques semaines, quelques mois tout au plus, il aurait probablement oublié toute cette histoire...

# 8

*Sept semaines plus tard…*

Les bras croisés derrière le dos, Alix faisait face à la grande baie vitrée qui s'ouvrait au fond de son bureau et dominait la forteresse royale. Les yeux perdus dans le lointain, il contemplait sans les voir les eaux d'azur de la mer Méditerranée.

Les deux mois qui venaient de s'écouler avaient incontestablement été les plus intenses de toute son existence. Une fois passé l'enthousiasme des premiers moments, Alix avait rapidement pris conscience de l'ampleur de la tâche qui l'attendait.

Des années de gestion incompétente sous le règne de son père et de clientélisme éhonté sous l'oligarchie militaire avaient déstabilisé en profondeur le tissu économique de l'île. Tout était à rebâtir : le cadre légal et fiscal, la Bourse, le système social, le tissu médiatique…

Pour cela, Alix était forcé de composer avec les apparatchiks de l'ancien régime qui détenaient les capitaux dont le pays avait si désespérément besoin. Il avait également signé une série d'accords avec l'Union européenne en matière de commerce et de sécurité.

Tout ceci ne lui avait laissé que très peu de temps libre, ce dont il se félicitait, d'ailleurs. Car tant qu'il travaillait, il parvenait à écarter de ses pensées le souvenir de Leila Verughese. Hélas, celui-ci revenait impitoyablement le hanter dès qu'il avait quelques instants de liberté.

Il ne cessait de se demander ce qu'elle pouvait bien faire, comment elle allait, ce qu'elle aurait pensé de tel ou tel sujet…

Il repensait aussi souvent à leur dernière confrontation. L'amertume qu'il avait éprouvée sur le coup ne s'était pas résorbée, se doublant d'une étrange mélancolie à l'idée que les choses auraient pu se passer autrement.

Bien des fois, il s'était laissé aller à imaginer ce qui se serait produit si Leila n'avait pas surpris sa conversation, ce matin-là…

— Votre Majesté ?

Alix se tourna vers la porte par l'embrasure de laquelle Andres venait de passer la tête.

— Est-ce que vous avez cinq minutes ? Il y a quelque chose qu'il faut que vous voyiez…

Alix connaissait suffisamment bien son conseiller pour déceler l'inquiétude qui filtrait dans sa voix. Il devait s'agir de quelque chose de sérieux.

— Entrez, lui dit-il.

Andres s'avança et lui tendit en silence une tablette sur laquelle apparaissait la couverture d'un magazine français bien connu. On y voyait une photographie de Leila et lui se disputant en pleine rue. Il la tenait par le bras et elle tentait de se dégager, furieuse. Le gros titre qui barrait la page proclamait : *LES SECRETS DE LA MYSTÉRIEUSE MAÎTRESSE D'ALIX DE SAINT-CROIX*.

Fronçant les sourcils, Alix tourna les pages pour atteindre l'article consacré à ce croustillant sujet. Et à mesure qu'il parcourait les lignes, il sentit un froid glacial descendre sur lui.

*... serait la fille illégitime du candidat à la présidence Alain Bastineau...*

*... nos sources confirment que l'enfant qu'elle attend serait bien celui d'Alix de Saint-Croix...*

*... rien n'indique que le nouveau roi soit au courant...*

*... un scandale qui n'est pas sans rappeler celui qui coûta la vie à son propre père...*

Depuis qu'elle avait lu l'article qui était paru la veille à son sujet, Leila avait la désagréable impression d'être en état de choc. Elle ne parvenait toujours pas à croire que ce journaliste ait pu avoir accès à son dossier médical ni qu'il soit parvenu à découvrir qui était son véritable père.

Ce matin-là, en jetant un coup d'œil par la fenêtre de sa chambre, elle avait aperçu de nombreux journalistes qui attendaient sur le trottoir. Elle avait donc préféré ne pas ouvrir la boutique et demeurer chez elle.

Cela n'avait pas empêché les journalistes de sonner régulièrement à son Interphone et de l'appeler sur son téléphone fixe. Elle avait fini par décrocher les deux combinés pour avoir la paix.

Au moins, la presse ne semblait pas encore avoir obtenu le numéro de son téléphone portable. Mais elle ne se faisait aucune illusion : ce n'était probablement qu'une question de temps.

Comme elle se faisait cette réflexion, il se mit justement à sonner. Le cœur battant, elle avisa le nom qui s'affichait à l'écran. L'espace de quelques instants, elle fut tentée de ne pas décrocher. Mais qu'elle le veuille ou non, Alix était le père de l'enfant qu'elle portait en elle et elle ne pourrait pas l'éviter indéfiniment.

— C'est moi, lui dit-il. Ricardo va passer dans moins

d'une heure. D'ici là, prépare un sac avec quelques vêtements et tes affaires de toilette.

Leila faillit protester. Mais elle songea alors qu'Alix était bien mieux armé qu'elle pour affronter la tempête médiatique qui venait d'éclater. Elle ne pouvait pas demeurer indéfiniment cloîtrée chez elle en espérant que les choses finiraient par se tasser.

— D'accord, murmura-t-elle, vaincue.

Après avoir raccroché, elle alla rebrancher l'Interphone, rassembla quelques affaires et attendit nerveusement l'arrivée du concierge du Ritz. Quarante minutes plus tard, il sonna et elle lui ouvrit.

— C'est un plaisir de vous revoir, mademoiselle, lui dit-il. Quand bien même j'aurais préféré que ce soit dans des conditions moins dramatiques que celles-ci. Nous allons sortir ensemble. Je vous tiendrai par le bras et nous irons directement jusqu'à la voiture qui nous attend. Les journalistes vont vous bombarder de questions. Le mieux serait de ne rien répondre et de regarder droit devant vous.

— C'est compris, soupira Leila, inquiète. Merci beaucoup, Ricardo.

— Il n'y a pas de quoi, répondit-il en lui prenant le bras. Vous êtes prête ?

Elle hocha la tête sans grande conviction et tous deux sortirent de l'appartement. Dès qu'ils franchirent la porte cochère, une meute de journalistes se précipita sur eux.

— Est-il vrai que votre bébé est d'Alix de Saint-Croix ?

— Est-ce que vous êtes toujours ensemble ?

— Depuis combien de temps le fréquentez-vous ?

— Pourquoi vous êtes-vous disputés ? Etait-ce à cause du bébé ?

— Que pense votre père de cette situation ?

La mâchoire serrée, Leila se laissa guider par Ricardo jusqu'à une voiture qui était garée devant l'hôtel. Trois hommes se trouvaient à l'intérieur.

— Ce sont des gardes du corps de M. de Saint-Croix, lui indiqua le concierge. Ils vont vous conduire à lui.

— Alix est ici ? s'exclama-t-elle.

Ricardo acquiesça.

— Il est venu dès qu'il a appris la nouvelle. Il vous attend.

— Merci encore, Ricardo.

— Bon courage, mademoiselle.

Leila s'engouffra dans la voiture qui démarra en trombe, suivie de quelques motos de journalistes. Moins de dix minutes plus tard, la limousine se gara devant un autre hôtel prestigieux et les gardes du corps firent entrer Leila.

Deux d'entre eux l'escortèrent alors jusqu'à une suite où l'attendait Alix. Dès qu'elle le vit, Leila sentit monter en elle une pointe de désir irrépressible. Furieuse contre sa propre réaction, elle se raidit et le toisa.

— Vous m'avez fait mander, Votre Majesté, lui dit-elle froidement.

— Il faut que nous parlions, répondit-il.

Elle s'avança dans la pièce et remarqua alors qu'il ne portait plus le parfum qu'elle avait concocté pour lui. Cela n'avait rien d'étonnant, bien sûr, mais elle ne put s'empêcher de se sentir un peu déçue.

— Est-ce que c'est vrai ? lui demanda-t-il alors.

— Quoi donc ?

— Que tu es enceinte ?

— Oui, répondit-elle sobrement.

— Et le bébé est de moi ?

— Contrairement à toi, je ne change pas d'amant

comme de mouchoir, répliqua-t-elle avec une ironie mordante.

Il ne releva pas sa provocation.

— Est-ce que tu comptais m'en parler ? lui demanda-t-il.

— Etant donné le battage qui est fait autour de cette affaire, j'aurais eu du mal à te le cacher.

— Et si la presse n'en avait pas parlé, reformula-t-il, serais-tu venue me voir ?

— Pour être tout à fait honnête, je n'avais pas encore pris de décision à ce sujet.

— Comment est-ce possible ? Nous avons pourtant pris des précautions.

— Sauf la première fois, lui rappela-t-elle. Et il suffit d'une fois...

Alix étouffa un juron.

— Tu ne m'avais pas dit non plus qui était ton père, ajouta-t-il enfin.

— C'est exact. Quant à toi, tu ne m'avais pas dit que tu comptais remonter aussi vite sur le trône. Il faut croire que nous ne nous faisions pas réellement confiance...

Elle haussa les épaules.

— De toute façon, ajouta-t-elle, mon mensonge n'en était pas complètement un : à mes yeux, mon père est bel et bien mort. Je ne veux plus avoir le moindre contact avec lui.

— C'est aussi ce qu'il espère, apparemment, remarqua Alix. Il a déclaré à la presse que les allégations du journal étaient totalement dénuées de fondement. Il prétend que c'est une machination orchestrée par l'opposition et destinée à le décrédibiliser et à lui faire perdre les élections.

— Cela ne m'étonne pas de lui, répondit Leila,

fataliste. Il m'a abandonnée avant même ma naissance. Pourquoi en irait-il autrement aujourd'hui ?

Alix ne répondit pas. Qu'aurait-il bien pu lui dire, d'ailleurs ? Rien ni personne ne pourrait jamais changer le fait que sa mère avait péché par naïveté, des années auparavant, ni qu'elle-même venait de réitérer son erreur.

— Il nous reste une heure avant la conférence de presse, lui dit alors Alix.

Leila lui jeta un regard interdit.

— Une conférence de presse ? lui demanda-t-elle. Mais pourquoi ?

— Pour annoncer nos fiançailles, bien sûr, et notre départ prochain pour Saint-Croix.

Pendant quelques instants, Leila demeura silencieuse, bien trop stupéfaite pour trouver une réponse à cette déclaration absurde.

— Attends ici, lui dit alors Alix. Je te rejoindrai dès que je pourrai.

Sur ce, il quitta la pièce, la laissant seule. Ce ne fut que lorsque la porte se referma derrière lui que la stupéfaction qui avait envahi Leila céda place à la colère. Lui emboîtant le pas, elle sortit à son tour, juste à temps pour le voir s'engouffrer dans une pièce au fond du couloir.

Pressant le pas, elle gagna la porte et l'ouvrit à la volée.

— Il me semblait pourtant avoir été claire ! Je n'ai aucunement l'intention de me marier…

Elle s'interrompit brusquement en avisant le groupe d'une dizaine de personnes qui se trouvait dans le petit salon privé. Jusqu'à ce qu'elle fasse cette entrée fracassante, tous étaient en train de regarder la télévision.

— Mademoiselle Verughese, s'exclama cordialement

un homme qui devait avoir une soixantaine d'années. Je suis ravi de faire enfin votre connaissance.

Il s'approcha d'elle et lui tendit une main qu'elle serra mollement.

— Je suis Andres Balsak, le chef de cabinet du roi Alix, se présenta-t-il avec une lueur malicieuse dans le regard.

— Enchantée, murmura Leila, terriblement embarrassée.

— Nous étions justement en train de regarder un bulletin d'information vous concernant, expliqua Andres en désignant l'écran de télévision.

On y voyait une vue aérienne d'une très jolie ville située au bord de la mer.

— Toute la question, ici à Saint-Croix, disait le commentateur, est de savoir si le jeune souverain parviendra à se relever de ce scandale qui éclate quelques semaines seulement après son accession au trône…

L'image disparut brusquement et Alix reposa sèchement la télécommande avant de se tourner vers les membres de son cabinet.

— Si vous voulez bien nous laisser…, dit-il d'une voix tendue.

Il ne fallut que quelques instants pour que la pièce se vide entièrement. Un lourd silence s'ensuivit tandis qu'Alix et Leila se mesuraient du regard.

Alix avait beaucoup de mal à réprimer l'envie qu'il avait de prendre Leila dans ses bras. Jamais elle ne lui avait paru à la fois aussi belle et aussi vulnérable qu'en cet instant. De toute évidence, les événements de ces derniers jours l'avaient affectée tout autant que lui.

Malheureusement, Leila avait vu juste : ils n'avaient

plus confiance l'un en l'autre et cette défiance avait creusé entre eux un fossé presque infranchissable. Comment avaient-ils pu s'éloigner à ce point après avoir été aussi proches ? Alix n'aurait su le dire mais c'était une sensation terriblement déprimante.

— Il n'est pas question que nous nous mariions, lui dit-elle. Ce serait complètement absurde !

— Que cela nous plaise ou non, nous n'avons pas le choix, objecta-t-il.

— Bien sûr que si ! protesta Leila. Ecoute, je comprends que tu veuilles préserver ta réputation. Je suis même prête à ce que nous annoncions nos fiançailles, histoire de sauver les apparences. Nous ferons traîner les choses en laissant filtrer progressivement que tout n'est pas aussi rose entre nous. Puis lorsque la pression sera retombée, nous nous séparerons officiellement…

— Il ne s'agit pas seulement de nous, objecta Alix. Dois-je te rappeler que tu es la mère du futur roi de Saint-Croix ? Sa place est à mes côtés, sur l'île qu'il sera un jour appelé à diriger…

A ces mots, Leila pâlit. Il comprit qu'elle venait tout juste de prendre la pleine mesure du destin et des responsabilités qui incombaient à leur enfant.

— Il doit bien y avoir une solution, murmura-t-elle.

— Oui, celle que je te propose. Nous rentrons à Saint-Croix où nous nous marierons dans quinze jours. Puis nous élèverons ensemble cet enfant. Je suis convaincu que nous parviendrons à trouver un *modus vivendi* satisfaisant. L'important est que ce bébé grandisse dans un environnement stable où il pourra pleinement s'épanouir. Tu n'es pas d'accord ?

Leila ouvrit la bouche et la referma aussitôt. Il était évident qu'elle était tiraillée entre ce qu'elle désirait pour elle-même et ce que lui dictait son instinct maternel.

Et ainsi que l'avait prévu Alix, ce fut ce dernier qui l'emporta.

— Si, soupira-t-elle, la mort dans l'âme. Tu as raison, bien sûr. Nous devons penser avant tout à notre enfant.

Alix hocha la tête et alla chercher l'écrin qui était posé sur la table. Il l'ouvrit et en tira précautionneusement la bague qu'il contenait.

— Ce n'est pas exactement de cette façon que j'imaginais ce moment, avoua-t-il avec une pointe d'autodérision. Mais j'aimerais que tu la portes lors de la conférence de presse.

— Qu'est-ce que c'est ?

— Elle fait partie des joyaux de la couronne de Saint-Croix, répondit-il. C'est un anneau que l'un de mes aïeux a fait fabriquer au milieu du XVII^e siècle pour son épouse. Depuis lors, il a été porté par chacune des reines de l'île.

Leila secoua la tête.

— Je ne peux pas accepter un tel bijou, protesta-t-elle d'une toute petite voix.

— Dis-toi juste qu'il va à merveille avec tes yeux, répondit Alix en se rapprochant d'elle.

Il lui prit la main et glissa à son doigt l'anneau d'or orné de cinq petites émeraudes disposées en forme de croix. Il constata alors avec étonnement qu'elle était parfaitement ajustée à la taille de son annulaire.

Peut-être s'agissait-il d'un clin d'œil du destin, d'une façon de leur faire comprendre que cette union était dans l'ordre des choses. A ce stade, plus rien n'aurait étonné Alix.

Au cours de ces dernières semaines, il avait eu très régulièrement l'impression que ce qu'il accomplissait dépassait de très loin le champ limité de sa propre volonté. Mais peut-être était-ce là le lot de tous les souverains.

On frappa alors doucement à la porte.

— Les journalistes sont arrivés, leur indiqua Andres à travers le battant.

— Nous n'allons pas tarder, répondit Alix avant de se tourner de nouveau vers Leila. Il va nous falloir nous montrer persuasifs, lui dit-il. Nous devons convaincre tout le monde que ta grossesse n'est pas un simple accident mais une excellente surprise qui précipite une union qui aurait eu lieu de toute façon.

— Je comprends, acquiesça sobrement Leila. Tout cela ne me réjouit pas mais je te promets que je serai à la hauteur.

— Je n'en doute pas un seul instant, répondit-il. Je pensais vraiment ce que j'ai dit à Andres, l'autre jour. De toutes les femmes que j'ai rencontrées, tu es certainement la plus digne de devenir une reine.

Sans attendre sa réponse, il se détourna pour se diriger vers la porte du petit salon privé. Leila lui emboîta aussitôt le pas.

Et tandis qu'ils se portaient à la rencontre des journalistes qui les attendaient, Alix se prit à songer que si sa destinée employait parfois des voies bien tortueuses, elle les conduisait peut-être tous deux vers une forme de paix, sinon de bonheur.

# 9

Dans l'avion qui les conduisait à Saint-Croix, Leila s'efforça de remettre un peu d'ordre dans ses idées. Depuis qu'Alix l'avait appelée, ce matin-là, les choses n'avaient cessé de se précipiter.

Avant même qu'elle ait pris pleinement la mesure de ce qui lui arrivait, elle s'était retrouvée fiancée avec un homme qui venait de devenir roi. Elle allait devoir quitter la ville où elle avait passé la quasi-totalité de son existence pour s'installer dans un autre pays qu'elle n'avait encore jamais vu et où elle ne connaissait strictement personne.

Enfin, le secret de ses origines, jusqu'alors jalousement gardé, avait éclaté au grand jour. Lors de la conférence de presse, ce sujet avait semblé intéresser les journalistes au moins autant que son futur mariage.

Ce n'était d'ailleurs pas étonnant : Alain Bastineau était l'un des candidats pressentis dans la course à la présidentielle.

Les reporters avaient assailli Leila de questions jusqu'à ce que, agacé par cet interrogatoire en règle, Alix finisse par suggérer que si Bastineau était si sûr de ne pas être le père de la jeune femme, il n'avait qu'à le prouver par un simple test génétique.

— Tu as peut-être eu tort de t'en prendre à mon

père, dit-elle à Alix qui sirotait pensivement un verre de whisky.

Tout comme elle, il n'avait pas touché au déjeuner que l'hôtesse de l'avion royal était venue leur apporter.

— Imagine qu'il soit élu Président, ajouta-t-elle. Cette histoire pourrait compromettre les rapports de Saint-Croix avec la France.

— Très franchement, j'espère que les Français seront assez malins pour ne pas élire quelqu'un de son acabit, répondit Alix en haussant les épaules. Qu'est-ce qu'une nation peut bien attendre d'un père capable d'abandonner son propre enfant ?

Leila comprit qu'en prononçant ces mots, il ne pensait pas uniquement à Bastineau. Après tout, lui-même venait de se retrouver dans une situation assez comparable à la sienne.

— De plus, reprit-il, tu es sur le point de devenir la reine de Saint-Croix. Je ne laisserai personne te traîner dans la boue sans réagir.

Il y avait dans sa voix un accent protecteur qui toucha Leila plus qu'elle ne l'aurait voulu. Elle se répéta que ce n'était pas parce qu'il éprouvait quoi que ce soit à son égard mais seulement parce qu'il voyait en elle une reine et la mère de son futur héritier.

— Tu devrais manger, tu sais, lui dit-il alors.

— Je n'ai pas faim, objecta-t-elle.

Il secoua la tête d'un air réprobateur.

— Tu es enceinte, lui rappela-t-il.

— Justement ! Tu n'as jamais entendu parler des nausées matinales ? Dans mon cas, malheureusement, elles ne se limitent pas aux matinées…

— Est-ce que tu veux aller t'allonger un moment ?

— Ce que je veux surtout, c'est savoir ce que va devenir ma boutique, répliqua-t-elle.

C'était un sujet qu'ils n'avaient pas encore abordé.

— La personne que j'avais engagée pour te remplacer pourra continuer à y travailler, répondit Alix. A terme, le plus simple pour toi serait sans doute de vendre.

— Il n'en est pas question ! protesta vivement Leila. De quel droit m'imposerais-tu de faire une chose pareille ?

Alix leva la main en signe d'apaisement.

— Il ne s'agissait aucunement d'un ordre mais d'une simple suggestion, objecta-t-il. Mais j'avoue que je ne vois pas très bien comment tu pourrais concilier ta fonction de reine et celle de vendeuse de parfums.

Elle le fusilla du regard.

— Ce magasin est mon héritage, s'emporta-t-elle. Faire des parfums est plus qu'un simple métier pour moi, c'est une passion.

— Je sais, répondit Alix.

— Il n'est pas question que j'y renonce, insista-t-elle.

Elle avait parfaitement conscience du fait qu'elle était en train de chercher le conflit. Au fond d'elle, elle savait pertinemment qu'Alix avait raison : elle ne pouvait pas à la fois être reine à Saint-Croix et parfumeuse à Paris.

Mais elle ne pouvait accepter de renoncer en l'espace d'une journée à tout ce qu'avait été sa vie jusqu'à présent.

— Je comprends, reprit Alix. Je suis sûr que nous trouverons une solution pour que tu puisses continuer à exercer ton métier.

Curieusement, loin de la rasséréner, le ton conciliant qu'il venait d'employer ne fit qu'accentuer la détresse de Leila. Elle avait de plus en plus l'impression de perdre pied.

— Je crois que tu as raison, déclara-t-elle. Je ferais peut-être mieux d'aller m'allonger un moment...

Sans attendre sa réponse, elle quitta son siège et se dirigea vers la cabine dans laquelle elle s'enferma.

Ce ne fut qu'alors qu'elle laissa enfin libre cours aux sanglots qu'elle avait réussi à ravaler en présence d'Alix.

L'avion royal se posa à Saint-Croix en fin d'après-midi. Au grand soulagement de Leila, il était bien trop tard pour organiser une réception en son honneur. Malgré le sommeil réparateur dans lequel elle avait fini par sombrer, elle ne se serait probablement pas senti le courage d'affronter de telles mondanités après la journée difficile qu'elle venait de traverser.

En descendant de l'avion, elle fut frappée par la douceur qui régnait sur l'île en ce début d'hiver. Mais cela n'avait rien de surprenant si l'on considérait la latitude à laquelle elle se trouvait. Dans la voiture officielle qui les conduisit jusqu'au palais, elle put observer la végétation caractéristique d'un climat chaud et sec.

Elle aperçut au passage quelques villages charmants dont les portes et les volets peints en bleu lui firent penser aux images qu'elle avait pu voir de la Grèce. L'architecture, en revanche, était marquée par l'influence des Maures qui avaient occupé le pays pendant près d'un siècle.

En découvrant le palais royal, elle ne put réprimer une exclamation admirative. C'était une véritable forteresse qui surplombait une falaise plongeant à pic dans la mer. L'endroit était à la fois très impressionnant et terriblement romantique.

— Bienvenue à la maison, lui dit Alix.

Elle lui jeta un regard interdit, se demandant si elle parviendrait un jour à se sentir chez elle dans un tel environnement. Rien ne l'avait jamais préparée à un tel changement de vie.

Lorsque leur voiture se gara dans la cour principale de la forteresse, ils furent très chaleureusement accueillis par une femme d'une cinquantaine d'années qu'Alix lui présenta comme étant Marie-Louise, la gouvernante du palais.

Alix échangea quelques mots avec elle avant d'entraîner Leila à l'intérieur. Il la guida alors à travers un véritable labyrinthe de couloirs. La plupart des pièces qu'elle entrevit au passage étaient entièrement vides.

— Après la mort de mes parents et l'abolition de la royauté, les militaires ont fait main basse sur la majeure partie du mobilier et de la décoration, expliqua Alix en avisant son expression étonnée. Une enquête a été ouverte concernant cette spoliation des richesses nationales mais je doute qu'elle débouche sur quoi que ce soit de concret. Redécorer le palais sera l'une de tes premières missions. Ce sera l'occasion d'en faire un endroit plus confortable et moins collet monté qu'autrefois. Mais nous voici arrivés à ta chambre.

Il poussa la porte, révélant une pièce qui, contrairement aux autres, était somptueusement meublée. Leila admira en silence les meubles rehaussés de marqueterie, les lourdes tentures chamarrées et les tapis de soie avant de se tourner vers Alix.

— Nous faisons donc chambre à part ? lui demanda-t-elle.

— Au moins le temps que nous nous mariions, répondit-il. C'est la tradition, paraît-il.

— Etant donné la situation, les gens doivent bien se douter que nous avons déjà consommé notre union, remarqua-t-elle d'un ton ironique.

— Et rien ne nous empêche de continuer à le faire, répondit-il en la regardant droit dans les yeux.

Leila ne put réprimer un petit frisson de désir. Malgré la façon dont il l'avait traitée, elle ne parvenait pas à réprimer l'attirance qu'il exerçait sur elle. Incapable de soutenir son regard, elle détourna les yeux.

— J'ai pris rendez-vous pour toi à l'hôpital, demain matin, ajouta Alix. Cela nous donnera l'occasion de faire connaissance avec l'obstétricien qui te suivra pendant ta grossesse. D'ici là, tâche de te reposer. J'ai demandé qu'on te serve le dîner dans ta chambre. Si tu as besoin de quoi que ce soit d'autre, tu n'as qu'à appuyer sur ce bouton pour que quelqu'un vienne, ajouta-t-il en lui tendant une sorte de petite télécommande.

En dépit de leurs différends, Leila regretta qu'il paraisse si pressé de la quitter. L'idée de passer le reste de la soirée toute seule lui paraissait terriblement déprimante.

— Je suis désolé de ne pas pouvoir rester, lui dit-il comme s'il avait lu dans ses pensées. Mais j'ai énormément de travail.

— Je comprends, murmura-t-elle.

Alix hésita un instant avant de s'approcher d'elle pour effleurer ses lèvres d'un baiser. Leila aurait voulu être assez fière et indépendante pour le repousser mais elle n'en trouva pas la force.

En réalité, elle avait besoin qu'il la réconforte, qu'il lui dise qu'elle n'avait rien à craindre, que tout se passerait bien. Mais il s'écarta d'elle presque aussitôt et lui adressa un petit signe de tête avant de quitter la chambre.

Le lendemain matin, Leila se réveilla bien plus tard que d'ordinaire. Jetant un coup d'œil au réveil qui était posé sur sa table de nuit, elle constata qu'elle avait dormi plus de douze heures. Pourtant, elle ne se sentait pas particulièrement reposée.

Elle entendit alors frapper doucement à sa porte et comprit que c'était probablement ce qui l'avait tirée du sommeil.

— Qui est là ? demanda-t-elle.

— Je suis Amalie, mademoiselle, votre nouvelle femme de chambre.

Leila réprima un soupir résigné et sauta au bas de son lit. Après avoir enfilé un peignoir, elle alla ouvrir et découvrit une jeune femme vêtue de noir qui esquissa une petite révérence.

— Je suis venue vous aider à vous habiller, mademoiselle, expliqua Amalie. C'est bientôt l'heure de votre rendez-vous.

— Vous pouvez m'appeler Leila, répondit-elle. Et je n'ai pas besoin d'aide pour m'habiller. En revanche, vous pouvez peut-être m'aider à mettre la main sur mon sac.

— Je l'ai rangé dans votre armoire, lui indiqua Amalie. Et j'ai pris la liberté de ranger les vêtements qui se trouvaient dedans avec les autres.

— Les autres ? répéta Leila, surprise.

— Dans le dressing, précisa la jeune femme.

Elle traversa la pièce et alla ouvrir une double porte qui donnait effectivement sur un immense dressing. Passablement stupéfaite, Leila avisa les dizaines de tenues qui étaient accrochées là.

— A qui sont tous ces habits ? s'enquit-elle, curieuse.

— A vous, mademoiselle…

— Leila, la reprit-elle.

— Leila, reprit Amalie en rougissant. Sa Majesté les a commandés pour vous avant de partir pour Paris.

Interdite, Leila parcourut des yeux les rangées de vêtements soigneusement alignés.

— J'ai l'impression qu'il ne se rend pas compte que

d'ici quelques mois, je serai grosse comme une baleine, remarqua Leila.

Amalie ne put s'empêcher de pouffer. Leila décrocha une robe qui était à la fois élégante et décontractée et passa dans la salle de bains pour se changer tandis qu'Amalie faisait son lit.

Lorsqu'elle ressortit, la jeune femme avait disparu, remplacée par Alix qui la considéra d'un œil approbateur.

— Cette robe te va à ravir, lui dit-il.

— Merci, répondit-elle, légèrement embarrassée.

Elle se demanda si elle parviendrait un jour à faire abstraction du trouble qu'elle éprouvait chaque fois qu'elle se trouvait face à lui.

— Est-ce que tu es prête ?

Elle hocha la tête et tous deux quittèrent la chambre pour traverser le palais. Une fois de plus, elle fut impressionnée par son immensité et sa richesse architecturale. Sur le perron, ils furent salués par deux gardes en uniforme traditionnel de la garde royale.

Un 4x4 noir les attendait au bas des marches et Alix lui ouvrit galamment la portière avant de contourner le véhicule pour prendre place au volant.

— Qu'y a-t-il ? lui demanda-t-il en avisant le regard étonné de Leila.

— Je suis surprise que tu ne prennes pas plus de précautions, répondit-elle. Après tout, tu as dû te faire pas mal d'ennemis en récupérant ton trône.

— C'est vrai, concéda Alix. Mais je ne peux me permettre de donner l'impression que j'ai peur. Rassure-toi, cependant. Les vitres de cette jeep sont renforcées et une autre voiture nous suit de près. Nous ne risquons strictement rien.

Leila hocha la tête. Elle aurait dû se douter qu'Alix ne mettrait jamais son enfant en danger.

— J'espère qu'un jour, toutes ces précautions deviendront inutiles, reprit-il en démarrant. Mais il faudra pour cela que je fasse mes preuves. Je ne me fais aucune illusion : tant que je n'aurai pas redressé l'économie du pays, mon trône ne vaudra guère plus qu'un siège éjectable.

Ils suivirent la route qui longeait la corniche en direction de Saint-Croix, la capitale de l'île. C'était une ville médiévale aux ruelles étroites et tortueuses qui était dotée de beaucoup de charme. Un peu partout, on voyait de petites places décorées de fontaines auprès desquelles les habitants se retrouvaient pour bavarder.

Certains d'entre eux, reconnaissant Alix, leur adressèrent des signes de la main qu'il leur rendit. Ils parvinrent enfin devant un vieux bâtiment aux murs blanchis à la chaux.

— C'est l'un des plus vieux hôpitaux d'Europe, précisa fièrement Alix. Il a été fondé par les Maures, du temps où ils occupaient l'île. Depuis, il n'a jamais cessé de fonctionner. Il servait même de base arrière aux troupes alliées pendant la Seconde Guerre mondiale. Aujourd'hui encore, c'est un excellent établissement. J'ai moi-même financé les études de plus d'un médecin qui travaille ici…

Lorsqu'ils descendirent de voiture, Alix prit la main de Leila. Sans doute voulait-il montrer à tous ceux qui les verraient qu'ils étaient très amoureux l'un de l'autre. Elle se laissa donc faire, regrettant presque qu'il ne s'agisse là que d'un faux-semblant.

A leur entrée, ils furent accueillis par le directeur de l'hôpital en personne qui les félicita pour leurs fiançailles et la naissance prochaine de leur enfant. Il insista pour les conduire lui-même jusqu'au service obstétrique où il leur présenta le médecin qui serait chargé de superviser la naissance du futur petit prince.

Leila fut aussitôt conquise. L'homme était aussi charmant que rassurant et lui donna immédiatement l'impression qu'elle se trouvait entre de bonnes mains. Après lui avoir posé quelques questions de routine et lui avoir prodigué quelques conseils, il lui proposa de passer une première échographie.

Leila alla donc se changer dans une cabine attenante, troquant sa robe contre une sorte de blouse en tissu. Elle revint s'allonger sur la table et laissa le médecin étaler un gel visqueux sur son ventre. Alix, quant à lui, gardait les yeux résolument rivés sur le moniteur.

Le médecin posa le capteur et le fit glisser de façon à le positionner correctement. Quelques instants plus tard, un battement précipité résonna dans la pièce.

— C'est le cœur de votre bébé, leur indiqua le médecin.

A l'écran, une image était apparue. Au premier regard, elle évoquait vaguement la forme d'une noix de cajou. Mais en l'observant plus attentivement, Leila reconnut l'ébauche d'une tête et même une petite colonne vertébrale qui commençait à se former.

L'émotion qui l'envahit alors dépassa en intensité tout ce qu'elle avait connu jusqu'alors. C'était un mélange de joie, d'émerveillement et d'instinct de protection farouche.

— Tout me semble parfait, commenta le médecin après avoir pris quelques clichés du fœtus sous différents angles. Nous nous reverrons d'ici quelques semaines pour faire un nouveau point. En attendant, tâchez de manger équilibré, de bien dormir et de faire un peu d'exercice.

Trop émue pour parler, Leila se contenta de hocher

la tête. Elle se tourna alors vers Alix, désireuse de partager avec lui cet instant magique. Mais l'expression qu'elle avisa sur son visage la prit de court. Son visage était fermé, impassible, et son regard ne trahissait pas la moindre émotion.

— Tout va bien, donc ? demanda-t-il.

— Oui, Votre Majesté, répondit le médecin.

— Tant mieux, répondit-il d'une voix froide et distante.

Attristée par son apparente indifférence, Leila se garda pourtant de tout commentaire. En silence, elle retourna dans la cabine pour se débarrasser du gel et se rhabiller. L'exaltation qu'elle avait ressentie quelques minutes plus tôt semblait s'être dissipée, remplacée par une écrasante sensation de tristesse et de solitude.

Lorsque Alix avait décidé de l'accompagner à l'hôpital, elle avait cru naïvement que c'était pour partager ce moment privilégié avec elle. Mais il avait sans doute juste voulu s'assurer très prosaïquement que son héritier était en bonne santé.

Lorsqu'elle le rejoignit dans le couloir de l'hôpital, il était en pleine conversation téléphonique avec Andres. Il lui fit signe de le suivre et regagna la voiture à grands pas. Blessée et furieuse, elle le suivit et prit place à ses côtés, attendant qu'il ait terminé.

Mais lorsqu'il raccrocha enfin, il alluma aussitôt la radio, comme pour prévenir toute tentative de conversation. Folle de rage contre lui tout autant que contre ses propres illusions, Leila se mura dans le silence.

Lorsqu'ils atteignirent enfin le palais, elle descendit de voiture et se dirigea sans attendre vers sa chambre.

— Leila ! l'appela-t-il en se lançant à sa poursuite. Où vas-tu ?

Elle se tourna vers lui et lui décocha un regard accusateur.

— Tu n'as rien ressenti, n'est-ce pas ? lui demanda-t-elle. Lorsque tu as vu l'image du bébé ?

Alix jeta un coup d'œil en direction des gardes qui se tenaient à portée de voix. Réprimant un juron, il la prit par le bras et l'entraîna vers le couloir le plus proche.

— Pas ici, lui souffla-t-il.

Leila fut tentée de lui résister mais elle ne tenait pas à provoquer un esclandre. Sur ce point, au moins, Alix avait raison : cette histoire ne concernait personne d'autre qu'eux.

Alix poussa une lourde porte ornée de ferrures ouvragées et ils se retrouvèrent dans une grande salle décorée de mosaïques et percée de plusieurs bassins. Des banquettes et des coussins étaient disposés un peu partout.

— Qu'est-ce que c'est que cet endroit ? s'exclama-t-elle, sidérée.

— Cette partie était ouverte au public, expliqua Alix. C'est l'ancien harem.

— Ne me dis pas que tu comptes le remettre en service !

— Bien sûr que non, répondit-il d'un ton agacé. Mais je ne t'ai pas amenée ici pour parler architecture. Alors, dis-moi ce que tu as sur le cœur. Explique-moi ce que tu me reproches, exactement.

# 10

Le regard de Leila ne laissait aucun doute sur la colère qui l'habitait en cet instant même.

— Il me semble avoir été très claire, lui dit-elle. Je te reproche ton indifférence. Je savais déjà que tu ne m'aimais pas. En dépit de cela, j'ai accepté de te suivre jusqu'ici pour le bien de notre enfant. Mais il est évident que tu ne ressens strictement rien non plus à son égard. Tout ce qui t'importe, c'est d'avoir un héritier qui assurera ta succession !

Alix la considéra avec un mélange de stupeur et d'incrédulité. Comment pouvait-elle se tromper à ce point à son sujet ? Comment pouvait-elle penser que la vue de ce bébé l'avait laissé indifférent ?

— Tu te trompes, articula-t-il enfin.

— Je ne crois pas, répliqua-t-elle d'un air de défi. Dois-je te rappeler pourquoi nous en sommes là ? Tu m'as séduite pour faire diversion, parce que tu voulais que les militaires au pouvoir à Saint-Croix pensent que tu batifolais tranquillement aux Caraïbes. Puis tu as voulu m'épouser alors que tu ne m'aimais pas juste pour redorer ton image aux yeux des habitants. Lorsque j'ai refusé, tu n'as plus donné le moindre signe de vie pendant sept semaines. Ce n'est que lorsque tu as appris que j'étais enceinte de ton héritier que tu as brusquement décidé de reprendre contact. Depuis que nous nous connaissons, tu n'as pas cessé de te servir de moi !

Alix ne put s'empêcher de tiquer. L'accusation était cruelle mais hélas, pas complètement dépourvue de fondement.

— Dois-je te rappeler que c'est toi qui m'as demandé de ne plus te contacter ? objecta-t-il néanmoins. Et vas-tu vraiment me reprocher d'être revenu vers toi lorsque j'ai appris que tu étais enceinte ?

— Je ne veux pas de ta pitié, Alix ! s'exclama-t-elle vivement. Je ne veux pas que tu m'accueilles ici simplement parce que tu te sens responsable ou que tu estimes que c'est ton devoir…

— Comment peux-tu dire une chose pareille ? protesta-t-il, partagé entre colère et frustration.

Il fit un pas vers elle et prit son visage entre ses mains.

— Crois-tu vraiment que c'est de la pitié que je ressens lorsque je te regarde ? s'exclama-t-il avec un rire plein d'autodérision. J'ai envie de toi, Leila. Je n'arrive pas à me défaire de ce désir qui me colle à la peau. Ce n'est pas faute d'avoir essayé ! Mais sept semaines n'y ont pas suffi…

Incapable de résister à la tentation, il se pencha vers elle pour l'embrasser. Ce n'était pas un baiser doux et tendre comme ils avaient pu en échanger si souvent sur leur île des Caraïbes. C'était un baiser qui trahissait autant de rage que de passion, un baiser qui disait tout ce que lui-même n'osait formuler.

Alors même que les lèvres d'Alix se posaient sur les siennes, Leila comprit qu'elle n'avait strictement aucune chance de lui résister. Car cette faim dévorante dont il parlait, elle ne la connaissait que trop. C'était elle qui la rongeait depuis qu'Alix et elle s'étaient disputés, deux mois auparavant.

Le souvenir de leurs étreintes hantait ses nuits et la poursuivait même durant la journée, aux moments les plus inattendus. Il lui manquait physiquement. Et chaque matin, en s'éveillant, elle continuait à s'étonner de ne pas le trouver à ses côtés.

Cela n'avait pourtant aucun sens. Après tout, ils n'avaient passé en tout et pour tout qu'une dizaine de jours ensemble. Mais ce bref laps de temps avait apparemment suffi à la rendre complètement dépendante.

Renonçant à lutter contre elle-même, elle s'abandonna à l'étreinte d'Alix, se pressant contre lui. Elle sentit alors ses mains courir sur son corps, décuplant l'intensité du besoin qu'elle avait de lui. Il faisait rage en elle comme un incendie, la consumant intérieurement.

Lorsqu'il déboutonna sa robe, elle sentit la caresse de l'air frais sur sa peau brûlante et frissonna de la tête aux pieds. Sans cesser de l'embrasser, il la repoussa lentement jusqu'au divan le plus proche sur lequel il l'étendit.

Tandis qu'il se tenait au-dessus d'elle, elle avisa l'expression qui se lisait dans ses yeux. Le désir qu'elle trahissait était intense, impérieux.

Alix ne lui avait pas menti : quelle que puisse être la nature de ses sentiments envers elle, il était évident que l'attirance qui les poussait l'un vers l'autre était intacte.

Fébriles, ils se déshabillèrent l'un l'autre sans cesser de s'embrasser et de se caresser. Lorsqu'il fut enfin nu entre ses bras, Leila le contempla, sidérée une fois de plus par l'impression de perfection qui émanait de lui.

Il était l'incarnation même de tout ce dont une femme pouvait rêver. Et il n'avait d'yeux que pour elle. Jamais elle ne s'était sentie désirée aussi intensément qu'en cet instant. Elle pouvait presque sentir physiquement l'envie qu'il avait d'elle.

Incapable d'y résister, il pénétra en elle très lentement, comme pour mieux sentir ce fourreau de chair soyeuse qui ne lui offrait aucune résistance. Leila renversa la tête en arrière, s'abandonnant entièrement aux sensations extatiques qui déferlaient en elle.

Le plaisir qu'il faisait naître en elle se réverbérait dans l'ensemble de son corps, se propageant dans chacun de ses membres. Et lorsqu'il commença à bouger, elle ne put réprimer un cri de joie inarticulé.

Comment avait-elle pu se passer de cela ? Comment avait-elle pu imaginer pouvoir vivre sans cet homme qui savait l'aimer mieux que personne ? Nouant ses jambes autour de sa taille, elle l'attira plus loin encore et ce fut lui qui gémit, cette fois.

Ses gestes se firent plus amples, plus rapides. Il allait et venait à présent de plus en plus vite. Ecartelée, Leila luttait désespérément contre l'extase qui menaçait à chaque instant de l'emporter. Elle voulait faire durer encore un peu ce moment.

Elle le prolongea jusqu'aux limites ultimes de sa résistance mais finit par basculer dans un véritable déluge de sensations d'une intensité presque insoutenable. Ballottée au cœur de ce maelström torride, elle sentit Alix succomber à son tour aux assauts du plaisir.

Leila se réveilla en sursaut. Passablement désorientée, elle parcourut des yeux la pièce étrange dans laquelle elle s'était endormie en se demandant comment elle avait bien pu se retrouver là.

Puis le souvenir de leur étreinte lui revint brusquement et avec lui, la honte d'avoir capitulé aussi rapidement face à ses propres pulsions. Ne s'était-elle pas promis de ne pas commettre une telle erreur ? Cela ne ferait que compliquer des rapports déjà bien entachés d'ambiguïté.

— Tu es réveillée ?

Leila se tourna vers Alix. Il se tenait dans l'encadrement de l'une des portes qui donnaient sur un petit jardin intérieur. Il avait remis son pantalon mais était toujours torse nu.

Leila se redressa et rajusta sa robe. La colère qu'elle avait éprouvée contre Alix en rentrant de la clinique avait disparu, remplacée par une délicieuse sensation de langueur. Son corps tout entier résonnait encore du plaisir qu'il avait fait naître en elle.

— Tu m'as demandé ce que j'avais ressenti lorsque le médecin nous a montré le bébé, lui dit-il alors.

Elle hocha la tête, étonnée que ce soit lui qui aborde de nouveau le sujet.

— Contrairement à ce que tu sembles penser, ça m'a beaucoup ému…

— On ne peut pas dire que tu l'aies beaucoup exprimé, remarqua Leila sans chercher à dissimuler ses doutes.

— C'est parce que je me suis senti un peu submergé, avoua-t-il.

Leila ne répondit pas.

— Tu ne me crois pas, n'est-ce pas ?

Elle haussa les épaules.

— Disons plutôt que je ne te comprends pas.

— C'est parce que je ne t'ai pas parlé de mon frère.

— Bien sûr que si, protesta-t-elle.

Alix secoua la tête.

— Je ne parle pas de la façon dont il est mort, objecta-t-il. Mais plutôt de la façon dont il est né et dont il a vécu.

Le soupir que poussa Alix indiquait clairement combien cette conversation lui était pénible.

— Max était handicapé, expliqua-t-il. Cela remontait à sa naissance. C'était un grand prématuré et l'accouchement a été très difficile. Du coup, son cerveau a été privé d'oxygène pendant quelques minutes. Les séquelles n'ont pas été trop graves mais il a toujours été un peu en retard par rapport aux autres enfants de son âge. J'avais cinq ans lorsqu'il est né et je suis allé le voir très souvent à l'hôpital. C'est la raison pour laquelle je me sens toujours très mal à l'aise dans un tel environnement — et particulièrement dans un service de maternité…

— Je vois, murmura Leila, stupéfaite par ces révélations inattendues.

— Lorsque mon père a compris que son fils cadet n'avait aucune chance de régner, il s'en est complètement désintéressé. Quant à ma mère, elle ne s'est jamais vraiment occupée de nous. Elle semblait convaincue que les domestiques étaient bien mieux placés que des parents pour élever des enfants.

— Mais ton frère t'avait toi, n'est-ce pas ?

— Oui. Nous avons toujours été très proches. Mais je ne pouvais pas me substituer à nos parents pour lui offrir tout l'amour et l'attention dont il avait besoin. Ce sont eux qui l'ont tué, tu sais.

— Tes parents ?

— Oui. Ils m'ont confié à Andres mais ils sont restés avec Max en sachant pertinemment quel risque ils lui faisaient courir. La dernière image que je conserve de mon petit frère, c'est celle de l'angoisse qui se lisait dans ses yeux lorsqu'il m'a regardé partir. J'ai insisté pour qu'il vienne avec moi mais mon père n'a rien voulu entendre. Je sais aujourd'hui ce qu'il se disait :

que Max risquait de nous faire repérer et que le seul dont la vie comptait, c'était moi.

— Parce que tu étais l'héritier de la couronne..., murmura Leila.

— Oui. Comprends-tu maintenant pourquoi je ne pourrai jamais voir notre enfant uniquement comme mon successeur ?

— Je suis vraiment désolée, Alix, murmura Leila, bouleversée par son récit.

Elle avait très vite deviné à quel point la mort de son frère l'avait affecté. Mais elle commençait tout juste à comprendre à quel point cet événement avait été fondamental pour lui.

— Tout à l'heure, à l'hôpital, je n'ai pas pu m'empêcher de penser à Max. J'ai eu peur soudain que notre enfant ne connaisse les mêmes problèmes. Mais je ne voulais pas te le montrer. Je ne voulais pas que tu t'inquiètes inutilement...

Leila fit mine de lui répondre mais il l'interrompit d'un geste.

— Tu me reproches d'avoir eu l'air indifférent et je plaide coupable. A ma décharge, c'est ce que j'ai appris à faire durant toute ma vie. En tant que roi, je ne peux me permettre de réagir émotionnellement. Je dois garder mes distances. C'est crucial. La vie et le bien-être de mes sujets dépendent de ma capacité à prendre les bonnes décisions.

— Cela n'a rien à voir avec ton rôle de père, ne put-elle s'empêcher de protester.

— Vraiment ? répliqua-t-il. Penses-tu que je prenne cette responsabilité moins à cœur que celle que j'ai vis-à-vis de mon royaume ? En te faisant venir ici, je me suis engagé à vous protéger, le bébé et toi, et je compte bien tenir parole du mieux que je le peux.

Leila demeura longuement silencieuse. Depuis le jour où elle avait rencontré Alix, elle avait su qu'il était roi. Mais jusqu'à cet instant précis, elle n'avait vu cela que comme un métier — un métier étrange, certes, mais pas si différent de celui de premier ministre ou de P-DG de multinationale.

Or en écoutant Alix, elle avait soudain pris conscience que c'était bien plus que cela. A ses yeux, la royauté n'était pas seulement une fonction mais bien une façon d'être, totalement indissociable de sa vie personnelle.

Ce n'était pas un travail que l'on pouvait quitter à sa guise. Un souverain ne prenait pas de vacances. Il était roi, en tous temps et en tous lieux.

En épousant Alix, elle épouserait la royauté elle-même. Et son enfant serait dès son plus jeune âge investi de ce devoir sacré. Elle se rappela soudain avoir lu quelque part que les Celtes considéraient autrefois que le roi et la terre ne faisaient qu'un. De toute évidence, c'était précisément de cette façon qu'Alix voyait les choses.

Leila avait besoin de temps pour y réfléchir et prendre la mesure de cette révélation. Et après ce qui venait de se passer, elle n'était pas en état de le faire de façon cohérente.

— Je vais aller prendre une douche, déclara-t-elle en se redressant.

Elle enfila ses chaussures tandis qu'Alix reboutonnait sa chemise.

— Que comptes-tu faire de cet endroit ? lui demanda-t-elle pour faire diversion.

Alix jeta un coup d'œil autour de lui et sourit.

— Jusqu'à présent, je pensais le rouvrir au public, répondit-il. Mais je me demande si je ne ferais pas mieux de le réserver à nos ébats...

— Tu ne crois pas que c'est un peu trop grandiose ? objecta-t-elle en riant.

— Rien n'est trop beau pour ma reine, déclara-t-il.

Leila lui décocha un triste sourire.

— Que ce soir à Venise, aux Caraïbes ou dans ce palais, le sexe n'est jamais que le sexe, lui dit-elle. Et cela ne remplit pas une existence, Alix.

Sans attendre sa réponse, elle se dirigea vers la lourde porte bardée de métal qui marquait la limite du harem. Après quelques secondes d'hésitation, Alix lui emboîta le pas.

En dépit de l'assurance dont elle venait de faire preuve, Leila se sentait totalement perdue. L'intensité de leur étreinte et la conversation consécutive avaient miné ses certitudes. Jusqu'alors, elle était parvenue à se convaincre qu'Alix et elle pourraient effectivement cohabiter dans l'intérêt de leur enfant.

Mais elle avait mésestimé l'intensité de l'attirance qui existait entre eux. Et contrairement à ce qu'elle venait d'affirmer, elle n'était pas du tout certaine de parvenir à dissocier complètement le sexe des sentiments.

— Leila, attends, l'interpella Alix alors qu'elle se dirigeait vers sa chambre.

Rassemblant son courage, elle se tourna à demi vers lui.

— Je voulais te dire que j'ai organisé une réception, vendredi. Ce sera l'occasion d'annoncer officiellement nos fiançailles et de te présenter aux principaux notables de Saint-Croix. Il y aura aussi des investisseurs et des diplomates venus de l'étranger.

— D'accord, répondit-elle, la gorge sèche.

— Je demanderai à Marie-Louise de venir te voir, lui dit Alix. Elle t'expliquera tout ce que tu as à savoir.

A ces mots, Leila sentit une sourde angoisse s'insinuer

en elle. Contrairement à Alix, rien ne l'avait jamais préparée à ce genre de responsabilités. Elle ignorait presque tout du protocole et risquait de se ridiculiser aux yeux de leurs invités. Malheureusement, elle n'avait d'autre choix que de se plier à cet exercice périlleux.

— D'accord, répéta Leila.

Mais en refermant la porte de sa chambre derrière elle, elle ne put se départir du sentiment qu'en venant ici, elle s'était jetée la tête la première dans un piège qui commençait tout juste à se refermer sur elle.

A mesure qu'approchait la réception organisée en l'honneur de ses fiançailles, Leila sentait croître sa nervosité. Elle s'efforçait de la combattre en se jetant à corps perdu dans l'étude de l'histoire, de la vie politique et de la culture de Saint-Croix.

Elle s'entretenait également chaque jour avec Marie-Louise des raffinements du protocole. Le guide du savoir-vivre était devenu son livre de chevet. Elle consacrait également un temps non négligeable aux essayages des robes dont elle aurait besoin lors des nombreuses soirées mondaines organisées au palais.

Comme toutes les petites filles, Leila avait souvent rêvé de devenir une princesse. Mais pas une seule fois elle n'avait imaginé que cela nécessiterait autant de travail.

Le plus troublant, c'était qu'elle en venait presque à oublier son ancienne existence. Certains jours, il lui arrivait de ne pas même penser à sa boutique ou à son métier de parfumeuse.

Alix, quant à lui, semblait avoir disparu. Entre la rénovation politique et économique du pays et l'organisation de leur mariage, il travaillait sans arrêt.

D'après Marie-Louise, ses journées commençaient vers 6 heures du matin pour ne s'achever qu'à une heure avancée de la nuit.

Leila ne savait si elle devait s'inquiéter ou se féliciter de son absence. Car elle ne cessait de repenser à leur interlude amoureux dans le harem. Cela menaçait même de devenir une véritable obsession.

Lorsque le grand soir arriva enfin, Amalie vint l'aider à se préparer. Pour se donner du courage, Leila avait choisi la robe la plus glamour de toute sa garde-robe. C'était une véritable robe de princesse qui lui rappelait celle que portait Cendrillon au bal.

La coiffeuse du palais s'était surpassée, réalisant un magnifique chignon torsadé qui mettait en valeur la courbe de son cou. La maquilleuse n'avait pas été en reste et Leila avait beaucoup de mal à reconnaître la femme qui la contemplait dans le miroir en pied de sa chambre.

Ce n'était rien de plus qu'un déguisement, se dit-elle. Et cette soirée était un jeu de masques dans lequel elle faisait semblant d'être une princesse, Alix faisait semblant de l'aimer et ils faisaient semblant d'être heureux. Cette idée avait quelque chose de désolant et de rassurant à la fois.

Comme elle se faisait cette réflexion, elle aperçut dans le miroir le reflet d'Alix qui se tenait sur le seul de la pièce et la contemplait attentivement. Elle frissonna en distinguant le désir brûlant qu'il éprouvait à son égard.

*Le sexe n'est jamais que le sexe. Et cela ne remplit pas une existence.*

Mais alors même qu'elle se répétait ce sage précepte, une autre partie d'elle-même brûlait de sentir Alix entrer en elle et la posséder corps et âme. Avec une pointe de dérision, elle songea que ce genre de contradictions lui étaient désormais familières.

Alix s'avança vers elle et elle remarqua qu'il tenait à la main un écrin recouvert de velours rouge.

— Encore des joyaux de la couronne ? lui demanda-t-elle d'un ton presque fataliste.

— Encore des joyaux, acquiesça-t-il.

Il ne paraissait plus s'étonner de l'indifférence que lui inspiraient ces bijoux. Il ouvrit l'écrin pour lui présenter le collier et les boucles d'oreilles en diamant qui se trouvaient à l'intérieur.

— C'est magnifique, reconnut-elle. Mais je ne suis pas sûre que ce genre de parure me convienne vraiment. C'est un peu trop grandiose pour moi.

— Je te l'ai déjà dit : rien n'est trop beau pour toi, Leila. Tu es la femme la plus séduisante que j'aie jamais connue.

Ayant eu l'occasion de voir quelques photos de ses précédentes conquêtes, Leila mit ce compliment sur le compte de la galanterie. Mais elle s'abstint de protester : ce soir-là, elle avait besoin de tout le soutien qu'elle pourrait trouver.

— Je suis désolé de ne pas avoir été très disponible, cette semaine, reprit-il.

— Ne t'en fais pas, lui dit-elle. Je comprends que tu aies fort à faire, ces temps-ci…

Elle accrocha les pendants d'oreilles que lui avait apportés Alix puis ce dernier lui attacha le collier, parachevant ainsi ses préparatifs.

— Je crois que je suis prête, déclara alors Leila en s'efforçant de dominer le trac qu'elle ressentait.

— Dans ce cas, allons-y, suggéra-t-il en lui tendant le bras.

Elle le prit avec reconnaissance. Jamais elle ne s'était

sentie aussi terrifiée de toute sa vie. Si elle ne s'était pas appuyée sur Alix, il est probable que ses jambes se seraient dérobées sous elle.

Tandis qu'ils traversaient les interminables couloirs menant aux pièces de réception, elle sentit cette tension redoubler. Finalement, alors qu'ils parvenaient à portée de voix de la foule qui les attendait, elle s'immobilisa, tétanisée par l'angoisse.

— Que se passe-t-il ? lui demanda Alix d'un ton plein de sollicitude.

— Et si je n'y arrive pas ? murmura-t-elle.

— Tu seras à la hauteur, je t'assure.

Elle secoua la tête.

— Je ne suis pas une vraie princesse, objecta-t-elle.

Comprenant peut-être qu'aucune parole ne suffirait à apaiser ses craintes, Alix posa sa main sur sa joue et l'attira vers elle. Avant même qu'elle ne réalise ce qu'il s'apprêtait à faire, il l'embrassa avec passion.

Instantanément, son corps tout entier réagit, s'enflammant à ce contact. Le désir déferla en elle, pur, violent, irrésistible. Il balaya d'un seul coup ses doutes et ses angoisses, ne laissant en elle que cette délicieuse impatience qui se communiquait à l'ensemble de son être.

Une partie de Leila lui soufflait qu'elle devait mettre un terme à cette étreinte, que n'importe lequel de leurs invités pouvait les surprendre, ce qui ne manquerait pas d'être très embarrassant. Mais son corps ne voulait rien entendre.

Finalement, ce fut Alix qui trouva la force de mettre un terme à ce baiser. Légèrement haletant, il la contempla. Son regard de braise s'insinuait au plus profond d'elle-même comme une caresse.

— Ne t'en fais pas, lui dit-il. Contente-toi de suivre mon exemple et tout se passera bien.

Bien trop troublée par le baiser qu'ils venaient d'échanger, Leila se contenta de hocher la tête. Il l'entraîna alors en direction du grand escalier qui débouchait sur la salle de réception. Sans même marquer un temps d'arrêt, il commença à le descendre.

Leila distingua alors la foule d'invités qui se trouvaient en contrebas. Il devait y avoir plusieurs centaines de personnes et elle était quasiment certaine de n'en connaître aucune. Le garde qui se trouvait au sommet des marches avança d'un pas et les annonça d'une voix forte et claire.

— Mesdames, messieurs, le roi de l'île de Saint-Croix, Sa Majesté Alixander Saul Almaric de Saint-Croix et sa fiancée, Leila Amal Lakshmi Verughese, future reine de l'île de Saint-Croix !

A cet instant, l'orchestre fit retentir l'hymne national que Leila s'était fait un devoir d'apprendre par cœur, cette semaine-là. Et comme elle descendait lentement les marches au bras d'Alix, elle lutta contre l'émotion parfaitement inattendue qu'elle sentait monter en elle.

Car sans vraiment s'expliquer pourquoi, il lui semblait qu'elle venait de trouver sa véritable patrie.

# 11

Leila avait tant souri que ses joues lui faisaient presque mal. Ses pieds étaient couverts d'ampoules. Elle se sentait complètement vidée, aussi bien physiquement que psychiquement. Et elle avait échangé plus de banalités en l'espace d'une heure que durant tout le reste de sa vie.

Mais elle avait survécu à cette épreuve et pensait s'en être bien tirée. Alix l'avait présentée à des dizaines de personnes et elle n'avait écorché aucun nom, n'avait trébuché sur aucun titre et n'avait pas renversé le verre qu'on lui avait mis dans la main dès son arrivée.

Dans l'ensemble, elle avait été plutôt agréablement surprise par les gens qui se trouvaient là. Certes, ils n'appartenaient pas au même milieu qu'elle. La plupart avaient probablement des valeurs très différentes des siennes.

Mais la plupart d'entre eux s'exprimaient de façon simple et naturelle, sans trace de l'affectation excessive dont faisaient parfois preuve ses clients de la place Vendôme.

Lorsqu'ils en eurent terminé avec ces salutations, Alix entraîna Leila dans le petit jardin intérieur sur lequel s'ouvrait la salle de réception.

— Tu devrais te reposer un peu, lui conseilla-t-il.

Ce genre de marathon mondain n'est pas idéal pour une femme enceinte.

— Ne t'en fais pas, le rassura-t-elle. Je vais bien.

Ce fut pourtant avec un certain soulagement qu'elle se laissa tomber sur l'une des chaises en fer forgé qui étaient disposées un peu partout dans le jardin. Si elle s'était écoutée, elle aurait ôté ses chaussures. Mais elle doutait que ce fût conforme au protocole. De plus, il lui faudrait ensuite les remettre, ce qui risquait de s'avérer plus douloureux encore.

Alix prit place à côté d'elle et fit signe à l'un des serveurs qui vint leur apporter une assiette de petits fours.

— Tu n'es pas obligé de rester avec moi, tu sais, lui dit-elle. Je vais juste souffler un moment.

— Une petite pause ne me fera pas de mal, à moi aussi, répondit-il en lui décochant un sourire complice.

Ce bref moment de complicité éveilla en Leila une puissante mélancolie. Il aurait été si facile de se laisser aller à croire que tout ceci durerait. Mais elle savait hélas que tel ne serait pas le cas. Alix ne l'aimait pas et, tôt ou tard, il finirait par se lasser d'elle.

Peut-être se refuserait-il à prendre une maîtresse comme l'avait fait son père. Par respect pour elle et pour son enfant, il lui demeurerait fidèle. Mais cela ne ferait que creuser entre eux un gouffre de frustration et de rancœur.

— Est-ce que tu as déjà été amoureux ? lui demanda-t-elle soudain.

Il sursauta légèrement et la considéra pensivement, comme s'il hésitait à répondre à cette question.

— Oui, répondit-il enfin. Il y a longtemps.

— Parle-moi de cette fille, l'encouragea-t-elle sans trop savoir pourquoi elle s'imposait une telle épreuve.

— Je l'ai rencontrée alors que je faisais mes études aux Etats-Unis, répondit-il. Je séjournais là-bas incognito, me faisant appeler Alix Cross pour éviter d'attirer l'attention sur moi. C'est la raison pour laquelle j'ai vraiment cru qu'elle s'intéressait à moi et pas à mon titre ou à mon argent…

Un sourire moqueur se dessina sur ses lèvres.

— Elle était anglaise, reprit-il. Elle venait d'une famille d'aristocrates mais son père avait été mêlé à un scandale financier qui l'avait ruiné. Je l'ignorais alors mais ce que Maureen cherchait surtout, dans cette université, c'était un bon parti, quelqu'un qui pourrait lui assurer une vie aussi douillette que celle qu'elle avait connue avant la faillite de son père. Elle a très vite compris qui j'étais mais s'est bien gardée de me le dire. Et j'ai bien failli me faire avoir et l'épouser…

— Que s'est-il passé ? s'enquit Leila, curieuse.

— Elle a couché avec l'un de mes gardes du corps, répondit-il avec un petit rire amer. C'était vraiment très stupide de sa part. Si elle avait patienté un peu plus longtemps, elle serait devenue reine de Saint-Croix…

La tristesse et le dégoût qu'elle discernait dans son regard indiquaient clairement à Leila qu'il n'avait jamais digéré cette trahison. C'était sans doute ce qui expliquait la façon dont encore aujourd'hui, Alix se défiait de ses propres sentiments.

— Et tu n'es plus jamais retombé amoureux, par la suite ? lui demanda-t-elle.

Il secoua la tête.

— Je ne pense pas qu'un roi puisse s'offrir un tel luxe, déclara-t-il d'un air sombre. J'ai fini par l'accepter et je sais aujourd'hui que le respect mutuel est plus important que l'amour dans un mariage.

Leila ne put s'empêcher de tressaillir.

— Eh bien, me voilà au moins fixée sur ce point, murmura-t-elle d'une voix douloureuse.

Alix lui jeta un regard intense, comme s'il cherchait à lire au plus profond de son cœur. Elle préféra détourner les yeux, craignant qu'il ne décèle les sentiments ambigus qu'elle éprouvait à son égard.

— J'imagine que tu as raison, se força-t-elle à poursuivre. La confiance et le respect mutuels sont des valeurs sur lesquelles on peut bâtir une relation de couple. Peut-être forment-elles une fondation plus solide que l'amour qui peut se faner et disparaître…

Elle prit une profonde inspiration.

— Si c'est tout ce que tu peux m'offrir, je saurai m'en contenter, reprit-elle. Je crois que c'est important pour notre bébé. Au cours de cette semaine, j'ai compris aussi combien c'était important pour ton peuple. Je serai ta reine, Alix. Et je m'efforcerai de jouer ce rôle du mieux que je le pourrai…

— Merci, Leila, répondit-il d'une voix qui cachait mal son émotion. Je ne suis pas sûr de mériter quelqu'un comme toi. Mais je tiens au moins à ce que tu saches une chose : contrairement à ce que tu as cru comprendre en surprenant ma discussion avec Andres, je n'ai jamais prémédité ce qui s'est passé entre nous. Dès que je t'ai vue, dans ta boutique, j'ai eu envie de mieux te connaître. C'est pour cela que j'ai rompu avec Carmen. Lorsque je t'ai invitée à Venise et dans les Caraïbes, c'est parce que j'en avais vraiment envie. Ce n'est qu'ensuite que je me suis dit que je pouvais en profiter pour détourner l'attention de mes opposants…

Leila fit mine de lui répondre mais il l'interrompit d'un geste.

— Cela n'excuse pas tout, bien sûr, poursuivit-il. Je n'aurais jamais dû nous faire photographier alors que tu m'avais expressément demandé de préserver ton anonymat. Et je te présente mes excuses.

Leila avala difficilement sa salive.

— C'est du passé, lui dit-elle. De toute façon, j'étais déjà enceinte de toi sans le savoir, à ce moment-là. Même si cette photo n'avait pas été prise, cela n'aurait rien changé. Nous en serions au même point aujourd'hui.

— C'est vrai, concéda-t-il. A croire que nous étions destinés l'un à l'autre.

Leila se contenta de hocher la tête, se forçant à ravaler les larmes qui menaçaient à tout moment de la submerger. Il lui fallut pour y parvenir faire preuve de bien plus de courage qu'elle ne s'en serait crue capable.

Au cours des jours qui suivirent la réception en l'honneur de leurs fiançailles, Alix découvrit qu'il ne s'était pas trompé au sujet de Leila. Fidèle à sa parole, elle se consacrait avec talent et enthousiasme aux responsabilités qui incombaient à une reine.

Elle rendait visite aux écoliers, aux malades et aux nécessiteux, organisait des actions caritatives et des rencontres culturelles et reçut les épouses des principaux ministres et diplomates en poste à Saint-Croix.

Tous ceux qui la rencontraient ne cessaient de chanter ses louanges et ces compliments trouvaient un écho très favorable dans la presse qui s'était jetée avec enthousiasme sur ce conte de fées des temps modernes. Tout en restant elle-même, Leila était rapidement devenue l'égérie des magazines féminins.

C'était peut-être justement ce naturel et cette décontraction qui plaisaient tant. Car elle semblait incarner mieux que personne le renouveau qui était à l'œuvre dans toute l'île.

Malheureusement, leurs emplois du temps respectifs ne leur permettaient pas de se voir aussi souvent qu'Alix l'aurait voulu. Le plus étrange, c'était que ce qui lui manquait, peut-être plus encore que leurs étreintes passionnées, c'était le plaisir qu'il avait à discuter avec elle.

Aussi se réjouit-il lorsque son assistant lui annonça que sa fiancée demandait à le voir.

— Faites-la entrer, s'exclama-t-il sans parvenir à réprimer le sourire ravi que cette visite lui inspirait.

Hélas, sa belle humeur fut de courte durée. Car dès qu'il vit Leila pénétrer dans son bureau, il comprit que quelque chose n'allait pas. Elle était très pâle et se mordillait nerveusement la lèvre inférieure. C'était un geste qu'il avait appris à reconnaître et qui n'annonçait jamais rien de bon.

— Que se passe-t-il ? lui demanda-t-il, inquiet. Est-ce que tu vas bien ?

— Oui, répondit-elle.

— Et le bébé ?

— Ce n'est pas cela, dit-elle d'un air embarrassé.

Il la vit rougir légèrement et sentit son cœur se serrer dans sa poitrine sous le coup de l'émotion qu'elle lui inspirait. Jamais il ne s'était senti aussi proche de quelqu'un depuis que Maureen l'avait trahi.

Il lui semblait que, d'une certaine façon, Leila faisait partie de lui, désormais. Cette forme d'empathie constituait une sensation très étrange pour quelqu'un qui avait passé le plus clair de sa vie à tenir les autres à distance.

— Assieds-toi, lui conseilla-t-il. Tu es toute pâle. On dirait que tu as vu un fantôme.

Un morne sourire flotta brièvement sur les lèvres de Leila. Mais il disparut presque aussitôt.

— Je voulais te parler de quelque chose, lui dit-elle en prenant place sur l'une des chaises qui faisaient face à son bureau. C'est au sujet de notre mariage…

— Je t'écoute.

— Je t'ai promis de faire tout ce que je pourrais pour être une bonne reine, lui dit-elle. Tu sais que j'assumerai aussi toutes mes responsabilités vis-à-vis de notre enfant. Et je t'ai dit aussi que j'étais prête à ce que nous bâtissions une relation fondée sur la confiance et le respect…

Cette longue entrée en matière éveilla en lui une sourde inquiétude. Il ne voyait pas du tout où Leila voulait en venir mais son instinct lui soufflait déjà que ce qu'elle s'apprêtait à lui dire ne lui plairait pas du tout.

— En revanche, reprit-elle d'une voix un peu plus précipitée, je pense qu'il serait plus sain que nous conservions nos distances l'un vis-à-vis de l'autre. Je tiens à ce que nous fassions chambres séparées. Et il vaut mieux que nous évitions tout contact physique. Cela ne fait que compliquer inutilement les choses…

Alix la considérait avec un mélange de stupeur et de perplexité. Il ne parvenait pas à croire à ce qu'il venait d'entendre. L'espace d'un instant, il se demanda même s'il ne s'agissait pas d'une plaisanterie particulièrement tordue de la part de Leila.

Mais celle-ci paraissait parfaitement sérieuse. Son visage affichait même une expression de gravité presque solennelle. De toute évidence, l'argumentaire qu'elle venait de lui exposer avait été mûrement réfléchi.

— Je comprendrais que tu ne veuilles pas te condamner à l'abstinence, reprit-elle. Tout ce que je te demande, si tu prends des maîtresses, c'est d'agir dans la plus grande discrétion.

Cette fois-ci, Alix manqua tomber à la renverse.

Jamais il n'aurait imaginé que Leila qui était d'ordinaire si idéaliste puisse lui tenir un tel discours.

— Comment peux-tu me dire une chose pareille ? protesta-t-il. Tu sais pourtant que mon père a causé la mort de ses proches et la chute de son royaume à force d'accumuler les aventures extra-conjugales. Crois-tu vraiment que j'aie envie de suivre son exemple ?

Alix secoua la tête d'un air incrédule.

— Je ne comprends pas, avoua-t-il. Qu'est-ce qui a bien pu te pousser à un tel revirement d'attitude ? Je croyais que nous nous étions réconciliés, l'autre jour… J'espérais que nous pourrions au contraire nous rapprocher l'un de l'autre.

Un éclair de souffrance passa dans les yeux de Leila.

— Je l'ai pensé aussi, reconnut-elle. Mais c'est impossible, Alix.

— Mais pourquoi ? s'exclama-t-il, sidéré.

Elle hésita un instant avant de lui répondre.

— Parce que je me suis trompée : je ne peux pas me contenter de ce que tu es prêt à m'offrir. Lorsque nous sommes sortis ensemble, je t'ai dit que je ne voulais pas que tu me considères comme une simple maîtresse. Je crois que j'espérais secrètement que tu finirais par éprouver quelque chose de plus pour moi. De toute évidence, ce n'est pas ce qui s'est produit. Alors je me contenterai de servir ton pays et de m'occuper de ton enfant…

Alix avait l'impression qu'il venait de se faire foudroyer sur place. L'idée de vivre aux côtés de Leila sans pouvoir la toucher physiquement et émotionnellement lui paraissait purement et simplement insoutenable. En l'espace de quelques semaines, elle lui était devenue aussi nécessaire que l'air qu'il respirait.

Comment pouvait-elle s'imaginer qu'il pourrait la

remplacer par une maîtresse ? Il ne parvenait même pas à s'imaginer avec une autre femme qu'elle. Elle l'avait ensorcelé et lui avait ravi une part de lui-même qu'il s'était toujours refusé à livrer jusqu'alors.

Même lorsqu'elle ne se trouvait pas à ses côtés, il lui semblait la sentir en lui. Elle était tour à tour sa source d'inspiration, son guide et son horizon. Mais il prenait soudain conscience que tout ceci n'avait aucun sens s'il ne le partageait pas avec elle.

— J'aimerais te montrer quelque chose.

Ce fut au tour de Leila de le regarder avec étonnement.

— Je pense que cela devrait répondre à une partie de tes préoccupations, ajouta-t-il gravement. Suis-moi.

Leila jeta un coup d'œil intrigué en direction d'Alix qui conduisait en silence. Depuis qu'ils avaient quitté le palais, il avait obstinément refusé de répondre à ses questions, se contentant de lui répéter :

— Tu verras…

Mais elle ne voyait absolument pas quel rapport cette promenade en voiture pouvait avoir avec ce dont elle était venue lui parler. Avait-il pensé qu'elle plaisantait ? Ou bien cherchait-il à faire diversion ?

Incapable de répondre à ses questions, elle attendit patiemment de savoir où ils se rendaient exactement. Ils avaient roulé en direction de la ville avant de prendre une petite route secondaire qui s'élevait à flanc de montagne.

Lorsque Alix tourna de nouveau, ce fut pour s'engager sur un chemin de terre. Quelques minutes plus tard, ils se garèrent au sommet d'un petit plateau qui venait d'être entièrement déboisé et arasé. De nouvelles fondations avaient été posées très récemment.

— Où sommes-nous ? s'enquit Leila, de plus en plus désarçonnée.

— Sur le site de ta future usine, répondit-il.

— Pardon ? articula-t-elle.

— Je ne t'en avais pas encore parlé mais j'ai demandé à deux architectes de te soumettre les plans d'une usine dédiée à la fabrication de parfums. Ils devraient bientôt revenir vers toi avec leurs projets respectifs. J'espère que l'un d'eux au moins te conviendra…

Ne sachant que répondre à cela, Leila ouvrit de grands yeux.

— Je leur ai demandé de prévoir un espace réservé aux serres, ajouta-t-il, cela te permettra de cultiver certaines des essences dont tu pourrais avoir besoin pour développer de nouveaux parfums…

Elle sentit une puissante émotion monter en elle et se fit violence pour ravaler les larmes qui lui montaient aux yeux.

— C'est extraordinaire, murmura-t-elle, conquise.

— Je t'avais dit que je trouverais une solution à ton dilemme, lui dit Alix. Ici, tu pourras faire ce que tu aimes par-dessus tout : créer de nouvelles fragrances. Ta boutique parisienne fera un point de vente idéal et je suis sûr que tu trouveras quelqu'un en qui tu puisses avoir confiance pour la gérer.

— Merci, Alix, articula-t-elle, la gorge serrée par l'émotion.

Il lui décocha un sourire empreint de malice.

— C'est en partie intéressé, lui dit-il. Je compte sur toi pour me préparer un nouveau flacon de mon eau de toilette.

— C'est promis, lui dit-elle.

Elle hésita un instant avant de lui poser la question qui lui brûlait les lèvres.

— Dis-moi, pourquoi as-tu tenu à me montrer cet endroit précisément maintenant ?

— Parce que, en t'écoutant me dire que tu préférais que notre mariage ne soit qu'une façade, j'ai compris que ce n'était pas du tout ce que je voulais. Je veux vivre avec toi, Leila. Je veux que nous formions un vrai couple. Et je crois que c'est pour cette raison que j'ai fait construire cette usine. Je voulais te donner une bonne raison de rester vivre à Saint-Croix...

Leila lui lança un regard consterné.

— Tu pensais vraiment que ce qu'il me fallait pour cela, c'était une raison d'ordre professionnel ? s'exclama-t-elle.

— Non, bien sûr..., répondit Alix.

Il paraissait étrangement mal à l'aise, presque paniqué.

— Je suis tombée amoureuse de toi, reprit-elle. Ce n'était pas prévu. Au contraire, même, je m'étais juré de ne pas laisser mes sentiments interférer dans notre relation.

Rétrospectivement, la chose lui paraissait totalement absurde. Comment avait-elle pu imaginer un seul instant qu'elle parviendrait à dominer une émotion aussi intense que celle que lui inspirait Alix ?

— Je ne peux pas continuer à faire semblant, poursuivit-elle. Notre relation serait bien trop déséquilibrée. La seule solution est de maintenir suffisamment de distance entre nous. Ce sera peut-être difficile au début mais à terme, c'est le seul compromis qui soit viable.

— Qui te dit que je ne t'aime pas, moi aussi ? objecta-t-il.

Elle laissa échapper un petit rire sans joie.

— Toi-même, répondit-elle. Au cours de notre soirée de fiançailles. Tu m'as dit que depuis cette Maureen, tu n'avais plus jamais aimé personne.

— Jusqu'à ce que je te rencontre...

Leila secoua tristement la tête.

— Tu oublies que j'ai surpris ta conversation avec Andres, à Paris. Tu lui as dit que tu ne m'aimais pas mais que tu étais prêt à faire semblant pour me convaincre de t'épouser. Le nieras-tu ?

— Non.

— Et tu veux me faire croire que tu ne le pensais pas ?

— Non, répondit-il. Je le pensais vraiment, au moment où je l'ai dit. J'étais persuadé que je maîtrisais la situation, que j'étais capable de contrôler mes sentiments à ton égard... Mais je me trompais.

Leila aurait voulu pouvoir le croire mais la vie lui avait appris à ne plus croire aux contes de fées.

— Tu n'es pas obligé de me mentir, lui dit-elle. J'ai accepté l'idée de ce mariage. Je sais que c'est la meilleure solution. Et tu me fais déjà un cadeau merveilleux en me donnant la possibilité de réaliser mon rêve, ajouta-t-elle en désignant le chantier qui s'étendait devant eux. Cela me suffit. Je ne te demande rien de plus...

— Je ne t'aime pas parce que tu me l'as demandé, protesta Alix.

Il étouffa un juron.

— Je ne t'aime même pas parce que j'en ai envie, avoua-t-il. Je t'aime parce que je ne peux pas faire autrement. Je t'aime parce que depuis que je t'ai rencontrée, je suis plus heureux avec toi que sans toi. Je t'aime parce que j'ai envie de me réveiller à tes côtés le matin et de m'endormir auprès de toi le soir. Je t'aime parce que, contrairement à ce que tu m'as dit dans le harem, il n'y a pas que le sexe entre nous. Chaque fois que nous sommes ensemble, j'ai l'impression que nous ne faisons plus qu'un...

Leila était incapable de lui répondre. Sous le choc

de cette déclaration passionnée, elle se contentait de le regarder fixement, cherchant à se convaincre qu'Alix cherchait seulement à la réconforter.

— Pourquoi te dirais-je cela ? reprit-il. Y as-tu seulement réfléchi ? Tu m'as dit toi-même que, de toute façon, tu étais prête à devenir mon épouse et à rester à Saint-Croix. Tu es même prête à ce que je prenne des maîtresses. Si je ne t'aimais pas, ne penses-tu pas que j'accepterais cet arrangement sans hésiter ? Qu'ai-je à gagner en te faisant cette déclaration ? Toi, Leila, seulement toi...

Leila n'aurait su dire si c'était à cause de la logique implacable de cet argument ou du plaidoyer ardent qui l'avait précédé, mais les doutes qui l'habitaient toujours refluèrent soudain, laissant place à un immense espoir.

— Lorsque Maureen m'a trahi, j'ai été profondément blessé, expliqua Alix. J'avais déjà perdu mon frère et voilà que la femme que j'aimais me poignardait dans le dos. J'en ai déduit qu'il était beaucoup trop dangereux de s'attacher à quelqu'un. Et j'ai décidé de ne plus jamais commettre cette erreur. Cela peut te sembler naïf mais ça a plutôt bien fonctionné jusqu'au jour où j'ai fait ta connaissance...

Le sourire empli de tendresse qui illumina le visage d'Alix la toucha en plein cœur.

— J'aurais probablement dû prendre mes jambes à mon cou mais au lieu de cela, j'ai rompu avec Carmen et je t'ai proposé de m'accompagner à Venise et aux Caraïbes. Je sentais bien que tu n'étais pas comme les autres femmes avec lesquelles j'étais sorti jusqu'alors. Je savais que ce que nous vivions n'avait rien à voir avec mes précédentes liaisons. Mais je me suis convaincu que ce n'était pas de l'amour, que j'avais toujours le contrôle...

Il secoua la tête d'un air presque incrédule.

— Ce n'est que lorsque tu as rompu avec moi et que je me suis retrouvé seul que j'ai compris mon erreur. Jamais personne ne m'avait manqué à ce point depuis la mort de Max. C'est ton absence qui m'a permis de comprendre progressivement que j'étais bel et bien tombé amoureux de toi…

Il fit un pas vers elle et prit doucement son visage entre ses mains.

— Je t'aime, Leila. Et je sais que tu m'aimes aussi. Alors je ne vois vraiment pas ce qui nous empêcherait de nous marier pour de bon et d'être heureux…

Leila était bien trop émue pour lui répondre mais lorsqu'il se pencha vers elle pour l'embrasser, elle lui rendit son baiser avec passion.

Et devant les fondations de cette parfumerie dont elle avait toujours rêvé, elle comprit qu'un autre rêve, bien plus important encore, était sur le point de se réaliser.

# Épilogue

*Vingt mois plus tard…*

Leila sauta au bas de la jeep qu'Alix lui avait offerte pour son anniversaire et gravit rapidement les marches qui conduisaient au palais. Jamais elle ne s'était sentie aussi heureuse de son existence.

Ce n'était pas un enthousiasme intense et momentané mais une forme de sérénité et de joie profondes qui ne la quittaient plus depuis qu'elle avait épousé Alix, un an et demi auparavant.

Au grand dam des journalistes mondains et des paparazzis, ils avaient opté pour une cérémonie intime et discrète qui s'était tenue en présence de leurs amis les plus proches.

Les représentants de la presse avaient pourtant pu se consoler en assistant à la grande réception qui avait été donnée en présence de notables et de célébrités du monde entier. A cette occasion, Leila avait officiellement été couronnée reine de Saint-Croix.

Cette cérémonie avait marqué un tournant dans l'histoire de la petite île. Au cours des mois qui avaient suivi, les nombreuses mesures qu'Alix avait prises depuis son retour avaient fini par porter leurs fruits et la croissance était repartie à la hausse. Cette prospérité avait fait taire définitivement ceux qui soutenaient encore les militaires.

De son côté, Leila n'avait pas non plus ménagé ses efforts. Pendant sa grossesse, elle avait mis au point et testé toute une gamme de parfums parmi lesquels elle avait effectué une sélection drastique pour n'en retenir que deux, respectivement pour homme et pour femme.

Tant qu'elle avait été autorisée à prendre l'avion, elle était allée démarcher personnellement les grands distributeurs en Europe et aux Etats-Unis. Et elle était parvenue à se constituer un réseau commercial prometteur.

La construction de son usine s'était terminée juste après son accouchement et les premiers flacons avaient été commercialisés dans la foulée. Le succès avait été immédiat et, en moins de dix jours, les magasins s'étaient retrouvés en rupture de stock.

Devant ce succès, nombre de distributeurs lui avaient suggéré d'étendre sa gamme mais elle avait résisté à la tentation. Car elle ne voulait surtout pas perdre de vue ce qui était pour elle l'essentiel : son mari et Max, leur fils qui venait de fêter son premier anniversaire.

Pressant le pas, Leila se dirigea directement vers le bureau d'Alix. Elle le trouva installé devant son ordinateur, en train de taper sur le clavier d'une seule main. De l'autre, il retenait Max qui était installé sur ses genoux et jouait avec un dinosaure en plastique qui comptait parmi ses jouets favoris.

Le cœur serré par l'émotion, elle demeura quelques instants immobile dans l'encadrement de la porte, admirant cette scène domestique réjouissante. Ce fut son fils qui l'aperçut le premier.

— Mama ! s'exclama-t-il d'une voix tonitruante en tendant les bras vers elle.

Alix leva alors les yeux et elle fut frappée par la tendresse et la douceur qui s'y lisaient. Depuis qu'il avait admis la réalité de ses sentiments, il n'avait plus peur de les exprimer. Il s'était aussi révélé être un père attentionné et aimant.

Elle s'approcha pour prendre Max dans ses bras mais, avant qu'elle ait pu le faire, Alix l'attrapa par la taille et l'attira sur son autre genou, ce qui fit beaucoup rire leur fils.

— Où est Amalie ? s'enquit Leila, curieuse.

D'ordinaire, lorsqu'elle partait travailler, c'était cette dernière qui s'occupait de Max. Depuis qu'elle avait fait sa connaissance, Leila était devenue très proche de la jeune femme qu'elle considérait un peu comme une petite sœur.

— Je lui ai dit qu'elle pouvait rentrer chez elle, répondit Alix. J'ai entendu dire que son fiancé était en permission… Comment ça s'est passé, à l'usine ?

— Très bien, répondit-elle. D'ailleurs, je t'ai rapporté un petit cadeau.

Elle tira de son sac à main un beau flacon de parfum noir frappé d'une petite couronne dorée sous laquelle était inscrit *Rêve d'Alix*. C'était l'eau de toilette qu'elle avait inventée pour lui et qu'il était le seul à porter.

— Merci beaucoup ! s'exclama-t-il. Je venais justement de terminer le premier que tu m'avais offert.

— Je sais, acquiesça-t-elle.

Elle jeta un coup d'œil à Max qui dodelinait de la tête.

— Je crois que quelqu'un est mûr pour la sieste, ajouta-t-elle en souriant.

— Je te propose que nous allions coucher ce jeune homme et que nous nous éclipsions ensuite discrètement, le temps de faire une petite sieste, nous aussi.

Le ton de sa voix ne laissait aucun doute quant à la

nature de la sieste en question. Leila sentit les battements de son cœur s'emballer dans sa poitrine. En dépit des mois qui se succédaient, Alix et elle ne pouvaient se repaître l'un de l'autre et leurs étreintes étaient aussi passionnées qu'au premier jour.

— Après tout, ajouta-t-il malicieusement, il est grand temps de penser à donner à cette petite crapule un frère ou une sœur...

— A ce propos, répondit Leila d'un air faussement détaché, je suis allée voir le Dr Fontaine, avant d'aller travailler. Et il m'a confirmé que d'ici huit mois environ, nous devrions être encore un peu plus occupés que nous ne le sommes déjà...

Le cri de joie d'Alix ne suffit pas à réveiller son fils qui s'était profondément endormi sur ses genoux. Attirant sa femme un peu plus près encore, il l'embrassa avec une passion communicative.

Et tandis que Leila s'abandonnait à ce baiser, elle se prit à songer que parfois, la vie suivait de bien curieux chemins de traverse. Mais elle ne regrettait pas celui qui l'avait conduite jusqu'à l'île de Saint-Croix.

JENNIE LUCAS

# Pour l'amour de Miguel

*Traduction française de*
ANNE-LAURE PRIEUR

HARLEQUIN

*Titre original :*
UNCOVERING HER NINE MONTH SECRET

*Ce roman a déjà été publié en 2016*

# Prologue

Il m'a conquise sans peine, se jouant de mes défenses comme si elles étaient en papier.

Vous non plus n'auriez pas résisté.

Après des années d'indifférence, traitée comme un fantôme dans ma propre maison, je serais tombée dans ses bras au premier sourire, au premier compliment. Mais Alejandro m'a donné tellement plus ! Il m'a regardée comme si j'étais la plus belle femme au monde, écoutée comme si chaque mot passant mes lèvres était de la poésie. Il a chassé mes soucis de ses baisers enflammés et mis mon corps en fusion. Avec lui, mon monde gris et froid a explosé en un kaléidoscope de couleurs.

Pour quelle raison le très sexy duc d'Alzacar, l'un des hommes les plus fortunés d'Espagne, avait-il préféré une femme pauvre et insignifiante comme moi à ma riche et séduisante cousine ?

C'était un miracle.

Ce n'est que plus tard que j'ai compris. Alejandro ne m'avait pas séduite par amour, ni même parce que je lui plaisais. Une raison bien plus égoïste se cachait derrière cette cour assidue qui m'avait éblouie au point de me faire tomber amoureuse.

Mais à ce moment-là, il était déjà trop tard.

# 1

Le ciel gris et bas enveloppait comme un linceul la vieille cité de San Miguel de Allende lorsque Dolores m'annonça :

— Un homme vous cherchait, *señora* Lena.

Un vertige me saisit. Ma voisine me tendit mon fils de cinq mois, que je serrai dans mes bras en un geste protecteur.

— Merci de m'avoir permis de garder Miguelito, gazouilla Dolores en chatouillant le menton du bébé. Quel amour !

— Cet homme... à quoi ressemblait-il ?

— Grand, les cheveux noirs. *Muy guapo*, affirma-t-elle. Très séduisant.

Ce pouvait être n'importe qui, me persuadai-je, en proie à un début de panique. Cette vieille ville coloniale du cœur du Mexique fourmillait d'expatriés venus étudier au très réputé *Instituto*. De femmes seules aussi, qui y commençaient une nouvelle vie en se lançant dans une carrière de peintre, de sculptrice ou de fabricante de bijoux. Comme moi.

Un an plus tôt, j'avais échoué ici, enceinte et désespérée. Mais je m'en étais sortie. Cet étranger était sans doute venu pour un portrait, rien d'autre Alors pourquoi la peur me glaçait-elle les entrailles ?...

— A-t-il dit son nom ?

Dolores secoua la tête.

— Le bébé pleurait quand j'ai ouvert la porte. Mais il était élégamment vêtu, avec Rolls-Royce, chauffeur et gardes du corps.

Ma voisine eut un sourire de conspirateur.

— Avez-vous un riche petit ami, Lena ?

— Non, murmurai-je, les jambes en coton.

Ce ne pouvait être que lui. Alejandro Guillermo Valentin Navaro y Albra, le puissant duc d'Alzacar. L'homme que j'avais aimé de tout mon cœur, et qui m'avait trahie de la pire des façons.

— Dommage. Il est si bel homme, soupira Dolores. Pourquoi vous cherchait-il ? Le connaissez-vous ?

La sueur perlait à mon front.

— Quand est-il passé ?

— Il y a une demi-heure environ.

— Lui avez-vous dit que Miguel était mon fils ?

— Non. Il m'a seulement demandé si vous habitiez à côté. Puis il a sorti son portefeuille en me priant de garder sa visite secrète, car il tenait à vous faire la surprise.

Elle tira de sa poche de tablier une liasse de billets, qu'elle brandit en exultant.

— Il a acheté mon silence mille pesos ! Vous vous rendez compte !

Oui, c'était bien le genre d'Alejandro...

— Mais vous m'en parlez quand même, dis-je avec gratitude. Merci.

— Oh ! les hommes et leurs surprises... J'ai pensé que vous aimeriez être préparée.

Elle détailla d'un œil critique ma robe blanche sans forme, mes sandales usées, mon visage vierge de tout maquillage.

— Vous êtes ravissante, mais ce style ne vous flatte

pas. Pourquoi ne pas vous arranger un peu ? A croire que vous faites tout pour passer inaperçue !

Elle agita un doigt réprobateur.

— Ce soir, vous devez être irrésistible. Vous voulez lui plaire, *sí* ?

En aucun cas. Il ne risquait d'ailleurs pas de s'intéresser à moi, maintenant qu'il avait obtenu ce qu'il voulait.

— Ce n'est pas mon petit ami, affirmai-je.

— Vous êtes trop difficile, me sermonna Dolores. Les riches et séduisants partis ne courent pas les rues. Votre fils a besoin d'un père, et vous d'un mari ! Vous aussi avez droit au bonheur !

Un sourire de connivence plissa ses lèvres.

— Croyez-moi, c'est le genre d'homme à combler son épouse. Toutes les nuits.

— Je vous crois.

Alejandro m'avait effectivement comblée le temps d'un été. Depuis, je vivais dans une peur de chaque instant.

— Je dois y aller.

— *Sí*. C'est l'heure de la sieste de Miguel. N'est-ce pas, *pequeño* ? roucoula Dolores en caressant la tête de mon fils.

Miguel bâilla, ses grands yeux noirs voilés de sommeil. Les mêmes yeux que son père.

Je nous avais crus en sécurité, lui et moi, certaine qu'Alejandro avait fini par renoncer. Quelle idiote ! Moi qui, depuis quelques mois, dormais plus sereinement la nuit, commençais à me faire des amis, à me sentir chez moi dans cette ville... J'aurais dû savoir qu'il nous retrouverait.

— Lena ? Quelque chose ne va pas ? demanda Dolores, le front barré d'un pli soucieux.

— L'avez-vous informé de quand je rentrerais ?

— Je n'étais pas sûre, alors j'ai dit 4 heures.

Je jetai un regard vers l'horloge de son vestibule. Il était 3 heures. Cela me laissait encore une heure.

— Merci.

Dans un élan d'émotion, je la serrai dans mes bras, consciente que je la voyais pour la dernière fois.

— *Gracias*, Dolores.

Elle me tapota gentiment le dos.

— Vous avez eu une année difficile, mais c'est terminé. Je prédis un merveilleux tournant dans votre vie.

Un « merveilleux tournant » ? Ravalant un rire amer, je pris congé :

— *Adios*.

— Il deviendra votre mari, vous verrez ! lança joyeusement Dolores dans mon dos.

Mon mari ? Quelle plaisanterie ! Ce n'était pas moi qu'Alejandro désirait épouser, mais ma riche et sublime cousine, Claudie. C'est dans ce but qu'il m'avait séduite, moi, la parente pauvre hébergée sous son toit. Ensemble, lui et Claudie posséderaient tout ce dont on pouvait rêver : un duché, la moitié de l'Andalousie, une fortune colossale, ainsi qu'un réseau de relations haut placées. Leur pouvoir serait sans limites. Une seule chose leur manquerait…

J'enlaçai étroitement Miguel, qui se mit à pleurer.

— Désolée, murmurai-je en lui caressant les cheveux. Pardonne-moi.

Je ne savais si je m'excusais de l'avoir serré trop fort, de l'arracher à sa maison ou d'avoir si mal choisi son père.

Comme avais-je pu être aussi stupide ?

Arrivée à ma porte, je composai le code de sécurité et m'enfermai chez moi.

J'étais tombée amoureuse de cette vieille demeure coloniale, séduite par sa façade colorée, ses hauts plafonds, ses rares fenêtres donnant sur la rue qui en faisaient un lieu intime et rassurant. Le loyer dépassait de loin mes moyens, mais un ami me permettait d'y vivre gratuitement — du moins considérais-je Edward St-Cyr comme tel jusqu'à la semaine dernière…

Quel choc lorsque l'homme que je tenais pour un précieux allié s'était finalement révélé sous son vrai jour ! Comme je m'étais sentie trahie !

« Je suis las d'attendre, Lena. Il est temps que tu sois mienne. »

Je frissonnai au souvenir des paroles d'Edward. Ma rebuffade l'avait mis hors de lui, et il avait aussitôt quitté le pays. Impossible de continuer à vivre dans cette maison après cela. Je m'étais donc mise en quête d'un nouveau toit. Mais les loyers restaient élevés pour une artiste peintre travaillant à son compte, même ici.

San Miguel de Allende était devenu ma ville d'adoption. Ses ruelles pavées allaient me manquer, tout comme mon petit jardin planté de fleurs et les *mercados* à ciel ouvert où je vendais mes portraits. Sans oublier mes amis, Mexicains et expatriés, qui nous avaient pris sous leur aile, mon bébé et moi, et m'avaient aidée à remonter la pente.

J'inspirai profondément.

— Tu peux le faire ! m'exhortai-je à voix haute.

Passeport, argent, vêtements. C'était tout ce dont j'avais besoin pour m'enfuir, comme je l'avais déjà fait à Tokyo, Berlin, Istanbul, São Paulo et Bombay, avec la complicité d'Edward.

Cette fois, je serai seule.

*N'y pense pas !*, me sermonnai-je. Je prendrais un taxi jusqu'à la gare routière, où je monterais dans le premier bus pour Mexico City. La carte de crédit laissée par Edward en cas d'urgence me permettrait de m'envoler pour les Etats-Unis, mon pays natal. De là, je me dirigerais vers l'ouest et disparaîtrais. Bien sûr, je finirais par rembourser Edward, jusqu'au dernier cent.

J'élèverais mon fils en paix, dans une petite ville perdue d'Alaska ou d'Arizona, en veillant à ce qu'Alejandro ne retrouve plus jamais ma trace.

La lampe du salon s'alluma soudain. Je sursautai, étouffant un cri. Alejandro était assis dans un fauteuil et me fixait de son regard de braise.

Seigneur...

— Lena Carlisle. Enfin.

— Alejandro, soufflai-je, tremblante de terreur.

Mes mains se resserrèrent d'instinct autour de mon bébé.

— Que fais-tu ici ? Comment...

— ... t'ai-je retrouvée ? acheva-t-il en se levant. Ou comment suis-je entré ?

Sa voix était grave, rauque, avec seulement une pointe d'accent espagnol, atténué par des années passées entre Londres et New York.

— Tu croyais vraiment qu'un banal système de sécurité m'arrêterait ?

Il était encore plus beau que dans mon souvenir — grand, large d'épaules, ténébreux en diable. Me retrouver face à lui après un an d'absence, un an où il avait hanté chacune de mes nuits, me plongea dans un indicible émoi.

Ses yeux ne me quittaient pas tandis qu'il se rapprochait. Entièrement vêtu de noir, de l'élégante veste cintrée aux chaussures italiennes impeccablement cirées, il exsudait le pouvoir.

— Que veux-tu ? bégayai-je, la voix étranglée.

Son regard se posa sur Miguel.

— Alors c'est vrai ? dit-il d'un ton dangereusement calme. C'est mon enfant ?

Je reculai en trébuchant, prise de panique.

— Mes hommes attendent dehors. Tu n'atteindras même pas la rue…

Ignorant sa menace, je me ruai à l'extérieur, avant de m'arrêter net. Six gardes du corps se tenaient en demi-cercle devant la maison. Derrière eux, une luxueuse berline et un 4x4 noir encombraient l'étroite allée de gravier.

— Croyais-tu que je prendrais le risque de te laisser filer ? susurra Alejandro dans mon dos.

Il était si proche que la chaleur de son corps m'enveloppait, mêlée à l'odeur de son eau de toilette. Je fermai les yeux, troublée par la proximité de cet homme qui, l'été précédent, m'avait possédée corps et âme.

Un flot de souvenirs me submergea, des souvenirs que j'avais tenté d'enfouir à jamais. Comme je l'avais aimé ! J'étais tombée amoureuse dès sa première visite à ma riche cousine. Je les épiais depuis le couloir, leur préparais le thé, organisais leurs rendez-vous. Mon cœur s'était serré quand Claudie s'était vantée d'avoir séduit l'insaisissable duc espagnol.

« Je le tiens ! avait-elle exulté. Je serai duchesse avant la fin de l'année ! »

Puis, à la surprise générale, il l'avait quittée.

Pour moi.

C'était la première fois qu'un homme s'intéressait à moi — un homme puissant, sexy, charismatique. J'avais aussitôt succombé. Pendant six semaines, il m'avait tenue dans ses bras. Six semaines insouciantes, miraculeuses. Mon bonheur ne connaissait alors aucune limite.

J'étais si naïve, si confiante en l'avenir ! Je me

rappelais encore son sourire espiègle, l'intensité de son regard sur moi, le timbre rauque de sa voix lorsqu'il me chuchotait des mots doux à l'oreille. Je me rappelais ses baisers passionnés et nos étreintes fiévreuses dans sa suite d'hôtel, à l'arrière de sa limousine ; et même, une fois, contre le mur de l'escalier de service à la villa Carlisle…

Notre aventure me semblait pleine de promesses, autant qu'il y avait d'étoiles dans le ciel. Jusqu'au jour où j'avais trouvé le courage de lui avouer mes sentiments. Son visage s'était déformé, son sourire mué en un rictus méprisant.

« Tu m'aimes ? Tu ne me connais même pas ! »

L'instant d'après, il avait disparu de ma vie, me laissant seule et désemparée. Mais la trahison était venue ensuite…

— Rentrons, dit-il. Nous avons beaucoup de choses à nous dire.

Il me prit la main et m'entraîna à l'intérieur. Le contact de ses doigts me fit l'effet d'une décharge électrique. Je levai les yeux vers lui, vers ce visage capable de briser tant de cœurs. Mon Dieu, c'était un crime d'être aussi séduisant ! Sa beauté et sa puissance vous éblouissaient, au point que vous vous laissiez détruire sans rien éprouver d'autre que de la gratitude.

Alejandro tendit le bras au-dessus de ma tête, effleurant mes cheveux. Je frissonnai et serrai mon bébé contre mon sein. La porte se referma derrière moi avec un claquement sec.

Ce duc milliardaire en costume de créateur détonnait dans mon salon à l'atmosphère bohémienne, avec son chaleureux carrelage en terre cuite et ses murs ornés de fleurs en papier, ainsi que de mes nombreux portraits de Miguel.

Mon visiteur inattendu me dévisageait avec intensité.

— Est-ce vrai, ce que m'a dit Claudie ? Ce bébé est-il de moi ?

— Comme si j'allais te répondre, rétorquai-je, venimeuse.

— C'est pourtant une question simple. Il n'y a que deux réponses possibles : oui ou non.

Il me caressa la joue, mais il n'y avait aucune tendresse dans ses yeux.

— Tu ferais un horrible père ! Je refuse que mon fils devienne un monstre comme…

— Comme moi ?

Sa voix avait pris une intonation dangereuse.

— Est-ce ainsi que tu me vois, après tout ce que nous avons partagé ? ajouta-t-il.

Je frémis. Avant, j'aurais pensé différemment, convaincue que derrière le titre, la richesse, le pouvoir, se cachait un homme droit et généreux. Je n'avais vu que ce que je voulais voir, aveugle à la vérité. Jusqu'à ce que mes œillères me soient brusquement arrachées.

— Oui.

Une émotion passa sur ses traits, trop furtive pour que je l'identifie.

— Tu n'as pas tort, concéda-t-il, sardonique. Mais je me fiche de ce que tu penses. Surtout après votre petit chantage, à toi et ta cousine.

— Un chantage ? C'est toi qui m'as séduite dans le but de me faire tomber enceinte pour ensuite me voler mon bébé et l'élever avec Claudie !

Il fronça les sourcils.

— De quoi parles-tu ?

— Oh ! tu pensais que je l'ignorais ? Quand j'ai découvert ma grossesse, tu étais déjà rentré en Espagne et refusais mes appels. Mais je tenais à t'en informer, croyant naïvement que la nouvelle te toucherait. J'ai supplié Claudie de me prêter l'argent pour me rendre à Madrid. Quand je lui en ai expliqué la raison, elle a eu la plus inattendue des réactions.

— C'est-à-dire ?

— Elle a éclaté de rire, murmurai-je. Puis elle est sortie, mais la porte est restée entrouverte et je l'ai entendue te téléphoner. Te féliciter pour ta brillante stratégie. Comme c'était rusé d'avoir séduit sa pauvre cousine afin d'obtenir l'héritier qu'elle-même ne pouvait te donner ! Plus rien n'empêchait votre mariage…

Je ne pus empêcher ma voix de devenir acerbe :

— Il suffisait de me faire signer un document me privant de mes droits parentaux.

— Elle m'a bien appelé, admit Alejandro. Mais…

— « Ne t'inquiète pas, je l'obligerai à me donner le bébé », répétai-je, avec la même terreur que j'avais ressentie ce jour-là. Elle t'a même réclamé quelques gardes du corps au cas où je résisterais !

Ma voix se brisa. Un silence suivit, qu'Alejandro finit par rompre :

— Dès que Claudie m'a parlé de ta grossesse, j'ai envoyé des hommes à ta recherche. C'est vrai, elle s'était mis en tête que sa stérilité était la cause de notre rupture. Mais elle se trompait.

Il fit un pas vers moi.

— Quand je suis arrivé à Londres, tu avais déjà pris la fuite, poursuivit-il. Depuis, tu n'as cessé de te volatiliser chaque fois que je croyais t'avoir rattrapée. Ce genre de petit jeu coûte cher, *querida*. Tout comme cette maison…

Il engloba la pièce d'un geste circulaire.

— Mes hommes ont enquêté : l'endroit appartient à

une société écran basée aux îles Caïmans. Qui t'aide, Lena ? Dis-moi la vérité.

Mon instinct me souffla de ne pas parler d'Edward.

— Quelle vérité ?

— Tu savais que je ne t'épouserais pas, malgré ta grossesse. Alors tu as cherché un autre moyen de me soutirer de l'argent, en t'associant avec ta cousine…

L'accusation était si absurde que les bras m'en tombèrent.

— As-tu perdu la tête ? Pourquoi Claudie m'aiderait-elle ? Elle rêve de t'épouser !

— Je le sais. Après ta disparition, elle m'a affirmé savoir où tu étais, ajoutant que tu ne me rendrais l'enfant que si je lui garantissais un foyer stable. C'est-à-dire, si je l'épousais.

J'étais abasourdie.

— Mais… je n'ai pas parlé à Claudie depuis un an ! Elle ignore totalement où je suis. A-t-elle vraiment essayé de te forcer à l'épouser ?

— C'est ce qu'elles veulent toutes, répondit Alejandro. Et tous les moyens sont bons pour y parvenir.

— Tu as vraiment l'ego hypertrophié, grommelai-je.

— Quelle femme ne rêverait pas d'épouser un duc, milliardaire de surcroît ? Mon ego n'a rien à voir : c'est mon titre et ma fortune qui les attirent, pas moi.

*C'est faux*, pensai-je avec un pincement au cœur. Quelle femme ne tomberait pas amoureuse d'Alejandro pour la personne qu'il était ?

— Dis-moi la vérité, répéta-t-il. Ce bébé est-il de moi ou est-ce une escroquerie montée avec Claudie ?

Ma colère reprit le dessus.

— Insinues-tu que mon bébé serait un appât ?

— Tu serais surprise de ce que certaines sont prêtes à inventer, rétorqua-t-il froidement.

— Tu penses que je mentirais pour de l'argent ?

— Peut-être pas. Qui sait si ce n'est pas ton propre intérêt que tu sers, et non celui de Claudie ?

— Pardon ?

— En disparaissant avec mon enfant, tu espérais que je te coure après, pour finalement t'épouser. Ce n'est pas un mauvais calcul…

Je restai un instant interdite, avant de reprendre mes esprits.

— Jamais je n'accepterai de devenir ta femme !

— Ben voyons…

Le sarcasme piqua mon orgueil. Puis je me remémorai les rêves brûlants qui hantaient mes nuits et ma colère retomba.

— Peut-être ai-je eu un jour l'espoir de t'épouser, oui, convins-je. Mais c'était avant que je découvre que tu m'avais séduite par calcul afin d'épouser Claudie et me voler mon bébé.

— Tu sais maintenant que c'est faux.

— Comment puis-je en être sûre ?

Il secoua la tête.

— Je n'ai jamais eu l'intention d'épouser Claudie, ni qui que ce soit d'autre.

— Tu disais aussi ne pas vouloir d'enfants. Et pourtant te voilà, exigeant de savoir si tu es le père de Miguel !

Son expression changea.

— Tu l'as appelé Miguel ?

— Et alors ?

— Pourquoi ? demanda-t-il en me dévisageant avec suspicion.

— En hommage à cette ville, San Miguel de Allende.

— Oh.

Il se détendit imperceptiblement. Sa réaction avait

été si féroce ! Avait-il cru que j'avais donné à notre enfant le nom d'un amant ?

— Qu'est-ce que ça peut te faire ?

— Rien, dit-il froidement.

Miguel geignit dans mes bras. Je le serrai contre moi, le nez enfoui dans ses cheveux pour cacher mes larmes.

— Si ma grossesse est un accident et que tu ne veux pas d'enfants, alors va-t'en.

Sa mâchoire se crispa.

— C'est mon devoir...

— Un devoir ? m'emportai-je. Il n'est donc que l'héritier d'un titre pour toi ? Cet enfant est toute ma vie ! Je l'ai porté pendant neuf mois. J'ai entendu ses premiers cris lorsqu'il est venu au monde. C'est mon fils, ma seule raison de vivre !

Je pleurais sans retenue à présent. Miguel aussi, apeuré sans doute par nos éclats de voix. Ses joues rondes étaient cramoisies et ses yeux noyés de larmes. Je tentai de l'apaiser en le berçant.

Alejandro resta de marbre.

— S'il est mon fils, je vous ramène tous les deux en Espagne. Vous vivrez dans mon château. Ni lui ni toi ne manquerez jamais de rien.

— Je ne t'épouserais pas pour tout l'or du monde ! lançai-je avec force.

— M'épouser ? Qui a parlé de mariage ?

Un rictus tordit ses lèvres.

— Tu accepterais sans hésiter si je te le demandais.

Son assurance me vexa.

— Qu'as-tu à m'offrir, Alejandro ? De l'argent ? Un château ? Un titre ? Je n'ai besoin de rien de tout ça.

— Et le sexe ?

Il me dominait à présent de toute sa hauteur, les yeux chevillés aux miens. Mes mamelons durcirent, en même temps qu'un torrent de lave déferlait dans mes veines.

— As-tu oublié nos nuits de passion ?

Je soutins son regard.

— Non, admis-je. Mais sans amour, à quoi bon ? Tu dois bien le savoir, Alejandro. L'argent, le titre, les châteaux, et même le sexe t'ont-ils jamais rendu heureux ?

Il me fixa sans mot dire. Le silence se prolongeait, abruptement rompu par les pleurs de Miguel. Alors, pour la première fois, Alejandro regarda son fils et lui caressa les cheveux. Comme par magie, Miguel cessa aussitôt de pleurer. Père et fils se dévisageaient avec les mêmes yeux noirs, la même expression, le même froncement de sourcils. En d'autres circonstances, la scène m'aurait attendrie.

Miguel tendit la main vers Alejandro, qui eut un petit rire surpris. Il contemplait son fils d'un air émerveillé, en proie à une émotion palpable. Cela ne dura qu'une seconde. Lorsqu'il releva la tête, son regard avait la dureté de l'acier.

— Nous allons faire un test de paternité. Immédiatement.

— Je te l'ai déjà dit, Miguel est ton fils ! m'insurgeai-je. Si tu ne me crois pas, va-t'en !

— Assez !

Comme en réponse à un ordre subliminal, deux gardes du corps firent irruption dans la pièce. Sans même un regard pour moi, ils se dirigèrent vers ma chambre.

— Que font-ils ? demandai-je, gagnée par la panique.

— Tes bagages.

Un troisième garde du corps, que je n'avais pas vu approcher derrière moi, m'arracha Miguel des bras.

— Non !

Je cherchai à le reprendre, mais Alejandro me retint d'une poigne implacable.

— Lâche-moi ! hurlai-je en me débattant. Espèce d'ordure ! Tu me le paieras, tu entends ? Tu n'as pas le droit de m'enlever mon fils ! Miguel ! *Miguel !*

— Es-tu certaine qu'il est bien de moi ?

— Evidemment ! Tu as été mon seul amant !

— Ton premier, peut-être, mais...

— Le premier et le seul ! Je te le jure ! Miguel !

Une lueur furtive passa dans ses yeux. Mais toute mon attention était tournée vers le garde du corps, qui disparut par la porte avec mon bébé. Je me tortillai pour me dégager.

— Lâche-moi, Alejandro !

— Seulement si tu te calmes.

Je l'aurais giflé ! Que n'aurais-je donné pour être plus forte. Avec son pouvoir, c'est moi qui aurais lancé les ordres. Si j'avais possédé sa fortune, un jet privé, ma propre armée de gardes du corps...

Une idée me traversa l'esprit. *Edward*. M'aiderait-il malgré notre dispute ? Ou plutôt... Etais-je prête à en payer le prix ?

— Je ne te séparerai pas de ton enfant, assura Alejandro. Mais j'ai besoin de ce test ADN, alors arrête tes simagrées.

Je cessai aussitôt toute résistance.

— Très bien, j'accepte d'aller en Espagne. Mais avant, pourrions-nous faire un détour par Londres ? S'il te plaît...

Il plissa des yeux méfiants.

— J'ai laissé quelque chose chez Claudie, quelque chose d'important. Je dois le récupérer, dis-je en tâchant de ne pas paraître trop empressée.

— De quoi s'agit-il ?

— De l'héritage de notre enfant. Et puis, ajoutai-je sur une inspiration, j'aimerais que nous obligions ensemble Claudie à avouer ses manigances. Cela nous aiderait à repartir d'un bon pied, tu ne crois pas ?

Alejandro hocha la tête.

— En effet. Une mise au point s'impose.

Sa voix s'était faite menaçante. Je commençais à le croire quand il affirmait n'avoir jamais voulu épouser ma cousine. Peut-être ne m'avait-il pas mise enceinte à dessein, tout compte fait ? Mais une chose était sûre : il était résolu à faire de Miguel son héritier. Autrement dit, à l'élever dans son château froid et impersonnel, où il deviendrait le même monstre que son père. Et bien sûr, jamais il ne m'épouserait. Je serais impuissante. Inutile. Remplaçable.

— Donc, nous avons un accord ? conclut Alejandro. Si Miguel est bien mon fils, vous m'accompagnez en Espagne ?

— Après un détour par Londres.

— Oui, oui, d'accord.

— Je te hais, marmonnai-je entre mes dents.

— Peu importe. Ai-je ta parole ?

Je le fusillai du regard.

— Oui.

— Bien. Tu vois que tu peux être raisonnable.

Nos yeux se croisèrent et une étincelle jaillit, comme si un puissant courant électrique nous reliait.

Dès qu'il me lâcha, je courus rejoindre mon bébé. Une froide détermination habitait mon cœur. Alejandro s'imaginait me tenir à sa merci, mais je n'étais pas aussi faible qu'il le croyait. Il me restait une carte à jouer — à condition d'en payer le prix. Y étais-je prête pour mon enfant ?

Oui. Sans l'ombre d'une hésitation.

# 2

J'étais arrivée à Londres à quatorze ans, tout juste débarquée de New York après avoir perdu mes deux parents. Un chauffeur m'attendait à l'aéroport de Heathrow pour me conduire à la villa Carlisle. Je me revis, tremblante, monter les marches de l'imposante demeure, presque aussi vaste que l'immeuble de Brooklyn où nous habitions.

Introduite par le majordome, j'avais rencontré ma grand-mère pour la première fois. Elle était assise derrière un large bureau ancien, dans la bibliothèque. Plusieurs longues minutes s'étaient écoulées avant qu'elle daigne lever les yeux.

« C'est donc toi, Lena ? », avait-elle jeté en m'inspectant de la tête aux pieds.

Je portais un manteau informe, cousu par ma mère de ses mains fragilisées par la maladie — moins que son cœur, cependant, qui dépérissait depuis la mort de mon père survenue six mois auparavant. Mes pieds, eux, étaient comprimés dans des chaussures trop petites achetées d'occasion et déjà bien usées.

« Quelconque », avait-elle tranché, comme à regret.

Ce jour-là aussi, il pleuvait…

Je revins au présent car le chauffeur d'Alejandro attendait, une main sur la porte qu'il me tenait ouverte. Je levai les yeux vers la villa. Soudain, c'était comme si j'avais quatorze ans de nouveau. A la différence que c'était ma cousine que j'allais affronter, aujourd'hui.

Claudie et moi avions le même âge, mais tout nous opposait. A croire que nous venions de différentes planètes. A mon arrivée à la villa, dévastée par la mort de mes parents, j'avais désespérément cherché à me rapprocher de ma riche et populaire cousine. Elle, de son côté, m'avait voué une aversion immédiate, résolue à me chasser de la maison. Surtout après la mort de notre grand-mère, lorsqu'elle avait pris connaissance des dernières volontés de celle-ci.

Et elle avait fini par gagner, songeai-je avec amertume.

— Qu'est-ce que tu attends ? Descends, dit Alejandro avec impatience.

— J'ai changé d'avis. Je t'attends ici.

— Pas question ! Tu viens avec moi.

Je le lorgnai du coin de l'œil. Il avait l'air frais et reposé, contrairement à moi. Lui avait dormi dans l'avion, s'était douché et changé, alors que je n'avais pas fermé l'œil depuis la veille. Après une longue attente dans une clinique privée de San Miguel, nous avions embarqué dans son jet privé, où j'avais passé presque tout le vol à arpenter la cabine, Miguel dans les bras. La pression lui faisait mal aux oreilles et seul le bercement de mes pas le calmait.

Mais pas de douche pour moi. Je me sentais sale et fatiguée, en sueur dans ma robe de coton blanc, la même qu'à mon départ du Mexique. Hors de question de me présenter ainsi devant ma cousine ! C'était déjà assez humiliant qu'Alejandro me voie dans cet état.

Il m'avait à peine adressé la parole de tout le vol, sinon pour me proposer de bercer Miguel un moment. J'avais refusé tout net. Pour rien au monde je ne lui aurais confié mon bébé. Le test ADN avait confirmé l'évidence : Alejandro était bien le père de Miguel. Compte tenu de son attitude despotique, je combattais cette vérité avec chaque fibre de mon être.

Le contraste entre sa beauté sophistiquée et mes rondeurs peu attirantes n'aurait pu être plus frappant qu'en cet instant. Sans doute se demandait-il ce qu'il avait bien pu me trouver — et moi aussi. S'il ne m'avait pas séduite par calcul l'été dernier, alors pour quelle raison ?...

— Alejandro, je me demandais...

— Assez tergiversé, me coupa-t-il. Allons-y.

Je contemplai notre fils, paisiblement endormi dans son siège bébé.

— Non, je reste ici avec Miguel.

Ce qui me permettrait de filer en douce chez Edward, qui habitait à quelques rues de là.

— Dowell veillera sur lui, dit Alejandro avec impatience.

Je lançai un regard dubitatif au chauffeur.

— Pas question.

— Alors emmène-le avec nous !

— Et le réveiller ? chuchotai-je, scandalisée. Bien sûr, ce n'est pas toi qui as passé le vol à faire les cent pas pour l'endormir...

— J'ai proposé de te relayer, me rappela Alejandro, la mine crispée.

— Une seule fois. Quelle implication !

Mes reproches étaient injustes, bien sûr. S'il avait insisté et tenté de m'enlever Miguel, je l'aurais protégé comme une tigresse.

— Peu importe, dis-je pour couper court.

— C'est vrai que tu as plus d'expérience que moi avec notre fils...

Le sous-entendu ne m'échappa pas.

— Je n'avais pas le choix, répliquai-je. Je croyais que tu voulais me voler mon bébé !

— Alors tu me l'as volé en premier ?

Je cillai, décontenancée. Je n'avais jamais vu la situation sous cet angle.

— Tu aurais au moins pu m'appeler, reprit-il d'un ton acerbe.

Alors ça, c'était la meilleure !

— J'ai essayé, mais tu refusais de prendre mes appels !

— J'aurais répondu si j'avais su que tu étais enceinte. Pourquoi ne pas avoir laissé un message à Mme Allen ?

— Un message ? J'aurais donc dû annoncer à ta secrétaire que j'attendais le bébé de son patron ?

Alejandro pinça les lèvres sans répondre.

— Tu aurais dû prendre mes appels ! persistai-je avec colère.

— La discussion est close, grommela-t-il. Prends Miguel dans son siège bébé. Tu sais très bien que ça ne le réveillera pas.

Le rouge me monta aux joues. Oui, je le savais. J'espérais seulement que *lui* l'ignorerait. Avec un soupir, je débouclai la ceinture qui retenait le siège et soulevai mon fils avec précaution.

Sur le trottoir, je levai les yeux vers la villa. J'avais espéré ne jamais y revenir. Mais il y avait un point positif : je n'avais pas menti en prétextant vouloir récupérer l'héritage de Miguel. Un héritage que j'avais été contrainte de laisser derrière moi dans ma fuite précipitée.

Je restai immobile sous la bruine, assaillie par mes souvenirs et les fantômes du passé.

— Quoi, encore ?

Alejandro me regardait comme si j'étais la dernière personne avec qui il souhaitait être. Difficile de l'en blâmer. Sa compagnie ne me réjouissait pas davantage. Mais il y avait une autre personne que j'avais encore moins envie de voir.

— J'ai peur, confessai-je.

Il haussa un sourcil.

— De Claudie ?

J'acquiesçai d'un signe de tête.

— Tu n'as pas à avoir peur, dit-il d'un ton bourru. Je suis avec toi.

Sur ces mots, il me prit le siège bébé des mains et m'entraîna vers le perron.

M. Corgan, le majordome, répondit au coup de sonnette d'Alejandro.

— Bonjour, monsieur le Duc, dit-il avec déférence.

Ses yeux s'écarquillèrent à ma vue et celle du bébé.

— Mademoiselle Lena ! C'était donc vrai ?

Il se reprit aussitôt et s'effaça pour nous livrer passage.

— Je vous en prie, entrez.

Nous le suivîmes dans le petit salon, une pièce élégante avec son haut plafond orné de dorures et son luxueux mobilier ancien. Tout y était exactement comme dans mon souvenir. Je n'étais entrée dans cette pièce qu'en de rares occasions. La dernière fois était le jour où j'avais supplié Claudie de me prêter de l'argent pour aller en Espagne — le jour où ma vie avait basculé…

— Mlle Carlisle est sortie, nous informa M. Corgan. Mais si vous voulez bien patienter, monsieur le Duc, elle se fera une joie de vous recevoir.

— Soit. Nous patienterons, répondit Alejandro.

— Puis-je vous servir un rafraîchissement ?

Alejandro déclina et s'installa sur un sofa rose à fines rayures. Sa présence ombrageuse détonnait dans cette pièce aux allures de salon de poupée. Je m'empressai de récupérer le siège bébé qu'il avait déposé à côté du sofa, avant de suivre M. Corgan dans le couloir. Le masque austère de majordome tomba aussitôt.

— Vous nous avez manqué ! s'exclama-t-il en me serrant chaleureusement dans ses bras.

Je fermai les yeux, assaillie par l'odeur familière de tabac à pipe et d'encaustique. Un bruit de verre brisé me fit me retourner. Mme Morris, la gouvernante, venait de faire tomber un plat en porcelaine. Ignorant les débris, elle s'élança vers moi, bras tendus.

Quelques minutes plus tard, M. Corgan, Mme Morris et Hildy, la femme de chambre, s'extasiaient en chœur devant la beauté de Miguel, sous le charme de ses joues rondes et de ses boucles noires.

Un silence suivit, et tous s'entre-regardèrent. Hildy toussota.

— Et donc... qui est le père ? demanda-t-elle timidement.

Je désignai du menton la porte du salon. Hildy jeta un coup d'œil par l'entrebâillement et se tourna vers M. Corgan.

— Tu avais raison. Je te dois cinq livres.

Une légère rougeur colora les joues de M. Corgan.

— J'ai surpris votre conversation avec Mlle Carlisle, le jour où vous êtes partie, expliqua-t-il, l'air embarrassé.

Il secoua la tête.

— Son acte est impardonnable, reprit-il. Vous chasser un peu plus d'un an avant que vous touchiez votre héritage...

Je ne pus m'empêcher de sourire. Bien sûr, ils étaient au courant : les domestiques ne connaissaient-ils pas tous les secrets de leurs employeurs ?

— Ça n'a pas d'importance, assurai-je.

— Bien sûr que si ! protesta Mme Morris avec indignation. Mlle Carlisle visait votre part de l'héritage. A la seconde où vous êtes partie, elle l'a obtenue par défaut.

Les émotions que je refoulais depuis un an me submergèrent.

A l'âge de dix-huit ans, j'aurais pu m'inscrire à l'université ou trouver du travail. Au lieu de quoi, j'étais restée dans cette maison à jouer les secrétaires pour ma cousine, sous le feu constant de ses critiques. Au début, je touchais une maigre paie, jusqu'au jour où elle avait annoncé une baisse de vingt pour cent du salaire de tous les employés.

« Ils devraient m'être reconnaissants de les laisser travailler dans cette magnifique villa », avait-elle décrété avec dédain.

M. Corgan, Mme Morris et les autres étaient devenus mes amis au fil des années que j'avais passées ici. Ils avaient une famille à nourrir, aussi avais-je renoncé à mon salaire pour ne pas les pénaliser, tout en travaillant dix-huit heures par jour. Je m'en moquais car environ un an auparavant — j'avais alors dix-sept ans, c'était peu de temps avant la mort de ma grand-mère — j'avais surpris celle-ci en larmes devant un vieil ours en peluche ; celui de son plus jeune fils, mon père, qui avait été autrefois son favori avant d'être rayé du testament pour le seul crime d'avoir épousé ma mère. Elle avait ensuite fait appeler son notaire.

Je savais désormais qu'il me suffisait de rester dans cette maison jusqu'à l'âge de vingt-cinq ans pour toucher un énorme héritage, celui destiné à mon père.

« Si la fille de Robert s'avère digne du nom des Carlisle et vit toujours dans la villa à ses vingt-cinq ans, le legs de son père lui reviendra de droit », stipulait le nouveau testament de ma grand-mère.

Hélas, c'était finalement Claudie qui avait hérité de tout. Je me fichais bien de l'argent lorsque j'avais pris la fuite l'année précédente, terrifiée à l'idée d'être séparée de mon bébé. Mais aujourd'hui…

— La maison n'est plus la même sans vous, confessa M. Corgan.

— La moitié du personnel a démissionné après votre départ, renchérit Mme Morris.

M. Corgan secoua tristement la tête.

— Je travaille dans cette famille depuis quarante ans, mademoiselle Lena. Mais mon service ici touche à sa fin.

Il se pencha avec un air de conspirateur.

— Mlle Carlisle continue à clamer qu'elle va épouser votre duc…

— Ce n'est pas *mon* duc.

— Mais le seul milliardaire digne d'elle, apparemment. Enfin, elle épouserait n'importe quel riche imbécile qui ferait d'elle une duchesse…

Il s'interrompit net, rouge jusqu'aux oreilles. Je me retournai. Alejandro se tenait dans l'embrasure de la porte, une expression indéchiffrable sur le visage.

— Avez-vous changé d'avis à propos du rafraîchissement, monsieur le Duc ? s'enquit M. Corgan, reprenant sa contenance de majordome.

— Non. Nous, riches imbéciles, préférons le café, répondit-il avec un sourire en coin.

M. Corgan s'empourpra un peu plus.

— Je vous apporte cela tout de suite.

— Inutile.

Il me regarda d'un drôle d'air.

— As-tu trouvé ce que tu étais venue chercher ?

*Il a tout entendu*, réalisai-je. Sans doute croyait-il que c'était ce fameux héritage que j'espérais récupérer. Il se trompait.

Je me tournai vers Mme Morris.

— Claudie a-t-elle jeté mes affaires ?

— C'était son intention, dit la gouvernante avec une grimace. Elle m'a demandé de les brûler, mais j'ai tout rangé dans des cartons que j'ai entreposés dans votre chambre. Je savais qu'elle ne se donnerait pas la peine d'y monter.

— Merci beaucoup.

Je serrai la vieille femme dans mes bras, puis m'adressai à Alejandro :

— Attends-moi dans le salon. Je reviens dans une minute.

Sans attendre sa réponse, je repris le siège bébé et m'élançai dans l'escalier.

Ma chambre était en réalité l'ancien grenier sous les combles, au troisième étage. Elle me parut encore plus lugubre que dans mon souvenir : un vieux lit en fer, une unique fenêtre crasseuse, quelques piles de cartons. Après avoir posé le siège bébé, je me dirigeai droit vers ces dernières.

— Que cherches-tu ?

La voix d'Alejandro derrière moi me fit sursauter.

— Ces cartons contiennent tous mes souvenirs d'enfance.

Il entra dans la pièce et jura en se cognant au plafond.

— Pas étonnant que Claudie refuse de monter ici : on dirait une cellule de prison !

— C'était ma chambre quand je vivais ici.

Il écarquilla les yeux.

— Ce grenier ?

Son regard balaya la pièce, du plancher brut à l'ampoule nue tombant du plafond.

— Tu as vécu ici ? reprit-il, abasourdi.

— Depuis la mort de mes parents, quand j'avais quatorze ans, jusqu'à l'année dernière, oui. J'avais décoré les murs avec des dessins, des fleurs en papier...

Une boule d'émotion me monta à la gorge au souvenir des années passées dans cette chambre. Levant le bras, je fis osciller l'ampoule au bout de son fil.

— J'avais déniché un bel abat-jour rouge dans un vide-greniers...

Alejandro ouvrit des yeux incrédules.

— Un vide-greniers ? Mais tu es la cousine de Claudie ! Pauvre à l'origine, mais grassement rémunérée pour ton travail à ses côtés, non ?

— Mon salaire servait à... à autre chose, éludai-je. J'ai commencé à me faire un peu d'argent en dessinant des portraits sur les marchés, quand Claudie m'accordait une heure de libre.

— Comment ça, « t'accordait » ?

Je levai les yeux vers lui.

— Tu as entendu, à propos de mon héritage, n'est-ce pas ?

— A combien s'élevait-il ?

— Si j'avais encore vécu à la villa Carlisle au jour de mon vingt-cinquième anniversaire, soit dans quelques mois, j'aurais hérité de trente millions de livres.

Alejandro resta bouche bée.

— Trente millions ? bégaya-t-il. Et tu y as renoncé pour...

— ... protéger mon enfant, oui.

— Pour garder ton bébé, tu as sacrifié plus d'argent que tu n'en gagnerais en toute une vie ?

Il semblait totalement ahuri.

— N'importe quelle mère en aurait fait autant, dis-je avec un haussement d'épaules. L'argent n'est que de l'argent.

Je contemplai mon fils toujours endormi et une vague d'amour me submergea.

— Miguel est toute ma vie.

Alejandro me fixait comme s'il me voyait pour la première fois.

— Tu dois me prendre pour une idiote, murmurai-je.

— Loin de là.

Son regard brillait d'un éclat intense. Troublée, je baissai les yeux et fouillai dans le premier carton, puis passai au suivant.

— Que cherches-tu ?

Je ne répondis pas, extirpant d'un troisième carton quelques vieux vêtements, ainsi que des exemplaires cornés de romans que j'avais lus et relus adolescente. Enfin, tout au fond, mes doigts rencontrèrent les trois volumineux albums de photos que je cherchais. A mon grand soulagement, ils n'étaient pas moisis par l'humidité, ni profanés par des inscriptions vengeresses au marqueur noir comme je l'avais craint. Je les pressai contre mon cœur, éperdue de gratitude.

— Des albums de photos ?

Alejandro haussa un sourcil.

— Tu m'as fait venir à Londres pour des albums de photos ?

— Je te l'ai dit. C'est l'héritage de mon fils.

— Montre-moi.

A contrecœur, je lui tendis les albums et le regardai feuilleter les pages jaunies par le temps.

— J'étais dévastée de les avoir laissés derrière moi. C'est tout ce qu'il me reste de mes parents, de ma maison.

Je pointai du doigt la photo d'un immeuble dont une boucherie occupait le rez-de-chaussée.

— C'est là où j'habitais, à Brooklyn.

Alejandro tourna la page.

— Et là, qui est-ce ?

Mon cœur se serra à la vue de ma mère, jeune et souriante, assise sur les genoux de mon père avec son bouquet de fleurs à la main.

— Mes parents, le jour de leur mariage. Mon père était étudiant à Londres. Il est tombé amoureux d'une serveuse, une immigrante fraîchement débarquée de Porto Rico. Il l'a épousée contre la volonté de sa famille, alors qu'elle était enceinte de moi…

Alejandro me dévisagea longuement, puis se remit à tourner les pages en silence. Mes premières années défilèrent sous mes yeux : moi bébé avec les mêmes joues rondes que Miguel, baignée dans le lavabo, assise par terre sur une couverture, frappant une casserole avec une cuiller en riant aux éclats.

L'album fini, Alejandro passa sans un mot au deuxième, puis au troisième, s'attardant sur d'autres moments choisis de mon enfance — mon premier vélo, mon premier jour d'école…

— En quoi ces photos t'intéressent-elles ? demandai-je avec méfiance. Est-ce pour te moquer de moi ?

— Me moquer ? Au contraire, je t'envie ton enfance heureuse…

Il continua à feuilleter l'album, jusqu'à la toute dernière photo : mon père coiffé d'un bonnet de Père Noël, assis sous le sapin, soulevant fièrement le pull tricoté par ma mère qu'il venait de déballer. Deux mois plus tard, il était mort. Les dernières pages de l'album étaient vierges.

— Je n'ai aucune photo de moi avec ma mère, murmura Alejandro. Pas une seule.

— Comment est-ce possible ? Tu as dû être photographié des milliers de fois...

Il referma l'album d'un geste sec.

— Peut-être es-tu différente de ce que je croyais, dit-il en me le rendant.

— Et que croyais-tu ?

— Que, comme toutes les autres, tu te rêvais déjà en riche duchesse. Mais tu as renoncé de toi-même à trente millions de livres...

Son regard étincela.

— Tu étais amoureuse de moi, n'est-ce pas ?

L'air me manqua.

— C'était il y a longtemps, balbutiai-je.

La pièce me parut soudain terriblement exiguë. Je ramassai en hâte les albums et, attrapant le siège bébé, m'élançai vers la porte.

— Je serai en bas, bafouillai-je en sortant.

Mon cœur battait la chamade, en proie à une inexplicable émotion. Edward, me rappelai-je résolument. Je devais obtenir son aide avant qu'Alejandro m'entraîne de force en Espagne. Ma crainte, à vrai dire, n'était pas d'y aller, mais de ne jamais pouvoir en repartir. De retomber sous la coupe d'un homme que j'avais aimé de toute mon âme et qui m'avait détruite.

Le claquement d'une portière de voiture m'arracha à mes pensées. Seigneur, Claudie arrivait...

J'aperçus Hildy musardant au pied de l'escalier.

— Hildy !

— Oh ! Mademoiselle Lena... Je... hum... je dépoussiérais la rampe, bégaya-t-elle, écarlate.

— Ma cousine arrive. J'ai besoin que tu transmettes un message à Edward St-Cyr, la suppliai-je, affolée.

Hildy écarquilla les yeux.

— Edward St-Cyr ? Vous êtes sérieuse ?

— Dis-lui que j'ai besoin de le voir sans délai.

— Ici ? Vous savez que lui et Mlle Carlisle se détestent !

Une clé tourna dans la serrure de la porte d'entrée. La panique me gagna.

— Dis-lui… Dis-lui de me retrouver au Princess Diana Playground dans une demi-heure.

Hildy hocha la tête et s'éclipsa par la porte de service. Juste à temps.

— Tiens, tiens, voyez donc qui est de retour !

Cette voix hautaine, dégoulinante de mépris… Je pivotai sur mes talons et fis face à ma cousine pour la première fois depuis un an.

Claudie portait une robe très courte qui moulait ses formes, le genre de robe que l'on portait en boîte de nuit pour attirer l'attention. Des cernes violets lui soulignaient les yeux.

— Bonjour, Claudie. Tu as l'air fatigué, remarquai-je.

Elle me foudroya du regard.

— Ne compte pas récupérer ton héritage, si c'est ce que tu espères. Mes avocats ont passé le testament au peigne fin et…

Elle s'interrompit en apercevant Miguel. Un sourire triomphant joua sur ses lèvres.

— Tu l'as ramené ! Je savais que tu finirais par entendre raison. Maintenant, Alejandro devra bien m'épouser ou…

— Ou quoi, Claudie ? fit la voix d'Alejandro.

Il se tenait en haut de l'escalier. Claudie leva les yeux, le bec cloué pour la première fois de sa vie. Elle se reprit aussitôt. Une main sur la hanche, elle adopta une pose avantageuse et rejeta sa luxuriante crinière blonde en arrière. Mais son sourire aguicheur cachait mal sa nervosité.

— Alejandro ! J'ignorais que tu étais là aussi.

Il descendit l'escalier et s'arrêta devant elle, la dominant largement malgré les talons aiguilles qu'elle portait.

— Tu m'as menti, Claudie. C'est toi qui te servais de mon bébé pour ton chantage, pas Lena.

Claudie émit un petit rire et sortit un paquet de cigarettes de son sac.

— Oh ! *darling.* J'ignore quel mensonge ma chère cousine t'a raconté, mais…

Il lui saisit violemment le poignet.

— Je t'interdis de fumer en présence de mon fils.

— Ton fils ? En es-tu sûr ?

Elle se dégagea.

— Tu aurais dû voir ce défilé d'amants, Alejandro. Un différent chaque soir…

Une exclamation outrée m'échappa. Alejandro haussa un sourcil.

— Ils devaient chercher ta chambre, Claudie, rétorqua-t-il.

Elle pinça les lèvres.

— Je n'aime pas tes insinuations…

— J'ai fait un test ADN, la coupa-t-il. L'enfant est de moi.

Elle ne répondit pas tout de suite, cherchant un nouvel angle d'attaque, qu'elle ne tarda pas à trouver :

— Rien ne t'oblige à t'en occuper…

— Tu me suggères d'abandonner mon fils ?

— Très bien, dit-elle avec un geste impatient. Gardons le bébé. Elle ne peut rien faire pour nous en empêcher.

Horrifiée, je m'interposai entre elle et mon bébé.

Ma chère cousine s'avança alors vers Alejandro de sa démarche chaloupée, et noua les bras autour de lui.

— Réfléchis, susurra-t-elle. Notre vie serait parfaite. Avec nos fortunes réunies, ton titre et mes relations, nous dirigerions le monde !

— Si la condition est de t'épouser, j'y renonce volontiers, répliqua-t-il froidement.

Choquée, Claudie laissa retomber ses bras.

— Tu as exploité Lena pendant des années, puis tu l'as menacée de prendre son enfant dans le seul but de t'arroger son héritage, continua Alejandro. Sans parler de ton odieux chantage... Pendant un an, tu m'as menti. Tu m'as fait croire que le seul moyen de revoir mon enfant était de t'épouser, en rendant Lena responsable de tout. J'espère qu'un jour ta perfidie se retournera contre toi. *Adios*, Claudie.

Soulevant le siège bébé, il se tourna vers moi.

— Allons-y.

— Alejandro, attends ! le supplia Claudie.

Mais il était déjà parti.

Elle me foudroya du regard, fulminant de rage.

— Toi ! s'écria-t-elle. Tout est ta faute !

Pendant près de dix ans, j'avais rêvé de lui déballer ce que j'avais sur le cœur. Dix ans de solitude à pleurer dans mon grenier, dix ans durant lesquels elle m'avait humiliée, exploitée, rabaissée. Aujourd'hui que la chance m'en était donnée, rien ne me venait. Sauf une question.

— Pourquoi me détestes-tu, Claudie ? Je t'aimais. Tu étais ma seule famille. Pourquoi m'as-tu rejetée ?

Les larmes me piquaient les yeux. Elle alluma une cigarette en me toisant.

— Pourquoi ? Tu n'es pas ma famille, lança-t-elle, venimeuse. Et tu ne seras jamais assez bien pour Alejandro. Crois-moi, tôt ou tard, lui aussi aura honte de toi. Il gardera ton enfant et te jettera à la rue, comme tu le mérites !

Ces mots se fichèrent dans mon cœur telle une flèche empoisonnée. Sans un mot, je quittai la maison, mes précieux albums pressés contre ma poitrine.

Debout sur le trottoir, je contemplai une dernière fois la villa Carlisle.

— Adieu, murmurai-je.

Alejandro m'attendait dans la limousine, le siège bébé calé à côté de lui.

— Tu en as mis du temps ! Ça ne te ressemble pas de me laisser seul avec le bébé...

Il me scruta plus attentivement.

— Qu'y a-t-il ?

— Rien, dis-je en m'essuyant les yeux.

Je remontai la couverture sur le menton de Miguel, qui s'était réveillé et commençait à pleurer.

— Que t'a-t-elle dit ? insista Alejandro.

Un coup frappé à la vitre me dispensa de répondre.

— Baisse cette vitre ! hurla Claudie sur le trottoir.

Avec un juron, Alejandro baissa la vitre de quelques centimètres. Claudie se pencha en avant, le visage déformé par la rancœur.

— Ensemble, nous aurions dirigé le monde, Alejandro. Et tu y renonces pour cette petite intrigante et son sale morveux ?

La voix d'Alejandro prit une intonation dangereuse :

— Si tu insultes encore mon fils et sa mère, tu le regretteras.

Claudie demeura interdite. Sans doute parce qu'elle avait l'habitude de m'injurier à sa guise.

— Jamais tu ne retrouveras une femme aussi belle, riche et cultivée que moi. Je t'aime…

— Mais moins que mon titre.

Elle s'empourpra.

— Tu la choisis, elle ? Cette… cette moins-que-rien ? Elle n'a pas l'étoffe d'une duchesse !

Alejandro me lança un regard furtif et sourit.

— Merci pour cette fascinante opinion, Claudie. Maintenant, si tu veux bien t'écarter. Lena et moi avons une bague de fiançailles à acheter.

— Une bague de fiançailles ? s'étrangla ma cousine.

Sa stupeur n'avait d'égal que la mienne. Miguel continuait à pleurer. Seul Alejandro restait parfaitement calme. Il remonta la vitre et ordonna au chauffeur de démarrer.

Claudie regarda la limousine s'éloigner, comme clouée sur place. Elle semblait si pitoyable sur ce trottoir, dans sa robe trop moulante, qu'elle me fit de la peine. Moi aussi, je savais ce que c'était d'être rejetée par Alejandro…

— Tu n'avais pas besoin d'être aussi cruel, protestai-je.

Il arqua un sourcil incrédule.

— Après la façon dont elle t'a traitée, tu la défends encore ?

— Elle reste ma cousine. J'ai pitié d'elle.

— C'est stupide.

Je caressai la joue de mon fils.

— L'amour rend stupide, dis-je avec un sourire triste.

— Elle ose prétendre m'aimer ? Elle ne me connaît même pas.

— C'est aussi ce que tu m'as dit, murmurai-je. Qui sait si une femme arrivera un jour à te connaître ?

Une ombre passa dans ses yeux, comme si j'avais

touché une corde sensible — mais peut-être l'avais-je imaginée ?

Il continuait à me fixer, l'air pensif.

— Pourquoi me regardes-tu ainsi ? demandai-je, mal à l'aise. J'ai l'air d'un épouvantail, c'est ça ?

Son regard remonta le long de mon bras vers mon cou, mes lèvres.

— Tu as l'air d'une femme pour qui son enfant compte plus que l'argent. Une femme généreuse, aimée de tous les domestiques et capable de pitié pour celle qui l'a trop longtemps maltraitée.

— Serait-ce un compliment ?

— Je dois avoir perdu la main si tu en doutes...

Mes joues s'embrasèrent. Je me hâtai de changer de sujet, caressant du doigt mes précieux albums :

— Merci de m'avoir amenée à Londres. Pour les photos... et pour la mise au point avec Claudie. Maintenant, je sais pourquoi elle ne m'a jamais acceptée.

Le silence se fit.

— Ça va ? demanda finalement Alejandro.

J'opinai du chef, la gorge trop nouée pour parler.

— Je sais ce que c'est d'être seul, murmura-t-il.

— Toi ? Ça m'étonnerait, commentai-je durement.

Son regard se voila.

— Enfant, j'étais très ami avec le fils de la gouvernante. Nous avions le même âge, la même préceptrice. Il était comme un frère pour moi. Nous nous ressemblions tellement que les gens nous prenaient pour des jumeaux.

— Etes-vous toujours amis ?

— Il est mort dans un accident de voiture, il y a vingt-trois ans. Tout comme le duc, la duchesse et la gouvernante.

— Ils ont tous perdu la vie dans le même accident ? m'exclamai-je, horrifiée.

— Moi seul ai survécu.

Je l'imaginai petit garçon, unique survivant d'un terrible accident ayant tué ses parents et son meilleur ami, puis propulsé duc à tout juste douze ans. Quelle solitude, quelle tristesse avaient dû être les siennes ! Mue par la compassion, je lui pris la main.

— Je suis désolée.

— C'était il y a longtemps, dit-il en se dégageant, crispé. Mais tu vois, moi aussi j'ai grandi en étant seul.

Je me mordis la lèvre, honteuse de mes jérémiades alors que lui aussi avait souffert, et sans se plaindre.

— Comment s'appelait ton ami ?

— Miguel.

— Oh... Quelle coïncidence ! Du coup, ça ne te dérange pas que j'aie appelé notre fils ainsi ?

— Non, dit-il avec un sourire. Ça ne me dérange pas.

Il se rembrunit.

— Pour ce qui est de son nom de famille, en revanche...

— Ne t'inquiète pas, soupirai-je. Je n'attends pas de toi que tu me demandes en mariage.

— Et si j'insiste ?

— Pardon ?

Une flamme s'alluma dans son regard.

— Si j'ai envie que tu deviennes ma femme ?

— Je croyais que tu détestais ces intrigantes qui ne cherchent qu'à te passer la bague au doigt ?

— Tu n'en fais pas partie.

Il me caressa la joue au-dessus du siège bébé.

— Pour le bien de notre fils, je pense que nous devrions être ensemble.

— Pourquoi ?

— Pourquoi pas ? dit-il avec un sourire sensuel. J'ai

déjà brisé l'une de mes règles. Pourquoi ne pas aller plus loin ?

— Mais… qu'est-ce qui a changé ?

— Je commence à croire que je peux te faire confiance.

Son regard happa le mien.

— Et je n'ai jamais pu oublier nos nuits de passion, ajouta-t-il.

L'air entre nous se chargea d'électricité. Je me remémorai la nuit où Miguel avait été conçu, et toutes ces autres où je m'étais donnée à lui corps et âme. Un frisson me parcourut. Il était si proche, à présent ! Mon être tout entier attendait ses caresses. Mes lèvres frémissaient, avides de ses baisers…

— Ce n'est pas une raison suffisante pour nous marier, décrétai-je en me ressaisissant. Tu le regretterais et m'accuserais de ne t'avoir épousé que pour devenir duchesse.

Il secoua la tête.

— Tu es peut-être la seule femme au monde à n'avoir que faire de mon titre. Nous marier est le mieux à faire pour notre fils. Quelle est ta réponse ?

Ma réponse ?…

Un an plus tôt, j'étais tombée amoureuse de lui, et il m'avait cruellement rejetée. Cette expérience m'avait anéantie. Je n'avais pas la force de revivre cela.

« Tôt ou tard, il gardera ton enfant et te jettera à la rue, comme tu le mérites », m'avait lancé Claudie. Hors de question de retomber sous son emprise. Mon seul espoir était la fuite. Et pour cela…

Je jetai un regard discret vers l'horloge du tableau de bord.

— Arrêtez la voiture ! m'écriai-je. Laissez-moi descendre !

Perplexe, Dowell se rangea le long du trottoir. Alejandro me fixait comme si j'étais devenue folle.

— Qu'est-ce qui te prend ?

Je débouclai la ceinture qui retenait le siège bébé.

— Miguel a besoin d'une promenade pour l'aider à s'endormir, prétextai-je.

— C'est une plaisanterie ?

Sans répondre, je soulevai mon bébé dans mes bras et sortis de la voiture, puis me mis à courir vers le Princess Diana Playground, le parc à thème où m'attendait Edward.

# 3

En cette journée de septembre, le Princess Diana Playground fourmillait d'enfants de tous âges, qui couraient en riant vers les tipis ou prenaient d'assaut le bateau pirate. C'était un lieu magique — rien d'étonnant pour un parc conçu sur le thème de Peter Pan. Ce n'était cependant pas de magie dont j'avais besoin, mais de protection.

Edward St-Cyr m'avait protégée plus d'une fois. J'avais fait sa connaissance trois ans plus tôt, un soir où je rentrais, les bras chargés de courses. Un groupe de voyous s'était retourné sur mon passage. Je marchais très vite, tête baissée, mais les garçons m'avaient suivie en m'interpellant crûment. Alors que l'un d'eux s'apprêtait à renverser mon sac de courses, la lumière de deux phares puissants les avait arrêtés. Un homme en manteau sombre avait jailli de la voiture, l'air menaçant, et les voyous avaient détalé sans demander leur reste.

— Tout va bien, mademoiselle ? avait demandé mon sauveur en se penchant vers moi.

Son expression avait changé subitement.

— Mais je vous connais ! Vous êtes la cousine de Claudie ?

— Euh, oui…

— Je suis Edward St-Cyr. J'habite à quelques rues de chez vous. Laissez-moi vous raccompagner.

Il avait pris dans la sienne ma main tremblante.

— Oh non, ne vous donnez pas cette peine.

— Un peu de marche me fera le plus grand bien, avait-il décrété, faisant signe à son chauffeur de partir sans lui.

C'est ainsi que nous avions marché ensemble jusqu'à la villa Carlisle, à peine à dix minutes de là.

— Merci, avais-je murmuré sur le pas de la porte. Navrée pour le dérangement…

— Pas du tout. Puis-je passer prendre de vos nouvelles demain ?

— Ce n'est vraiment pas nécessaire…

— J'insiste.

Un sourire avait incurvé ses lèvres.

— Ne serait-ce que pour faire rager votre cousine, que je ne porte pas dans mon cœur.

A partir de ce jour, Edward et moi étions devenus amis. Il s'était toujours montré si gentil avec moi… Parce qu'il espérait plus ?

« Je suis las d'attendre, Lena. Il est temps que tu sois mienne. »

Un frisson me parcourut l'échine. J'avais quitté San Miguel prête à tous les sacrifices pour sauver mon bébé des griffes d'Alejandro. Quitte à me donner à un homme que je n'aimais pas. Mais était-ce vraiment indispensable ? Alejandro n'était peut-être pas le monstre sans cœur que j'avais imaginé, tout compte fait…

— Tu n'aurais pas dû t'enfuir.

Sa voix dans mon dos me fit tressaillir. Je me retournai.

— Comment m'as-tu rattrapée si vite ?

— Tu croyais que je te laisserais disparaître avec notre fils ?

— Je n'ai pas disparu !

— Tu t'es enfuie pour une raison, m'accusa-t-il. Et nous savons tous les deux laquelle.

Mon cœur s'affola. Avait-il percé à jour mes intentions ? Lui et Edward se connaissaient de vue et ne s'appréciaient guère. Aucune chance qu'il le prenne calmement.

— Tu as paniqué parce que je t'ai demandé de m'épouser.

Un vif soulagement m'envahit.

— Tu n'étais pas sérieux.

— Bien sûr que si.

— Tu as toujours affirmé ne pas vouloir te marier, lui rappelai-je.

— Je disais aussi ne pas vouloir d'enfants. Mais la situation a changé. T'épouser prouvera au monde que Miguel est bien mon fils. Mon héritier, quoi qu'il m'en coûte.

*Quoi qu'il lui en coûte* ? Insinuait-il que Miguel ne méritait pas son titre ?

— Je ne t'aime pas, dis-je d'un ton sec.

— Peu importe. Nous aimons tous les deux notre fils. C'est le seul amour qui compte.

— C'est faux ! protestai-je. Mes parents m'aimaient et se sont aimés jusqu'à leur dernier souffle !

— La plupart des gens n'ont pas cette chance, répliqua-t-il durement. Je t'ai cherchée pendant un an, Lena. Je n'ai pas envie de me battre pour la garde de Miguel. Ce point doit être réglé une bonne fois pour toutes.

Je cillai, incrédule. Cet homme était incroyable !

— Tu me demandes de t'épouser uniquement pour t'épargner le désagrément d'une procédure judiciaire ? Cette histoire de mariage n'est qu'une toquade. Elle te passera…

Tout en parlant, j'aperçus du coin de l'œil Hildy, qui me faisait de grands signes.

Alejandro fronça les sourcils.

— Qu'y a-t-il ?

Il commença à tourner la tête.

— Tu sais quoi ? Laisse-moi y réfléchir, dis-je précipitamment. Tant de choses se sont passées depuis hier ! Je suis trop épuisée pour prendre une décision.

Je désignai du menton le café à l'entrée du parc.

— J'ai besoin d'un café. Tu veux bien aller m'en chercher un, s'il te plaît ?

Son regard glissa de ma robe blanche froissée aux larges cernes sous mes yeux.

— Bien sûr, répondit-il poliment.

A peine s'était-il éloigné que je me précipitai pour rejoindre Hildy.

— Où est Edward ?

Elle secoua la tête.

— M. St-Cyr n'était pas chez lui. On m'a informée qu'il se trouvait à Tokyo.

Décidément, ce n'était pas mon jour !

— Puis-je t'emprunter ton téléphone ?

Elle plongea la main dans sa poche et se mordit la lèvre.

— Je ne l'ai pas sur moi. J'ai dû le laisser à la villa…

Je vis Alejandro achever de régler sa commande. Trop tard !

— Merci quand même, murmurai-je, résignée. Tu devrais rentrer, maintenant.

— Bonne chance, mademoiselle Lena, chuchota Hildy avant de s'éclipser.

Mes yeux errèrent sur le parc verdoyant, écrasé sous le ciel gris londonien. Je me demandai quel temps il faisait, en Espagne. Chaud et ensoleillé, sans doute. Mes jours là-bas s'écouleraient sous un ciel azuréen — et mes nuits dans les bras d'un ténébreux duc espagnol…

Non ! me sermonnai-je. Je n'avais pas le droit de penser de la sorte. Partager la garde de Miguel serait déjà assez éprouvant. Jamais je ne deviendrais la maîtresse d'Alejandro. Encore moins sa femme.

— Tiens, dit Alejandro en me tendant un gobelet fumant.

J'avalai une gorgée. Le liquide brûlant me réchauffa de l'intérieur, crémeux et sucré à la perfection.

— Tu t'es rappelé comment je l'aimais, fis-je, surprise.

— Toutes les femmes l'aiment ainsi, répondit-il en sirotant son café noir.

— C'est faux.

Il haussa les épaules.

— Crème et sucre sont le remède miracle pour calmer une femme.

— Tu n'es vraiment qu'un… qu'un…

— … monstre sans cœur ?

Il marqua une pause.

— Tu penses vraiment que je ferai un mauvais père ?

Etait-ce de la détresse que je lisais dans ses yeux ? L'avais-je blessé ? Impossible. Alejandro avait une pierre à la place du cœur. Alors d'où venait cette pointe de culpabilité qui me taraudait ?

— Peut-être n'es-tu pas *si* horrible, concédai-je à contrecœur. Mais ton cliché des femmes accro au sucre et à la crème est ridicule.

— Si tu le dis.

Il y eut un bref silence.

— Ton bras doit fatiguer à force de porter Miguel, reprit-il.

— Un peu, admis-je. C'est qu'il pèse de plus en plus lourd.

Alejandro avala son café d'une traite, jeta son gobelet à la poubelle et ouvrit les bras.

— Donne-le-moi.

Après une hésitation, je lui tendis Miguel. A ma surprise, ses gestes étaient doux et assurés. Il le tourna même dans ses bras afin qu'il puisse regarder autour de lui.

— Alors ? Comment je m'en sors ?

— Pas mal, grommelai-je.

— Si nous marchions un peu ? Après tout, tu as presque sauté d'une voiture en marche pour le promener. A moins que tu n'aies eu une autre raison ?...

Je le dévisageai avec méfiance. Soupçonnait-il quelque chose ou cherchait-il à me tirer les vers du nez ? Son sourire innocent me tranquillisa.

— Tu as vu juste. J'ai paniqué quand tu m'as demandée en mariage, répondis-je avec un haussement d'épaules. Un peu comme toi l'été dernier quand je t'ai dit que je t'aimais...

Nous nous fixâmes un moment en silence.

— Marchons, dis-je en baissant les yeux.

Le ciel devenait de plus en plus orageux tandis que nous longions le bateau pirate, pris d'assaut par une horde d'enfants.

— Alors, quelle est ta réponse ? demanda Alejandro, du même ton dégagé que s'il m'avait proposé d'aller au cinéma.

— A propos de quoi ?

Il arqua un sourcil.

— Oh ! ça...

— C'est la première fois que je demande une femme

en mariage. A l'évidence, je m'y prends mal. Dois-je mettre un genou à terre ?

— Surtout pas !

— Alors quel est le problème ?

*J'ai peur de retomber amoureuse de toi*. Plutôt mourir que le lui avouer.

— Allons, tu sais bien que je n'ai rien d'une duchesse, dis-je avec un petit rire.

— Essaies-tu de me rejeter en douceur ?

Il s'arrêta pour me regarder, Miguel calé sur la hanche.

— Y a-t-il quelqu'un d'autre ? Peut-être la personne qui t'a aidée à fuir Londres, puis à parcourir le monde ?

— Ce n'est pas ce genre de relation.

— Quand un homme protège une femme, c'est toujours ce genre de relation, affirma-t-il d'un air sombre.

— Comment sais-tu que c'est un homme ?

— Je le lis sur ton visage.

Je détournai les yeux, vers ces parents qui souriaient à leurs enfants depuis les bancs bordant le terrain de jeux. Certains nous regardaient aussi. Sans doute nous prenaient-ils pour une famille.

Ce que nous n'étions pas.

J'aurais tout donné pour pouvoir faire confiance à Alejandro. Voir en lui un *vrai* partenaire, aimant et attentionné, et non un play-boy égoïste qui ignorait le sens du verbe aimer. Accepter sa demande, c'était signer pour le rôle d'épouse dévouée à l'éducation de notre fils, captive dans son château pendant qu'il prenait du bon temps ailleurs. Et pourquoi s'en priverait-il ? S'il ne m'aimait pas, quelle raison aurait-il de m'être fidèle ?

— Pourquoi m'as-tu séduite, Alejandro ?

La question le prit au dépourvu.

— Pardon ?

— Si tu ne cherchais pas à concevoir un héritier

pour toi et Claudie, pourquoi m'avoir mise dans ton lit ? l'interrogeai-je d'une voix mal assurée.

— Je ne comprends pas...

— C'est pourtant simple ! Regarde-toi. Et moi, à côté.

Je désignai mes cheveux emmêlés, ma robe informe et tachée de bave de bébé que je portais depuis maintenant vingt-quatre heures.

— J'ai cru à la version de Claudie car enfin tout s'expliquait. Pour quelle autre raison un homme ayant les plus belles femmes du monde à ses pieds jetterait-il son dévolu sur moi ?

— Parce que c'est toi que je voulais, Lena. Et je te veux toujours, dit-il en m'effleurant la joue.

Mon gobelet vide m'échappa des mains, mais ce fut à peine si je m'en aperçus. Je tremblais, en proie à une violente émotion.

— Alors pourquoi m'as-tu quittée quand je t'ai dit que je t'aimais ? demandai-je, la gorge nouée.

Sa main retomba.

— Je ne voulais pas que tu te fasses des idées. Je m'étais promis de ne jamais me marier, ni avoir d'enfants.

— Mais pourquoi ? insistai-je. Tu es le dernier de ta lignée, non ? Sans héritier, tu seras le dernier duc d'Alzacar !

— C'était mon intention.

— Je suis perdue, là.

— Ça n'a plus d'importance.

Son regard se posa sur Miguel.

— Le sort en a décidé autrement. J'ai un fils, à présent, et je ferai tout pour lui donner l'avenir qui lui revient. Quoi qu'il m'en coûte.

— Pourquoi répètes-tu ça, « quoi qu'il m'en coûte » ? Tu sous-entends qu'il n'est pas assez bien ?

— Pas du tout !

— Alors c'est moi ?

Il se raidit.

— Non. C'est *moi.*

Je cillai, stupéfaite. Le puissant duc d'Alzacar se reconnaissait-il une faille ?

— Explique-toi.

— Il n'y a rien à expliquer. Maintenant que je suis parent, mes priorités ont changé. Ça a aussi été le cas pour toi, non ?

Je me mordis la lèvre. Il avait raison, mais je ne pouvais me défaire de l'idée qu'il me cachait quelque chose.

— Nous nous devons de faire ce qu'il y a de mieux pour notre fils, reprit-il. C'est-à-dire, nous marier.

— Tu n'avais aucune envie de m'épouser, au Mexique, objectai-je.

— Je te prenais pour une menteuse, une voleuse et une intrigante. Depuis, tu es remontée dans mon estime.

— Quelle magnanimité ! ironisai-je.

— Pourquoi me repousses-tu ? A moins que…

Il m'enveloppa d'un regard pénétrant.

— Es-tu amoureuse de quelqu'un ?

Je songeai à Edward. Alejandro garderait-il sa bonne opinion de moi s'il savait que j'avais vécu sous le toit d'un autre ? L'arrangement pouvait paraître sordide, bien qu'il ait été tout à fait innocent. De mon côté, du moins.

— Je ne suis amourcuse de personne, énonçai-je d'une voix à peine audible.

Les épaules d'Alejandro se relâchèrent.

— Alors pourquoi ne pas m'épouser ? insista-t-il.

— Je n'aurai jamais ma place dans ton monde, Alejandro. Si je t'épousais, nous serions tous les deux malheureux.

— Non. Pas moi.

— Ta vision du mariage n'est pas la mienne. Je veux…

Je m'interrompis, les joues rouges de gêne.

— Je veux être aimée. Je veux vivre ce que mes parents ont vécu.

Alejandro s'arrêta pour me faire face. Nous nous étions éloignés du terrain de jeux et nous trouvions à présent dans un coin plus calme, planté d'arbres et de buissons.

— Et notre fils ? argua-t-il. N'a-t-il pas des droits, lui aussi ? Ne mérite-t-il pas un foyer stable ?

— Dans un vieux château rempli de courants d'air ?

— Je veux que mon héritier grandisse en Espagne. Qu'il connaisse sa famille.

Je fronçai les sourcils.

— Je croyais que tu n'en avais plus, de famille ?

— J'ai été élevé par ma grand-mère, et tous les employés sont un peu ma famille. Ne crois-tu pas que Miguel a le droit de les connaître ? De connaître son pays ? Où l'élèverais-tu, sinon ? Au Mexique ?

— Je m'y plaisais ! rétorquai-je, piquée au vif.

— Nous y achèterons une maison de vacances, si c'est ce que tu veux, dit-il avec impatience. La place de notre enfant est dans son pays, avec sa famille. N'est-ce pas ce que tu veux pour lui : une enfance heureuse, parmi des gens qui l'aiment ?

Je me sentis fléchir. Evidemment que c'était ce que je voulais pour mon fils !

— Tu seras une duchesse richissime et comblée d'honneurs, poursuivit-il.

— Je serai l'épouse docile cantonnée au château pendant que tu continueras d'étoffer ton tableau de chasse, marmonnai-je.

Il plissa les yeux.

— J'ai de nombreux défauts, mais l'infidélité n'en fait pas partie. Dis-moi…

Il marqua une pause, pour installer un suspense à n'en pas douter. Une lueur sardonique brillait dans son regard.

— Cela te plaisait de vivre chez Edward St-Cyr ? De voyager dans son jet privé ?

— Comment le sais-tu ? demandai-je, la gorge sèche tout à coup.

— Avant de venir au Mexique, j'ai chargé mes hommes d'enquêter sur cette société propriétaire de la maison de San Miguel. Si ce n'était pas Claudie qui t'aidait, je tenais à découvrir qui.

— Alors pourquoi avoir feint de ne pas savoir ?

Ses traits avaient la dureté d'une sculpture de marbre.

— Je voulais te donner une chance de m'en parler de toi-même.

— Un test, murmurai-je.

— Les femmes sont attirées par le danger. Jusqu'au jour où elles y sont confrontées pour de bon. Comment était-ce de profiter de son argent ? De ses biens ? As-tu aimé partager son lit ?

— Je n'ai jamais couché avec Edward !

La voix rauque de celui-ci résonna à mes oreilles : « Il est temps que tu sois mienne. »

Il avait été abasourdi par ma réaction — un rire incrédule, involontaire.

« Tu verras », m'avait-il jeté, avant de tourner les talons.

Je chassai ce souvenir.

— Il ne s'est jamais rien passé.

— Je vois. Il t'aurait aidée par pure charité chrétienne, railla Alejandro.

Je me mordis la lèvre, gênée.

— C'est un ami, rien d'autre.

— Mais lui veut plus, n'est-ce pas ?

Il baissa les yeux sur Miguel, qu'il portait comme s'il ne pesait pas plus qu'une plume.

— Hors de question qu'il approche mon fils. Contrairement à toi, je reconnais le danger quand je le vois.

— Je comprends mieux soudain pourquoi tu tiens tant à m'épouser, rétorquai-je.

Il fronça les sourcils.

— Lena...

— Peut-être est-il dangereux, mais sans lui, je n'aurais pas survécu à cette horrible année. Il était là pour moi quand tu m'as abandonnée, enceinte et sans personne vers qui me tourner.

Alejandro pâlit.

— Si tu m'avais donné une chance...

— Je l'ai fait ! Tu ne m'as jamais rappelée !

Je pris une profonde inspiration.

— Je sais que tu n'es pas un monstre, mais je n'ai plus confiance en toi. Et avec ma confiance, c'est mon amour qui s'est brisé.

Un silence tomba, comblé par le brouhaha des enfants de l'autre côté des arbres. Lorsque Alejandro reprit la parole, sa voix était dure, intransigeante :

— Amour ou non, confiance ou non, tu m'épouseras. Miguel aura une vraie famille et un foyer stable.

Comme je secouais la tête, il s'approcha tout près de moi.

— Tu as promis de m'accompagner en Espagne, ajouta-t-il, menaçant.

La panique me saisit.

— C'est-à-dire... C'était quand...

— Quand tu croyais ne pas avoir à tenir ta promesse ? Grâce à St-Cyr, peut-être ?

Mon silence était plus qu'éloquent.

— Tu m'as donné ta parole qu'après Londres tu me suivrais en Espagne, Lena.

C'était vrai, je le lui avais promis. Sa détermination érodait mes défenses, lentement mais sûrement. Je me sentais très lasse tout à coup, profondément seule et abandonnée.

— Ce mariage court à l'échec, murmurai-je.

— C'est ce que nous verrons. Tu n'as même pas encore rencontré ma famille.

— Tu veux dire : ta grand-mère ?

J'imaginais une vieille dame stricte, froidement sophistiquée en tailleur Chanel rehaussé d'une parure de perles. Un peu comme ma propre grand-mère.

— Elle va me détester et me juger indigne de toi, repris-je.

Alejandro s'esclaffa.

— Tu la vois en douairière implacable, maîtresse de son château plein de courants d'air ?

— Ai-je tort ?

— Ma grand-mère est née aux Etats-Unis, en Idaho. Elle a grandi dans le ranch familial.

— En Idaho ? répétai-je, stupéfaite. Comment a-t-elle…

— … finie mariée à mon grand-père ? C'est une histoire passionnante, qu'elle te racontera elle-même. A moins que tu ne persistes à vouloir rompre ta promesse ?

Je déglutis. Aller chez lui, c'était me retrouver cernée par sa famille, ses amis. Son pouvoir. Combien de temps encore lui tiendrais-je tête dans ces conditions ?

— Assez tergiversé, trancha-t-il.

Il sortit son portable de sa poche, composa un numéro et me le fourra dans la main.

— Ça sonne.

— Quoi ? bégayai-je en fixant le téléphone. Qui as-tu appelé ?

— Ma grand-mère. Si tu es vraiment résolue à l'empêcher de rencontrer Miguel, dis-le-lui toi-même.

— Moi ? Je ne la connais même pas !

— Exactement. Je l'aime trop pour lui faire de la peine, mais toi, rien ne t'en empêche.

— Tu veux me faire passer pour la méchante de service !

Son regard capta le mien.

— Annonce-lui qu'elle a un petit-fils. Présente-toi et dis-lui que je t'ai demandé ta main.

J'allais répliquer quand une voix résonna à l'autre bout du fil :

— *¿Hola?* Alejandro ?

C'était une voix chaude, amicale, une voix de grand-mère qui cuit des confitures, vous serre dans ses bras et insiste pour que vous vous resserviez, car c'est ainsi qu'elle exprime son amour à ceux qui sont sa lumière et sa joie de vivre. Une voix telle que je n'en avais plus entendu depuis la mort de mes parents.

— Alejandro ? Tu es là ?

— Ce n'est pas Alejandro, répondis-je, mal à l'aise. Je suis… une amie.

— Une amie ? Il lui est arrivé quelque chose ?

— Non, il va bien.

— S'il allait bien, il m'appellerait lui-même, objecta-t-elle, inquiète à présent. Vous essayez de me ménager, n'est-ce pas ? D'abord, je perds mes enfants, et maintenant…

Sa voix se brisa.

— Il était tout ce qu'il me restait, reprit la vieille dame. Je savais que le destin me rattraperait, un jour, et que je le perdrais aussi.

— Je vous assure qu'il va bien ! m'écriai-je, peinant à contenir mon agacement. Il est là, à côté de moi.

Il y eut un silence, puis le ton de mon interlocutrice changea, se teintant de curiosité :

— Alors pourquoi m'appelez-vous depuis son téléphone ?

— Il tenait à ce que je vous annonce moi-même la nouvelle, dis-je en le fusillant des yeux. Vous êtes arrière-grand-mère.

Un cri de joie me perça le tympan.

— Alejandro a un enfant ?

— Un fils de cinq mois. Je suis la mère du bébé.

— Vous êtes américaine ?

— Née à Brooklyn.

— Pourquoi ne m'en a-t-il pas parlé ? Comment vous appelez-vous ?

Les questions fusaient avec enthousiasme. Elle n'avait vraiment rien de la duchesse snob que j'avais imaginée.

— Vous êtes-vous mariés en secret ? Je ne lui pardonnerai jamais de ne pas m'avoir invitée !

— Nous ne sommes pas mariés. Et il n'y aura pas de mariage.

— Pas de mariage ?

Il y eut une pause, puis elle changea de sujet d'un ton faussement enjoué :

— Alors dites-moi, quand vais-je rencontrer mon arrière-petit-fils ? J'ai hâte d'annoncer à mes amies que vous vous installez au castillo de Rohares. Enfin un peu de vie entre ces vieux murs !

— Désolée, nous ne comptons pas vivre en Espagne.

— Oh…

Son soupir de déception me fendit le cœur malgré moi.

— Me rendrez-vous quand même visite ?

— Je ne sais pas si nous pourrons...

— Je comprends. Ce n'est pas grave. Une carte de Noël avec la photo du bébé suffira. Je n'ai pas besoin de le rencontrer à tout prix...

Ma peur de côtoyer Alejandro, de lui donner tout pouvoir sur moi, me parut soudain d'un égoïsme sans borne à côté du souhait d'une vieille dame de rencontrer son arrière-petit-fils. Plus important encore, Miguel n'avait-il pas droit à une famille ? Avais-je une pierre à la place du cœur ?

— Bon, capitulai-je. Nous passerons dans quelques jours. Mais seulement pour une visite !

Une explosion de joie accueillit cette nouvelle. J'écartai le téléphone de mon oreille, tout en foudroyant de nouveau Alejandro du regard.

— Je vous passe votre petit-fils, dis-je dans le combiné.

Je lui tendis l'appareil en chuchotant :

— Je te hais.

— Mais non, répondit-il sur le même ton.

Il prit le téléphone et ajouta plus sérieusement, la main toujours sur le micro :

— Je regagnerai ta confiance, Lena. Et ensuite...

— Ensuite quoi ?

Un sourire sensuel joua sur ses lèvres.

— Avant la fin de la semaine, tu seras ma femme.

Il existait différentes techniques de séduction. La traditionnelle comportait des fleurs, des chocolats, un dîner aux chandelles. C'était ainsi qu'Alejandro m'avait séduite l'été précédent. Il s'était présenté à la villa Carlisle en smoking, les bras chargés de roses — au grand dam de Claudie.

« Tu es magnifique », avait-il susurré en m'embrassant chastement sur la joue.

Nous avions dîné dans le restaurant le plus chic de Londres, où il m'avait écoutée avec intérêt, ses doigts mêlés aux miens à la vue de tous. Pendant tout le repas, il m'avait couvée d'un regard incandescent, comme si j'étais la plus belle femme au monde. Puis nous étions allés dans un club où nous avions dansé, dansé… La sensation de son corps viril pressé contre le mien m'avait donné le vertige. Soudain, au beau milieu de la piste, il m'avait embrassée.

C'était mon premier baiser. J'avais fermé les yeux tandis que le monde tourbillonnait autour de moi. De nous.

« J'ai envie de toi », avait-il chuchoté contre mes lèvres.

Mon cœur s'était mis à battre la chamade. Hypnotisée par son sourire, je l'avais suivi au Dorchester Hotel, dans sa suite privée.

Résister ne m'avait même pas traversé l'esprit. Vierge inexpérimentée entre les mains d'un maître de la séduction, j'étais à lui depuis qu'il m'avait embrassée ; non : depuis que ses yeux s'étaient posés sur moi pour la première fois, brûlant d'une flamme intense.

Ça, c'était la méthode de séduction traditionnelle. Elle avait fonctionné une fois, chamboulant mon cœur innocent avec une redoutable efficacité. Je connaissais la chanson, à présent. Ou plutôt, je savais comment elle se terminait : quelques instants de plaisir et un cœur brisé à jamais.

Mais il existait d'autres méthodes, et je ne doutais pas qu'Alejandro les connaissait…

*
* *

Arguant que le bébé et moi avions besoin de repos, Alejandro avait décidé que nous passerions la nuit à Londres, au Dorchester, avant de nous envoler pour Madrid. Cette sollicitude avait aussitôt éveillé ma méfiance. Or il ne chercha pas à m'embrasser lorsque nous fûmes seuls dans sa suite, ni ne m'entraîna sur la terrasse surplombant Hyde Park pour m'attirer dans ses bras en me chuchotant des compliments.

Il se contenta de commander à déjeuner, avant de me lancer avec un large sourire :

— Cet après-midi, je t'emmène faire du shopping.

— Non merci, déclinai-je, soupçonnant une ruse.

— Nous avons besoin d'une poussette, fit-il valoir.

Il n'avait pas tort : tout le matériel dont je disposais était resté à San Miguel.

— D'accord, une poussette. Mais rien d'autre.

— Tu n'es pas drôle…

— Je suis fauchée.

— Pas moi. Laisse-moi payer, insista-t-il.

— Je ne préfère pas.

— Pourquoi ?

— Parce que rien n'est jamais gratuit, affirmai-je, la gorge serrée.

Son sourire innocent ne fit rien pour me rassurer.

Après le déjeuner, nous écumâmes les luxueuses boutiques de Knightsbridge, Mayfair et Sloane Street. Alejandro acheta la poussette la plus chère qu'il put trouver pour Miguel, qu'il poussa lui-même tandis que ses gardes du corps nous suivaient, les bras chargés de sacs remplis de jouets et de vêtements.

— On avait dit juste une poussette !

— Tu ne vas quand même pas me reprocher d'acheter quelques cadeaux à mon fils ? plaida-t-il.

Je soupirai.

— Non, bien sûr.

— Et maintenant, passons à ta garde-robe, ajouta-t-il avec un sourire malicieux.

Mes joues s'empourprèrent. Avait-il surpris mes regards envieux vers les jolies robes dans les vitrines ?

— Certainement pas, regimbai-je.

— C'est le moins que je puisse faire, dit Alejandro. C'est à cause de moi si tu as perdu ton héritage.

— Pas du tout !

— S'il te plaît, *querida*. Tu ne peux pas refuser.

Exactement ce que je craignais. Si je cédais sur ce point, je serais incapable de lui refuser quoi que ce soit. Je me retrouverais mariée à un homme qui ne m'aimait pas et m'ignorerait, réduite à hanter son château telle une ombre.

Face à mon inflexibilité, il soupira avec une mine de chien battu.

J'étais fière d'avoir résisté. Mais, alors que nous parcourions une nouvelle boutique, il me vit admirer une robe une seconde de trop. Un signe à son garde du corps, et celui-ci s'empara d'un modèle à ma taille.

— Hé, non ! m'exclamai-je. Je n'en veux pas !

— Trop tard, répondit Alejandro. Je viens de l'acheter.

Exaspérée, je m'interdis à partir de ce moment de regarder quoi que ce soit. Mais ma manœuvre se retourna contre moi : Alejandro se mit à décrocher des articles au hasard, beaucoup plus coûteux et clinquants que ce que j'aurais choisi. C'est ainsi que je me retrouvai propriétaire d'un sac à main en crocodile muni d'une poignée en or incrustée de diamants.

— Je ne peux pas porter ça ! J'aurais l'air ridicule !

Il eut un sourire narquois.

— Si tu ne veux pas que je choisisse pour toi, dis-moi ce que tu veux.

Vu comme cela, avais-je vraiment le choix ?

— Tu me le paieras, grommelai-je en empoignant un pull en coton tout simple.

Son sourire s'élargit.

Les vendeuses, flairant l'acheteur prodigue, délaissèrent leurs clients pour nous entourer. Notre groupe prit aussitôt des proportions tentaculaires entre les vendeuses, les gardes du corps, Alejandro, moi et notre bébé dans sa poussette de luxe. Les autres clients tournaient la tête et chuchotaient sur notre passage.

— Tout le monde nous regarde, dis-je, gênée.

— Tu mérites d'être le centre de l'attention, décréta Alejandro.

Ce fut avec soulagement que je poussai la porte de sa suite. J'étais heureuse de me retrouver seule avec lui, et en même temps terrifiée.

Les gardes du corps arrivèrent un moment plus tard avec les sacs, aidés par des employés de l'hôtel.

— Nous avons fait autant d'achats ! m'exclamai-je, embarrassée.

Alejandro s'esclaffa.

— Tu n'as presque rien acheté. Si ça n'avait tenu qu'à moi, nous aurions dépensé le double.

Il me releva doucement le menton du bout de l'index.

— Je veux te donner plus.

Mon souffle se suspendit. Je priais pour qu'il ne m'embrasse pas, tout en espérant secrètement le contraire.

Mais il me libéra.

— Tu as faim ?

Miguel couché, nous dînâmes en tête à tête dans la salle à manger. La longue table de huit couverts offrait, de ma place, une vue spectaculaire sur Londres. Mais aussi, réalisai-je subitement, sur l'endroit exact où, l'année précédente, Alejandro m'avait fait sauvagement l'amour contre le mur…

Pendant tout le dîner, je m'efforçai de regarder ailleurs. *Cesse de te faire des idées*, me sermonnai-je. Alejandro n'essayait pas de me séduire. Le désir que je décelais dans ses regards n'était que le fruit de mon imagination.

— Tu es fatiguée, observa-t-il. La journée a été longue.

— Je n'ai pas l'habitude de faire autant de shopping, marmonnai-je.

Il sourit en sirotant son café.

— Je parlais du Mexique, de Claudie, de ta nuit blanche dans l'avion…

Je bâillai malgré moi.

— Va prendre une douche et repose-toi, reprit-il. Je m'occupe de Miguel.

Il dut percevoir mon hésitation, car il ajouta :

— Je serai à côté. En cas de problème, je t'appelle, promis.

La longue douche chaude que je m'octroyai me fit un bien fou. Après quoi, j'enfilai une nuisette tout droit sortie d'un des sacs de shopping et m'affalai sur le lit. Quel luxe de savoir que quelqu'un d'autre veillait sur Miguel ! Je pouvais m'endormir l'esprit tranquille. Et c'est exactement ce que je fis.

Lorsque j'ouvris les yeux, le soleil inondait la chambre. Où j'avais clairement passé la nuit seule.

Un coup d'œil au réveil me laissa pantoise : j'avais dormi douze heures d'affilée ! Ma première vraie nuit de sommeil depuis un an. Je m'étirai en bâillant. Je me sentais détendue, reposée. Grâce à Alejandro.

*Alejandro !*

Il n'avait tout de même pas…

Je bondis hors du lit et me ruai dans le salon, terrifiée à l'idée qu'il se soit volatilisé avec mon bébé.

Non, il était bien là, Miguel dans les bras, à qui il fredonnait une berceuse en espagnol. Lorsqu'il me vit, son visage s'éclaira.

— *Buenos días, querida*. Bien dormi ?

— Comme un bébé.

Je baissai les yeux sur ma nuisette qui, à la lumière du jour, tenait davantage du négligé. Gênée, je couvris ma poitrine de mon bras.

— Et toi ?

— Ah, dit-il avec un sourire à son fils. Miguel et moi avons eu le temps de faire connaissance. Mais il ne devrait plus tarder à s'endormir. Pas vrai, bonhomme ?

Je les observai depuis le seuil. Ils formaient un tableau touchant : le puissant duc d'Alzacar, serrant son fils dans ses bras avec une infinie tendresse.

Ils avaient le même visage, même si celui de Miguel était encore rond et joufflu quand celui de son père était finement ciselé, avec ses pommettes saillantes et sa mâchoire volontaire. Le regard plein d'amour dont il couvait notre fils me toucha jusque dans mon âme.

J'avais tort, réalisai-je. Alejandro était capable d'aimer. Simplement… il ne m'aimait pas, moi.

Il leva la tête et sourit, un sourire empreint de fierté. Nos yeux se croisèrent. Quelque chose changea dans son regard, qui erra lentement sur mon corps, brillant de convoitise.

Je me mis à trembler. Voir Alejandro en partenaire fiable, en père aimant pour notre fils, ébranlait mes certitudes. J'étais capable de résister à ses présents, ou même à la tension sensuelle qui électrifiait l'air entre nous. Mais à ça ?

Il existait différentes méthodes de séduction. Celle du corps. Celle de l'intellect.

Et la plus dangereuse : celle du cœur.

# 4

Inutile de nier qu'un jet privé facilite la vie. Surtout avec un bébé. Pas de file interminable à l'aéroport ni d'altercations autour du compartiment à bagages. Le vol vers Madrid fut beaucoup plus agréable que celui en provenance de San Miguel. J'étais propre et fraîche, avec les cheveux brossés et même une touche de maquillage. En jean slim et chemisier neuf rose pâle, je me sentais presque jolie.

— Où est ton sac en croco ? me taquina Alejandro comme nous quittions l'aéroport.

Ses gardes du corps suivaient avec nos bagages. Je me mordis la lèvre.

— Hum… C'est-à-dire…

Il se frappa la poitrine, mimant de façon comique une peine déchirante.

— Se pourrait-il que tu ne l'aimes pas ?

— Oh ! je compte l'utiliser, lui assurai-je. J'avais justement besoin d'un nouveau sac à langer.

Il éclata de rire, avant de reprendre son sérieux.

— Il me faudra donc trouver une meilleure façon de te plaire, dit-il en capturant mon regard.

Un frisson me traversa. Je détournai les yeux. *Il n'essaie pas de te séduire*, me répétai-je en silence. Son seul but était de me piéger dans un mariage de convenance. Mais je ne me laisserais pas faire !

*
* *

Madrid était une ville élégante, au style formel avec son architecture du xixe siècle majestueusement étalée le long du fleuve Manzanares. Les nuages gris de Londres étaient loin derrière nous. Ici, un soleil radieux chauffait la ville de ses rayons brûlants.

Le chauffeur d'Alejandro nous déposa au penthouse de ce dernier, proche du Prado. Ses gorilles arrivèrent quelques minutes plus tard avec les bagages.

L'appartement occupait tout le dernier étage de l'immeuble. Une femme d'âge mûr nous y accueillit, bien trop jeune cependant pour être la grand-mère d'Alejandro. Mme Gutierrez, m'informa-t-il alors, était la gouvernante et habitait à l'étage en dessous.

Il me fit faire le tour des lieux, dont le mobilier ultra-contemporain et la vaste baie vitrée surplombant la ville constituaient les principales caractéristiques.

— Qu'en penses-tu ? demanda-t-il une fois la visite terminée.

— C'est magnifique, répondis-je. Mais tellement froid ! Tu ne dois pas passer beaucoup de temps ici.

Il plissa les yeux.

— Le moins qu'on puisse dire est que tu es franche.

— Ai-je été impolie ?

— Je survivrai. Ma société a son siège à Madrid, expliqua-t-il. Je suis ici tout le temps.

— Oh…

Je passai en revue le mobilier tout en angles, avec ses dominantes de verre et de chrome.

— C'est très, hum… masculin.

— Je ne serais pas contre une touche féminine, commenta-t-il en me fixant.

Parlait-il encore de l'appartement ? Le feu me monta aux joues. Je m'éclaircis la gorge.

— Je suis surprise que ta grand-mère ne soit pas là. Elle semblait si impatiente de voir son arrière-petit-fils…

— Tu la rencontreras demain, dit Alejandro. J'ai un gala ce soir, et Abuela n'aime pas quitter le château. Il est situé à Rohares, près de Séville. La demeure des ducs d'Alzacar depuis quatre siècles.

— Froid et plein de courants d'air, soupirai-je.

— J'ai hâte que tu le découvres, repartit Alejandro avec un sourire en coin.

— Combien de pièces ?

— J'ai perdu le compte depuis longtemps.

Plaisantait-il ? Je me surpris à espérer que non. Un édifice aussi vaste nous permettrait facilement de nous éviter. Même ce penthouse semblait exigu en sa présence. Chacun de ses regards, de ses gestes, ravivait mon attirance. C'était jouer avec le feu…

Dès que sa grand-mère aurait vu le bébé, je quitterais le pays, résolus-je. Alejandro et moi nous accorderions sur la garde de Miguel, le mieux étant qu'il vive avec moi au Mexique. Même s'il était dommage de séparer mon fils d'un père qui l'aimait simplement parce que j'avais peur de souffrir…

Je chassai cette pensée.

— Tu as parlé d'un gala, ce soir ?

— Oui, organisé par mon entreprise, expliqua-t-il en consultant sa montre. Il débute dans vingt minutes.

Le soulagement m'envahit. Dieu merci, je n'aurais pas à passer la soirée avec lui !

— Amuse-toi bien. De mon côté, je vais coucher Miguel et me plonger dans un bon livre.

— Te laisser seule avec lui ? Pas question, dit-il. Tu en profiterais pour t'enfuir.

— Pourquoi ferais-je ça ?

— Qu'est-ce qui t'en empêcherait ?

— Tu n'as qu'à poster des gardes du corps devant la porte, suggérai-je.

— Non. Tu les envoûterais de ton charme.

L'espace d'une seconde, je fus flattée qu'il me juge capable d'une telle prouesse. Je me repris aussitôt.

— Tu pourrais me faire confiance !

— Seulement après que tu m'auras épousé, répliqua-t-il avec amusement.

— Ça n'arrivera pas. Tu m'en remercieras, un jour.

— Très bien, soupira-t-il en s'affalant sur le canapé.

Il s'empara de la télécommande d'un large home cinéma.

— Qu'y a-t-il à la télévision, ce soir ? Veux-tu que nous commandions à dîner ?

Je le fixai avec incrédulité.

— Tu ne peux pas manquer ton propre gala !

Il haussa les épaules.

— C'est d'autant plus dommage que nous fêtions l'introduction de ma société en bourse. Mais je peux rester regarder un film avec toi.

— As-tu perdu la tête ? Tu es l'hôte ! m'écriai-je. Si tu poses un lapin à tes invités, le cours de tes actions risque de s'en ressentir aussitôt !

— Je n'ai personne pour m'accompagner.

— Toi ? Je ne te crois pas.

— C'est en partie ta faute, ajouta-t-il.

Mon agacement céda la place à la méfiance.

— *Ma* faute ?

— J'avais une partenaire, un sublime top model suédois. Mais quand je lui ai expliqué que je ne pouvais pas aller la chercher à Stockholm car je passais la journée avec une ancienne maîtresse, mère de mon fils caché, eh bien… Etrangement, Elsa n'a plus souhaité m'accompagner.

Je réprimai un fou rire, luttant pour garder l'air impassible.

— Dommage pour toi.

— Tu as peur, affirma-t-il à brûle-pourpoint.

— Peur ? De quoi aurais-je peur ?

— De passer du temps avec moi, succomber à ton désir et te réveiller dans mon lit avec une alliance au doigt.

Dans son *lit* ? Ma bouche devint sèche.

— Je comprends, continua-t-il. Tu me désires trop pour te faire confiance à toi-même.

— C'est faux !

C'était l'entière vérité. Il me défia du regard.

— Alors sois ma partenaire ce soir.

Je songeai aux personnes que j'allais rencontrer. Des gens riches, sophistiqués. Cruels. Comme Claudie.

— Non, merci.

— Pourquoi ? insista Alejandro.

— Miguel aura besoin de moi pour sa tétée de minuit, avançai-je faiblement.

— Je t'aurai ramenée à temps.

— Je n'ai pas confiance en une baby-sitter inconnue.

— Mme Gutierrez a quatre enfants et dix petits-enfants. Elle est fiable, expérimentée et d'accord pour garder Miguel.

— Tu as pensé à tout, maugréai-je.

— Alors dis oui, conclut-il.

— Je vais détonner parmi tes amis. Je n'y ai pas ma place.

— Ah, Lena, toujours aussi craintive… As-tu donc si peur d'eux ?

Ce n'était qu'une taquinerie, mais elle me vexa.

— Même si j'acceptais de t'accompagner, c'est trop tard, fis-je valoir. Le gala commence dans vingt minutes et je n'ai rien à me mettre.

Alejandro esquissa un sourire.

— T'ai-je déjà montré notre chambre ?

— Ta chambre ou la mienne, rectifiai-je. En aucun cas la nôtre.

— Oui, bien sûr, acquiesça-t-il d'un air innocent.

Je le suivis jusqu'à une pièce claire, spacieuse, chichement meublée d'un grand lit au design très masculin… et d'un berceau. Plus incongrue encore était l'étoffe rose pâle étalée sur le couvre-lit.

Je m'approchai pour découvrir une élégante robe en soie brodée de délicats motifs de fleurs. L'étiquette indiquait une création Oscar de la Renta. Je pivotai sur mes talons.

— Tu as acheté cette robe à Londres à mon insu ! Tu comptais m'emmener au gala depuis le début ! l'accusai-je.

— Je plaide coupable, admit-il dans un sourire.

Son regard se fit pénétrant.

— J'obtiens toujours ce que je veux, susurra-t-il. Plus ma cible me résiste, plus je la désire.

Nos yeux s'aimantèrent, et le temps suspendit son cours. Au prix d'un effort surhumain, je m'arrachai à ma transe.

— Très bien, dis-je avec froideur. Je t'accompagne. Mais je le fais pour Miguel, afin que tes amis ne le voient pas comme le fruit d'une sordide aventure d'un soir.

— Une sordide aventure d'un soir ? répéta-t-il en me transperçant de son regard de braise. C'est la dernière chose que tu es pour moi, Lena.

Un frisson courut sur ma peau, s'insinua dans mon âme. Je lui tendis mon bébé.

— Laisse-moi m'habiller.

Alejandro m'aida à descendre de la limousine pour m'escorter sur le tapis rouge, sous les flashes des photographes.

— Je croyais que tu étais dans l'immobilier et la métallurgie, lui chuchotai-je.

— Entre autres, répondit-il. Ma société a récemment fait l'acquisition d'un studio de cinéma. Regarde…

Je suivis son regard. Une actrice que j'admirais depuis des années nous précédait, sublime dans sa robe fourreau à sequins.

— Elle est magnifique !

— Tu es mille fois plus belle, même après plusieurs heures de vol sans dormir, murmura Alejandro.

A son regard voilé de désir, je compris qu'il ne plaisantait pas. Une onde de chaleur me traversa.

— Allons-y, dit-il en passant un bras sous le mien.

Je m'humectai les lèvres. Le goût du rouge à lèvres m'arracha une grimace. Je n'avais pas l'habitude d'en porter. Dans cette robe de créateur, je ne me sentais plus moi-même. Etait-ce ce que Cendrillon avait ressenti en se rendant au bal du prince ?

Une foule nombreuse se pressait dans la salle de réception, dansant et sirotant du champagne sous d'immenses lustres en cristal. Alejandro monta sur l'estrade délivrer un discours, dans lequel il remercia chaleureusement ses employés ainsi que tous ses investisseurs et amis. Un tonnerre d'applaudissements salua son intervention.

— Mission accomplie, chuchota-t-il dès qu'il m'eut rejointe. Maintenant, amusons-nous !

Il m'entraîna sur la piste de danse. Je frémis, assaillie par le souvenir de notre dernier slow. C'était à cette occasion qu'il m'avait donné mon premier baiser… Ce soir, il m'enlaçait de nouveau. Sa chaleur me pénétrait, m'étourdissait, comme son odeur puissamment masculine derrière l'eau de toilette.

Sitôt le morceau terminé, je me dégageai.

— Je… j'ai besoin de champagne, bégayai-je.

— Bien sûr.

Son regard me transperçait, comme s'il sondait mon âme.

Tout le reste de la soirée, mon cavalier se comporta en parfait gentleman, serviable et attentionné, allant jusqu'à me présenter à ses amis. L'un d'eux, un magnat allemand, me jeta un regard admiratif.

— Où cachiez-vous cette beauté tout ce temps, Alejandro ?

— Vous auriez dû nous présenter, renchérit un séduisant millionnaire japonais.

— Etes-vous sûre d'avoir fait le bon choix, mademoiselle Carlisle ? dit un acteur dont le dernier film avait explosé au box-office. Donnez-nous une chance.

Il me décocha un sourire charmeur. Je rougis. Cette soirée semblait si irréelle ! Me rappelant mon rôle, je souris à mon tour.

— Désolée. Alejandro est le seul qui ait mes faveurs.

Il glissa un bras autour de ma taille. Son soulagement était presque palpable.

— Comme c'est mignon ! s'esclaffa l'acteur. Enfin, si l'idylle prend l'eau, appelez-moi…

— Ce n'est pas une idylle, mais du chantage, fit une voix dans mon dos.

Je me pétrifiai. Mon cœur manqua un battement. Seigneur…

Je me retournai. Devant moi se dressait l'homme dont j'avais désespérément cherché la protection à Londres. Mais à Madrid, sa présence avait quelque chose d'incongru, comme motivée par des intentions malveillantes.

— Edward, murmurai-je. Je te croyais à Tokyo…

Son regard s'adoucit.

— Mon majordome m'a appelé. J'ai appris que tu avais cherché à me voir à Londres, et aussi qui t'accompagnait là-bas. Tout va bien ?

— Naturellement, dis-je avec un coup d'œil nerveux à Alejandro.

Les deux hommes se mesuraient du regard — deux prédateurs se disputant la même proie.

Alejandro tendit la main.

— Edward St-Cyr. Votre réputation vous précède.

Bien qu'il se fût exprimé avec courtoisie, ses mots étaient clairement agressifs. Ignorant la main tendue de mon partenaire, Edward découvrit les dents en un sourire carnassier.

— Trop aimable. Je vous connais également, mais d'une source plus… intime. Quel mauvais goût, après l'avoir pratiquement kidnappée, de forcer Lena à vous accompagner ce soir.

— Je ne l'ai pas forcée.

— Vraiment ? Essayez-vous de donner une image de stabilité à vos futurs actionnaires ? A moins que vous n'espériez qu'elle retombe dans vos bras ?

Il leva sa flûte de champagne, un rictus aux lèvres.

— La détruire une fois ne vous a pas suffi. Votre égoïsme est sans égal, Navaro.

Pas d'appellation respectueuse liée à son titre de noblesse, ni même de « monsieur », seulement le nom d'Alejandro, jeté avec mépris. Je le regardai vider sa flûte, yeux écarquillés, puis me tournai vers Alejandro, qui avait laissé retomber sa main.

— Quoi que vous pensiez savoir, c'est une erreur, répondit-il calmement. Lena connaît la vérité, désormais.

— Ça, c'est ce que vous dites.

Le regard d'Alejandro se durcit.

— Que faites-vous ici ? Je ne crois pas vous avoir invité.

— J'ai de nombreux amis, déclara Edward en posant sa flûte vide sur une table. L'ambassadeur de Bulgarie a insisté pour que je l'accompagne. Allez-vous risquer l'incident diplomatique en nous jetant dehors ?

Alejandro lança un regard vers un homme distingué aux cheveux grisonnants, en pleine discussion avec le dernier Prix Nobel de la paix.

— Que voulez-vous, St-Cyr ? dit-il entre ses dents serrées.

— Lena, puisque c'est elle qui m'a appelé.

Il m'offrit son bras.

— Allons-y, trésor.

Je n'eus pas le temps de réagir que déjà, Alejandro se dressait entre Edward et moi.

— Je vois, fit ce dernier. Elle est donc votre prisonnière ?

— Elle est ici de son plein gré, affirma Alejandro.

— J'en doute. Vous n'avez aucun droit sur elle.

— J'ai tous les droits.

— Parce que vous êtes le père de son enfant ?

Gardez-le, lança-t-il avec un rire dédaigneux. Je lui en donnerai d'autres.

J'étouffai une exclamation choquée. M'en donner d'autres ? Insinuait-il qu'il lui suffirait de me faire un autre enfant pour remplacer Miguel dans ma vie, comme on remplacerait une paire de chaussures ? Je ne pouvais le croire...

La tension émanant d'Alejandro m'alarma. Il me faisait penser à un lion prêt à bondir à l'attaque. Aucun doute, ils allaient se battre, réalisai-je avec horreur. Là, dans cette somptueuse salle de bal, au milieu de tout le gratin d'Espagne et d'ailleurs. Les gens commençaient déjà à chuchoter en nous regardant.

Je tirai sur la manche d'Edward.

— S'il te plaît, arrête...

— Ne t'inquiète pas, Lena. Je suis là, maintenant. Il ne te tyrannisera plus.

Il carra ses épaules de rugbyman, le regard luisant d'un éclat métallique. Comme je me maudissais d'avoir provoqué cette situation en cherchant à le contacter !

— Tu es en sécurité avec moi. Je me charge de tout, ajouta-t-il avec un sourire paternaliste.

Hier encore, Edward m'apparaissait comme ma seule planche de salut. Lorsqu'il m'avait aidée à fuir Londres un an plus tôt, je lui avais été profondément reconnaissante. Au point d'oublier la personne qu'il était vraiment.

Oui, j'avais oublié toutes ces visites qu'il m'avait rendues au Mexique, où les pleurs du bébé l'avaient irrité. Toutes ces suggestions voilées à propos de faire adopter Miguel ou de le donner à Claudie et Alejandro. Ses propos m'avaient plus d'une fois choquée, mais je fermais les yeux, car je lui devais tant ! Mais aujourd'hui...

Edward ne me regardait même plus. Il souriait à

Alejandro, confiant en sa supériorité. Celui-ci croisa mon regard, et son visage se détendit imperceptiblement.

— Oui, Lena est la mère de mon fils, dit-il. Ce n'est cependant pas la seule raison. Nous comptions garder le secret encore quelques jours, mais…

Il se tourna vers moi.

— … autant l'annoncer ce soir, n'est-ce pas, *querida* ?

— Euh… oui ? bredouillai-je, aussi mystifiée que le reste de l'assemblée.

Il s'empara d'une fourchette et d'une flûte de champagne, avant de fendre la foule en direction de l'estrade. Le silence se fit dans la salle, seulement troublé par les chuchotements de quelques irréductibles dont les regards allaient d'Alejandro à Edward et d'Edward à moi.

Alejandro fit tinter sa fourchette contre sa flûte.

— Votre attention, s'il vous plaît ! Je sais qu'il s'agit d'une soirée d'affaires, mais… Après tout, nous sommes entre amis.

Il marqua une pause et ses yeux se posèrent sur moi.

— J'ai l'immense plaisir de vous annoncer mes fiançailles.

Non !

Une sueur glacée m'enveloppa tandis que tous les regards convergeaient vers moi.

— Beaucoup se demandaient si je me marierais un jour, reprit Alejandro avec un sourire à faire fondre l'auditoire. Moi-même, je me posais la question. Mais le destin s'en est mêlé et n'aurait pu me combler davantage…

*Non, non, non !* l'implorai-je du regard.

Il sourit. Puis leva sa flûte dans ma direction.

— Mesdames et messieurs, un toast. A Lena Carlisle, la mère de mon fils et la future duchesse d'Alzacar !

Un concert d'acclamations accueillit ses paroles, et tous levèrent leur flûte et burent à nos fiançailles. Tous, sauf deux personnes : Edward, et moi.

Mon corps était pris de tremblements. Je n'avais qu'une envie : fuir très loin d'ici. Me libérer de cet homme qui m'avait détruite une fois et n'hésiterait pas à recommencer, quitte à utiliser mon enfant contre moi.

Mais cet enfant était aussi ce qui me liait à lui, que je le veuille ou non. Nous aimions tous les deux Miguel, et ni lui ni moi ne renoncerions à le voir grandir. Autrement dit, malgré toutes mes prières, jamais je n'échapperais à son emprise.

Jamais...

Les acclamations continuaient, certaines enthousiastes, d'autres envieuses. Alejandro descendit de l'estrade et traversa la salle, arrêté tous les deux pas par des amis pressés de le féliciter, parmi lesquels la belle actrice aperçue à notre arrivée. A côté de moi, Edward bouillonnait de rage et de dépit.

— Tu ne lui appartiens pas, marmonna-t-il.

— Si, murmurai-je, au bord des larmes. Je lui appartiens depuis le jour où je suis tombée enceinte de son enfant.

— Lena...

Il voulut me caresser la joue, mais se ravisa en sentant les regards sur nous. Des gens approchaient, sans doute pour me féliciter d'avoir mis le grappin sur l'insaisissable duc d'Alzacar ; même si la plupart des femmes de l'assistance, sublimes dans des robes de créateur, semblaient plutôt se demander comment une fille comme moi avait pu capturer le cœur d'Alejandro Navaro.

Si elles avaient su… Je n'avais rien capturé du tout. Ce que j'avais cru laisser derrière moi à Londres — la pitié, les insultes — était exactement ce qui m'attendait à l'avenir. Non, ce serait pire encore : être présentée comme la cousine démunie ferait figure de compliment à côté des adjectifs qui ne tarderaient pas à pleuvoir sur moi. Vénale. Fourbe. Manipulatrice.

Cela aurait été différent si Alejandro avait eu des sentiments pour moi. Protégée par son amour, je me serais fichue de l'opinion publique. Mais ce n'était pas le cas…

— Tu as donc accepté de l'épouser ? me demanda Edward.

— Je… Pas exactement.

Je ravalai la boule qui s'était formée dans ma gorge.

— Miguel est son fils. Alejandro ne me laissera jamais en paix, et je n'abandonnerai jamais mon enfant. Autant nous marier.

— Pas question !

Sans crier gare, Edward m'agrippa le bras et m'entraîna vers la sortie. J'eus une vision fugace d'Alejandro, interdit, avant de me retrouver dans le couloir, puis le vestiaire où Edward me poussa dans un recoin sombre.

— Fuis avec moi, me pressa-t-il. Navaro n'a aucun droit sur toi.

— Il est le père de Miguel ! m'écriai-je.

— Alors partagez sa garde ! Pourquoi te sacrifier pour un homme qui ne te mérite pas ?

— Tu perds la tête !

Je tentai de me dégager, mais un étau d'acier m'enserrait le bras.

— Il t'a terrifiée pendant un an, t'a mise enceinte pour te voler votre bébé.

— Non ! protestai-je. C'était un mensonge de Claudie.

— Alors il serait innocent ? Et pour le reste ? insista Edward.

— Le reste ?

— Il t'a séduite, puis abandonnée. As-tu oublié dans quel état je t'ai retrouvée ? Prostrée, parlant à peine.

— Je…

— Où était-il quand tu lui as donné ton cœur ? Quand tu as essayé de l'informer que tu attendais son bébé ? Il a changé de numéro de téléphone ! As-tu oublié ?

Un frisson me parcourut. Non, je n'avais pas oublié.

— Et aujourd'hui, tu voudrais l'épouser ? reprit Edward.

Il s'approcha encore, une étrange lueur dans le regard.

— J'étais là pour toi, Lena. J'ai pris soin de toi. C'est moi que…

— Lâchez ma fiancée !

L'ordre assené d'un ton glacial se répercuta contre les murs du vestiaire.

— Alejandro ! m'écriai-je.

— Voilà donc pourquoi tu étais si réticente à m'épouser ?

— Non, tu…

— Silence ! assena-t-il.

Je serrai les dents.

— Ne lui parlez pas sur ce ton, intervint Edward.

— Ne vous en mêlez pas, St-Cyr, rétorqua Alejandro sans me quitter des yeux.

Edward ne perçut pas le danger.

— J'y suis déjà mêlé, répliqua-t-il. A votre avis, qui l'a soutenue pendant un an ? Qui l'a consolée quand vous l'avez anéantie ?

Il eut un sourire mauvais.

— Qui lui tenait la main lorsqu'elle a accouché de votre fils, Navaro ? Où étiez-vous alors ?

Lentement, Alejandro se tourna vers lui. Sa poitrine se soulevait et s'abaissait rapidement, ses poings étaient crispés contre ses cuisses. L'explosion était imminente.

— Arrêtez ! hurlai-je en m'interposant.

Je posai une main sur le torse d'Edward.

— Va-t'en.

Il écarquilla des yeux incrédules.

— Tu le choisis, lui ?

— Va-t'en et ne reviens plus.

Un coup d'œil à Alejandro me confirma que seule ma présence entre eux le retenait d'attaquer Edward.

— Merci de tout ce que tu as fait pour moi, Edward. Je ne l'oublierai jamais.

— Tu restes avec lui ? s'exclama-t-il, les traits déformés par la rage. Tout ça pour un stupide bébé ?

Mon indulgence s'évanouit aussitôt.

— Ce « stupide bébé » est mon fils.

— Bon sang, Lena ! Ce n'est pas ce que je voulais dire…

Trop tard. Je reculai d'un pas, vers Alejandro.

— C'est lui que je choisis, Edward.

— Vous avez entendu, dit Alejandro d'un ton menaçant. Vous avez trente secondes pour déguerpir, avant que j'appelle la sécurité.

— On envoie ses gorilles ? Pas le courage de s'en charger soi-même ? railla Edward.

— Si vous insistez.

Déjà, Alejandro retroussait ses manches et levait les poings.

— Non ! m'écriai-je en lui agrippant le bras.

Mes doigts ne faisaient même pas le tour de son biceps.

— S'il te plaît, Alejandro. Jamais nous n'aurions survécu sans lui, Miguel et moi. S'il te plaît. Pour moi.

Lentement, Alejandro baissa les bras.

— Pour toi.

Il se tourna vers Edward, les dents serrées.

— Merci d'avoir protégé l'être que j'aime le plus au monde.

Mon cœur s'emballa à ces mots ; puis je compris qu'il parlait de Miguel…

— Allez en enfer ! lança Edward.

Arrivé à la porte, il se retourna une dernière fois.

— Je reviendrai pour toi, Lena.

Alejandro et moi nous retrouvâmes seuls dans le vestiaire. Mon soulagement fut de courte durée.

— Pas étonnant qu'il t'ait protégée : il te considère comme sienne ! lança-t-il, accusateur. Pourquoi pense-t-il cela ?

Je soutins son regard. La colère dans ses yeux le disputait à autre chose, une émotion indéfinissable.

— Il a essayé de m'embrasser, la semaine dernière, avouai-je. Mais je lui ai ri au nez et il est parti. Pour moi, il n'était qu'un ami.

— Un ami, répéta-t-il avec mépris. Tu savais très bien ce qu'il voulait.

— Pas avant la semaine dernière ! Je n'ai jamais…

— Es-tu aveugle ? me coupa-t-il. Il est amoureux de toi !

— S'il m'aimait vraiment, il aimerait Miguel aussi. Mais le bébé l'ennuie. Il m'a même suggéré à demi-mot de le donner à adopter…

Alejandro fronça les sourcils.

— Et c'est à cet « ami » que tu voulais confier notre fils ?

J'eus brusquement envie de lui marteler le torse,

de lui hurler qu'il était injuste, que je n'avais pas eu le choix. Mais lorsque j'ouvris la bouche, c'est la vérité qui en sortit :

— J'ai eu tort. Je suis désolée.

Alejandro me fixa en silence, coupé net dans son chapelet d'accusations. Pendant un moment, il n'y eut d'autre bruit que la musique et les rires nous parvenant de la salle de bal. Enfin, il exhala un soupir.

— Bien. Je n'ai pas vraiment été parfait non plus. Mais je t'interdis de le revoir ou de le laisser approcher de Miguel, ajouta-t-il d'un ton lourd de menace.

— D'accord.

— D'accord ?

— Notre amitié s'est terminée lorsqu'il a proposé de remplacer mon fils, déclarai-je.

— L'as-tu laissé t'embrasser ?

Je roulai des yeux, exaspérée.

— Bon sang ! Combien de fois devrai-je te le répéter ?

— Je vous ai surpris ici, en train de discuter…

— Et moi, je t'ai vu discuter avec cette sublime actrice. Ce n'est pas pour autant que je t'accuse de l'avoir embrassée ! Il a tenté sa chance, je l'ai repoussé. Fin de l'histoire.

— Quand nous serons mariés…

Je tressaillis et l'interrompis en levant la main.

— Mariés ? Qui a parlé de mariage ?

Alejandro fronça les sourcils.

— Je viens de te demander ta main…

— Demandé ? Tu as annoncé publiquement nos fiançailles ! m'insurgeai-je. Je n'ai jamais dit oui !

— Ce mariage est inévitable. Accepte-le.

— J'accepte que nous ayons à vivre dans la même ville, voire sous le même toit, pour le bien de Miguel, répliquai-je. Que nous fassions semblant d'être en couple afin que notre fils ne soit pas considéré comme une « erreur ». Mais pas de t'épouser. Croyais-tu vraiment que je t'offrirais mon cœur une seconde fois ?

— Je te l'ai dit : ce n'est pas ton cœur que je demande.

— Alors oublie le reste. Je ne coucherai pas avec toi ni ne porterai ton nom. Je ne t'appartiens pas plus que j'appartenais à Edward.

— Je ne suis pas Edward. Je suis le père de ton enfant, assena-t-il en m'agrippant violemment le poignet. Tu m'épouseras, Lena. Et ton corps sera mien.

— Non !

Mais la chaleur de ses doigts irradiait mon bras, ma gorge, mon corps tout entier, allumant un brasier entre mes reins.

Il me plaqua contre les manteaux.

— Pensais-tu qu'après t'avoir retrouvée je te laisserais m'échapper ? dit-il d'une voix doucereuse. Je t'ai quittée pour tenir une promesse, mais le destin t'a ramenée à moi. Tu m'appartiens, Lena, que tu le veuilles ou non.

Sa bouche captura la mienne, fiévreuse, exigeante. Je tentai de lutter, mais comment résister à cet assaut sensuel ? Car sous les cendres froides du passé couvait un feu qui ne s'était jamais vraiment éteint.

Vaincue, je fondis entre ses bras et me laissai aller à la douce félicité de la capitulation.

# 5

Les lèvres d'Alejandro dévoraient les miennes, sa langue jouait avec la mienne. Je m'accrochai à ses épaules, avide de plus. Je n'avais jamais cessé de le désirer, même au plus fort de ma haine. Je le désirais malgré moi, contre toute raison.

Il me tira la tête en arrière afin d'approfondir son baiser. Des mèches tombées de mon chignon caressaient mes épaules nues. Je les sentais à peine, trop grisée par la pression de ce corps vigoureux contre le mien, qui m'écrasait et me dominait. Mais ce n'était pas encore assez…

Délaissant ma bouche, il plongea dans mon cou, murmurant des mots doux contre ma peau avant de ravager mon décolleté. Je fermai les yeux, prise de vertige. Déjà, les mains d'Alejandro se refermaient sur mes seins, qui tendaient douloureusement le bustier de ma robe.

Seigneur, c'était si doux ! Mon souffle se raccourcit, tandis que le monde se fondait en un kaléidoscope d'ombres et de lumière. Pendant un an, je m'étais languie d'Alejandro, de ses mains sur moi et de ses baisers sulfureux. C'était comme une drogue, une addiction impossible à combattre. Et ce soir, c'était encore meilleur que dans tous mes souvenirs. Dans ses bras, j'oubliais tout, sauf la certitude que vivre sans cet homme revenait à mourir à petit feu.

Une petite toux sèche nous fit sursauter. Nous nous redressâmes prestement. L'ambassadeur bulgare et sa femme se tenaient sur le seuil.

— Veuillez nous excuser.

L'homme s'avança dans le vestiaire et décrocha un manteau de fourrure d'un cintre derrière nous. Au moment où ils partaient, j'entendis la femme chuchoter :

— Tu vois, Vasil : c'est bien un mariage d'amour.

— Le pauvre diable a bien droit à un peu de bon temps après la façon dont cette intrigante l'a piégé, répondit son mari.

Je pâlis sous l'humiliation.

— Lâche-moi, intimai-je.

Au contraire, l'étreinte d'Alejandro se resserra.

— On se fiche de ce que les gens disent.

— Pas moi.

— Foutaises, lança-t-il. Tu ne crains pas les commérages. C'est de *ça* dont tu as peur…

Il fit courir ses mains le long de mon dos et me plaqua contre lui.

— C'est tout ce qui compte, Lena.

— Non, chuchotai-je, luttant contre le désir. Il y a l'amour, la confiance…

— Tu aimes ton fils. Aie confiance en ton mari. Ton partenaire.

J'hésitai. Un vrai foyer, voilà ce qu'il m'offrait. J'avais déjà accepté de vivre sous son toit. Pourquoi ne pas accepter un partenariat ? Nous partagerions notre vie, notre fils… un lit. Tout cela sans amour. En étais-je capable ? Pour Miguel ?

— Je peux accepter un mariage sans amour, dis-je

d'une petite voix. Mais pas une association sans confiance. Me promets-tu de ne jamais me mentir ?

La lueur de triomphe dans ses yeux s'éteignit.

— Non.

Cette réponse laconique me prit de court. Mon cœur se serra. Quelques baisers brûlants, le mirage d'une famille stable pour Miguel, et j'avais été prête à renoncer à ma liberté !

— M'as-tu menti par le passé ? Ou comptes-tu me mentir à l'avenir ?

Etait-ce de la vulnérabilité que je percevais derrière son masque impassible ?

— A ton avis ?

Mon Dieu, ce que je pouvais le haïr ! Non, c'était moi-même que je haïssais. Il avait suffi que ses lèvres frôlent les miennes pour que je l'embrasse comme si ma vie en dépendait.

— Dis-moi la vérité, Alejandro. Y a-t-il eu d'autres femmes ?

Son regard se durcit.

— Je te l'ai dit, je suis fidèle.

— Alors sur quoi m'as-tu menti ?

— Sur moi.

Il m'avait trompée sur lui ? Qu'est-ce que cela signifiait ?

— Peu importe, répliquai-je. Tu n'aurais pas dû m'embrasser.

Il se détendit imperceptiblement à présent quc la conversation déviait.

— Tu as raison, convint-il. Ce n'est pas l'endroit idéal…

— Ne fais pas semblant de ne pas comprendre. Il n'y aura jamais rien de physique entre nous.

— Un mariage de papier ? Tu y crois vraiment ?

Son ton amusé me mit hors de moi.

— Sans confiance, il n'y aura pas de mariage du tout !

— Pourquoi résister ? susurra-t-il. Nous voulons tous les deux élever Miguel, alors que comptes-tu faire ? T'installer dans l'étable ?

— Plutôt ça que partager ton lit !

Ses prunelles noires étincelèrent.

— Ce n'est pas ce que disent tes baisers.

Une onde de chaleur m'irradia.

— Le sexe est différent pour les femmes, bredouillai-je. Il est indissociable de l'amour…

— Que de généralités ! railla Alejandro. Beaucoup de femmes couchent avec de parfaits inconnus. Tout comme beaucoup aiment leur café sans sucre ni crème, n'est-ce pas ?

Mes joues s'empourprèrent.

— Le désir est un appétit, reprit-il. Pas besoin d'être fine bouche pour le satisfaire.

— Je ne veux de toi ni comme mari ni comme amant, affirmai-je. Si tu savais comme je regrette que tu sois le père de Miguel !

— Assez !

Sa voix s'était faite glaciale.

— Tu m'as suffisamment ridiculisé. J'ai dû supplier pour connaître la vérité sur Miguel et obtenir que tu me suives en Espagne. Mais c'est terminé.

Alejandro m'avait « suppliée » ? J'avais dû rater quelque chose.

— Tu m'épouseras. Ce soir.

— Ne sois pas ridicule ! protestai-je.

— Choisis. Le prêtre ou l'avocat.

— Est-ce une menace ?

— Appelle ça comme tu veux.

— Edward est aussi riche et puissant que toi, avançai-je.

— Ah, je me demandais quand ce nom reviendrait sur le tapis…

Je levai le menton.

— Il m'aidera si je le lui demande.

— Mais es-tu prête à en payer le prix ?

Je déglutis.

— Pense à Miguel, reprit-il, ses yeux noirs rivés aux miens. Imagine la guerre qui nous opposera pour sa garde, chaque partie ayant assez de moyens pour la faire durer des années. Sans parler du scandale…

Il m'effleura la joue, presque avec tendresse.

— La presse en fera ses choux gras. Miguel sera si habitué aux paparazzi qu'il les considérera comme sa famille.

— Pourquoi fais-tu cela, Alejandro ? dis-je d'un ton suppliant, une boule au ventre.

Sa main retomba et sa voix prit la dureté de l'acier :

— Je refuse qu'Edward St-Cyr prenne ma place auprès de mon fils.

— Ça n'arrivera pas ! objectai-je avec véhémence.

— Vraiment ? Il y a quelques minutes, tu promettais de ne jamais le revoir. Et maintenant, tu menaces d'utiliser sa fortune contre moi.

Une pointe de culpabilité s'insinua en moi.

— Tu as raison, je n'aurais pas dû. Mais tu ne me laisses pas le choix !

— Toi non plus, répliqua-t-il. Cet homme est dangereux, Lena, égoïste et sans pitié.

— Est-ce de lui ou de toi qu'on parle ? lançai-je avec fiel.

— En effet, moi aussi, je peux être dangereux. Il risque

gros, celui qui osera s'attaquer à ce qui m'appartient. Alors que choisis-tu, Lena ? Le mariage, ou la guerre ?

Ses lèvres se plissèrent en une ligne cruelle.

— Je te hais !

— Est-ce ta réponse ?

Des larmes de rage et d'impuissance m'aveuglaient. Mais j'avais dit vrai à Edward : j'appartenais à Alejandro depuis la seconde où j'étais tombée enceinte de lui. J'étais prête à tout sacrifier pour mon enfant — mon cœur, mes rêves, mon âme. Qu'étaient-ils, à côté de ceux de Miguel ?

Mon fils ne passerait pas son enfance ballotté d'un tribunal à un autre, traumatisé par les paparazzi et les querelles de ses parents. Il grandirait dans un environnement sûr, entouré d'amour et d'affection. Il serait heureux. C'était tout ce qu'il me restait à quoi me raccrocher.

— Non, capitulai-je. Tu as gagné. Je t'épouserai.

— Ce soir.

— Je te hais.

Ses yeux avaient un éclat sardonique.

— Hais-moi tant que tu veux. Mais tu seras ma femme.

Il prit ma bouche de force, dans un baiser dépourvu de tendresse. Le baiser du vainqueur marquant sa conquête du sceau de sa possession.

Vingt minutes après notre départ de la fête, nous étions à l'état civil, où une autorisation de mariage nous fut délivrée comme par magie. Puis nous entrâmes dans l'église la plus proche, un édifice si sombre et si ancien qu'il me parut hanté par des siècles de rêves brisés.

Ce fut dans ce lieu lugubre qu'Alejandro et moi

fûmes mariés, à la pâle lumière des cierges et du clair de lune tombant des vitraux. Ma robe de princesse, féerique une heure plus tôt, m'apparaissait à présent comme un linceul. Il n'y avait ni robe de mariée, ni gâteau, ni fleurs. Personne pour nous souhaiter une longue et heureuse vie, à part le prêtre et son assistant, convoqué comme témoin.

Sans doute était-ce mieux ainsi, songeai-je amèrement. Car en quittant l'église au bras de mon nouveau mari, une seule certitude m'habitait : notre vie serait tout sauf heureuse.

— Il faudra bien que tu me parles tôt ou tard, déclara finalement Alejandro.

Je tournai les yeux vers la vitre, derrière laquelle défilaient les somptueux paysages d'Andalousie.

— Rien ne m'y oblige.

— Tu comptes m'ignorer éternellement ?

Je haussai les épaules.

— De nombreux couples mariés finissent par ne plus se parler. Autant prendre de l'avance.

Nous roulions depuis des heures — ou était-ce des jours ? Miguel gazouillait dans son siège bébé, à l'arrière de la luxueuse voiture de sport que conduisait mon époux. Trois gardes du corps et son chauffeur habituel suivaient dans un 4x4 noir.

— Mon épouse et moi avons besoin d'intimité, leur avait-il lancé avec un clin d'œil entendu.

Mais pas pour la raison qu'ils imaginaient. Depuis notre sordide mariage, je ne lui avais plus adressé la parole. Nous étions à peine rentrés que j'avais couru m'enfermer à double tour dans la chambre où dormait Miguel. Un réflexe puéril, mais je craignais que,

Mme Gutierrez partie, Alejandro ne réclame ce qu'il estimait sans doute lui être dû — une nuit de noces.

J'étais restée éveillée des heures à fixer la porte avec appréhension. Puis, vers 3 heures du matin, j'avais fini par la déverrouiller.

Alejandro n'était pas venu. Pas même pour s'excuser de son comportement barbare. Je ne l'aurais jamais laissé me toucher, bien sûr. Mais le fait qu'il ne daigne même pas essayer m'avait vexée. Nous n'étions mariés que depuis quelques heures et il m'ignorait déjà ?

Le lendemain, j'étais tombée sur lui sortant de la salle de bains, une simple serviette autour de la taille. Mon regard s'était égaré sur sa silhouette athlétique, les pectoraux déliés parsemés d'un duvet noir, les hanches étroites qu'enserrait le minuscule carré d'éponge.

— Bonjour, *querida*. Bien dormi ? m'avait-il lancé avec un sourire charmeur.

Sourire qui allait très vite, au fil des heures, céder la place à une expression de plus en plus renfrognée. Je tenais ma revanche.

— Nous sommes mari et femme, Lena, reprit Alejandro, me tirant de ma rêverie. Accepte-le.

— Je l'accepte, assurai-je. Mais un mari et une femme qui se détestent.

Il poussa un soupir exaspéré. De nouveau, je me tournai vers la vitre. En d'autres circonstances, le paysage m'aurait époustouflée, plus sauvage que les collines et les champs cultivés d'Espagne centrale. Des buissons de laurier-rose bordaient l'autoroute, d'une beauté vibrante, inattendue, à l'image de l'Espagne elle-même.

Un frisson me remonta l'échine. Le laurier-rose était une plante magnifique, mais vénéneuse. Un peu comme Alejandro, songeai-je en me jurant de rester sur mes gardes.

Nous ne fîmes qu'un arrêt, pour changer et nourrir Miguel ainsi que refaire le plein d'essence. A mesure que nous nous enfoncions vers le sud, le paysage devenait plus aride, brûlé par un soleil de plomb. Il me rappelait le Mexique, la liberté et l'indépendance dont j'avais brièvement joui là-bas. Et Edward…

« Je reviendrai pour toi, Lena. »

— Arrête ça, grommela Alejandro.

— Pardon ?

— Tu penses à lui, n'est-ce pas ?

— Tu lis dans mes pensées, maintenant ?

— Arrête, répéta-t-il avec un regard en coin. Ou c'est moi qui t'y obligerai.

— M'y obliger ?

J'émis un rire dédaigneux. Mais mes lèvres n'avaient pas oublié son baiser possessif dans le vestiaire. Ni celui d'avant, plus dangereux encore car je m'y étais abandonnée pleinement, consumée par le désir.

— Tu n'es qu'une brute, marmonnai-je en croisant les bras. Mes pensées n'appartiennent qu'à moi.

— Pas si elles concernent St-Cyr. Peut-être regrettes-tu de pas l'avoir choisi *lui* et choisi la guerre entre nous ?

— Non, murmurai-je. Je ne m'en prendrais jamais à toi, Alejandro.

— Vraiment ?

— Miguel en pâtirait. Nous l'aimons tous les deux, poursuivis-je, radoucie. Ni toi ni moi ne voulons être séparés de lui. Tu as raison : puisque nous sommes mariés, autant en prendre notre parti.

— Tu es sincère ? demanda-t-il d'un ton un peu surpris.

— Oui. Donnons à Miguel une enfance heureuse et un foyer stable.

La grande carcasse d'Alejandro parut se détendre. Il tourna les yeux vers moi, comme s'il cherchait à me dire quelque chose.

— Si tu es sincère en affirmant que tu ne t'en prendrais jamais à moi…

Il se tut.

— Oui ? l'encourageai-je.

Il secoua la tête, les dents serrées.

— Non, rien.

Qu'avait-il été sur le point de m'avouer ? Il avait admis m'avoir menti. Sur lui-même. Son brusque silence avait-il un lien avec cet aveu ?

*Ça suffit !*, me sermonnai-je. Je devais à tout prix garder mes distances, au moins émotionnellement.

Un long silence s'installa, seulement troublé par les gazouillis de Miguel à l'arrière. Je souris à mon fils avec tendresse. C'était pour lui et lui seul que j'avais consenti à ce mariage, me rappelai-je fermement.

— Je suis heureux que tu le prennes ainsi, dit Alejandro. Moi non plus, je ne veux pas te faire de mal. Miguel est tout ce qui compte et jamais je ne vous quitterai.

Nos regards se croisèrent. Submergée par l'émotion, je changeai de sujet, d'une voix que je voulus enjouée :

— Dire que Miguel sera duc, un jour. C'est à peine croyable !

Il reporta les yeux sur la route, la mine plus rembrunie que jamais. Moi qui cherchais à alléger l'atmosphère, c'était raté.

— J'ai dit une bêtise ?

— Non, tu as raison. Miguel sera duc d'Alzacar, un jour.

A son tour, il détourna la conversation :

— Donc, tu me pardonnes de t'avoir forcée à m'épouser ?

— C'est une question complexe, dis-je en soupirant.

— Au contraire, c'est une question très simple.

Une digue lâcha en moi et les mots se bousculèrent sur mes lèvres.

— Tu me trouves stupide de vouloir me marier par amour. Mais ce rêve est la seule chose qui m'ait permis de tenir ces dix dernières années. Après la mort de mes parents, je me suis sentie si seule ! Jusqu'à notre rencontre, l'année dernière... Mon rêve semblait se réaliser. Comme si j'étais revenue en arrière, à l'époque où ma vie était un havre d'amour et de confiance. Où j'étais acceptée, chérie. Désirée.

L'expression d'Alejandro s'assombrit.

— Lena...

— Puis tu m'as abandonnée, murmurai-je. Tu m'as dit que tu ne m'aimais pas et ne m'aimerais jamais. Je t'ai épousé hier en sachant cela, Alejandro. En sachant que notre mariage est fondé sur le mensonge. Que la solitude que je croyais avoir laissée derrière moi me suivra désormais toute ma vie, à la différence que je ne suis plus la cousine pauvre, mais l'intrigante qui t'a piégé. Et les gens loueront ton sacrifice. Quelle grandeur d'âme de m'avoir épousée ! Quel altruisme !

— Personne ne dira cela.

— Tout le monde le dira ! Et il y aura des jours où je considérerai ce mariage comme la plus grande erreur de ma vie. Mais je ne le regrette pas. Je suis heureuse que tu fasses partie de la vie de Miguel et qu'il connaisse le vrai toi, conclus-je dans un murmure.

Il me décocha un coup d'œil étrangement pénétrant.

— J'aimerais... Si seulement je pouvais te dire...

— Quoi ? demandai-je en retenant mon souffle.

Je le sentis s'éloigner de nouveau, comme s'il se recroquevillait dans sa coquille.

— Oublie ça.

Je soupirai, regrettant déjà de m'être épanchée.

Tout en parlant, Alejandro avait quitté l'autoroute pour se perdre dans des petites routes de campagne de plus en plus étroites. Nous arrivâmes devant une haute grille en fer forgé. Alejandro tapa un code sur le pavé numérique et nous pénétrâmes dans le domaine, que j'aurais cru infini sans l'enceinte qui le délimitait.

Soudain, j'aperçus Rohares, majestueux au sommet de sa colline plantée d'orangers, véritable château de conte de fées avec ses épais remparts et ses tourelles s'élançant fièrement vers le ciel.

— Bienvenue chez moi, annonça Alejandro.

Quelques minutes plus tard, nous nous garâmes dans la cour principale. Derrière nous, les gorilles descendirent de leur 4x4 en claquant les portières, tout en poursuivant une discussion sur le déjeuner à venir.

Alors que je m'apprêtais à les rejoindre, Alejandro me retint par le poignet.

— Je suis désolé de t'avoir blessée, dit-il de but en blanc. Si je t'ai quittée l'été dernier, si j'ai refusé de prendre tes appels… c'était pour une bonne raison.

— Je comprends, assurai-je. Tu ne voulais pas de moi, ni de mon amour encombrant.

— Tu te trompes. Si je suis parti…

Il marqua une pause et prit une grande inspiration. Son regard de jais happa le mien.

— Je suis parti car j'étais en train de tomber amoureux de toi.

# 6

— Tu... *quoi* ?

Le choc m'avait coupé le souffle.

Un coup frappé à la vitre me fit tourner la tête. Une vieille dame me faisait signe, un sourire radieux aux lèvres. Elle portait un tablier et tenait une cuiller en bois à la main. Aussitôt, les gorilles et le chauffeur d'Alejandro la saluèrent d'un grand geste affectueux.

— Une autre gouvernante ? demandai-je.

— Ma grand-mère, répondit Alejandro.

Je me tournai vers lui, stupéfaite. Il était déjà descendu de voiture et dégageait précautionneusement Miguel de son siège bébé. Je sortis à mon tour, nerveuse à l'idée de rencontrer la duchesse douairière d'Alzacar.

— Entrez, entrez ! lança-t-elle en poussant les gardes du corps à l'intérieur. Le déjeuner vous attend.

Elle passait de l'anglais à l'espagnol et vice versa, comme incapable de se décider.

— *Abuela*, l'interpella Alejandro avec un sourire. Je te présente mon fils, Miguel.

— Miguel ?

Son regard ébahi passa d'Alejandro au bébé.

— Et voici ma femme, Lena, déclara-t-il en me désignant d'un mouvement de menton.

— Quel plaisir de vous rencontrer ! s'exclama la

vieille dame. J'ai hâte de... Attends, tu as bien dit ta « femme » ?

Alejandro passa un bras autour de mes épaules.

— Depuis hier.

Elle me détailla de la tête aux pieds. En chemisier à col Claudine, jean slim et ballerines plates, je me préparais à une salve de critiques. Contre toute attente, ce fut avec un large sourire que la maîtresse des lieux me serra dans ses bras.

— Bienvenue dans la famille. Vous êtes ici chez vous.

Prise de court, je lui tapotai maladroitement le dos en réponse à son étreinte.

— Mais je manque à tous mes devoirs, reprit-elle en s'écartant. Mon nom est Maurine, mais appelez-moi Abuela, comme Alejandro. Je suis si heureuse de vous avoir ici !

— Heu... merci, bégayai-je, déstabilisée par cette affection spontanée.

— Quant à toi, commença-t-elle en se tournant vers Alejandro, la mine sévère, comment as-tu osé te marier sans m'en parler ?

Il afficha un air penaud, qui contrastait avec son allure de mâle tout-puissant.

— C'est arrivé si vite... Nous n'avons pas pu attendre...

— N'espère pas t'en tirer à si bon compte ! Mais nous en reparlerons. A présent, dit-elle, radoucie, laisse-moi faire connaissance avec mon arrière-petit-fils.

Dix minutes plus tard, elle nous entraînait vers la salle à manger, Miguel dans les bras, tout en m'offrant une visite accélérée des lieux.

— Rohares a été fondé au temps des sultans, expliqua-t-elle fièrement. Mais la plupart des bâtiments datent du XVII^e siècle. Le château a ensuite été bombardé pendant la guerre. A notre retour, nous n'avions plus les moyens de l'entretenir et il s'est peu à peu délabré.

Elle leva vers son petit-fils un regard empreint de gratitude.

— Quand Alejandro a fait fortune à Madrid, il a entièrement fait restaurer le château. Rohares n'a jamais été aussi majestueux ! Mais nous voici arrivés...

Je me figeai sur le seuil d'une immense pièce de style Renaissance avec son imposante cheminée en pierre, ses tapisseries gardées par d'antiques armures et son plafond décoré de fresques. Au centre trônait une longue table en bois capable d'accueillir au moins cinquante convives. Elle croulait sous le poids d'innombrables plats disposés autour de superbes arrangements floraux.

J'en restai bouche bée.

— « Froid et plein de courants d'air », *sí* ? railla Alejandro en piochant une olive marinée dans un bol.

— Je n'ai jamais rien vu de tel, balbutiai-je.

Il eut un petit rire.

— Abuela adore cuisiner pour les gens qu'elle aime.

— C'est ce que je vois.

Ces derniers mots firent écho à ceux qu'il avait prononcés dans la voiture :

« Je suis parti car j'étais en train de tomber amoureux de toi. »

C'était si invraisemblable que je doutais d'avoir bien entendu.

— Alejandro...

— Abuela peut paraître autoritaire, parfois. Mais elle ne vit que pour prendre soin des gens, du château et de son jardin. Dans ce domaine, elle est infatigable.

Je lui lançai un regard timide.

— Alejandro...

— Oui ?

— Tu pensais vraiment ce que tu m'as dit ?

Nos yeux se croisèrent. Il savait exactement de quoi je parlais.

— Ne t'inquiète pas, Lena. Beaucoup de choses ont changé en un an.

Je réprimai un soupir désappointé.

— Tu as raison, acquiesçai-je. Tout est différent, maintenant.

— Le passé est le passé. Nous sommes partenaires, désormais. Pour le bien de Miguel.

Je détournai les yeux sans répondre. Les gardes du corps, visiblement habitués à être nourris par la duchesse, s'étaient attablés et remplissaient leurs assiettes avec force murmures appréciateurs.

Maurine, qui s'était éclipsée un instant, réapparut avec une petite carte qu'elle déposa sur la table à la place d'une autre. Puis elle se mit à jouer à coucou, caché avec son arrière-petit-fils, pour le plus grand plaisir de celui-ci, qui semblait avoir déjà adopté son aïeule.

— Merci, me chuchota Alejandro à l'oreille.

Je tressaillis.

— De quoi ?

— D'être venue en Espagne comme tu l'avais promis.

J'eus honte en me rappelant mon refus initial.

— Hum... ce n'est rien.

— Au contraire : cela signifie beaucoup pour moi.

— J'ai eu tort de résister, admis-je, les joues en feu. Après tout, Maurine est la famille de Miguel, elle aussi.

Je désignai d'un geste la salle de réception et, à travers elle, le domaine.

— Tout cela lui appartiendra, un jour. Rohares est son héritage.

Le sourire d'Alejandro s'évanouit. Pour une raison qui m'échappait, l'atmosphère s'était refroidie.

— Oui, c'est vrai, dit-il abruptement. Bien, allons manger.

Je pris le bras qu'il me tendait. A l'autre bout de la table, un garde du corps donna un coup de coude à son voisin, qui regarda dans notre direction. Un sourire de connivence passa entre eux. De l'extérieur au moins, nous donnions l'image d'un couple follement épris...

Alejandro tira la chaise que Maurine lui avait désignée d'un mouvement de tête et s'assit à côté de moi. Une fleur en papier ornait mon assiette, semblable à celles que me confectionnait ma mère autrefois. A côté, une petite carte indiquait, en lettres calligraphiées à la main :

*La Duchesse d'Alzacar, ma très chère petite-fille*

Une boule d'émotion me monta à la gorge.

— Regarde ce qu'elle a écrit !

Alejandro lut et sourit.

— Elle m'a déjà acceptée dans la famille, juste comme ça ?

— Oui, juste comme ça.

Il me servit un peu de chaque plat et remplit mon verre de vin rouge.

— Du vin au déjeuner ? remarquai-je en fronçant les sourcils.

— Fabriqué à partir de mes vignes. Goûte.

Avec un soupir, je sirotai une gorgée.

— Délicieux ! m'exclamai-je. Y a-t-il quelque chose que tu ne saches pas faire ?

Une ombre passa dans ses yeux.

— Tenir mes promesses.

J'eus l'impression d'avoir reçu un coup à l'estomac. Il avait suffi que je baisse ma garde une seconde pour que sa cruauté me rattrape. Toutefois, ne me rendait-il pas service en me rappelant que notre mariage n'était qu'une illusion ? Nous n'étions pas amoureux ! Et pourtant…

— Tout va bien ? J'espère que la nourriture vous plaît, fit Maurine en s'installant en face de moi.

— Bien sûr ! assurai-je.

Je désignai un plat de viande accompagné de légumes.

— Qu'est-ce que c'est ?

— *Pato a la Sevillana*, une spécialité de la région. Du canard rôti à petit feu dans une sauce au Xérès, accommodé de poireaux et de carottes, expliqua Maurine.

J'avalai une bouchée. Succulent.

— Et ça ?

— *Rabo de toro*, un autre plat traditionnel andalou. Viande et légumes cuits à l'étouffée et assaisonnés au laurier.

De la queue de taureau ? J'y goûtai aussi, ainsi qu'aux *albóndigas*, aux *croquetas* de pomme de terre au jambon, à la salade de mangue et papaye fraîches.

— *Delicioso !* m'exclamai-je après avoir fait honneur à la cuisine de Maurine.

Le visage de celle-ci s'éclaira.

— *Muy bien*, dit-elle avec satisfaction.

Elle se tourna vers son petit-fils.

— Quant à toi, tu mériterais d'être privé de repas. Ne pas m'inviter à ton mariage, alors que j'ai attendu ce jour si longtemps ! Quand je pense à toutes ces bimbos égocentriques que tu fréquentais…

— Au moins, je n'ai épousé aucune d'entre elles, rétorqua Alejandro.

— C'est vrai. J'admets que tu as bien choisi.

Grand-mère et petit-fils échangèrent un sourire complice. Pour la première fois, j'entrevoyais ce qu'avait dû être son enfance, élevé par Maurine dans cet immense château.

Alejandro avait perdu ses parents plus jeune que moi encore. Mon père était décédé d'une crise cardiaque, et ma mère l'avait suivi six mois plus tard, emportée par la maladie. Mais les parents d'Alejandro étaient morts alors qu'il n'avait que douze ans, dans un accident qui lui avait aussi ravi son meilleur ami et la mère de celui-ci.

Mon sourire s'envola. Je n'avais cessé de me plaindre devant lui de mon adolescence difficile. Alejandro, lui, n'avait jamais évoqué la sienne — par orgueil masculin, sans doute. Pas étonnant qu'il ait tenu à ce que notre fils grandisse en Espagne, auprès de cette grand-mère qui l'avait élevé et entouré d'amour.

— Tout de même, continuait cette dernière avec sévérité. La moindre des choses aurait été de m'inviter. J'aurais tant voulu assister à ce grand jour.

— Vous n'avez rien manqué, intervins-je abruptement.

Deux paires d'yeux se tournèrent vers moi. Maurine paraissait interdite, Alejandro légèrement alarmé, comme s'il redoutait mes prochaines paroles.

— Il n'y avait que nous deux, ainsi que le prêtre et un témoin. Ni gâteau, ni fleurs…

Le regard de la vieille dame s'adoucit. Si elle en voulait à Alejandro, sa rancune ne s'étendait pas jusqu'à moi.

— Pas de fleurs ? Quel dommage !

— Ce n'est pas entièrement sa faute, ajoutai-je très vite. Nous tenions à nous marier en toute discrétion, à cause de…

Je désignai Miguel du regard. Maurine saisit aussitôt l'allusion.

— Oui, je comprends.

— Nous sommes mariés devant la loi, poursuivis-je, et Alejandro a annoncé nos fiançailles à quelques amis à Madrid. Mais ce qu'il aimerait, c'est donner une fête ici, avec famille et proches. Il y tient beaucoup.

— Excellente idée ! approuva Maurine.

J'affectai un air embêté.

— Le problème est qu'il est très pris par son travail. Quant à moi, je ne saurais pas comment organiser une telle réception. Nous pensions engager un professionnel…

— Un professionnel ! s'écria Maurine, visiblement indignée. Ma nouvelle petite-fille et mon arrière-petit-fils présentés à tous lors d'une soirée pseudo-branchée organisée par un inconnu ? Je vais me retourner dans ma tombe !

Alejandro et moi échangeâmes un regard amusé.

— Tu n'es pas morte, Abuela.

— Exactement ! Voilà pourquoi c'est *moi* qui organiserai la réception. Mon Dieu, il n'y a pas une minute à perdre.

Miguel toujours dans les bras, elle s'élança hors de la salle à manger.

— María ! Carmen ! Josepha ! Dépêchez-vous ! Nous avons une fête à organiser…

Alejandro darda sur moi un regard pénétrant. J'avais des papillons dans le ventre.

— Pourquoi avoir fait ça ? Tu aurais pu lui avouer que je t'avais forcée à m'épouser sous peine de te disputer la garde de Miguel.

Je baissai les yeux sur mon assiette.

— Je n'avais pas envie qu'elle le sache.

Il était si proche, à présent, que sa chaleur m'enveloppait tout entière. Je gardai les yeux obstinément baissés.

— Qui cherchais-tu à protéger, Lena ? Abuela, ou moi ?

— Toi, chuchotai-je.

Les conversations des gardes du corps, le tintement

des couverts contre les assiettes se fondirent en un brouhaha distant. Le visage d'Alejandro n'était plus qu'à quelques centimètres du mien, et une flamme intense animait ses yeux. J'en eus le souffle coupé. Mon regard se suspendit à ses lèvres, qui formèrent un unique mot :

— Pourquoi ?

— Elle t'aime, murmurai-je, indiquant les plats cuisinés avec amour et la salle splendidement décorée. Et tu l'aimes aussi. Je n'ai pas cessé de me plaindre de mon enfance quand nous étions à Londres, alors que toi…

— Ça n'a plus d'importance, dit-il en me caressant la joue.

Le contact de ses doigts me troubla, me rappelant combien je brûlais de sentir ses mains sur moi, sur mes hanches, mes seins, partout…

Non ! Je devais résister. Si mon corps cédait, alors mon cœur suivrait, comme par le passé, et ne survivrait pas à une seconde trahison. Car c'était ce qui m'attendait : Alejandro ne m'avait-il pas lui-même mise en garde, m'avouant qu'il ne savait pas tenir ses promesses ?

Je reculai, effrayée par la dangereuse alchimie qui nous unissait encore et toujours.

— Vous vous aimez et formez une famille. Je veux que tu sois heureux, dis-je, la voix tremblante.

— Ce qui me rendrait heureux, c'est de t'avoir dans mon lit, susurra-t-il en se penchant vers moi. Maintenant…

— Non.

— Nous savons tous les deux que c'est ce qui va arriver.

Oui, je le savais. Hélas…

— Remercie Maurine pour moi.

Posant ma serviette, je me levai de table et quittai

précipitamment la salle. Des larmes me brouillaient la vue, si bien que je manquai bousculer mon hôtesse dans le couloir.

— Ma chérie, que se passe-t-il ? s'enquit-elle, l'air inquiet.

— Rien, je… J'ai besoin de prendre l'air, balbutiai-je.

— Bien sûr.

Miguel toujours dans les bras, elle indiqua une porte au fond du couloir.

— Ce passage mène aux jardins.

Je la remerciai et me ruai dehors.

Après la pénombre du corridor, la lumière du soleil m'aveugla. Je courus droit devant moi, mue par le besoin de m'éloigner du château. De l'homme auquel il appartenait — tout comme moi… Mais il ne posséderait pas mon corps, me jurai-je en m'essuyant les yeux. Encore moins mon cœur.

Un sentier dallé se faufilait entre des haies verdoyantes et d'imposants chênes feuillus jusqu'à une gloriette au cœur d'un jardin anglais. Au-delà, un labyrinthe de verdure tout droit sorti d'*Alice au pays des merveilles* débouchait sur une roseraie, où je me retrouvai entourée d'une profusion de fleurs aux couleurs vives.

— Lena.

Je tressaillis et me retournai.

— Comment as-tu… ?

Alejandro me dominait de toute sa hauteur.

— J'ai grandi ici. Je connais ces jardins par cœur.

Le soleil striait d'or ses boucles noires et rehaussait son teint hâlé. Il fit un pas vers moi de sa démarche féline.

— Je ne coucherai pas avec toi, affirmai-je.

— Tu sais très bien que si.

Un lent sourire incurva ses lèvres. Je sentais encore leur brûlure sur les miennes, lorsqu'il m'avait embrassée la veille au soir…

— Tu me désires autant que je te désire, susurra-t-il.

— Je ne me donnerai pas à toi parce que c'est pratique, rétorquai-je férocement. C'est non, Alejandro.

— Vraiment ?

Il me caressa les cheveux d'un geste nonchalant.

— Je te veux depuis le jour où je t'ai surprise à me dévorer des yeux à la villa Carlisle, déclara-t-il. Je te veux… donc tu seras mienne.

Ses yeux noirs étaient deux lacs profonds aux reflets d'ambre. Des yeux où il était si facile de se noyer, oublieuse des épreuves du passé et des leçons que j'aurais dû en tirer…

*Il me veut.* Cette pensée fleurissait en moi, aussi séduisante — et tout aussi toxique — que ces lauriers-roses au bord de l'autoroute.

— Nous sommes mariés, me rappela-t-il.

— Pour le bien de Miguel.

— *Sí.* Mais ce n'est pas pour ça que je te veux dans mon lit.

— Je ne peux pas te faire confiance.

Il s'approcha encore, l'air dangereux soudain.

— Qu'est-ce qui te fait dire ça ?

— Tu as toi-même admis que tu ne tenais pas tes promesses.

— Je parlais… d'autre chose. Je tiendrai toujours mes promesses envers toi, affirma-t-il.

— Pourquoi te croirais-je ? persistai-je, le cœur battant.

— Parce que c'est la vérité.

Ses doigts coururent le long de mon dos, laissant un frisson dans leur sillage.

— Sois ma femme, Lena. Et si tu ne crois pas en moi…

Il me releva doucement le menton.

— … crois en ceci, acheva-t-il en s'emparant de mes lèvres.

Je fermai les yeux, étourdie par le désir et la chaleur de son corps contre le mien. Lorsqu'il s'écarta, je tremblais de tous mes membres.

— S'il te plaît, le suppliai-je. Je ne veux pas te désirer.

Un sourire triomphant étira ses lèvres.

— Trop tard.

La voix de Maurine résonna au loin. Je tournai la tête dans sa direction, mais il captura mon visage dans sa paume et m'obligea à le regarder.

— Ce soir, tu seras dans mon lit, murmura-t-il. Ce soir…

Il effleura mes seins, m'arrachant un gémissement. Son sourire s'élargit.

— Tu seras ma femme.

# 7

La journée passa en un éclair. Les heures se succédaient inexorablement vers le moment où Alejandro me ferait sienne, contre mon cœur sinon contre mon gré.

A l'heure du dîner, une joyeuse assemblée était déjà attablée dans la salle à manger. Maurine, fille de ranchers américains, avait pris l'habitude de partager ses repas avec ses employés, et leurs familles étaient toujours les bienvenues.

— Attendez les fêtes, me lança-t-elle en me voyant écarquiller les yeux. Tout le monde invite sa famille au grand complet, oncles, tantes, cousins, cousines, qui arrivent de toute l'Andalousie.

— Où s'assoient-ils ?

— Oh ! nous sortons toutes les tables et toutes les chaises que nous pouvons trouver, même les plus bringuebalantes, expliqua-t-elle en riant.

— Cet endroit est fantastique, murmurai-je.

— C'est grâce à Alejandro.

Assis un peu plus loin, il présentait Miguel aux femmes du domaine, qui l'entouraient comme un harem son sultan.

— Il est toute ma vie, me chuchota la vieille dame. Je lui dois tout.

— Je parie qu'il pense la même chose de vous, dis-je en souriant.

— Sans lui, je n'aurais jamais surmonté l'accident qui m'a ravi toute ma famille.

— Je suis désolée. Perdre ainsi votre fils et votre belle-fille, et même votre gouvernante et son fils... Cela a dû être horrible. Par chance, Alejandro a survécu.

— Oui, c'est vrai.

Elle ferma brièvement les paupières.

— Il m'a sauvée. Je le revois à l'hôpital, son petit visage couvert de bandages. Il avait tant d'os brisés qu'il était méconnaissable. Mais c'est pour moi qu'il s'inquiétait, pas pour lui. « Ne t'inquiète pas, Abuela. C'est moi, ta famille, maintenant. »

Des larmes brillaient dans ses yeux.

— Il m'a donné une raison de vivre quand je ne songeais qu'à mourir. Il a sauvé ce château. A douze ans, il était déjà résolu à restaurer la fortune familiale. Il s'en savait capable et n'avait pas peur.

Non, Alejandro n'avait peur de rien. Et il parvenait toujours à ses fins.

« Ce soir, tu seras ma femme. » Je chassai cette pensée.

— Comment est-il devenu milliardaire à partir de rien ?

— Il s'est installé à dix-sept ans à Madrid, où il cumulait trois emplois. L'argent qu'il gagnait, il le plaçait dans des investissements risqués qui ont fini par payer. Il a sué sang et eau pour en arriver là. La vraie noblesse est celle du cœur, pas celle du sang, conclut Maurine.

— Alejandro est fils de duc, objectai-je. Difficile de faire plus noble.

Elle cilla, comme déstabilisée.

— Heu... Oui, c'est ce que je voulais dire. Il est noble de naissance.

S'était-elle emmêlé les pinceaux ou était-ce moi qui avais mal compris ?

— Les gens vous ont-ils bien acceptée, malgré vos origines ? Je veux dire… Vous êtes fille de fermiers américains et vous avez épousé un duc. Vous a-t-on traitée d'intrigante ?

— Moi ? Oh ! non.

Elle me scruta avec attention.

— Est-ce ce qui vous arrive ? Vous traite-t-on de la sorte ?

Je rougis, embarrassée.

— Non, je…

— Ma pauvre chérie ! Ne craignez rien, dit-elle en me tapotant gentiment la main. Vous triompherez de toutes ces médisances. Alejandro vous aime et vous l'aimez. C'est tout ce qui importe.

Mon cœur se serra à ces mots. Par chance, elle ne me laissa pas le temps de répondre et enchaîna :

— Je suis si heureuse que vous fassiez partie de la famille. Si vous saviez le genre de femme que fréquentait Alejandro avant vous… Il n'en a jamais ramené une seule au château. Il savait que je les embrocherais !

— Je suis la première qu'il amène ici ?

Elle acquiesça.

— Je commençais à désespérer qu'il dévoile jamais son cœur. Mais vous savez, n'est-ce pas ?

Je fronçai les sourcils. De quoi parlait-elle ?

— Hum… Oui ?

Elle darda sur moi un regard perçant, avant de changer de sujet :

— La roseraie vous a-t-elle plu ?

— Je… oui. Elle est magnifique. Que disiez-vous, à propos d'Alejandro ?

Elle évita mon regard.

— C'est à lui de vous en parler…

— *Querida*, lança Alejandro qui venait de nous rejoindre. Il est temps d'aller au lit.

Mes joues s'embrasèrent. Il annonçait cela devant sa grand-mère et toute l'assemblée ? Sérieusement ? Je fulminais déjà quand je vis notre fils bâiller. Quelle idiote ! Il parlait de Miguel, bien sûr ! Le dîner était servi tard en Espagne et son heure de coucher était effectivement passée depuis longtemps.

— Je dois d'abord lui donner son bain, dis-je en tendant les bras vers notre bébé.

Il ignora mon geste.

— Je t'accompagne. Il est grand temps que j'apprenne à faire ce genre de chose.

Avait-il deviné ma manœuvre ? Tout prétexte était bon pour ne pas me retrouver seule avec lui.

Je dissimulai ma nervosité derrière une plaisanterie :

— Voyons, Votre Altesse, vous n'allez pas vous abaisser à cela.

— Un homme doit être capable de s'occuper de son fils, rétorqua-t-il. Tu n'es pas d'accord ?

— Si, grommelai-je à contrecœur.

— Alejandro est un père si attentionné, soupira Maurine.

Je lançai à son petit-fils un sourire plein de fiel.

— Dans ce cas, je vais aussi lui apprendre à changer une couche.

— *Excellente*, répliqua-t-il, tout sourires lui aussi.

Une fois qu'Alejandro et moi fûmes sortis de la salle à manger, il me désigna un escalier qui partait du couloir.

— Par ici, dit-il en posant une main innocente dans le creux de mon dos.

Je frémis. « Ce soir, tu seras dans mon lit. »

— Notre chambre est dans l'aile rénovée, m'annonça-t-il. Ce château est notre demeure familiale depuis quatre siècles, mais pour ma part, j'apprécie le confort moderne.

Après des méandres dans plusieurs couloirs et escaliers, il ouvrit une porte et s'effaça pour me laisser entrer dans une chambre spacieuse, très masculine, meublée presque en tout et pour tout d'un gigantesque lit.

Je me figeai.

— Où est le berceau ?

— J'ai fait convertir la pièce mitoyenne en chambre d'enfant, me dit Alejandro.

Sans un regard vers le lit — à mon grand soulagement —, il m'entraîna dans la salle de bains attenante, tout en marbre froid et chrome étincelant. Son regard passa du bébé dans ses bras à l'énorme baignoire, et un pli soucieux creusa son front.

— Cet endroit n'est pas adapté à un enfant. Il faut une baignoire plus petite.

Je réprimai un sourire : c'était si mignon de le voir s'inquiéter ainsi.

— Demain, si tu veux, nous achèterons le nécessaire. Pour ce soir, ça ira, assurai-je.

J'ouvris le robinet et pris Miguel dans mes bras.

— Il ne peut pas rester assis tout seul, c'est donc à nous de le tenir, expliquai-je. Une deuxième paire de bras me sera bien utile.

— Alors ça ne te dérange pas que je t'aide ?

— Non, au contraire, dis-je avec douceur.

Son expression changea. L'espace d'une seconde, il parut sur le point de répondre, puis se ravisa. Une fois trouvée la température idéale de l'eau — ni trop chaude ni trop froide —, il ferma la bonde. J'étalai une serviette sur un meuble et y couchai Miguel, que je déshabillai.

— Peux-tu me passer le shampooing pour bébé ? Oh zut ! Il est dans mon sac resté dans la voiture.

— Tu parles de ça ?

Avec un large sourire, il sortit la bouteille d'un tiroir, ainsi qu'une serviette moelleuse. Je fronçai les sourcils.

— C'est gentil au personnel d'avoir déballé mes bagages, mais... n'est-ce pas un peu bizarre que des inconnus touchent à mes affaires ?

— Tu t'y habitueras. Ici, tu n'auras plus jamais à lever le petit doigt. Enfin, sauf si tu le décides, acheva-t-il après une hésitation.

— Ah bon ? fis-je avec stupéfaction.

— Tu es la duchesse d'Alzacar, maîtresse du castillo. Tes désirs sont des ordres.

— Donc je peux renvoyer et expulser tes employés, installer Maurine dans un appartement à Barcelone, brûler tous les meubles et repeindre les murs en rose ?

Ma boutade ne fit pas rire Alejandro.

— Si tu le souhaites. Mais dans ce cas, je me devrai de les dédommager.

— En leur fournissant à tous un travail et un toit ?

— Par exemple.

Ce raisonnement me surprit. La plupart des riches P-DG que j'avais croisés ne manifestaient aucun scrupule à écraser leurs subalternes.

Je le dévisageai avec curiosité.

— Tu te sens responsable de ces gens, n'est-ce pas ?

— Bien sûr. Ils sont ma famille.

Je me mordis la lèvre.

— Peut-être n'es-tu pas qu'un sale type, tout compte fait...

— Si. Mais je ne peux pas changer qui je suis, dit-il d'une voix grave.

Son expression torturée me troubla. Un silence tomba entre nous, seulement meublé par le gargouillis de l'eau qui remplissait la baignoire.

— D'accord, les employés peuvent rester, soupirai-je. En fait, il serait plus simple de me chasser moi…

Un sourire accueillit cette suggestion.

— Pas question !

— Tu es responsable de Miguel, pas de moi, arguai-je. Je suis parfaitement capable de subvenir à mes besoins.

— Je sais, répliqua-t-il. J'ai vu tes peintures.

Je me raidis, sur la défensive. Edward avait toujours considéré d'un œil condescendant mon « petit passe-temps », comme il disait.

— Que suis-je censée comprendre ? lui demandai-je, méfiante.

— Il est évident que tu as du talent.

Il désigna la chambre d'enfant contiguë. Intriguée, je passai la tête par la porte. La surprise me cloua sur place : aux murs étaient accrochés tous mes portraits de Miguel, que j'avais pourtant laissés au Mexique.

— Tu les as rapportés, balbutiai-je.

— Je les voulais ici. Avec nous.

Un frisson naquit au plus profond de mon être.

— N'hésite pas à peindre, mais seulement si tu en ressens le désir. Et ce que tu gagneras n'appartiendra qu'à toi.

— Ce n'est pas juste ! protestai-je. Ce n'est pas à toi de me soutenir financièrement…

— Si, répliqua-t-il avec fermeté. C'est mon rôle de subvenir à tes besoins, comme à ceux de Miguel et de nos futurs enfants.

L'air me manqua. « Nos futurs enfants » ! Ce qu'il

m'offrait, c'était ce dont j'avais toujours rêvé ! Orpheline après avoir été fille unique, j'aspirais plus que tout à une grande famille. Et Alejandro me proposait de la fonder avec lui ! Autrement dit…

Je fis appel à toute ma volonté pour résister. Non ! Je ne devais pas céder. Peu importait qu'il mette mon corps en ébullition ou offre d'exaucer mon vœu le plus cher. Sans amour ni confiance, c'était l'échec assuré !

Je secouai la tête.

— Ne te sens pas obligé de faire cela par devoir…

— Pas par devoir, m'interrompit-il, avant de me relever le menton, le regard brillant de désir. Ce sera un plaisir, *querida*.

Une brusque chaleur m'envahit. Je me dégageai vivement.

— Le… le bain est prêt, bégayai-je.

Alejandro roula ses manches sur ses avant-bras et, avec précaution, maintint Miguel assis dans la baignoire pendant que je lui savonnais les cheveux et le corps. Le bain terminé, je lui passai un pyjama, puis m'installai dans le rocking-chair de la chambre d'enfant pour lui donner le sein. Alejandro nous observait depuis la fenêtre, le visage découpé en ombre chinoise dans la pâle clarté de la lune.

Lorsque enfin Miguel lâcha mon sein, je me levai.

— Puis-je le coucher ? demanda Alejandro.

— Bien sûr. Mais d'abord, il faut lui faire faire son rot.

— Hum, je ne suis pas sûr de…

— Ne t'inquiète pas, c'est très facile.

Je lui tendis Miguel qu'il souleva contre son épaule, puis lui montrai comment lui tapoter le dos. Alejandro suivit mes instructions, plus ou moins adroitement, jusqu'à ce que Miguel laisse échapper un rot retentissant. Il me lança un regard triomphant.

Le spectacle de ce grand et séduisant gaillard émerveillé devant son fils — notre fils — me chamboula. Je souris, espérant que la pénombre dissimulerait mes larmes d'émotion. Contre toute attente, Alejandro se révélait un père fantastique. Il aimait Miguel et serait toujours là pour lui, j'en étais convaincue.

— Et maintenant ? questionna-t-il.

— Allonge-le dans le berceau, sur le dos.

Il s'exécuta avec précaution, en ayant soin de bien soutenir la tête de Miguel. Il avait l'air d'un démineur manipulant une bombe prête à exploser à tout instant. Miguel couché, je déposai contre sa joue son doudou préféré ; puis son père et moi restâmes là, côte à côte, à le contempler.

Jusqu'au moment où Alejandro me prit la main et, sans un mot, m'entraîna dans la pièce voisine, dont il referma la porte.

Nous étions seuls dans sa chambre...

— Je voulais te dire..., commençai-je, le cœur battant la chamade. Ce qui s'est passé dans le jardin était une erreur.

— Je suis d'accord.

Cette réponse conciliante me surprit.

— Donc nous n'allons pas...

Je me tus en constatant que quelqu'un était entré dans la chambre pendant que nous baignions Miguel. Un feu crépitait dans la cheminée, sur le manteau de laquelle étaient disposées plusieurs bougies. Et là-bas, sur le lit, ce n'était tout de même pas...

— Des pétales de roses ? fis-je en m'approchant. Je ne comprends pas...

Il me décocha un sourire sexy.

— Je suis sûr que si.

— Tu as tout arrangé, soupirai-je.

— Oui.

— Mais tu viens de dire que notre baiser était une erreur !

— Ça n'aurait pas dû arriver dans le jardin. Ni dans le vestiaire à Madrid. J'ai perdu le contrôle. Elles étaient là mes erreurs. Ce soir n'en sera pas une.

Il couvrit la distance qui nous séparait.

— Ne me regarde pas ainsi, dis-je, frissonnante.

— Comment ?

— Comme si tu brûlais de m'arracher mes vêtements et me faire l'amour.

— C'est le cas. Je rêve de toi depuis si longtemps.

— Tu rêves de moi ?

Je n'avais pu masquer ma stupéfaction. Je me remémorai toutes ces nuits où je m'étais languie de lui, assaillie de rêves érotiques, pour me retrouver dans un lit vide et froid à mon réveil.

— Ce soir, *querida*, je réalise mon rêve. Pas par devoir, ni parce que c'est pratique, mais parce que j'en ai envie, chuchota-t-il en m'attirant dans ses bras. Il n'y a eu personne d'autre depuis toi, tu le sais. C'est toi et toi seule que je veux.

Le sang pulsait dans mes veines comme de la lave en fusion. J'aurais voulu fuir loin, très loin du danger. Mais mon corps ne m'obéissait plus. Il savait ce qu'il voulait, depuis toujours.

Alejandro pencha la tête vers moi et son souffle chaud balaya mes lèvres. Un violent frisson me parcourut. Ce que je désirais si ardemment avait le pouvoir de détruire mon cœur à jamais. Je le savais et pourtant…

— S'il te plaît, implorai-je.

La caresse rugueuse de sa mâchoire sur ma joue

m'électrisa. Tout mon être brûlait de s'accrocher à lui et l'embrasser avec passion. Je le désirais tellement !

— S'il te plaît quoi ? murmura-t-il en suivant du pouce la ligne de ma lèvre inférieure.

*S'il te plaît, embrasse-moi.*

*S'il te plaît, ne m'embrasse pas.*

Je ne savais plus ce que je voulais. Mais Alejandro ne me laissa pas le temps d'y réfléchir. La bouche contre mon oreille, il chuchota :

— Tu m'appartiens, maintenant et pour toujours. Tu es ma femme, ma duchesse, mon amante.

— Je ne peux pas.

— Ah oui, j'oubliais..., fit-il en s'écartant, une lueur amusée dans les yeux. Tu ne me désires pas.

— Non.

— Donc tu n'éprouves rien quand je fais ceci...

Il promena les doigts sur ma gorge en une caresse aérienne. Je fis non de la tête, incapable de parler.

— Ou ça...

Sa main se referma sur l'un de mes seins, dont il taquina la pointe à travers le chemisier. Elle durcit aussitôt.

— Laisse-toi aller, murmura-t-il.

— Je ne t'aime pas, protestai-je faiblement.

— C'est ton corps que je veux, pas ton cœur.

Ses lèvres sur les miennes, douces, presque tendres, balayèrent mes dernières résistances. Bien sûr que je le désirais ! De tout mon cœur et de toute mon âme.

Son baiser se fit plus profond, et mes bras se nouèrent d'eux-mêmes autour de son cou. Lentement, il m'allongea sur le lit parsemé de pétales de roses. Le poids de son corps sur le mien me plongea dans l'extase. Ses doigts s'affairaient sur mon chemisier, dont il ouvrit un à un les boutons, embrassant chaque parcelle de ma peau ainsi dénudée. Puis je les sentis se faufiler dans mon dos et, d'un geste expert, dégrafer mon soutien-gorge. Mes seins jaillirent, libres, gonflés de désir.

Avec un soupir rauque, il enfouit le visage entre eux, les embrassa, les moula de ses mains, avant d'aspirer dans sa bouche un mamelon, puis l'autre. Un gémissement de plaisir m'échappa.

— Attends, intimai-je. Je veux te sentir aussi...

Je me redressai et lui arrachai sa chemise, avec nettement moins de délicatesse que lui. Un bouton vola dans la pièce et heurta le sol. Un soupir d'aise passa mes lèvres comme j'explorais son torse nu, palpant les muscles sculptés sous le léger duvet noir.

Soudain, je me retrouvai de nouveau plaquée contre le matelas. Miséricorde ! C'était si bon... Nos langues dansaient un ballet sulfureux, les lèvres d'Alejandro douces et possessives sur les miennes. Le feu ardent qui me dévorait consumait peu à peu ma raison.

Sa bouche traçait à présent un sillon frémissant le long de mon corps, jusqu'à mon nombril qu'il butina de sa langue. Puis il déboutonna mon jean et le fit glisser le long de mes jambes avec ma culotte, embrassant mes cuisses au fur et à mesure.

Du pied du lit, il me contempla longuement, étalée en croix sur le matelas, offerte à son plaisir. Un frisson de désir me parcourut. En cet instant, j'étais prête à le supplier qu'il me prenne...

Mais je n'eus pas à le faire. Déjà, il enlevait son pantalon et s'allongeait sur moi, entièrement nu. Sa virilité palpitait contre mon bas-ventre, dure comme un roc. Nos regards se croisèrent, et je compris que lui aussi luttait pour garder le contrôle.

— Ne te retiens pas, l'exhortai-je en soulevant les hanches à sa rencontre. S'il te plaît...

Je savais ce que je voulais, cette fois. Et lui aussi. Il glissa le long de mon corps et m'écarta les jambes. Son souffle chaud entre mes cuisses me donna le vertige. La seconde d'après, il goûtait mon intimité d'une langoureuse caresse.

Mes reins se cambrèrent violemment. Le plaisir était tel qu'il en devenait insoutenable. Je tentai de me dégager, mais ses mains m'agrippaient fermement. Sa langue allait et venait en moi, stimulait mon clitoris. Prisonnière de cet exquis supplice, j'ondulais et gémissais tandis qu'il me forçait à accepter des sensations toujours plus vertigineuses. Jamais je n'aurais cru mon corps capable d'une telle endurance ! Je m'envolai haut, très haut, vers des sommets insoupçonnés…

Il s'interrompit soudain, me laissant pantelante, au bord des larmes de me voir ainsi refuser la délivrance ultime. Le sourire satisfait de mon amant me rendit folle. Je l'aurais giflé ! Il jouait avec moi, me propulsait vers l'extase pour mieux m'en priver et attiser mon désir !

De nouveau, il se pencha sur moi et noua mes jambes autour de ses hanches. Les pétales de roses s'éparpillèrent sur le sol, embaumant l'air de leur enivrante fragrance. Alejandro se pressait à l'orée de mon intimité, impressionnant de virilité. Cette fois, lorsqu'il fit mine de reculer, je ne le laissai pas faire. Mes ongles s'enfoncèrent dans son dos tandis que je le retenais contre moi.

— Bien, haleta-t-il. *Muy bien.*

Il se positionna entre mes cuisses et, d'un seul puissant coup de reins, me fit chavirer. Un cri animal déchira le silence — un cri sorti de ma bouche, réalisai-je, vaguement honteuse. Des étoiles dansaient devant mes yeux tandis que la plus parfaite félicité irradiait mon être. Je retombai sur le matelas, sans forces, pareille à une poupée de chiffon.

Alejandro se figea en moi.

— Continue, l'encourageai-je, le souffle court. J'ai déjà...

— Encore, ordonna-t-il.

Encore ? Avait-il perdu la tête ?

— Je ne peux pas...

— Jouis encore, insista-t-il, le regard enfiévré.

Il bougea en moi de façon à me faire sentir chaque centimètre de son sexe. Et mon corps se dilatait pour l'accueillir, toujours plus profondément. La sensation était grisante.

Lentement, Alejandro se mit à me chevaucher. A ma surprise, une nouvelle tension monta en moi, différente, plus intime. Je m'accrochai à lui, consciente, à la sueur qui perlait à son front, de l'effort qu'il faisait pour se contenir. Bientôt, ses va-et-vient se firent plus puissants, plus rapides. Nos deux corps se livraient à une délicieuse joute érotique qui me poussait inexorablement vers l'abîme.

Dieu, que c'était bon !

Comme je m'arquais contre lui, il m'embrassa avec fougue. C'en était trop... Mon univers explosa dans un violent orgasme, et je criai sans retenue contre ses lèvres.

Son self-control céda à son tour. D'un ultime coup de boutoir, il m'empala et me suivit dans la jouissance, déversant sa semence chaude entre mes reins.

Son corps était lourd et brûlant lorsqu'il s'affaissa sur moi. Je reprenais peu à peu mes esprits, quand un détail me revint.

— Nous avons oublié de mettre un préservatif !

L'omission, loin de l'affoler, amena un sourire sur ses lèvres.

— Je n'ai rien oublié, chuchota-t-il.

Le choc me laissa sans voix.

— Tu seras la mère de mes enfants, *mi esposa.* Résiste-moi si tu veux.

Son sourire se fit provocant.

— C'est toujours un plaisir de batailler avec toi.

# 8

Un flot de soleil se déversait sur nos corps enlacés et le drap entortillé à nos pieds. *Tout ceci n'était qu'un rêve*, fut ma première pensée. Puis mon regard tomba sur Alejandro, endormi dans mes bras, un sourire aux lèvres. J'en eus le souffle coupé. Mon cœur chantait dans ma poitrine : cette nuit, mon vœu le plus cher s'était enfin réalisé...

Lentement, Alejandro ouvrit les yeux. Son sourire s'élargit. Il semblait heureux lui aussi, détendu, l'air presque juvénile.

— *Buenos días, mi corazon*, dit-il en m'embrassant sur le front.

— Bonjour.

Je rougis, prise d'un accès de timidité. Il me saisit le menton et me donna un baiser qui ralluma aussitôt dans ma chair le feu de la passion.

Comment était-ce possible ? Nous avions fait l'amour trois fois cette nuit. Trois fois ! Ma soif de lui semblait inextinguible. J'aimais la sensation de son corps viril contre le mien, et ses bras musclés qui m'enlaçaient comme si j'étais la chose la plus précieuse au monde.

« Tu es ma femme, ma duchesse, mon amante. »

Et maintenant, son cœur — « *mi corazon* », avait-il dit. C'était la première fois qu'il m'appelait ainsi...

Nous refîmes l'amour avec une ardeur exaltée. A

peine retombions-nous sur le matelas que des pleurs s'élevèrent de la chambre contiguë. Nous éclatâmes de rire.

— Je m'en occupe, dis-je en me redressant.

Il me repoussa d'autorité contre l'oreiller.

— Non, c'est mon tour. Va plutôt te détendre dans un bon bain chaud.

Une demi-heure plus tard, j'émergeai de la salle de bains, propre et fraîche en jupe et chemisier rose. Je pris le relais auprès de Miguel et lui donnai le sein pendant qu'Alejandro prenait sa douche. C'était exactement la vie dont j'avais rêvé : Alejandro, Miguel et moi, rien que nous trois. Pour l'instant. Je posai ma main sur mon ventre.

« Tu seras la mère de mes enfants. »

Cette idée m'effrayait un peu. Mais ne désirais-je pas, du fond du cœur, un autre bébé ? Si. Mille fois si.

Tant de choses avaient changé depuis ma première grossesse. Je n'étais plus une fugitive vivant dans la peur à l'autre bout du monde, mais une femme mariée à l'abri du besoin. Ne pouvais-je enfin m'autoriser à être heureuse ? Alejandro était un bon père et un bon mari, qui tenait à ce que nous formions une famille. Et sa façon de me faire l'amour… Une vague de chaleur m'envahit au souvenir du plaisir qu'il m'avait prodigué.

Etait-je si stupide de vouloir lui faire confiance ?

J'aurais tout donné pour connaître le mensonge qui, selon ses dires, empoisonnait insidieusement notre relation. Il prétendait qu'il m'était resté fidèle et qu'il n'y avait eu personne après moi. Mais peut-être était-ce cela, le mensonge ?

Je chassai cette pensée. Nous avions tant partagé

sur le plan physique. Le jour viendrait où il partagerait aussi les secrets de son cœur, non ?

Je passai le petit déjeuner à lui sourire béatement par-dessus mon assiette d'œufs et de *jamón*. Loin de s'en agacer, il fit l'impensable : il me sourit en retour.

— Aujourd'hui, j'aimerais te faire visiter le domaine et te présenter à ses habitants, annonça-t-il.

— Quoi ?

Je manquai lâcher le hochet que j'agitais devant Miguel, assis sur mes genoux.

— Je croyais que je devais les rencontrer lors de la réception ?

— Il faudra bien deux mois à Abuela pour l'organiser. Nous ne pouvons pas attendre aussi longtemps.

Il dut percevoir ma nervosité car son sourire se fit encourageant.

— Tu es ma femme, c'est la moindre des choses, non ? Et puis Abuela a prévu une réception grandiose pour épater la galerie. Je préfère un premier contact plus personnel.

Il marqua une pause.

— Nombre des familles qui vivent sur le domaine cultivent ces terres depuis des générations. Pour eux, avoir un bébé avant de se marier peut sembler quelque peu...

— ... moderne ?

— Oui. Je ne veux pas qu'ils doutent de notre mariage en se demandant s'il résistera à l'épreuve du temps.

— Résistera-t-il ? murmurai-je.

— Absolument.

Il se pencha vers moi et me prit la main.

— Tu es la duchesse d'Alzacar. Je tiens à ce qu'ils te respectent autant que moi je te respecte. Tu veux bien les rencontrer ?

Comment refuser quand il me regardait ainsi en me tenant la main ? Pourtant, l'idée de devoir convaincre ces gens que j'étais digne du titre de *duquesa* me terrifiait. Et s'ils ne me trouvaient pas assez bien ? Si leurs réserves incitaient Alejandro à se choisir une autre femme ?

— D'accord, acquiesçai-je. Si tu penses que c'est nécessaire.

— Oui, j'insiste.

Son regard s'adoucit en se posant sur notre fils.

— J'aimerais que Miguel nous accompagne, ajouta-t-il. Après tout, il est leur avenir et eux, le sien.

— Parce qu'il est lié à ces terres par le sang.

— Si on veut.

Il posa sa serviette et se leva de table.

— Nous passerons d'abord chez la veuve Ramirez, mon ancienne préceptrice.

Cette pensée me réchauffa le cœur.

— Celle qui te faisait classe quand tu étais enfant ?

— Oui, à moi et... au fils de la gouvernante.

— Tu veux dire Miguel, le repris-je.

— Oui. Nous jouions ensemble, suivions les mêmes cours, nous bagarrions parfois. Peu importait que l'un soit le futur duc et l'autre le fils d'une domestique. Nous vivions sous le même toit et aimions tous les deux Abuela. Nous étions amis. Jusqu'au jour où il est mort dans cet accident.

— Et tu as survécu, conclus-je avec douceur.

— Oui, j'ai survécu.

Il tourna les talons.

— Je vais chercher les clés.

J'avais eu le temps de finir mon petit déjeuner lorsque Alejandro réapparut.

— Pilar n'a plus l'esprit aussi aiguisé qu'autrefois, mais son influence reste considérable, me dit-il.

— Merci de me mettre la pression, grommelai-je, le ventre noué par l'appréhension.

Je baissai les yeux sur ma tenue.

— Peut-être devrais-je me changer ?

— Tu es très bien.

— Je veux qu'ils m'apprécient…

Il éclata de rire.

— Débarquer en robe de créateur et talons aiguilles ne jouera pas en ta faveur. Au contraire. Ce qu'ils respectent, c'est le travail et l'honnêteté, et un certain franc-parler quand la situation l'exige. Ils vont t'adorer.

— Bon, d'accord, soupirai-je, moins optimiste que lui.

Une demi-heure plus tard, nous sillonnions le domaine dans sa Jeep, sur une route de terre qui sinuait entre les collines et les champs cultivés.

Pilar Ramirez habitait un charmant petit cottage. Elle cultivait des fruits et légumes biologiques — pêches, kakis, aubergines — et élevait des chèvres dont le lait servait à fabriquer du fromage. Frêle et voûtée, elle ne m'arrivait pas plus haut que l'épaule, mais me scruta longuement d'un regard critique. A la fin de la visite cependant, la méfiance avait cédé la place à un large sourire et elle ne cessait de pousser vers moi l'assiette de cookies faits maison.

— Mangez, mangez, insista-t-elle. Vous devez prendre des forces si vous voulez donner d'autres enfants à votre mari.

Je sentis le regard d'Alejandro sur moi et rougis.

— *Gracias*, Pilar, dit-il en me prenant la main. C'est notre vœu le plus cher.

— Oui, je sais que tu as toujours rêvé d'une grande famille, soupira Pilar. Tu as grandi bien seul dans cet immense château, avec ta sœur à Grenade et ta mère surchargée de travail. Quand elle n'était pas distraite par le duc…

— Une sœur ? Quelle sœur ? intervins-je. Alejandro est fils unique, non ?

Il s'éclaircit la gorge.

— Tu confonds, Pilar. C'est à Miguel que tu penses.

Elle tressaillit et une étrange expression traversa son visage.

— Oui, bien sûr. Miguel. Toi, tu es le duc. *¿Más galletas?* dit-elle sans transition en me tendant l'assiette.

— Volontiers.

Son visage s'éclaira.

— Je suis si heureuse que vous aimiez mes biscuits ! Alejandro, lui, y a à peine touché…

Elle ponctua ces mots d'un froncement de sourcils réprobateur.

— J'en ai mangé trois, dit-il en riant.

— C'est ce que je dis. Tu devrais prendre exemple sur ta femme et en manger plus.

— *Gracias*, lançai-je joyeusement en me resservant. Il me faut absolument cette recette !

— Je me ferai une joie de vous l'envoyer, promit Pilar.

Peu après, nous prîmes congé. Alejandro serra son ancienne préceptrice dans ses bras avec une évidente tendresse.

— Prends soin de toi, Pilar. Nous repasserons bientôt.

— Toi aussi, Mi… Alejandro.

Elle lui pinça affectueusement la joue et embrassa Miguel sur le front.

— Je suis contente pour toi, ajouta-t-elle en nous contemplant tous les trois. Tu mérites d'être heureux.

Dans la Jeep, le soulagement m'envahit. J'avais réussi le premier test, et même gagné une recette de délicieux cookies !

— Elle est adorable, dis-je à Alejandro.

— Content que tu l'apprécies.

Il me regarda bizarrement, comme s'il voulait me dire quelque chose, puis reporta son attention sur la route.

— A présent, les Delgado, annonça-t-il.

Les visites se succédèrent toute la journée. Nos hôtes paraissaient soulagés que je parle espagnol, même s'ils prenaient un malin plaisir à me taquiner sur mon accent. Miguel eut un franc succès et tous, les uns après les autres, encensèrent Alejandro, louant son grand cœur et sa générosité, même lorsqu'il n'était pas à portée de voix.

— Les terres étaient à l'abandon, mais *El Duque* leur a donné une seconde vie.

— Mon toit tombait en ruine. *El Duque* m'a aidé à le réparer.

— Après une récolte désastreuse, j'ai bien cru que je devrais partir. Mais *El Duque* m'a fait un prêt afin de relancer la ferme. Il nous a sauvés alors qu'il avait à peine vingt ans.

— Il a donné du travail à mon fils à Madrid, me raconta une vieille femme, les larmes aux yeux. Sans lui, il serait parti en Argentine. Je lui en suis profondément reconnaissante.

Au fil des visites, ma nervosité s'envola. Je riais et plaisantais avec les métayers, les complimentais sur la bonne tenue de leurs fermes et de leurs champs, me régalais des délicieuses tartes de leurs femmes. Tous aimaient et respectaient Alejandro. Et je réalisai que, pour lui, ils étaient prêts à m'aimer aussi ; comme s'ils le lui devaient pour tout ce qu'il avait fait pour eux.

Miguel dormait paisiblement sur le chemin du retour. Je rompis le silence d'une remarque enjouée.

— Ça s'est bien passé, non ?

— Oui.

Son laconisme me découragea. Qu'est-ce qui avait bien pu assombrir son humeur ? Je me concentrai sur le paysage qui défilait devant mes yeux. J'étais sous le charme de l'Andalousie. J'aimais ses couchers de soleil qui embrasaient les champs, et cette brise chaude sur ma peau, embaumant le chèvrefeuille.

Alejandro ne décrocha pas un mot de tout le trajet. De retour au château, il m'attira dans ses bras sitôt descendu de la Jeep.

— Alejandro, ai-je fait quelque chose qui t'a déplu ? demandai-je timidement.

— Déplu ?

Ses yeux avaient l'éclat chaleureux des matins andalous.

— Tu as été parfaite, *mi corazon*. Je suis fier de toi. Tu as su faire en sorte qu'ils t'aiment autant que...

Sa phrase mourut sur ses lèvres.

— Ils m'aiment parce que je suis ta femme, alléguai-je.

— Non. Ils t'aiment pour toi, ton sourire, ta gentillesse.

Il me caressa la joue, puis laissa sa main errer dans mon dos. L'air se chargea d'électricité.

— Suis-moi dans la chambre, me chuchota-t-il à l'oreille.

— Et le dîner ?

Il prit mes lèvres en un baiser tendre et passionné, auquel je m'abandonnai avec délice. Les pleurs de Miguel l'interrompirent.

— Tu as raison. Abuela nous attend, dit Alejandro.

Je fis la grimace. Nous avions grignoté toute la journée, nourris à chacune de nos visites.

— Je doute de pouvoir avaler quoi que ce soit, soupirai-je.

— Abuela a tout préparé. Tu ne voudrais pas la décevoir ?

— Non, bien sûr.

Miguel couché et Alejandro parti se changer, j'hésitai à prendre une douche. Je me sentais moite et poisseuse après cette longue journée dehors. Toutefois, craignant d'être en retard, je me contentai finalement de passer une robe longue ainsi qu'une paire d'escarpins. Maurine avait insisté pour que nous nous mettions sur notre trente et un. Le dîner de ce soir était spécial, avait-elle laissé entendre d'un air mystérieux.

Un coup de brosse, une touche de rouge à lèvres, puis je jugeai le résultat dans le miroir. Pas mal du tout ! Je me reconnaissais à peine. Cette aura d'audace et de sophistication n'était cependant pas pour me déplaire.

Un sourire satisfait aux lèvres, je descendis l'escalier. Mais à mi-chemin, un écho de voix me parvint d'en bas.

— Dis-lui la vérité, intimait Maurine d'un ton inhabituellement tranchant.

— Non, répliqua son petit-fils.

— Elle est ta femme !

— Elle ne doit pas savoir. J'ignore si je peux lui faire confiance.

— Mais c'est de ta vie qu'il s'agit !

— Pas seulement la mienne. La tienne aussi, et celle de Miguel. Elle pourrait causer notre perte à tous si…

Il s'interrompit en m'apercevant. Un sourire plaqué aux lèvres, je descendis les dernières marches comme si je n'avais rien entendu.

— Tu es magnifique, *mi esposa*, murmura-t-il en me tendant le bras.

Lui-même était à tomber à la renverse en pantalon

et chemise noirs. Je pris son bras en silence. La bulle de bonheur dans laquelle je flottais depuis ce matin venait brusquement d'éclater.

Que me cachait-il ?

Cette question me rongeait de l'intérieur. La vie que j'essayais de construire à Rohares m'apparaissait soudain comme un fragile château de cartes prêt à s'écrouler à tout instant.

J'avais été si heureuse, ce matin, de me réveiller dans ses bras ! D'être fièrement présentée comme sa femme aux gens qui comptaient pour lui. Chaque seconde que je passais à ses côtés ravivait des sentiments que je m'étais juré de bannir. Cette fois, quand mon cœur se briserait, je serais seule responsable…

Je m'immobilisai au milieu du couloir.

— Dis-moi ce que tu me caches, lançai-je de but en blanc.

— Bon sang ! Je n'aurais jamais dû aborder ce sujet.

Il lâcha ma main, le regard glacial.

— Préfères-tu que nous dînions séparément ? reprit-il.

La discussion n'irait pas plus loin. Ravalant mes larmes, je fis non de la tête et repris son bras. Un silence pesant tomba entre nous.

Je m'éclaircis la gorge.

— Je me demande pourquoi Maurine a exigé une tenue habillée, alors qu'elle est en jean et cardigan…

Je me tus comme nous entrions dans la salle à manger. Elle était déserte, seulement éclairée par un feu pétillant dans la cheminée et des chandelles disposées sur la table. L'ambiance ainsi créée était incroyablement romantique.

*
**

— Tu as tout organisé, murmurai-je, clouée par la surprise.

Un sourire joua sur ses lèvres.

— J'ai parlé à Abuela ce matin. Elle a convenu que des jeunes mariés avaient besoin d'un peu d'intimité.

— Mais... et les autres ?

— Ils ont déjà dîné. Ce soir, je te veux pour moi seul.

Je le suivis à table et le regardai remplir deux verres de vin rouge.

— Manzanilla, issu de mes vignes.

Ma colère suite à son mouvement d'humeur fondit peu à peu, vaincue par sa troublante proximité. Il me posa des questions durant le dîner, m'interrogea sur ce que je pensais de l'Espagne, de Rohares, de la chambre d'enfant. Il voulut aussi savoir comment j'avais commencé à peindre.

— C'est mon père qui m'a appris, dis-je. Il voulait devenir artiste, mais y a renoncé pour subvenir aux besoins de sa famille.

J'eus un sourire nostalgique.

— Il n'était pas très doué pour gagner sa vie, mais nous l'aimions tel qu'il était.

Alejandro buvait mes paroles, son regard de braise chevillé au mien. Comme si rien ni personne d'autre n'existait que moi. Je connaissais cette technique. J'y avais déjà succombé une fois. Et malgré moi, j'y succombais de nouveau...

Je me penchai vers lui, tiraillée entre le désir qu'il m'embrasse et le besoin de connaître la vérité. N'y tenant plus, je revins à la charge.

— Pourquoi refuses-tu de me dire ton secret ?

— Oublie ça ou va-t'en, répliqua-t-il durement.

— Très bien.

Au bord des larmes, je me levai et tournai les talons. Ses doigts se refermèrent sur mon poignet.

Lentement, il se leva à son tour. Il me dominait largement, mais ce fut la soudaine vulnérabilité dans ses yeux qui me retint.

— Voilà tout ce que tu as besoin de savoir.

Il me plaqua contre le bord de la cheminée en clouant mes poignets au-dessus de ma tête. Ses lèvres sur les miennes, sur ma gorge, libérèrent un torrent de lave dans mes veines.

— *Te deseo*, chuchota-t-il en mordillant mon lobe d'oreille. J'ai envie de toi, Lena.

Une flèche de feu m'embrasa les reins. Puis je me rappelai pourquoi je lui en voulais et tentai de le repousser.

— Je suis collante de sueur et de poussière. J'ai vraiment besoin d'une douche.

— Excellente idée, susurra Alejandro. Je t'accompagne.

— Hum… Il n'y a pas de place pour deux.

— Juste assez.

Il reprit ma bouche et je capitulai sans condition, emportée par la sensualité de son étreinte. Mes courbes se moulaient si bien contre son corps qu'on nous aurait dits façonnés l'un pour l'autre.

Il me souleva dans ses bras et me porta jusqu'à notre salle de bains privée. Ses yeux ne quittaient pas les miens tandis qu'il m'effeuillait. Ma robe tomba à terre, suivie de mon soutien-gorge et de ma petite culotte. Ivre de désir, je lui fis subir le même sort. Ses vêtements rejoignirent les miens sur le sol jusqu'à ce qu'il se retrouve entièrement nu.

Il m'embrassa avec fougue tout en tournant le robinet de la douche. Je gémis, grisée par la sensation de ce corps tout en muscles contre le mien. La vapeur d'eau envahissait la cabine devenue un monde féerique, comme coupé de la réalité. La chaleur qui m'enveloppait n'était rien à côté de celle qui me consumait de l'intérieur.

Alejandro me poussa sous le jet d'eau. Séparée de lui, je protestai en gémissant.

— Patience, m'exhorta-t-il avec un sourire.

Lui était toujours maître de lui-même. Contrairement à moi…

Avec une lenteur qui confinait au supplice, il me lava les cheveux, puis frotta au savon chaque centimètre carré de mon corps, s'attardant longuement sur mes seins, mes hanches, le triangle de boucles brunes entre mes jambes. Je fermai les yeux, chancelante sous ses caresses.

Il tomba alors à genoux et enfouit le visage entre mes cuisses. Une plainte de plaisir m'échappa. Je pressai mes mains contre la vitre ; leur empreinte se détacha dans la buée. Alejandro me maintenait fermement contre sa bouche pendant que sa langue s'insinuait en moi, me caressait sans relâche et me stimulait avec une maestria inégalable.

Depuis quand étions-nous là ? Quelques secondes ou quelques heures, je l'ignorais. Le temps s'était dissous dans un océan de volupté sans fin. Alors que l'orgasme allait m'emporter, Alejandro s'écarta, me laissant tremblante de désir inassouvi. Mais seulement pour me faire pivoter en me plaquant contre la vitre, son membre tendu niché sous mes fesses.

— Tu m'appartiens, chuchota-t-il à mon oreille. Dis-le.

— Je t'appartiens.

— Encore.

— Je t'appartiens.

— Pour toujours.

— Pour toujours, répétai-je, éperdue.

Il me pénétra d'un coup et m'imposa sa cadence. Je poussai un cri. Le plaisir de le sentir bouger en moi sous le jet d'eau brûlante était indescriptible. Je fondis, me perdis avec lui, jusqu'à ce qu'il jouisse au creux de ma chair et m'entraîne dans l'extase.

Nos souffles saccadés emplissaient la cabine. Lentement, il ferma le robinet, puis m'enveloppa d'une serviette et me porta jusqu'à la chambre, où il m'allongea sur le lit. Je lui souris, réprimant des larmes d'émotion, de joie et de colère mêlées. Sans un mot, il s'étendit à mon côté, encore ruisselant d'eau, et m'embrassa tendrement sur la tempe. A l'abri dans ses bras, je fermai les paupières.

Je n'avais pas menti, sous la douche. Je lui appartenais. Maintenant et pour toujours.

*Parce que je t'aime.*

Je rouvris brusquement les yeux en prenant conscience de cette vérité implacable : j'étais amoureuse de mon mari ! Et il me cachait un secret…

Un secret qui pourrait bien mettre mes sentiments en péril.

# 9

Les semaines suivantes passèrent à une vitesse folle. Le matin, quand je ne peignais pas dans le jardin, je jouais avec Miguel dans le bureau d'Alejandro pendant qu'il travaillait, pendu au téléphone avec ses employés disséminés à travers le monde.

— Chaque heure passée avec eux est une heure que je perds avec toi, soupirait-il parfois entre deux coups de fil.

Je flottais sur un petit nuage, épanouie comme jamais je ne l'avais été. Puis vint le jour où Alejandro dut partir en voyage d'affaires.

— A Madrid, je suppose ?

Ma moue boudeuse le fit rire.

— Non, à Grenade.

— Je rêve de visiter l'Alhambra ! Je viens avec toi.

— Pas cette fois. Je ne pars que pour la journée. Reste plutôt ici avec Miguel et profite de ta liberté. Je serai rentré avant la nuit.

Il me donna un baiser langoureux. Cette façon de me dire au revoir n'était pas pour me déplaire…

Mais à peine était-il parti que le spectre du doute revint me hanter. Allait-il à Grenade en voyage d'affaires ou pour une tout autre raison ? Avais-je mis le doigt sur son mensonge ? J'ignorais ce que je redoutais le plus : découvrir la vérité ou ne jamais la connaître.

— Ma chérie, me rendriez-vous un service ?

La voix de Maurine me tira de mes pensées.

— Bien sûr, dis-je, soulagée de la distraction.

— Vous êtes une artiste talentueuse, commença-t-elle. Je suis époustouflée par les toiles de mes roses que vous avez peintes. Vous avez su leur rendre justice.

Je rougis sous le compliment.

— L'anniversaire d'Alejandro est le mois prochain, poursuivit-elle. Accepteriez-vous de peindre un portrait de Miguel et moi dans la roseraie ?

— Avec plaisir !

Composition, taille, peinture… Mon cerveau fourmillait déjà d'idées. Je me rendis à Séville pour acheter les fournitures nécessaires puis, en fin d'après-midi, après la sieste de Miguel, nous nous retrouvâmes tous les trois dans le jardin.

Je plantai mon chevalet devant Maurine, assise sur un banc, le bébé sur les genoux. Mon idée était de peindre la duchesse douairière d'Alzacar et le futur duc sur fond de rosiers en fleur, auréolés de cette chaude lumière qu'on ne trouvait qu'en Espagne.

Je souris en me mettant à l'ouvrage. Alejandro serait si touché par ce présent ! Maurine bavardait gaiement, tout en gardant Miguel occupé. Elle me raconta comment elle était tombée amoureuse de son mari, alors duc d'Alzacar.

— Un titre inutile, puisque la situation politique lui interdisait tout retour en Espagne. Il n'avait ni argent ni la moindre aptitude au travail. Il passait son temps à se faire héberger par ses riches amis du temps de l'université.

— Un peu comme mon père, commentai-je. Lui non plus n'était pas doué pour le travail.

— Une question d'éducation, sans doute. Quand

nous sommes finalement rentrés à Rohares, la fortune des Navaro perdue, Rodrigo n'avait aucun moyen d'entretenir le château. Mais il était prêt à tout pour conserver son titre et ses terres, en mémoire de ses aïeux. Je l'aimais, alors j'ai fait mon possible pour l'aider.

Une vive émotion brillait dans ses yeux.

— Je vendais les oranges du verger et organisais des visites guidées du château. Notre fils, hélas, n'était pas plus doué pour gagner sa vie. Quand Alejandro est devenu duc, le toit menaçait de s'effondrer et nous étions endettés jusqu'au cou. Je me voyais déjà passer mes vieux jours à vendre des oranges dans la rue.

— Alejandro n'aurait jamais laissé cela arriver, affirmai-je.

Je l'entendais encore décréter avec autorité que subvenir aux besoins de sa famille était son rôle.

— Lui, au moins, a le sens des affaires, conclus-je.

— Oui, dit Maurine. Son éducation a été très différente. Il n'a pas eu un père autoritaire lui répétant sans cesse comment devait vivre un aristocrate.

Je fronçai les sourcils.

— Pas de père ? Mais… le père d'Alejandro était le duc, votre fils.

Maurine cilla, soudain très pâle.

— Oh… Oui, bien sûr.

— Est-ce le soleil qui vous tape sur la tête ? la taquinai-je.

— Je suis vieille, je m'emmêle les pinceaux, répondit-elle sans croiser mon regard. Mais vous avez raison, je suis restée trop longtemps au soleil.

Elle se leva, pour le plus grand plaisir de Miguel qui commençait à s'ennuyer sur ses genoux.

— Je suis un peu fatiguée. Je vais vous faire apporter une limonade. Et chercher le peigne d'Alejandro…

Sans attendre ma réponse, elle quitta le jardin avec Miguel. Je la suivis des yeux, perplexe. Quel rapport entre la limonade et le peigne d'Alejandro ?

— Bon sang, j'ai cru qu'elle ne partirait jamais !

Je me retournai dans un sursaut. Mon pinceau me tomba des mains.

— Edward ! m'exclamai-je.

Il émergea de la haie qui séparait le jardin de la forêt, une manche déchirée par les ronces.

— Si tu savais combien j'ai rêvé de te revoir, dit-il en me dévorant des yeux.

Il tendit une main vers ma joue. J'eus un mouvement de recul instinctif, tout en coulant un regard autour de nous. Sa présence ici, dans le jardin de Maurine, dans la propriété d'Alejandro, était un choc. Comme rencontrer un serpent venimeux parmi les fleurs colorées.

— Comment es-tu arrivé ici ?

— Ça n'a pas été facile, répondit-il avec une grimace.

— Je t'ai dit que je ne voulais plus jamais te revoir. Alejandro te tuera s'il te trouve ici !

— Mais il n'est pas là, n'est-ce pas ?

Je gardai le silence.

— Ce cher duc… Je sais que ce n'est pas lui que tu veux.

Il engloba d'un regard dédaigneux la roseraie baignée de soleil, la haie impeccablement taillée et, derrière, le mur de pierre du château.

— Je suis venu te sauver de cette prison.

— Ce n'est pas une prison ! protestai-je. C'est ma maison. Je… J'aime Alejandro.

Son regard se durcit.

— Ne me dis pas que tu t'es encore laissé prendre à son baratin ?

Il fit un pas vers moi et, de nouveau, je reculai, renversant mon chevalet. Ses yeux me toisaient avec mépris.

— Je l'aime, répétai-je calmement. Comme jamais je ne t'aimerai.

Ses poings se crispèrent.

— Le séduisant duc d'Alzacar, adulé de tous, dit-il ironiquement. Bien sûr, tu lui es fidèle. Mais l'est-il de son côté ?

— Evidemment, répliquai-je.

— En es-tu sûre ? Tu es donc au courant, pour cette femme à qui il rend visite à Grenade ?

Mon cœur se glaça.

— Une femme ?

— Oh ! tu l'ignorais, dit Edward avec un sourire cruel. Ils dînent souvent tous les deux. Il lui a acheté un restaurant dans le quartier d'Albaicín, où il chante en jouant de la guitare. Devant tout le monde.

Je déglutis. Alejandro ne m'avait jamais joué de la guitare. Jamais.

— Il y a sûrement une bonne raison, bredouillai-je.

— Il passe parfois la nuit chez elle, au-dessus du restaurant, continua-t-il, impitoyable. Mais il arrive qu'il se contente de faire l'aller-retour dans la journée.

C'était le coup de grâce. Je cherchai désespérément une explication rationnelle au refus d'Alejandro de me laisser l'accompagner aujourd'hui.

« Je ne pars que pour la journée. Reste plutôt ici avec Miguel et profite de ta liberté. »

Ma pire crainte se révélait donc fondée...

— Il te ment sans scrupule, persista Edward. Il n'hésite pas à passer du bon temps tout en te retenant captive ici.

— Je ne suis pas captive, objectai-je faiblement.

— Vraiment ? ricana-t-il en balayant des yeux la roseraie déserte. Je pourrais le faire payer, tu sais.

Un hoquet m'échappa, de colère plus que de peur.

— Si tu oses t'en prendre à lui, je...

— Tu t'inquiètes pour *lui* ? s'écria-t-il, fou de rage. S'est-il seulement soucié de toi lorsqu'il t'a brisé le cœur ?

Il tendit une main vers moi, son expression radoucie, presque mélancolique.

— J'étais là pour toi. Je t'ai sauvée. C'est *moi* que tu devrais aimer.

Je fuis son contact.

— Je chérissais notre amitié. Jusqu'à ce que je comprenne que tu n'avais que faire de mon bébé, rétorquai-je avec froideur.

— Lena...

— Si tu me touches, je hurle, et Alejandro volera à mon secours !

— Hélas pour toi, il n'est pas là.

Il couvrit la distance qui nous séparait. La menace que je lus dans ses yeux me terrifia. J'ouvris la bouche pour crier.

— Lena ? Où es-tu ?

Dieu soit loué ! C'était la voix d'Alejandro depuis l'autre bout du jardin.

— Ici ! criai-je, submergée par le soulagement. Dans la roseraie, Alejandro !

Encore tremblante, je me tournai vers Edward. Il s'était volatilisé par où il était venu. Mais le mal était fait.

« Tu es donc au courant, pour cette femme à qui il rend visite à Grenade ? »

Un mensonge, me persuadai-je. Alejandro jurait ne désirer aucune autre femme que moi. Mais ne se disait-il pas aussi indigne de confiance ?

— *Querida*, murmura-t-il en arrivant devant moi.

Il m'enlaça et m'embrassa sur le front.

— Je suis revenu plus tôt. Toi et Miguel me manquiez trop. Mais… tu trembles ?

— Ce n'est rien, bredouillai-je. Je… Mon chevalet est tombé.

— Laisse-moi le ramasser.

— Ne regarde pas ! C'est une surprise pour ton anniversaire.

Conciliant, il se couvrit les yeux et me tendit la toile.

— Promis, je n'ai rien vu.

Je la récupérai sans un mot. Je m'étais fait une telle joie de peindre ce tableau ! Hélas, elle s'était envolée, corrompue par les révélations d'Edward sur la femme de Grenade.

— Et si nous partions en lune de miel ? me lança Alejandro.

— En lune de miel ? Tu veux dire, sans Miguel ?

— Ne t'inquiète pas, ce ne serait que pour une nuit. Nous réserverions dans un hôtel chic et dînerions dehors.

Il m'embrassa dans le cou.

— Que dirais-tu de Grenade ?

— Grenade ?

Je dus pâlir, car il fronça les sourcils.

— Je croyais que tu rêvais de visiter l'Alhambra ?

En effet, c'était mon rêve depuis toute petite. Mais depuis l'irruption d'Edward dans la roseraie, une semaine auparavant, je m'efforçais de protéger mon cœur et m'interdisais de penser à l'autre femme qu'avait évoquée mon ancien ami. Grenade était le dernier endroit que j'aurais choisi pour une lune de miel. D'un autre côté, n'avais-je pas envie de savoir ?

— Peut-être, murmurai-je.

Son visage s'éclaira d'un sourire — son premier vrai sourire depuis que je mettais de la distance entre nous.

— Est-ce un oui ? Je suis tout disposé à essayer de te convaincre, ajouta-t-il, une lueur suggestive dans les yeux.

Mon corps réagit aussitôt, embrasé par le feu du désir. Mais le sexe n'était pas le problème. Nous faisions l'amour toutes les nuits. Physiquement, nous étions plus proches que jamais. Emotionnellement, en revanche… Le poids du secret avait creusé un abîme entre nous. La voix d'Edward résonna de nouveau dans mon crâne :

« Tu es donc au courant, pour cette femme à qui il rend visite à Grenade ? »

Mon sourire s'évanouit.

— Tout bien réfléchi, oublie ça, lançai-je.

— Pourquoi ?

Il prit mon visage entre ses mains.

— J'essaie de me faire pardonner, Lena.

— Quoi ? Qu'as-tu à te faire pardonner ?

— A toi de me le dire. Je vois bien que tu m'en veux.

Ses doigts se crispèrent imperceptiblement.

— Je veux que tu me regardes comme avant.

— Et moi, je veux pouvoir te faire confiance, répliquai-je. Comme avant.

Il me fixa d'un air ébahi. C'était la première fois que je lui répondais sur ce ton.

— Quand j'étais à Grenade, commença-t-il, tandis que je retenais mon souffle, tu es restée seule avec Abuela. T'a-t-elle dit quelque chose ?

— Elle n'a pas trahi ton secret, si c'est ce que tu veux savoir, dis-je avec amertume.

Il me lâcha et se leva, le visage dur.

— Ça suffit. Nous partons en lune de miel et tu passeras un bon moment.

— Est-ce un ordre, Votre Altesse ducale ? raillai-je avec défi.

Il serra les dents.

— J'envoie les domestiques faire tes bagages.

Le trajet jusqu'à Grenade était court, mais il me parut durer une éternité. Dans l'espace confiné de la Lamborghini, la tension était à son comble, prête à exploser à tout instant. Je me plongeai dans mon guide de Grenade pour me distraire l'esprit. Je n'avais pas le droit de donner libre cours à ma frustration, ma rage, ma tristesse. Ce serait mettre en péril notre mariage et unique chance de bonheur. Pourtant, plus nous approchions de notre destination, plus je redoutais ce qui nous y attendait.

L'hôtel qu'avait réservé Alejandro était un *parador* situé dans les jardins mêmes de l'Alhambra, autrefois palais des émirs maures, puis résidence des rois d'Espagne. A notre arrivée, il aboya après tous les employés, en colère contre la terre entière. Mais à peine avais-je refermé la porte de notre chambre qu'il me poussa vers le lit à baldaquin.

Les magazines féminins étaient unanimes : une femme se doit de préserver son estime de soi et de fuir tout homme en qui elle ne peut avoir confiance. Surtout s'il lui a déjà brisé le cœur par le passé. Ne dit-on pas que chaque histoire se répète ? Mais lorsque Alejandro prit ma bouche, un feu liquide déferla dans mes veines, oblitérant tout le reste.

Bien sûr, je devais savoir. Trouver le courage de poser la question qui me rongeait, et plus encore d'écouter la réponse. *Qui sait*, me dis-je dans un sursaut, *si ce n'est pas la dernière fois que nous faisons l'amour ?*

— *Maravillosa*, murmura Alejandro contre mes lèvres.

Il me déshabilla avec une hâte fébrile et je fis de même, goûtant le sel de sa peau dénudée. Je l'aimais tellement ! Et je savais déjà comment cela se terminerait — je l'avais toujours su.

Ravalant mes sanglots, je me laissai aspirer dans un vertigineux tourbillon de plaisir. Mais une fois la passion assouvie ne resta qu'un froid glacial.

Alejandro m'attira contre lui, sa voix grave contre mon oreille.

— Lena, pourquoi ne me regardes-tu plus comme avant ? Qu'est-ce qui a changé ?

Je cherchai ses yeux à travers mes larmes.

— Edward est venu à Rohares, la semaine dernière.

— Quoi ?

— Pas à mon invitation ! ajoutai-je très vite. Il s'est introduit en douce dans les jardins. Il voulait que je fuie avec lui, mais j'ai refusé. Alors il m'a dit que tu voyais une femme ici, à Grenade. Que tu lui avais acheté un restaurant et chantais pour elle.

Il me fixa un moment en silence, puis bondit du lit, la mine menaçante.

— Je vais le tuer !

— Non !

Je le retins par le bras.

— C'est de nous qu'il s'agit, pas d'Edward. Dis-moi la vérité… Tu aimes cette femme ?

Il soutint mon regard.

— Oui.

Mon cœur se déchira. Je lâchai son bras.

— C'était donc ça, ton grand secret. Ce que je

redoutais depuis le début. Quelle déception ! dis-je avec un rire âpre.

— Ce n'est pas ce que tu crois.

Il s'assit sur le lit, le front barré d'un pli soucieux.

— Tu n'as donc aucune foi en ma fidélité, après tout le temps que nous avons passé ensemble ?

— Tu viens de dire que tu l'aimais ! m'écriai-je. Tu ne me l'as jamais dit, à moi. Pas une seule fois.

Il serra les dents.

— Ce n'est pas ce que tu crois, répéta-t-il. Theresa n'est pas ma maîtresse.

— Alors quoi ? Quel autre secret pourrait me faire plus de mal que celui-là ?

— Je protège les gens que j'aime. A n'importe quel prix.

Il soupira, le regard empreint de cette vulnérabilité que j'avais déjà entraperçue plusieurs fois.

— Si tu savais comme j'aimerais pouvoir tout te dire…

J'ouvris la bouche, mais il ne me laissa pas le temps de parler. Sa facette froide et autoritaire avait repris le dessus.

— Viens. L'Alhambra nous attend.

Après un déjeuner morose à la terrasse du *parador*, nous nous promenâmes dans les jardins de l'ancien palais, entre des fontaines de pierre entourées d'une profusion de verdure. Malgré leur beauté et leur diversité, ils ne valaient pas, à mes yeux, les jardins de Rohares. Mais peut-être n'étais-je pas tout à fait objective : Rohares, après tout, était devenu ma maison.

Alejandro m'avait pris la main, sans que j'oppose la moindre résistance. J'avais trop besoin du réconfort de ses doigts autour des miens. Etais-je stupide d'y croire encore ? De lui faire confiance ? Oui, sans doute. N'importe quelle autre femme à ma place aurait déjà demandé le divorce...

Un guide nous proposa une visite privée et nous le suivîmes sous les élégantes arches de l'Alhambra, admirant la vue sur Grenade depuis les terrasses, longeant des bassins bordés de myrte dans lesquels se mirait le ciel andalou. Les salles se succédaient, splendides avec leurs hauts plafonds richement sculptés, leurs faïences aux motifs multicolores, leurs calligraphies arabes ciselées dans le plâtre. J'avais toujours rêvé de découvrir ce lieu magique et ses trésors. Malheureusement, mon esprit était ailleurs.

De quoi Alejandro protégeait-il Maurine et Miguel ? Que me cachait-il ?

Nous nous fîmes photographier dans la célèbre Cour des Lions datant du XIVe siècle.

— Voyons, vous êtes de jeunes mariés ! Rapprochez-vous ! nous sermonna le guide.

Alejandro passa un bras autour de mes épaules. Je levai la tête et vis ma propre émotion reflétée dans ses yeux.

— *¡Perfecto!* Maintenant, vous avez l'air d'un vrai couple.

Au moment de quitter l'Alhambra, je me retournai une dernière fois. Au fil des siècles, ce palais avait été négligé, vandalisé, presque détruit par les soldats de Napoléon. Mais il était toujours là, surplombant fièrement Grenade, majestueux et invaincu.

— J'en ai assez vu, murmurai-je, la gorge serrée.

— Nous sommes là. Profites-en.

En ville, nous visitâmes la Capilla Real, la chapelle royale qui abritait les tombes de Ferdinand et Isabelle. Ces deux-là avaient dominé le monde médiéval, avant même d'envoyer Christophe Colomb découvrir le Nouveau Monde. Ensemble, ils avaient mis fin à sept siècles de domination maure en assiégeant Grenade. Le dernier sultan, Boabdil, avait capitulé sans résister afin, disait-on, de préserver la ville de la destruction. Sultan sans trône, il était devenu la risée de son peuple, avant de sombrer dans la misère.

— A quoi penses-tu ? demanda Alejandro.

— Trop aimer quelqu'un ou quelque chose peut parfois ruiner votre vie, dis-je dans un souffle.

— *Sí*. Viens, poursuivit-il en tournant les talons. Cet endroit est déprimant.

Après la pénombre et le silence de la crypte, le brouhaha des touristes dans la rue inondée de soleil nous fit l'effet d'une renaissance.

— Je connais un glacier pas loin d'ici, dit Alejandro. Il propose les meilleures glaces de toute l'Espagne.

J'acquiesçai distraitement. Quel était son secret ? Que me dissimulait-il par crainte de compromettre sa famille ?

Tout en savourant nos glaces, nous déambulâmes dans les rues de Grenade. J'achetai des chocolats, un ornement de jardin pour Maurine, ainsi qu'une petite peluche pour Miguel. Mais l'histoire de Boabdil, qui avait sacrifié son honneur, son orgueil et sa fortune pour sauver son palais bien-aimé, continuait de m'obséder.

Et moi, que serais-je prête à sacrifier par amour ?

Les mots d'Alejandro me revinrent :

« Tu m'aimes ? Tu ne me connais même pas. »

Peut-être était-ce vrai un an auparavant. Peut-être étais-je alors seulement sous le charme de son pouvoir, de sa richesse et de sa beauté. Mais c'était différent, aujourd'hui. Je l'aimais pour l'homme qu'il était. Un homme qui prenait soin de son entourage et n'hésitait pas à se sacrifier en tant que père, petit-fils ou patron. En tant que mari. Je passais à côté de quelque chose… Mais quoi ?

Le soir tombait quand Alejandro me proposa d'aller dîner.

— Une… amie possède un restaurant dans le quartier d'Albaicín.

Je croisai son regard, affolée.

— Oui, reprit-il. J'aimerais te la présenter.

Impossible de calmer mes tremblements tandis que nous parcourions les ruelles pavées d'Albaicín, le vieux quartier maure sur une colline avec vue sur l'Alhambra. Nous nous arrêtâmes devant un restaurant d'où s'échappaient rires et musique.

— Viens, m'encouragea gentiment Alejandro.

Je le suivis à l'intérieur et nous nous frayâmes un chemin jusqu'au bar. Le cœur battant, je le vis s'approcher d'une femme à la longue chevelure noire.

— Theresa, l'appela-t-il.

— Alejandro !

Ils s'embrassèrent sur les deux joues avec affection.

— Je ne pensais pas te revoir si vite !

Je l'observais en retrait. Elle était très différente de ce que j'avais imaginé, plus âgée qu'Alejandro, avec de grands yeux noirs et un visage affable. Elle se tourna vers moi en souriant.

— Et voici ta femme ? Ta Lena ?

Mes yeux s'agrandirent. Sa Lena ? Il m'enlaça la taille.

— *Sí*, ma Lena.

— Quelle joie de vous rencontrer ! s'exclama-t-elle avec une évidente sincérité. Il m'a tellement parlé de vous ! Attendez de l'entendre jouer…

— Jouer ?

Je faillis tomber à la renverse en voyant Alejandro rougir.

— Je joue un peu de la guitare, avoua-t-il d'un air embarrassé. Tout le monde se fiche que je sois duc, ici. Ils ne sont là que pour ma musique.

— Tu es si doué que ça ?

— Les consommations doublent quand il chante, affirma Theresa avec un clin d'œil. Allez donc vous asseoir, si vous trouvez une table. Qu'est-ce que vous prenez ?

— Un whisky, bien tassé, répondit Alejandro.

— Et vous, Lena ?

— Je ne sais pas. Quelque chose de léger ?

— Un *tinto de verano* ? Vin rouge et limonade avec un zeste de citron. Aucune chance que ça vous monte à la tête.

Elle avait raison. C'était la boisson la plus délicieuse que j'aie jamais goûtée, fraîche et pétillante. J'en bus un verre, puis un deuxième, et un troisième, tout en avalant distraitement mon dîner. Je ne vis pas le temps passer.

— Quelle heure est-il ? demandai-je, légèrement étourdie en massant mes tempes bourdonnantes. Ce *tinto de verano* était censé être léger.

Alejandro éclata de rire.

— Ça l'est. Mais tu en as bu quatre.

— *Quatre !*

— Tu devrais peut-être arrêter là...

— Seulement si tu me dis qui tu es vraiment, le défiai-je, enhardie par l'alcool.

Le temps parut se suspendre.

— N'as-tu pas encore deviné ? murmura-t-il, les yeux rivés aux miens.

— Ne me dites pas que vous êtes déjà en train de vous disputer ! intervint Theresa.

Elle tendit une guitare à Alejandro.

— Fais-toi pardonner. Joue.

— Oui, jouez ! renchérirent les autres clients en martelant leurs tables.

Alejandro secoua la tête.

— Nous partons.

Mais je n'avais pas envie de partir. Je voulais découvrir l'Alejandro que les autres connaissaient, celui qu'il ne m'avait jamais dévoilé.

— Tu veux bien jouer ? murmurai-je. Pour moi ?

Il hocha la tête.

— *Sí*. Pour toi, *mi amor*.

Il empoigna la guitare et se dirigea vers la scène sous un tonnerre d'applaudissements. Assis sur un tabouret, il annonça simplement au micro :

— Cette chanson est pour la mère de mon fils...

Son regard happa le mien.

— La femme que j'aime.

Je me figeai, incrédule. Il n'avait pas... Il ne pouvait pas avoir dit... ce que je croyais avoir entendu ?

Après une longue inspiration, Alejandro gratta sa guitare et commença à chanter, d'une voix rauque, vibrante, une voix qui vous transperçait l'âme. Il était vraiment doué, notai-je avec admiration. La musique était si envoûtante que je ne prêtai d'abord pas attention aux paroles. Puis je tendis l'oreille.

Le regard posé sur moi, Alejandro chantait à propos d'un jeune paysan qui avait osé revêtir les atours d'un prince. Il avait mené une vie d'imposteur, jusqu'à mourir le cœur brisé en rêvant de revoir la petite paysanne qu'il avait aimée autrefois.

« Tu m'aimes ? Tu ne me connais même pas. »

Les mots d'Alejandro lors de notre rupture prenaient soudain une clarté nouvelle. La voix tremblante de Maurine s'y superposa :

« Sans lui, je n'aurais jamais surmonté cet accident qui m'a ravi toute ma famille... "Ne t'inquiète pas, *abuela*. C'est moi, ta famille, maintenant." »

Un étau me comprimait la poitrine. Une autre voix remonta de ma mémoire, celle de Pilar Ramirez :

« Tu as grandi bien seul dans cet immense château, avec ta sœur à Grenade et ta mère surchargée de travail. Quand elle n'était pas distraite par le duc. »

L'air me manquait, à présent. Il me semblait que les murs du restaurant se refermaient sur moi. Repoussant ma chaise, je me ruai vers la sortie, sous le regard stupéfait de Theresa.

La ruelle était déserte. Je m'appuyai contre le mur et m'obligeai à respirer. Je tremblais comme une feuille. Alejandro me rejoignit peu après.

— Maintenant, tu comprends, murmura-t-il.

— Tu n'es pas le duc, dis-je avec peine. Le vrai Alejandro est mort dans cet accident, n'est-ce pas ? Avec ses parents... et ta mère, la gouvernante de Rohares.

Seule la mâchoire crispée d'Alejandro trahissait son émotion.

— Je n'avais pas le choix. J'aimais Maurine, qui m'avait toujours traité comme son propre petit-fils. Lorsqu'elle est venue me voir à l'hôpital, elle avait vieilli de dix ans. Elle venait de perdre toute sa famille et semblait si seule ! Je ne pouvais la laisser dans ce château délabré sans personne pour prendre soin d'elle.

Il baissa les yeux.

— Alors j'ai dit à Maurine que je serais son petit-fils, désormais.

— Comment se fait-il que personne n'ait rien su ? demandai-je.

— Alejandro et moi nous ressemblions beaucoup. Nous avions le même âge, la même stature. Dans l'accident, mon visage a été blessé, ce qui nous a permis d'expliquer la différence. A la vérité, personne ne s'en souciait. Le duc et sa femme avaient fait fuir la plupart des métayers à force de les harceler au sujet du loyer. Même leurs riches amis les évitaient, car ils leur empruntaient sans cesse de l'argent. Ils avaient honte d'être tombés si bas, mais pas assez pour se mettre au travail…

Il releva la tête.

— Quand *abuela* a déclaré que j'étais son petit-fils et vendu ses derniers bijoux pour payer le transfert de titre, personne n'a émis d'objection.

— Mais quelques personnes savaient, n'est-ce pas ?

— Oui. Pilar Ramirez, notre préceptrice. Et Theresa, ma sœur.

— Ta sœur ?

— Demi-sœur, rectifia-t-il. Elle a huit ans de plus que moi et travaillait à Grenade quand l'accident s'est produit. Elle s'est ruée à l'hôpital, mais *abuela* l'a convaincue de garder le secret.

De nouveau, il évita mon regard.

— En grandissant, j'ai commencé à culpabiliser d'avoir usurpé le nom et le titre d'Alejandro. Je me suis alors juré de ne jamais me marier ni avoir d'enfants. Ainsi, le mensonge s'éteindrait avec moi.

Des larmes roulèrent sur mes joues sans que je puisse les retenir.

— C'est pour ça que tu disais ne pas tenir tes promesses, murmurai-je. Parce que tu as eu un enfant et m'as épousée. Moi qui croyais que tu parlais de ta fidélité...

— Moi, te tromper ?

Il m'effleura tendrement la joue.

— A la seconde où je t'ai rencontrée, toutes les autres femmes ont cessé d'exister. Tu étais la seule qui comptait.

— Mais quand je t'ai dit que je t'aimais...

— Tu ne comprends donc pas ? dit-il en secouant la tête. Résolu à ne pas me marier, je ne sortais qu'avec des femmes comme ta cousine, Claudie, superficielles et sans cœur, dont je ne risquais pas de tomber amoureux. Mais toi, tu étais différente. J'ai brisé la promesse que je m'étais faite car je n'ai pas pu résister. Avec toi, je n'avais plus aucun contrôle.

Il semblait si sincère ! Je peinais pourtant à y croire.

— Quand j'ai appris que tu étais enceinte, je n'ai eu de cesse de te retrouver. Mais après t'avoir épousée, j'ai compris que je n'oserais jamais t'avouer la vérité. Tu semblais si fière que notre fils soit amené à devenir duc...

— Ça m'est égal ! protestai-je avec force. Tout ce qui m'importe, c'est toi et Miguel.

Je pris conscience de quelque chose.

— Ton vrai prénom est Miguel, à toi aussi.

— Tu comprends pourquoi j'ai tout de suite aimé le prénom de notre fils, dit-il avec espièglerie.

— Mais après notre mariage, pourquoi ne pas m'avoir fait confiance ?

— Tu es si innocente. Je ne voulais pas t'imposer ce fardeau.

— Un fardeau ? Tu plaisantes ! Si tu savais tout ce que je me suis imaginé...

Son expression redevint sérieuse.

— C'est plus grave que ce que tu crois, Lena. Maurine et moi avons violé la loi. Nous risquons la prison pour usurpation d'identité. Je t'aurais dit la vérité s'il ne s'était agi que de moi. Mais j'avais peur pour elle.

Un bruit dans une ruelle voisine nous fit sursauter. Sans doute un chat qui avait renversé une poubelle.

— Tu peux me faire confiance, affirmai-je. Personne ne saura.

Je me mordis la lèvre, puis osai lui poser la question qui me taraudait :

— Tu pensais vraiment ce que tu as dit sur scène ?

— La chanson ?

— Que tu… hum… Que tu m'aimais ?

Il m'attira dans ses bras.

— *Querida*, je t'aime depuis le premier jour. Je suis tombé amoureux de ta gentillesse, de ton honnêteté et de ta noblesse d'âme.

— J'avais tellement peur… Je me suis fourvoyée sur toute la ligne.

L'étreinte d'Alejandro se resserra.

— Tu détiens mon cœur et ma vie entre tes mains, dit-il doucement. Tu as le pouvoir de m'enlever Miguel et rentrer au Mexique. Je suis à ta merci. Que décides-tu ?

Je pressai le front contre son torse.

— Je vais t'aimer, Alejandro. Maintenant et pour toujours.

# 10

Nous prîmes un petit déjeuner tardif après une nuit torride. Bien qu'impatiente de revoir mon fils, je tenais à savourer jusqu'à la dernière seconde ce week-end parfait. Plus rien ne nous séparerait, désormais.

— Je crois que c'est la meilleure lune de miel que j'aie jamais eue, déclara Alejandro au moment où nous quittions l'hôtel.

— La meilleure... et la dernière ! le taquinai-je.

— Oh ! non. Notre mariage ne sera rien d'autre qu'une longue lune de miel.

Il ponctua ces mots d'un baiser, qui devint bientôt si intense que mon cher époux marmonna quelque chose à propos de garder la chambre une nuit de plus.

— On ne peut pas ! protestai-je en riant. Et Miguel ?

— Bon, d'accord. Mais attends qu'on soit rentrés à Rohares...

A ma demande, nous fîmes un détour par le lieu où le sultan Boabdil avait jeté un dernier regard à Grenade après avoir cédé la ville aux souverains espagnols.

— On raconte qu'il aurait pleuré sa ville perdue, dis-je avec mélancolie. Et sa mère l'aurait méprisé de pleurer comme une femme ce qu'il n'avait su défendre en homme. Tu te rends compte ?

— Les gens peuvent se montrer cruels avec ceux

qu'ils aiment. Surtout s'ils sont acculés et ont le cœur brisé, déclara Alejandro.

En m'installant à son côté dans la voiture, je compris qu'il avait raison. Adolescente, j'aurais tout donné pour que ma grand-mère et ma cousine m'aiment. La vérité était qu'elles en étaient incapables toutes les deux, car elles ignoraient que le bonheur ne consistait pas à courir après le luxe et le pouvoir, mais à donner son cœur.

Je souris à Alejandro, submergée par l'émotion. Quelle chance j'avais de l'avoir dans ma vie ! Pour la première fois, je n'en voulais plus à ma famille de ne m'avoir jamais aimée. Le mieux était parfois de fonder sa propre famille.

— Comment dois-je t'appeler, maintenant ? demandai-je timidement.

— Je me suis habitué à Alejandro. Laissons Miguel à notre fils.

Ses doigts se crispèrent sur le volant. Il prit une profonde inspiration avant d'ajouter :

— A notre retour, j'appellerai un avocat afin de trouver un moyen de renoncer au titre sans compromettre Maurine. A condition bien sûr que tu acceptes de ne plus être duchesse et que Miguel ne devienne jamais duc.

— Bien sûr ! m'écriai-je. Tu crois vraiment que j'ai l'étoffe d'une aristocrate ?

Il me considéra avec sérieux.

— Oui, *mi amor.* Sans l'ombre d'un doute.

— Je suis heureuse d'être ta femme, duchesse ou non.

Sa main droite lâcha le volant pour serrer très fort la mienne.

***

Les retrouvailles avec Maurine et Miguel se firent dans un joyeux brouhaha.

— Je lui ai lu les *Contes de l'Alhambra* de Washington Irving, annonça Maurine. Une façon de l'inclure dans votre lune de miel.

— Il l'était déjà. Apparemment, j'ai, sans le savoir, donné à mon fils le prénom de son père, dis-je avec un large sourire.

Maurine poussa un cri de joie et nous serra dans ses bras.

— Enfin ! s'exclama-t-elle. Moi aussi, j'ai une excellente nouvelle.

La sonnerie du téléphone retentit à l'autre bout de la pièce. Laissant la grand-mère et son petit-fils à leur discussion, j'allai décrocher.

— Allô ?

— Ne prononce pas mon nom.

*Edward !* Je serrai tant le combiné que mes jointures blanchirent.

— Je raccroche.

— Essaie, et tu le regretteras.

Sa froide assurance me rendit méfiante.

— Pourquoi ?

— Parce que je sais tout. Sur ton mari et son mensonge depuis vingt-trois ans.

Mon sang se glaça dans mes veines. Je dus me tenir au mur pour ne pas défaillir.

Je tentai le bluff :

— Je ne vois pas de quoi tu parles.

— J'étais à Grenade. Je vous ai suivis jusqu'à ce restaurant. Quand il t'a rejointe dehors, il m'a donné toutes les armes pour le détruire, lui et sa prétendue grand-mère.

Je jetai un regard vers Alejandro et Maurine, qui

riaient avec insouciance. Ma poitrine se serra. Ma tête tournait.

— Que veux-tu ? demandai-je.

— Ce que j'ai toujours désiré. Toi.

— Je ne t'aime pas...

— Je sais. C'est lui que tu aimes. Si tu tiens à le protéger, fais ce que je te dis. Je suis dans ma voiture à l'entrée du château. Appelle le gardien et ordonne-lui d'ouvrir le portail.

— Si je raconte tout à Alejandro, il te tuera.

— Raison de plus pour te taire, répondit Edward.

J'avais prononcé ces mots comme une menace en l'air, mais en était-ce une ? Et si Alejandro essayait *vraiment* de tuer Edward ? Ce serait bien plus qu'une peine pour fraude qu'il risquerait alors...

— Que dois-je faire ? balbutiai-je.

— Prétends que tu n'étais avec lui que parce qu'il était duc et que tu as changé d'avis.

— Il ne me croira jamais.

— Si, et c'est bien ce qui t'effraie, répliqua cruellement Edward. Dis-lui que tu pars avec moi et que ton avocat le contactera pour le divorce. Pour toi, je suis même prêt à ce que le bébé vive avec nous. N'est-ce pas une preuve d'amour ?

— Si tu m'aimais, tu n'agirais pas ainsi, lançai-je dans le combiné.

— Je t'ai sauvée. Tu me reviens.

— Je suis un être humain, pas un trophée !

— Tu m'appartiens, énonça-t-il froidement. Fais en sorte qu'il te voie partir avec moi. Qu'il pense que c'est moi que tu aimes. Alors j'oublierai ce que je sais. Fais-le pour lui, Lena.

— Edward, s'il te plaît...

— Tu as trois minutes. Passé ce délai, je convoque une conférence de presse.

Je tremblais comme une feuille en reposant le combiné.

— Qui était-ce ? demanda Alejandro derrière moi.

— Je... Personne, bredouillai-je.

— Il y a un problème ?

Il plissa les yeux, comme s'il sondait mon âme. Il se doutait de quelque chose, comment aurait-il pu en être autrement ? Je regardai Maurine qui, à son âge, ne survivrait pas à un tel scandale. Encore moins à une peine de prison. Et mon fils, qui perdrait son père et subirait le harcèlement des paparazzi. Quant à Alejandro... Je revis son regard menaçant à Grenade, lorsque je lui avais parlé de la visite d'Edward.

« Je vais le tuer. »

— Lena ? Qui était-ce ?

Le téléphone sonna de nouveau. Je décrochai aussitôt.

— Madame la Duchesse ? Il y a un Edward St-Cyr au portail. Il n'a pas de rendez-vous. Dois-je le laisser entrer ?

— Oui, dis-je avant de raccrocher.

Je contemplai une dernière fois les visages des trois êtres que j'aimais le plus au monde. Pour eux, aucun sacrifice n'était trop grand.

La mort dans l'âme, je me dirigeai vers la porte.

— Où vas-tu ? demanda Alejandro.

— Je... je suis désolée, bégayai-je. Notre mariage est terminé. Je reviendrai demain pour Miguel.

Le choc le cloua sur place. C'était le seul moyen de le sauver — de les sauver tous. C'était moi qui avais laissé Edward entrer dans nos vies, c'était donc à moi d'en payer le prix. Même si je savais qu'Alejandro souffrirait aussi.

— Edward est venu me chercher. Mon avocat te contactera.

J'ouvris la porte et me ruai dehors, vers le luxueux 4x4 qui attendait dans la cour. Je m'installai sur le siège avant comme un condamné monte à l'échafaud. Edward m'accueillit avec un sourire triomphal.

— Sage décision, Lena.

Mais je ne me sentais pas sage du tout. En fait, je regrettais déjà de m'être laissé manipuler, prête à sauter du véhicule.

— Attends… Je ne peux pas…

Il se pencha sur moi pour attacher ma ceinture. J'eus l'impression d'être ligotée à mon siège.

— Tu seras bientôt libérée de son influence. Je te le promets, dit-il en m'effleurant la joue.

Avec dégoût, je détournai le visage. Il éclata de rire.

— Tu t'habitueras. Je suis un homme patient.

Alors qu'il redémarrait pour quitter la cour, Alejandro surgit devant nous, bloquant le passage. Ce n'était pas Edward qu'il fixait, mais moi. Je vis ses lèvres former mon prénom.

— Dis-lui que tu pars avec moi, intima Edward.

Mes yeux ne quittaient pas ceux d'Alejandro. Il y avait une telle angoisse dans ses prunelles, une telle détresse ! Mes doigts tâtonnèrent frénétiquement sur le fermoir de la ceinture.

— J'ai changé d'avis. Laisse-moi descendre !

— Trop tard.

Avec un ricanement sadique, Edward appuya sur l'accélérateur et fonça sur Alejandro. Mais celui-ci ne plongea pas de côté pour éviter le choc. Non… Sans hésiter, il se mit à courir droit sur la voiture. Comme si un homme pouvait arrêter à mains nues trois tonnes d'acier lancées à pleine vitesse ! Avec un hurlement, j'agrippai le volant et fis dévier le 4x4, qui alla percuter la fontaine en pierre. Un coup d'œil en arrière me rassura : Alejandro n'avait rien. Le pire avait été évité.

Mais Edward n'avait pas renoncé. Bien que sonné par le choc, il redémarra et fila vers le portail ouvert. Nous avions quitté l'enceinte du château ! Mue par l'énergie du désespoir, je me jetai une nouvelle fois sur le volant. S'ensuivit une lutte acharnée dans laquelle chacun essayait de prendre le contrôle. Le 4x4 tanguait dangereusement sur la route poussiéreuse.

Soudain, il heurta un obstacle et plongea dans le vide.

Comme au ralenti, je nous sentis dévaler la colline dans une interminable succession de tonneaux. Le choc de l'atterrissage fut d'une violence inouïe. Enfin, le véhicule s'immobilisa avec un grincement de métal sinistre.

J'étais vivante ! La tête en bas et la poitrine cisaillée par la ceinture, mais vivante. A côté de moi, le siège conducteur était vide.

— Lena !

La voix d'Alejandro ! La portière fut arrachée, la ceinture débouclée, je glissai dans ses bras salvateurs. Echevelé, hors d'haleine, il me palpa le corps en quête de blessures graves ; il dut n'en trouver aucune tant son soulagement fut manifeste.

— Mon amour, tu es saine et sauve, murmura-t-il en me berçant contre lui. Pendant un instant, j'ai cru que…

Il s'interrompit, le regard embué.

— Ne recommence jamais ça !

— Je suis désolée, bredouillai-je, en larmes. Il a

découvert la vérité et m'a menacée de ruiner ta vie si je ne le suivais pas. Je n'allais pas te laisser risquer la prison.

— Plutôt la prison que te perdre ! répliqua-t-il férocement.

Une larme roula sur sa joue, que j'essuyai du revers de la main.

— Merci de ne pas m'avoir abandonnée…

— Jamais. Rien ni personne ne nous séparera.

Un grognement plaintif nous fit tourner la tête.

— Vous le regretterez…

Edward était étendu dans l'herbe, où il avait atterri après avoir été éjecté de sa voiture.

— Vous me le paierez… Tous les deux…

Les doigts d'Alejandro se crispèrent sur mon épaule.

— Ne le tue pas, implorai-je. Il n'en vaut pas la peine.

— Le tuer ? Regarde-le !

En effet, Edward semblait sérieusement blessé.

— Je divulguerai tout, dit-il avec une grimace. Vos vies seront fichues. Pas seulement les vôtres, mais celles de la grand-mère et du gamin aussi…

Le regard noir, Alejandro allait répliquer quand quelqu'un le devança.

— Du calme, jeune homme !

Maurine nous avait rejoints. Elle regarda Edward avec bienveillance, comme si elle s'apprêtait à lui servir le thé.

— Quoi que vous pensiez, vous vous trompez. Alejandro est mon petit-fils.

— Mensonge ! grommela Edward entre deux quintes de toux. Un test ADN le prouvera.

— La ressemblance entre mon petit-fils et toi m'a toujours intriguée, poursuivit-elle à l'attention d'Alejandro. J'ai voulu en avoir le cœur net, j'ai pris un de tes peignes et demandé un test ADN.

— Quoi ?

Alejandro avait pâli.

— Je me suis toujours demandé pourquoi ta mère continuait à travailler pour mon fils sans être payée. Voilà la réponse : elle avait de lui un fils illégitime. Tu es mon petit-fils, de cœur comme de sang.

— Non ! cria Edward en grimaçant.

Il s'évanouit, probablement terrassé par la douleur.

*Bien fait*, songeai-je rancunière. Ce n'était pas très charitable, mais il l'avait bien cherché.

Alejandro semblait hébété.

— Tu en es sûre, Abuela ?

Elle acquiesça.

— Tu es le dernier héritier des Alzacar, tu ne spolies personne. D'ailleurs, tu es le meilleur duc qui soit !

Alejandro se redressa et m'aida à me relever. Puis il nous serra dans ses bras avec émotion, Maurine et moi. Nous restâmes ainsi un moment, blotties contre lui.

— Nous devrions appeler une ambulance, dis-je enfin en m'écartant.

Maurine baissa les yeux sur Edward.

— Oui, je suppose, soupira-t-elle. Et la police aussi.

Elle s'éloigna vers le château, me laissant seule avec Alejandro.

— Elle a raison, dit-il. La police ne va pas tarder. Une décision doit être prise.

— Alors prends-la, lui dis-je.

— J'en ai assez de ce mensonge qui entache notre bonheur. Te sens-tu capable de faire face au scandale que la vérité ne manquera pas de faire éclater, même si mon père est bien le duc d'Alzacar ?

— Avec toi, oui, répondis-je avec ferveur.

— J'ai une idée pour protéger Maurine : je prétendrai avoir profité de son chagrin pour la duper et lui faire croire que j'étais son petit-fils.

— Elle sera furieuse…

— Oui, sans doute.

Son regard s'assombrit.

— Et toi, Lena ? Es-tu prête à accepter l'éventualité que Miguel perde son titre ?

— Son héritage n'est pas qu'un titre, mais la force de faire ce qui est juste même lorsque c'est difficile.

— Et celle d'aimer, ajouta Alejandro. De tout son cœur et pour l'éternité.

— C'est ça, une famille.

Je lui souris à travers mes larmes de bonheur.

— Notre éternité à nous a déjà commencé.

# Épilogue

Il existe plusieurs façons de se créer une famille. Certaines témoignent d'une profonde générosité, comme le geste de Maurine, qui n'avait pas hésité à recueillir un orphelin de douze ans en le faisant passer pour son petit-fils. D'autres revêtent la forme plus banale d'une invitation envoyée à une cousine ennemie.

Le jour de la réception était arrivé, et la salle de banquet n'avait jamais paru plus somptueuse avec sa décoration automnale faite de fleurs, de fruits et de feuillages. Je croisai le regard d'Alejandro à travers la foule. Il me sourit avec concupiscence, comme si la dernière fois qu'il m'avait fait l'amour remontait à des mois et non quelques heures. Son regard de braise me fit presque oublier les gens qui nous entouraient.

— Je vous avais bien dit qu'il deviendrait votre mari !

Je me retournai et souris à Dolores, ma voisine de San Miguel de Allende.

— Vous aviez raison.

Alejandro avait envoyé son jet privé la chercher, ce qui l'avait favorablement impressionnée. J'avais également fait parvenir des billets d'avion en première classe à M. Corgan, Mme Morris et Hildy, tous trois toujours au service de Claudie.

— Elle s'est considérablement assagie depuis qu'elle

est devenue Mme David Crosby, m'informa le majordome. Il est très riche et cela suffit à son bonheur.

Je l'avais constaté de mes yeux : Claudie était arrivée au château emmitouflée de fourrure, pendue au bras de son époux.

— Je vais te rendre ton héritage, annonça-t-elle d'emblée. David dit que je le dois. D'ailleurs, nous n'en avons pas besoin.

— Merci. Fais-en don à une œuvre de charité, répondis-je. Tu me présentes ton mari ?

— Avec plaisir !

David Crosby était petit, chauve et rondouillard. Lui et Claudie n'auraient pu être plus mal assortis. Pourtant, il suffisait de surprendre leurs regards pour comprendre que le physique n'était pas tout. Claudie m'avoua l'avoir rencontré par le biais d'une agence matrimoniale réservée aux riches.

— « Femmes-trophées pour milliardaires » ? dis-je en souriant.

— Nous n'avons pas toutes la chance de tomber accidentellement enceintes de l'homme de notre vie.

— C'est vrai. Je suis très heureuse pour toi, Claudie.

Sur une impulsion, je la serrai dans mes bras. Passé sa surprise initiale, ma cousine me rendit maladroitement mon étreinte. C'était un début. Peut-être finirions-nous par nous rapprocher avec le temps. Après tout, elle était aussi ma famille.

Quel bonheur d'être entourée de tous les gens qui m'étaient chers ! Je parcourus des yeux la foule venue célébrer notre mariage. Edward St-Cyr n'en faisait évidemment pas partie.

Il s'en était miraculeusement tiré avec quelques os cassés et un poumon perforé. Interrogé par la police, il avait tu les circonstances de l'accident. Juste avant que les portes de l'ambulance se referment, nos regards s'étaient croisés. Il avait détourné les yeux, le visage fermé. Il en avait fini avec moi.

A cause de lui, j'avais failli tout perdre. Et il avait tenté de tuer mon mari ! Sans lui pardonner, j'essayais d'oublier. La page était tournée.

Après l'accident, Alejandro avait contacté un avocat et avoué toute l'histoire. Mais le test ADN demandé par Maurine prouvait qu'il était bien son petit-fils. En tant qu'unique héritier, il fut autorisé à garder son titre ainsi que son nom. Sa fortune n'était sans doute pas totalement étrangère à cette indulgence. Personne ne parla de « fraude » ou d'« usurpation ».

Le scandale ne nous fut cependant pas épargné. Pendant des semaines, le château resta assiégé par des hordes de paparazzi en quête d'une photo ou d'une interview. Puis ils finirent par se lasser au profit d'une nouvelle cible : l'actrice que j'avais aperçue à la soirée de gala de l'entreprise d'Alejandro, à Madrid, avait apparemment été découverte ivre morte au pied de la tour Eiffel.

L'anniversaire d'Alejandro tombait le lendemain de la réception. J'avais hâte de lui offrir mon tableau de Maurine et Miguel, ainsi qu'un tout nouvel album de photos dédié à notre famille. Une échographie était glissée dans la dernière page. J'attendais un enfant.

Un tintement de fourchette contre un verre me fit lever les yeux.

— Votre attention, s'il vous plaît ! dit Alejandro, sa coupe de champagne à la main. J'aimerais remercier nos familles et amis d'être là aujourd'hui...

— Merci pour le jet privé ! cria une voix.

— Et les billets d'avion en première classe !

— Rendez-vous mercredi pour m'aider à paver mon allée !

Alejandro se joignit aux rires dans la salle.

— Je remercie également ma grand-mère pour cette fabuleuse réception, ainsi que mon fils qui fait si bien ses nuits.

Je jetai un coup d'œil à Miguel, assis sur les genoux de son arrière-grand-mère, adorable dans son smoking pour bébé. Le regard d'Alejandro se posa sur moi.

— Mais surtout, je remercie ma splendide épouse, Lena. Mon amour, tu m'as donné la famille dont je n'osais rêver. Me réveiller chaque jour à tes côtés est un privilège que je m'efforcerai toute ma vie de mériter.

Il leva haut sa coupe.

— A la famille !

— A la famille ! répéta l'assemblée dans un tonnerre d'acclamations.

— Merci, bredouillai-je à voix haute en me levant, submergée par l'émotion. Je vous aime tous...

Surtout Alejandro. Il me rejoignit en quelques enjambées pour m'embrasser devant tout le monde, et je lui rendis son baiser sans réserve.

Une fois, à Madrid, il avait déclaré que le destin nous avait réunis. Mais c'était plus que cela. Chacun construit son propre avenir, pas à pas, à force de courage et de sincérité. Car il en faut pour aller vers l'homme qu'on aime, lui ouvrir son cœur et lui donner une chance de révéler qui il est vraiment.

L'amour, comme la confiance, se mérite. Il se cultive jour après jour, nuit après nuit, à mesure que l'on se dévoile à l'autre.

C'est un chemin semé d'embûches. Mais le seul qui vaille la peine d'être suivi.

Composé et édité par HarperCollins France.

Achevé d'imprimer en janvier 2020.

CPi
BLACK PRINT

Barcelone

Dépôt légal : février 2020.

FSC
www.fsc.org
MIXTE
Papier issu de sources responsables
FSC® C108412

Pour limiter l'empreinte environnementale de ses livres, HarperCollins France s'engage à n'utiliser que du papier fabriqué à partir de bois provenant de forêts gérées durablement et de manière responsable.

*Imprimé en Espagne.*